A. J. KAZINSKI es el pseudónimo detrás del que se esconden el autor y director de cine Anders Rønnow Klarlund y el escritor Jacob Weinreich, ambos de origen danés. Klarlund escribió y dirigió las películas *Besat, Den attende, Strings* y *Hvordan slipper vi af med de andre*. Por su parte, Jacob Weinreich se graduó en la Danish School of Film como guionista y debutó con su primera novela en 2001. Ha escrito varios libros infantiles y juveniles, entre los que destacan *Krubet* y las series *Monsterjægerne* y *Kaptajn Blodskæg*. *El último hombre bueno* es su primera novela conjunta.

MAXI POCKET

El último hombre bueno

A. J. Kazinski

MAXI POCKET

Título original: *Den sidste gode mand*
Traducción: Gunilla Nilsson y Susana Vega Jabares
1.ª edición: junio, 2014

© A. J. Kazinski, 2010
© Publicado por acuerdo con Leonhardt & Høier Literary
   Agency A/S, Copenhague
© Ediciones B, S. A., 2014
   para el sello B de Bolsillo
   Consell de Cent, 425-427 - 08009 Barcelona (España)
   www.edicionesb.com

Printed in Spain
ISBN: 978-84-9872-826-2
DL B 9684-2014

Impreso por Artes Gráficas Jurado S.L
C/ Fontsanta, 2 bajos
08970 Sant Joan Despí (Barcelona)

Dos notas informativas para el lector

La tradición de «los hombres justos de Dios» mencionada en la novela se deriva del Talmud judío, una colección de escritos religiosos que fueron redactados en Israel y Babilonia y que, según la fe, constituyen una narración directa de lo que Dios le dijo a Moisés. Dios dijo, entre otras cosas, que siempre existirían 36 hombres justos en la Tierra. Los 36 nos protegen a todos. Sin ellos, la humanidad perecerá.

Los 36 no saben que son los elegidos.

* * *

El 11 de septiembre de 2008 tuvo lugar la mayor conferencia científica del mundo sobre experiencias cercanas a la muerte, en la sede de la ONU en Nueva York, bajo la dirección del doctor Sam Parnia. El tema de discusión era el número creciente de estas experiencias y cómo son recogidas cada año en todo el mundo. Se trata de informes de personas que han vuelto a la vida y han descrito los fenómenos más asombrosos, cosas que la ciencia no puede explicar.

PRIMERA PARTE
EL LIBRO DE LOS MUERTOS

¡Oh tierra, no cubras mi sangre!
y que nada detenga mi lamento.

LIBRO DE JOB, 16

La gente muere todo el tiempo, muy a menudo en los hospitales. Por eso el proyecto era ingenioso, simple, casi banal. Comprobarían todas las experiencias cercanas a la muerte cuyo relato los médicos solían escuchar. ¿Dónde? En los servicios de urgencias, por supuesto. Era habitual que las personas lo contasen. La gente declarada clínicamente muerta, las personas cuya respiración se había detenido o su corazón había dejado de latir, flotaban hacia arriba. Colgadas allí, contra el techo, se veían a sí mismas. Con frecuencia, eran capaces de describir los detalles de su muerte con una precisión que al cerebro le habría resultado imposible imaginar en el último momento: cómo un médico había volcado un vaso, lo que él o ella habían gritado a los enfermeros, cuándo y quién entraba o salía de la sala. Algunas personas incluso podían describir lo que pasaba en la habitación contigua.

Sin embargo, nadie podía certificar que estas experiencias fueran algo científico. Bien, ahora podríamos remediarlo. Las salas de urgencias, las unidades de cuidados intensivos y los centros de traumatología, donde a menudo se revive a la gente, se utilizarían como parte de una investigación a escala mundial. Se colocarían pequeños soportes a mayor altura que la de cualquier persona, sujetados desde el techo. En los soportes se pondrían imágenes, ilustraciones que se mostrarían hacia arriba, imposibles de ver desde abajo. Sólo se podrían ver si uno se colgaba del techo. Agnes Davidsen era parte del equipo danés. Los médicos habían sonreído con cierto escepticismo ante el proyecto, pero no se habían opuesto ya que los propios científicos partícipes se costearían los gastos. Agnes estaba allí el día que colocaron el soporte en una habitación del Hospital General de Copenhague. Incluso ella misma sujetó la escalera mientras el celador se encaramaba con el sobre sellado en sus manos. Y ella fue la que apagó las luces antes de que el sello se rompiera y la imagen fuera colocada en el soporte. Sólo en la sede central sabían lo que había en ese dibujo. Nadie más tenía la menor idea. La televisión estaba encendida al fondo. Estaban emitiendo los preparativos para la Cumbre sobre el Cambio climático, a celebrarse en Copenhague. El presidente francés, Nicolas Sarkozy, declaraba que Europa no aceptaría que la temperatura de la Tierra aumentara en más del dos por ciento. Agnes negó con la cabeza y ayudó a plegar la escalerilla. Para decir algo así había que estar bastante loco, pensó. «No aceptaría.» Como si nosotros los humanos pudiésemos regular arriba o abajo la temperatura de la Tierra con una especie de termostato. Dio las gracias al celador mirando el soporte bajo el techo. Ahora sólo le quedaba esperar a que el hospital la llamara para comunicarle que se había producido algún fallecimiento en esa habitación.

Entonces ella acudiría.

1

Templo Yonghegong, Pekín, China

No era la tierra temblando lo que le había despertado. Ya estaba acostumbrado a eso, el metro pasaba justo por debajo del templo Yonghegong, circulando constantemente y amenazando aquel edificio sagrado de 350 años de antigüedad en plena capital china. Se había despertado porque alguien o algo se había inclinado sobre él mientras dormía, para observarlo. Estaba seguro.

El monje Ling se sentó en la cama y miró alrededor. El sol se estaba poniendo; el dolor le había obligado a retirarse a la cama temprano.

—¿Hay alguien ahí? —El dolor empezó a extenderse tanto que no pudo determinar si era en la espalda, en el estómago o el pecho donde algo no iba bien. Oía a los jóvenes monjes hablando en el patio del templo, y a los últimos turistas occidentales saliendo.

Ling desafió el dolor y se levantó. Tenía la fuerte impresión de que había alguien en la habitación. Pero aparentemente no era así. No logró encontrar sus sandalias y avanzó con los pies descalzos por el suelo de piedra. Hacía frío. «Tal vez sea una trombosis», pensó. Le resultaba difícil respirar. Su lengua se había hinchado y comenzaba a tambalearse. En cierto momento estuvo a punto de perder el equilibrio, pero sabía que debía mantenerse en pie. Si se caía ahora, ya no se levantaría. Respiró hondo, con lo que envió una sensación de ardor a la garganta y los pulmones.

—Ayuda —trató de gritar, pero su voz era muy débil y nadie lo escuchó—. Ayuda.

Salió a un pasillo estrecho y húmedo y fue a otra habitación.

La luz del sol anaranjada parpadeaba delicadamente a través de la claraboya. Ling se examinó el cuerpo. No tenía nada. Nada en los brazos, el estómago o el pecho. Un fuerte estremecimiento lo mareó. Cerró los ojos un momento. Renunció a resistirse y se sumió en una oscuridad de sufrimiento. Y así encontró por fin un momento de paz. El dolor se producía en pequeñas punzadas, cada una más aguda que la anterior. De pronto le dieron un respiro.

Abrió una caja con manos temblorosas y la tanteó con torpes movimientos. Al fin encontró lo que buscaba: un pequeño espejo rayado. Se miró en él: un rostro lleno de temor. Ling se bajó un poco su bata y movió el espejo para verse la zona lumbar. Luego contuvo la respiración.

—Mi buen Dios —susurró y dejó caer el espejo—. ¿Qué me está pasando?

La única respuesta fue el sonido del espejo haciéndose añicos contra el suelo.

En la pared había un antiguo teléfono de monedas que no tenía aspecto de ángel de la guarda, pero era su única opción. Empezó a arrastrarse hacia allí. Una nueva oleada de dolor lo hizo detenerse. Era interminable. Abrió los ojos y miró el teléfono; él siempre se había opuesto a tenerlo en la pared. Había sido una exigencia de las autoridades para los turistas, por si alguno resultaba herido y había que solicitar ayuda. Por esa razón, el número de urgencias estaba escrito en números grandes en la pared, y al lado había un bote de monedas para llamar. Ling alargó la mano tratando de alcanzar el bote y se agarró bruscamente al borde del estante, pero perdió el equilibrio y tuvo que apoyarse contra la pared. El bote se tambaleó por la vibración y cayó al suelo, desparramando las monedas. Ling esperó. La idea de agacharse se le hacía insoportable. Y más aún que uno de sus últimos actos en este mundo fuera inclinarse en busca de monedas, a las que había renunciado toda su vida. Pero no quería morir todavía, así que cogió una moneda con mano temblorosa, consiguió insertarla en el teléfono y marcó los tres números escritos en la pared. Luego esperó.

—Vamos, vamos —susurró con ansiedad. Por fin oyó una voz femenina.

—Urgencias.

—¡Necesito ayuda!

—¿Desde dónde llama? —La voz hablaba con tranquilidad. Sonaba casi mecánica.

—Yo me quemo. Yo... —Ling se volvió de golpe. Había alguien allí, estaba seguro. Alguien lo estaba observando. Se frotó los ojos, pero no, no vio a nadie. ¿Quién lo espiaba?

—Para poder ayudarlo he de saber dónde se encuentra —insistió la mujer.

—Ayúdeme... —Con cada palabra que decía una punzada de dolor le recorría la espalda, a través de la garganta, hacia la boca y la lengua hinchada.

Ella le interrumpió educadamente pero con firmeza:

—Dígame su nombre.

—Ling. Ling Cedong. Yo... ¡Ayúdeme! Mi piel... ¡se quema!

—Señor Cedong... —La mujer pareció impacientarse—. ¿Dónde está ahora?

Él se quedó paralizado. De repente era como si algo en su interior se derrumbara. Como si el mundo alrededor de él diera un paso atrás y le dejase en un estado de irrealidad. Los sonidos habían desaparecido. Las risas se habían dispersado por el patio, y también la voz en el auricular. El tiempo se detuvo. Estaba en un mundo nuevo. O en el umbral del otro mundo. La sangre fluía por su nariz.

—¿Qué está pasando? —susurró—. Todo está muy silencioso.

En ese momento se le cayó el auricular, que quedó colgando.

—Oiga, ¿sigue ahí? —se oyó la voz de la mujer en el auricular—. ¿Señor Cedong?

Ling no la escuchaba. Se tambaleó unos pasos hacia la ventana. Observó los tres vasos en el alféizar. Había agua en uno, tal vez le sería útil. Alargó el brazo y lo tocó, pero no pudo cogerlo. El vaso cayó por la ventana abierta y se estrelló contra el suelo de piedra del patio.

Los monjes que estaban fuera miraron hacia la ventana. Ling

trató de hacerles señas. Vio cómo movían los labios, pero no oía nada.

Ling, al mismo tiempo, podía sentir el sabor de su sangre y cómo fluía por su nariz.

—Mi buen Dios —se lamentó—. ¿Qué me está pasando?

Sintió que estaba a punto de desvanecerse, como si sólo fuera una parte del sueño de otra persona, una persona que estaba despertando. Y no podía luchar contra eso. Los sonidos de alrededor empezaron a desaparecer. Se derrumbó. Cayó de espaldas y mirando hacia arriba. Todo estaba en silencio. Luego sonrió y elevó una mano hacia donde el techo estaba hacía un momento. Ya podía ver claramente las primeras estrellas en el oscuro cielo nocturno.

—Está tan silencioso... —murmuró—. Venus. Y la Vía Láctea.

Los otros monjes corrieron a su habitación y se inclinaron sobre él. Pero Ling no los vio. Su mano extendida cayó fláccida. Tenía una sonrisa en el rostro.

—Trató de llamar. —Uno de los monjes cogió el auricular—. A Urgencias.

—¡Ling! —Un monje joven, un muchacho alto, trató de reanimarlo—. Ling, ¿puedes oírme?

—No hubo respuesta. El joven miró a los demás—. Ha muerto.

Todos se callaron e inclinaron la cabeza. Muchos tenían lágrimas en los ojos. Un monje anciano rompió el silencio:

—Trae a Lopon. No nos queda mucho tiempo.

—Uno de los monjes quiso enviar al muchacho, pero el anciano lo detuvo—. No; ve tú. El niño nunca lo ha visto antes. No debe experimentarlo.

El monje salió corriendo y el muchacho miró al monje más anciano.

—¿Qué pasará? —preguntó con ansiedad.

—*Phowa*. Redirigiremos el alma. En unos momentos Lopon vendrá.

—¿*Phowa*?

—*Phowa* ayuda al alma a reconducirse a través del cuerpo y a salir por la cabeza. Démonos prisa, sólo disponemos de unos minutos.

—¿Qué pasará si no lo logramos?

—Lo lograremos. Lopon es rápido. Por favor, ayúdame. El cuerpo no puede seguir tendido aquí.

Nadie se movió.

—Agárrale.

El muchacho y los otros dos monjes sujetaron las piernas de Ling.

Lo levantaron y lo colocaron en la cama, un poco de lado. Cuando el monje más anciano lo volvió sobre su espalda, se dio cuenta de algo.

—¿Qué es eso? —preguntó.

Los otros se acercaron y miraron.

—Mirad. Aquí, en la espalda.

Todos se inclinaron sobre el cadáver.

—¿Qué es? —preguntó el muchacho.

Nadie respondió. Sólo permanecieron en silencio mirando fijamente la extraña marca que había aparecido en la espalda del monje Ling. Se extendía desde el hombro hasta la mitad de la espalda, como un tatuaje o una cicatriz. O como si la espalda hubiera sido quemada.

2

Hospital Suvarna, Bombay, India

Giuseppe Locatelli había recibido el e-mail hacía tres días. Se le pedía que localizara a un economista recientemente fallecido en la India. A Giuseppe el encargo no le entusiasmaba, pero deseaba marcharse de la India y esperaba que esforzándose en cumplir con el pedido lograra dar un gran paso hacia un puesto mejor en otra embajada de Italia. Tal vez en Estados Unidos. Soñaba con esto. Washington o el consulado en Nueva York que maneja los asuntos relacionados con las Naciones Unidas. Algo muy diferente de las fétidas calles indias. Por lo tanto, rápidamente contestó que lo intentaría por todos los medios.

El viaje fue largo y difícil. Aunque era temprano por la mañana, el taxi se movía lentamente por los barrios marginales. Giuseppe ya había aprendido la primera semana en la India que uno no debe mirar a los pobres. No se les mira a los ojos. Es precisamente por eso que los que visitan el país por primera vez tienen una cola de niños mendigando detrás. En cambio, si uno mira al frente con expresión indiferente, le dejan en paz. En la India hay que ignorar la pobreza cuando vas por la calle y llorar cuando llegas a casa, si antes no te han desplumado.

El taxi se detuvo.

—Hospital Suvarna, señor.

Giuseppe pagó al conductor y bajó. Había una cola delante del hospital. Ese país era un infierno de colas en todas partes. Cola para la playa, cola en la comisaría, cola en cada pequeña clínica, incluso para comprar una diminuta gasa o un esparadrapo. Giuseppe se adelantó en la cola sin mirar a los ojos a nadie, al menos a los que tenía cerca.

Habló en inglés con la recepcionista.

—Giuseppe Locatelli. De la embajada de Italia. Me espera el doctor Kahey.

El doctor Kahey no se dejaba afectar por el estrés laboral. Parecía tranquilo y sereno mientras hablaba de Italia, de Cerdeña, donde nunca había estado Giuseppe, mientras bajaban por las escaleras hacia el depósito de cadáveres. Giuseppe no podía dejar de sentir admiración por un médico que trabajaba tan duro.

—Pero, y todas esas personas ahí fuera... ¿Cómo tiene tiempo para ellas?

—No han venido a recibir tratamiento —sonrió Kahey con indulgencia—. No se preocupe.

—¿Cómo?

—Han venido para mostrarle sus respetos a él.

—¿Él?

El doctor miró asombrado a Giuseppe Locatelli.

—El hombre que ha visto hace un momento. Raj Bairoliya. ¿No se ha dado cuenta que le llevaba flores?

Giuseppe se ruborizó. No había visto a nadie. Él había estado mirando al frente por temor a encontrarse con los ojos de algún mendigo. Kahey continuó en inglés con su típico y melodioso acento indio:

—Bairoliya fue uno de los asesores más cercanos al señor Muhamad Yunus, el inventor de los microcréditos. ¿Conoce al señor Yunus?

Giuseppe negó con la cabeza. Pero sí había oído hablar de los microcréditos, que habían hecho posible la creación de pequeñas empresas innovadoras por parte de miles y miles de personas.

—Yunus recibió el Premio Nobel en 2006 —dijo el doctor Kahey y sacó la caja con el cadáver del economista—. Pero bien podrían habérselo dado a Bairoliya.

Giuseppe asintió con la cabeza. El doctor quitó la sábana. El cadáver tenía una expresión apacible. Piel gris cenicienta. Giuseppe conocía muy bien ese tono desde el velatorio de su abuela. Entonces, le dijo a Kahey que llamaría a la policía italiana, que eran los que le habían enviado allí.

—Claro, adelante.

Llamó y obtuvo respuesta inmediata.

—¿Tommaso di Barbara?

—Sí.

—Giuseppe Locatelli. Llamo de la embajada en Bombay —dijo en italiano.

—Sí. ¡Sí!

—Como me ha pedido usted, he localizado el cadáver de Raj Bairoliya.

Su interlocutor parecía constipado y emocionado:

—Su espalda. ¿Puede verle la espalda?

Giuseppe se volvió hacia el médico, que se había apartado para fumar.

—Las autoridades italianas preguntan por su espalda —le dijo.

—¡Ah! Quieren ver la marca. —Kahey enderezó los hombros y colocó el cigarrillo en el marco de la ventana con la brasa fuera del quicio—. Tal vez usted pueda decirme qué es. —Miró esperanzado a Giuseppe—. Acérquese.

Giuseppe se quedó con el auricular en la mano sin saber qué hacer.

—Tengo que volver junto al cadáver —dijo a su interlocutor.

—Llámeme de nuevo —fue la orden en italiano, y colgaron.

—Vamos —lo animó el doctor—. No tenga miedo. Él no va a hacerle daño. ¡A la de tres! ¿Preparado? —añadió en inglés. El doctor Kahey sonrió cuando Guiseppe agarró el cuerpo—. ¡Uno, dos, tres!

Pusieron el cadáver de lado con un sonido chapoteante, un brazo entumecido cayó por el borde de la litera. Giuseppe Locatelli miró con asombro la espalda del muerto. Tenía una marca que iba de hombro a hombro.

—¿Qué es?

3

Polizia di Stato, Venecia

Tommaso di Barbara había estado esperando la llamada todo el día. Se había quedado mirando el teléfono mientras sentía los síntomas de una gripe incipiente. Y entonces se produjo la llamada en el peor momento. Tommaso miró el teléfono, mientras su jefe lo observaba con aire acusatorio.

—¿No lo sabes? —preguntó el jefe, inquisitivo—. ¿Un paquete enviado por valija diplomática a esta comisaría, enviado desde China?

Tommaso no respondió. Se preguntaba qué tenía que hacer su jefe, el comisario Morante, en la comisaría a esas horas. El jefe normalmente sólo aparecía cuando había visitas importantes. Tommaso tenía una sensación de inquietud en el cuerpo. Una sensación de que sus días en la policía estaban contados.

El jefe continuó:

—¿Estás seguro? Alguien ha utilizado los canales oficiales para que las autoridades chinas envíen un paquete con una cinta. A través de la Interpol. Sin mi conocimiento. —Su aliento olía a ajo y Chianti.

—Mi turno acaba de empezar —dijo Tommaso, elusivo.

Se levantó y salió de la comisaría, bajo la lluvia.

El puente que conectaba la comisaría con la motora de la policía era lo primero que todo ilustre invitado de la ciudad veía de Venecia. Se les llevaba hasta allí desde tierra firme. El comisario Morante los recibía personalmente y les conducía a través del edificio policial, un antiguo convento de monjes, hacia el Gran Canal a lo largo del puente. Esa noche no había visitantes distinguidos. Sólo la lluvia. Tommaso saltó a la motora y telefoneó de nuevo.

—¿Sí?

—Soy Tommaso. ¿Sigue ahí?

—Sí, sigo aquí. —Giuseppe Locatelli parecía angustiado.

Tommaso maldijo su suerte. La dichosa lluvia. Era imposible oír nada. Se tapó el otro oído con la mano libre. Escuchó.

—Todavía estoy en el depósito de cadáveres.

—¿Le ha visto la espalda?

—Sí. Es que...

—¡Hable más alto! —gritó Tommaso—. ¡No le escucho con claridad!

—Tiene una marca. Esto es de locos, la verdad. Como...

Tommaso lo animó:

—¿Como un tatuaje?

—Sí.

Flavio y el novato de la Puglia llegaron corriendo bajo la lluvia. Compartían el turno de noche con Tommaso.

—¿Se pueden tomar fotografías con su teléfono? —preguntó Tommaso.

—Sí. Pero también tengo una cámara. Como usted me pidió en el e-mail —añadió Giuseppe.

Tommaso estaba pensando rápidamente. Si él había interpretado correctamente el estado de ánimo de su jefe, no disponía de mucho tiempo. Apenas para esperar a que llegasen por correo esas fotografías de la India.

—Tome fotos de su espalda con el teléfono. ¿Me oye? La situación es urgente. Tome fotos de toda la espalda e imágenes de cerca. Tan cerca como sea posible, pero recuerde que sin nitidez no nos serán útiles.

Flavio y el nuevo entraron en la cabina de la motora. Saludaron a Tommaso, que asintió con la cabeza y preguntó:

—¿Me ha entendido?

—Sí, perfectamente —dijo Giuseppe.

—Y me las envía de inmediato a través de MMS.

Tommaso colgó. Sacó un tubo de pastillas del bolsillo y se tragó dos sin otro líquido que su propia saliva, mientras pensaba quién demonios lo había contagiado. Tal vez alguien del hospicio. Las enfermeras y monjas que cuidaban de su madre estaban en contacto con toda clase de enfermedades. El recuerdo de su madre moribunda le provocó una punzada de remordimiento.

Santa Lucía, estación de ferrocarril, Venecia

Su pasaporte demostraba que era de Guatemala. El pasaporte más pequeño que Tommaso había visto nunca: sólo un papel doblado por la mitad. No había sitio para sellos o visados. Simplemente una sucia fotografía del titular, que se parecía a un indio, y algunos dudosos sellos de una autoridad igualmente dudosa del otro lado del Atlántico.

—Poco, poco —respondió el dueño del pasaporte cuando Tommaso le preguntó si hablaba italiano.

—¿Francés?

—Tampoco.

El hombre sólo chapurreaba un poco el inglés, pero ése no era el fuerte de Tommaso. Y él no era el único en Italia. Ni siquiera su profesora de inglés en el instituto sabía hablar inglés. En su lugar, habían machacado el francés en su cabeza. Tommaso hubiese preferido aprender inglés, pero ahora pensaba que era demasiado tarde. El padre de Tommaso, que nunca había abandonado Cannaregio en Venecia, murió porque se negó a buscar ayuda de los médicos cuando tenía problemas de pulmón. Tommaso lo sabía. Su padre no debería haber fumado tanto. Pero también sabía que él era en muchos aspectos una mala copia de su padre.

Se enderezó y vio su propio reflejo en la ventanilla del tren estacionado. Por lo general, se habría enfrentado a un rostro anguloso, afeitado, con mirada firme, de pelo canoso y mandíbula afilada. Pero esa noche se parecía más a una pobre criatura que debería estar en casa, arrebujado en su cama. Tommaso era el primero en admitir que su atractivo le había impedido mantener una relación estable. Sólo se había traducido en demasiadas tentaciones. Pero no en los últimos años, después de haber superado los cuarenta. Su aspecto no había cambiado significativamente, pero la gente de su entorno sí. Se habían casado y disfrutaban de las alegrías de la vida conyugal. Tommaso se convencía, casi a diario, de que debía encontrar una esposa. Pero no sería esa noche, se dijo, y una vez más miró la imagen pensativa de sí mismo.

—*Grazie.* —Tommaso asintió con la cabeza al guatemalteco y abandonó el andén.

Comprobó su teléfono. No había mensajes nuevos. Ni archivos de imagen. Miró el reloj de la estación: «Martes 15/12/2009 – 1.18 h.» Sabía que podían pasar unos minutos, a veces horas, antes de que un mensaje llegara al móvil cuando era enviado desde Asia. Los servicios de inteligencia retrasaban la señal para controlar lo que se recibía y se enviaba fuera. Tenían un estricto control sobre las conversaciones de la gente.

—Flavio. —Tommaso llamó a su colega—. ¡Flavio!

No eran más de tres agentes del turno de noche los que habían comenzado, bajo la lluvia, hacía diecisiete minutos. La comisaría estaba al lado de la estación de ferrocarril. Sabían que el tren de Trieste llegaba a la una y media y que traía a menudo inmigrantes ilegales de Europa del Este. Buscaban su suerte en el Oeste trabajando por un pequeño salario en cualquier cocina de mala muerte.

Flavio corrió bajo la lluvia y descendió al andén cubierto por un techo de metal. Tuvo que gritar a Tommaso para sobreponerse al ruido:

—¿Los dejamos pasar?

—¿Por qué?

—Debemos ocuparnos de un suicidio en Murano.

—¿Suicidio?

—O asesinato. En esas islas nunca se sabe. —Flavio se sonó tres veces con fuerza y metió el pañuelo en el bolsillo.

Tommaso miró una vez más el teléfono. Todavía nada de la India. ¿Temía la respuesta?, se preguntó de camino a la motora policial. El resto de las ocasiones no había fallado. Hacía unos meses habían encontrado uno en Hanoi, muerto de la misma forma. La misma marca. Además, también era un benefactor.

Antes de que Flavio diera la vuelta con la embarcación en el Canal, Tommaso descubrió que aún había luz en el despacho del jefe. Sabía muy bien lo que significaba: el comisario Morante estaba removiendo cielo y tierra para averiguar quién había pedido a las autoridades chinas el paquete con la cinta. Pronto iba a saber quién lo había hecho. El comisario era un hombre meticuloso. También descubriría que Tommaso había utilizado a la Interpol para enviar advertencias a muchas policías europeas. Entre otras la danesa.

4

Copenhague, martes 15 de diciembre de 2009

Horas de frío en Nordvest.

La lluvia golpeteaba el techo del coche policial con un ritmo tranquilo, monótono. Las gotas se hacían cada vez más gruesas. Pronto la lluvia sobre la ciudad se cristalizaría en forma de aguanieve, pensó Niels Bentzon mientras, con dedos temblorosos, trataba de despegar el penúltimo cigarrillo del paquete.

A través de los cristales empañados, el mundo de alrededor era un impenetrable velo de agua. El tráfico hacía que la luz y la oscuridad fuesen intermitentes. Se reclinó contra el respaldo, mirando al vacío. Tenía dolor de cabeza y agradeció al Todopoderoso que el coordinador de operaciones le hubiera pedido que se quedase en el coche y esperara. A Niels no le gustaba la calle Dorthea, tal vez por su don especial para atraer desgracias. No le sorprendería que esa noche no estuviera lloviendo en el resto de Copenhague.

Trató de recordar qué hubo allí primero: la Comunidad de la Fe Islámica o la Casa de la Juventud. Dos organizaciones que funcionaban como una invitación para los alborotadores. Todos los policías lo sabían: una notificación por radio para prestar asistencia en la calle Dorthea en Nordvest significaba amenaza de bomba, manifestaciones, incendios o agresiones.

Niels había participado en el desalojo de la Casa de la Juventud; casi todos los policías del país habían sido convocados. Fue un asunto turbio, muy desagradable. Niels estuvo en la calle, donde trató de desarmar a dos chicos que esgrimían bates. Lo golpearon en el brazo izquierdo y en las costillas. Aquellos jóvenes irradiaban odio, una supernova de frustraciones dirigida contra Niels. Cuando finalmente logró derribar a uno y esposarlo, el joven se le encaró gritándole algo muy feo. No cabía duda del dialecto: Nordsjælland, Rungsted. La progenie de la clase alta.

Pero la noche anterior no habían sido jóvenes iracundos o islamistas los que habían disparado la alarma, sino un soldado repatriado que estaba utilizando las balas que le sobraban con su familia.

—¡Niels!

Niels oyó los golpes en la ventanilla. Todavía le quedaban tres cuartos de pitillo.

—Niels. Vamos, éste es el momento.

Dio dos profundas caladas antes de salir bajo la lluvia.

El policía, un chico muy joven, lo miró y comentó:

—Qué tiempo tan malo.

—¿Qué sabemos? —Niels tiró la colilla y traspuso la valla policial.

—Ha disparado tres o cuatro veces y ha cogido rehenes.

—¿Qué sabemos acerca de los rehenes?

—Nada.

—¿Hay niños?

—No sabemos nada, Niels. Leon está en la escalera. —Señaló con el dedo.

«¡Vete a la mierda!», había pintado un espíritu honesto en la pared, por encima de los rótulos con los nombres. El vestíbulo era tanto una ruina como un testimonio de las decisiones políticas de los últimos años. «¡Salvad Christiania!», «¡A la mierda Israel!» y «¡Muerte a los maderos!», pudo leer Niels antes de que el portal oxidado se cerrara tras él. Se había empapado en un instante.

—¿Llueve?

Niels no pudo determinar cuál de los tres policías en la escalera era el gracioso.

—¿Es en el segundo piso?

—Sí, señor.

Tal vez estarían sonriendo a sus espaldas mientras él subía

por la escalera. Por el camino se cruzó con un par de jóvenes policías con chalecos antibalas y armas automáticas. El mundo no había mejorado desde que Niels fuera aceptado en la Academia de Policía, hacía más de veinte veranos. Al contrario. Se podía ver en los ojos de los policías jóvenes: duros, fríos, distantes.

—Tranquilos, muchachos, todos volveremos a casa vivos —susurró mientras los adelantaba.

—¿Leon? —gritó uno de los policías—. El negociador está subiendo.

Niels sabía exactamente lo que representaba Leon. Si él se viera obligado a elegir un lema, sería: la operación fue un éxito pero el paciente murió.

—¿Es mi amigo Damsbo? —gritó Leon desde el descansillo, antes de que Niels diera la vuelta al recodo.

—No sabía que tuvieras amigos, Leon.

Leon, con ambas manos alrededor de la pequeña metralleta Heckler & Koch, bajó dos escalones y miró sorprendido a Niels.

—¿Bentzon? ¿De dónde demonios te han desenterrado?

Niels lo miró a los ojos: los tenía muertos, grises. Un reflejo del clima de noviembre.

Hacía mucho tiempo que Niels no veía a Leon. Niels había estado de baja por enfermedad seis meses. La barba de dos días de Leon había encanecido, y el nacimiento de su pelo se había retirado, dejando tras de sí un aparcamiento para las arrugas.

—Pensé que enviarían a Damsbo.

—Damsbo está enfermo. Y Munkholm de vacaciones —dijo Niels y apartó el cañón de la metralleta.

—¿Podrás hacerlo, Bentzon? Hace mucho tiempo desde la última vez, ¿verdad? ¿Sigues con la medicación? —Una sonrisa condescendiente se formó en los labios de Leon antes de añadir—: ¿Qué haces aquí? Creía que ahora te dedicabas a poner multas de tráfico por exceso de velocidad y cosas así.

Niels negó con la cabeza y trató de disimular que estaba sin aliento. Así que simuló una inhalación profunda con una expresión de seriedad.

—¿Es grave? —preguntó.

—Peter Jansson, veintisiete años. Armado. Veterano de Irak. Al parecer ha recibido una medalla. Ahora amenaza con matar a toda su familia. Un colega de las fuerzas armadas está de camino. Tal vez pueda llegar para liberar a los niños antes de que se mate a sí mismo.

—A lo mejor incluso podemos convencerlo de que no se mate. —Niels lo miró fijamente—. ¿Qué dices, Leon?

—Mierda, ¿cuándo vas a entenderlo, Bentzon? Hay tipos a los que no les importa el dinero, las penas de prisión o la jubilación por enfermedad. No les importa nada.

Niels se negó a unirse al cinismo de Leon, así que escuchó el resto de su andanada.

—Les va a costar a los contribuyentes una fortuna considerable.

—¿Algo más, Leon? ¿Qué sabemos sobre el apartamento?

—Dos habitaciones. Entras directamente en la primera, no hay recibidor. Creemos que está en la habitación de la izquierda o en el dormitorio, al fondo. Oímos disparos y sabemos que hay dos chicas y una esposa, o ex esposa. Tal vez sólo una hija y una menor de acogida.

Niels miró inquisitivamente a Leon.

—Sí, la historia varía un poco dependiendo de quién vengan las respuestas.

—¿Entras?

Niels asintió con la cabeza.

—Por desgracia no es del todo estúpido.

—¿Qué quieres decir?

—Él sabe que sólo hay una manera de asegurarse de que el negociador no oculta un arma y un transmisor.

—¿Quieres decir que él pretende que me quite la ropa? —Suspiró profundamente.

Leon lo miró con compasión y asintió con la cabeza.

—Lo entendería si te niegas. En ese caso podríamos irrumpir por la fuerza en la vivienda.

—No, no te preocupes. Lo he hecho antes. —Niels se desabrochó el cinturón.

Niels Bentzon cumpliría quince años en el Departamento de Homicidios el próximo verano. Los últimos diez años como negociador. Lo enviaban a solucionar secuestros con rehenes, o cuando la gente amenazaba con suicidarse. Siempre eran hombres. Cuando las acciones se desplomaron y los economistas se dieron cuenta de la crisis financiera, aparecieron las armas. A Niels siempre le ha sorprendido cuántas armas hay por ahí, en las casas. Armas ligeras de la Segunda Guerra Mundial, escopetas de caza y rifles sin licencia.

—Niels Bentzon, soy oficial de policía. No llevo ropa encima, como has pedido. No tengo armas ni transmisor. —Empujó suavemente la puerta entreabierta—. ¿Puedes oírme? Mi nombre es Niels. Soy policía y estoy desarmado. Sé que eres soldado, Peter. Sé que es difícil quitar la vida a alguien. Sólo quiero hablar contigo.

Niels se detuvo ante la puerta, escuchando. Ninguna respuesta, sólo el hedor de una vida decadente. Poco a poco sus ojos se acostumbraron a la penumbra.

A lo lejos ladraba un perro callejero de Nordvest. En unos segundos se activó al máximo su sentido del olfato y rápidamente pudo detectar el olor a pólvora. Su pie encontró cartuchos. Recogió uno, todavía caliente. Niels leyó el grabado en la base: 9 mm. Este calibre lo conocía muy bien. Había tenido el honor de recibir un proyectil alemán en el muslo, de casi el mismo calibre, hacía tres años. En algún lugar, en el cajón superior de la cómoda de Kathrine, él había guardado la bala que el cirujano había extraído. Una 9 mm Parabellum, el calibre más popular del mundo. El nombre Parabellum descendía del latín. Niels lo había encontrado en Google: «Si vis pacem, para bellum; Si quieres paz, prepárate para la guerra.» Era el lema de la fábrica alemana de esas armas. Deutsche Waffen und Munitionsfabriken. Habían suministrado las municiones para el ejército alemán en las dos guerras. Qué paz les había dado.

Niels dejó el cartucho en el suelo, donde lo había encontrado. Se detuvo un momento y se tranquilizó a sí mismo. Las sensaciones desagradables tenían que desaparecer antes de continuar. Si no, la angustia vencería. La más leve vibración de su voz pondría al secuestrador nervioso. Kathrine. Pensó en Kathrine. No debería hacer eso, de lo contrario no podría continuar.

—¿Estás bien, Bentzon? —susurró Leon detrás de él.

—Cierra la puerta —ordenó Niels.

Leon obedeció. Los destellos del tráfico de la calle arrojaban luz a través de las ventanas, y Niels se vio en un cristal. Pálido, asustado, desnudo e indefenso. Tenía frío.

—Estoy en tu sala de estar, Peter. Mi nombre es Niels. Estoy esperando que hables conmigo.

Niels estaba sereno, ya totalmente tranquilo. Podría pasar casi toda la noche negociando, él lo sabía. Pero a menudo no tenía mucho tiempo. Lo más importante de una situación con rehenes era que aprendía mucho sobre secuestradores en muy poco tiempo. ¡Lo que uno llega a saber sobre la persona que está detrás de una amenaza! Sólo cuando lograba conectar con la persona había esperanza. Leon era un idiota. Él sólo veía la amenaza, y por tanto siempre terminaba disparando.

Niels buscaba huellas de un hombre llamado Peter en el apartamento. Los detalles cruciales. Miró las fotografías pegadas a la puerta del refrigerador: Peter con su esposa y sus dos hijas. Bajo las imágenes de las niñas se leía «Clara» y «Sofie». Al lado, «Peter» y «Alexandra». Clara, la mayor, era una niña grande, tal vez una adolescente. Aparato para los dientes y espinillas. Había diferencia de edad entre las dos niñas. Sofie no aparentaba más de seis. Bastante dulce y agradable. Se parecía a su padre. Clara no se parecía ni a la madre ni al padre. Tal vez fuera de un matrimonio anterior. Niels respiró hondo y volvió a la sala de estar.

—¿Peter? ¿Están Clara y Sofie contigo? ¿Y Alexandra?

—¡Largo, cabrón! —se oyó un grito enérgico desde el fondo de la vivienda.

El frío ya empezaba a hacerle mella y comenzó a temblar. Peter no estaba desesperado, sino determinado. Con la desesperación uno puede negociar, la determinación es peor. Otro suspiro profundo. La batalla no se había perdido todavía. «Descubra lo que quiere el secuestrador.» Ésa era la máxima para un negociador. «Si no quiere nada, ayúdele a encontrar un deseo, sólo uno, u otra cosa.» Se trata de hacer que el cerebro del secuestrador sienta expectación por algo. Justo ahora el cerebro de Peter se encontraba en las antípodas, Niels lo había notado en su voz.

—¿Has dicho algo? —preguntó para darse tiempo.

No hubo respuesta.

Niels miró alrededor. Todavía no tenía la clave para resolver la situación. La habitación estaba empapelada de girasoles, girasoles grandes del suelo al techo. Algo interfería en el olor a pis de perro y humedad. Sangre fresca. La mirada de Niels encontró la fuente del olor en una esquina, acurrucada de una manera que nunca se lo habría imaginado.

Alexandra había recibido dos balas directamente en el corazón. Era en las películas donde se tomaba el pulso, en la realidad sólo se veía un enorme agujero en el pecho y una vida definitivamente perdida. Ella lo miraba con los ojos bien abiertos. Fue entonces cuando Niels oyó el suave llanto de una niña.

—¿Peter? Todavía estoy aquí. Mi nombre es Niels...

Una voz le interrumpió:

—Tu nombre es Niels y eres policía. ¡Ya lo has dicho! Y yo te he dicho que te largues, cabronazo.

Una voz sombría, firme. ¿De dónde venía? ¿Del cuarto de baño? ¿Por qué demonios Leon no le había conseguido un plano?

—¿Quieres que me vaya?

—Diablos, por fin lo entiendes, capullo.

—Pero no puedo, por desgracia. Mi trabajo es estar aquí hasta que se acabe. Pase lo que pase. Sé que puedes entenderlo. Tú y yo, Peter, los dos tenemos trabajos que nos obligan a permanecer en nuestro puesto, aunque sea difícil.

Niels escuchó. Se acercó al cadáver de Alexandra. En su mano tenía unos papeles. Los músculos no estaban rígidos aún y no fue difícil quitarle el papel. Niels se puso de pie junto a la ventana, para servirse del alumbrado público de la calle Dorthea. La carta era del Ministerio de Defensa. Un despido. Demasiadas palabras, tres páginas. Niels hojeó rápidamente. «Problemas personales... Inestable... Circunstancias desafortunadas... Informes de asistencia y reciclaje profesional.» Entonces se sintió atrapado en una especie de túnel del tiempo, contemplando la última foto familiar. Era como si estuviese viendo lo ocurrido.

Alexandra encuentra la carta. Peter ha sido licenciado. El único ingreso de la familia. Licenciado al mismo tiempo que luchaba para digerir toda la mierda que había visto y protagonizado sirviendo a su patria. Niels sabía que nunca hablaban de ello. Los soldados que volvían de Irak y Afganistán no respondían a las preguntas más obvias. ¿Has disparado? ¿Mataste a alguien? Sus respuestas eran evasivas. Quizá porque era demasiado frecuente que las armas que disparaban y que destrozaban al enemigo, extremidades y órganos que saltaban en pedazos, hicieran casi tanto daño al alma del verdugo como al cuerpo de la víctima.

Peter había sido licenciado, el ejército le había dado la patada. Él se había marchado de casa como un hombre real y volvía hecho una piltrafa. Y Alexandra no lograba asimilarlo. Ella pensaba en primer lugar en las niñas, es lo que hace una madre. Un soldado dispara y una madre piensa en sus hijos. Tal vez ella le gritó que era un incompetente, que le había fallado a la familia. Y entonces Peter hizo lo que había aprendido: cuando los conflictos no pueden resolverse por medios pacíficos, se dispara al enemigo. Y Alexandra se había convertido en el enemigo.

Finalmente Niels tenía una clave: le hablaría a Peter como un soldado. Le hablaría con su honor, con su hombría.

5

Murano, Venecia

Inicio del invierno, temporada alta de suicidios en la Europa continental. Pero esto no era un suicidio. Era venganza. Si no, no habría utilizado alambre para ahorcarse. En realidad no era tan difícil encontrar una cuerda en esa isla, con todos sus astilleros.

Flavio estaba fuera vomitando en el canal. La viuda del soplador de vidrio muerto había buscado el consuelo de sus vecinos. Tommaso podía oír sus gritos de vez en cuando. Fuera de la casa se había congregado una representación de la población de la isla. El supervisor de la fábrica de cristal, un monje del monasterio de San Lázaro, un vecino y un comerciante. ¿Qué querría el comerciante?, se preguntó Tommaso. ¿Tal vez cobrar la última factura impagada antes de que fuera demasiado tarde?

Increíble lo que la crisis financiera hacía a los hombres y a su percepción de sí mismos. Y era aún más arriesgado siendo habitante de las islas, el aislamiento en una sociedad cerrada, la falta de progreso vital. No era de extrañar que Venecia hubiera ascendido inadvertidamente en las estadísticas de suicidio de Italia.

La casa: húmeda, techos bajos y mal iluminada. Tommaso miró por una ventana y vio el rostro de una mujer. Estaba comiendo un bocadillo. Lo miró con aire de culpabilidad, sonrió y se encogió de hombros. Podía tener hambre, por supuesto, aunque el soplador de vidrio estuviese muerto. Tommaso oía voces fuera. En particular, del supervisor. Hablaba de las imitaciones baratas de cristal procedentes de Asia, vendidas a los turistas.

Habían arruinado el trabajo local, el que se había producido y desarrollado como una forma de arte a través de los siglos. ¡Era un escándalo!

Tommaso miró de nuevo el teléfono. ¿Dónde demonios estaban las fotos de la India? El soplador de vidrio se balanceaba. A Tommaso empezaba a preocuparle cuánto tiempo le sostendría el alambre. Si las vértebras del cuello estaban rotas, el alambre avanzaría a través de la carne y lesionaría el cuerpo.

—¡Flavio! —llamó Tommaso.

Flavio apareció en la puerta.

—Escribe el informe.

—No puedo.

—Cállate. Escribe lo que te digo. Puedes sentarte de espaldas a la habitación.

Flavio tomó una silla, se volvió hacia la pared húmeda y se sentó. Olía a hollín. Como si alguien hubiera apagado el fuego de la estufa con un cubo de agua.

—¿Listo?

Flavio estaba sentado con su cuaderno, mirando a la pared.

Tommaso comenzó con la parte oficial:

—Llegamos justo antes de las dos. Llamada de emergencia de la viuda del soplador de vidrio Antonella Bucati. ¿Escribes?

—Sí.

La sirena. Por fin. Tommaso la oía. La ambulancia apagó la sirena cuando encontró el camino de la laguna hacia ese deteriorado canal. El motor rugía. Los intentos de las olas de romper los pilotes medio podridos anunciaron la llegada de la ambulancia, unos segundos antes de que los sanitarios desembarcaran. La luz azul parpadeante iluminaba la habitación a destellos y Tommaso recordó lo oscura que era Venecia en invierno. Era como si la humedad robara los restos dispersos de luz de las pocas casas donde aún vivía alguna persona. El resto de Venecia estaba sumido en la oscuridad. La mayor parte de la ciudad era propiedad de estadounidenses y saudíes, que se encontraban allí un máximo de dos semanas al año.

Entonces Tommaso vio los tacones y en ese momento el teléfono empezó a tintinear. El ahorcado tenía los tacones de sus zapatos negros manchados de blanco. Tommaso raspó un tacón y la suciedad blanca se desprendió.

—¿Podemos bajarlo? —Fue Lorenzo, conductor de la ambulancia, el que lo pidió. Tommaso había ido a la escuela con él. Sólo habían discutido una vez. Lorenzo ganó.

—Todavía no.

—¿Estás tratando de decirme que es un asesinato? —Lorenzo se preparaba para cortar el alambre del soplador de vidrio.

—¡Flavio! —llamó Tommaso—. Si toca el cadáver, que le esposen.

Lorenzo puso un pie en el suelo con rabia.

—Linterna. —Tommaso tendió la mano.

Flavio se llevó la mano a la boca y bajó los ojos cuando le dio la linterna. No había huellas en el suelo. La cocina también estaba convenientemente limpia, donde el soplador de cristal colgaba de la viga del techo. En contraste con la sala, donde el suelo estaba sucio. El teléfono sonó de nuevo. Tommaso abrió la puerta de atrás. La huerta estaba cubierta. Había un pequeño emparrado. Hacía mucho tiempo, alguien había intentado guiar la parra alrededor de la terraza, pero había desistido y el sol la llevaba ahora a su antojo. La parra cubría todo el techo libremente. Una luz brillaba en el taller. Tommaso caminó unos pasos por el jardín de la cocina y abrió la puerta. A diferencia del resto de la casa, el taller estaba ordenado. Meticulosamente ordenado.

Otro mensaje se anunciaba en la pantalla. Llegaban en emocionantes oleadas. No se atrevió a abrirlos en ese momento.

El suelo del taller era de hormigón blanco. Tommaso se puso a raspar, la superficie era porosa, casi como tiza. Lo mismo que aparecía en los tacones del ahorcado. Se sentó en una silla. Flavio gritó, pero Tommaso fingió no oírlo. Su primera suposición era correcta. No era un suicidio. Era una venganza.

La venganza de la esposa. El soplador de vidrio había muerto ahí y había sido arrastrado por el taller, así se habían manchado de blanco los tacones de los zapatos.

—¿Qué estás haciendo aquí? —Tommaso miró a Flavio, que estaba en la puerta—. ¿Estás bien? Joder, tienes mal aspecto.

Tommaso ignoró el diagnóstico:

—Debemos llamar al médico forense. Y a los técnicos de la Véneto.

—¿Por qué?

Tommaso deslizó su dedo por el suelo y lo levantó hacia arriba para que Flavio viese qué blanco estaba.

—Lo mismo que tiene en los tacones. Si miras, puedes ver que es lo mismo.

Flavio cayó en la cuenta.

—¿Vamos a detener a la viuda?

—Probablemente sería un buen comienzo.

Flavio meneó la cabeza, parecía triste. Tommaso sabía exactamente lo que le pasaba en ese momento: el desánimo ante la historia que escucharía de la viuda en las próximas horas sobre la pobreza, la embriaguez y la pérdida de puestos de trabajo, los maltratos de esposa y el aislamiento de un isleño. Era la historia de Venecia ahora. En algún lugar había seguramente un seguro de vida, ¿o quizá la viuda del soplador de vidrio simplemente ya había tenido suficiente? Flavio llamó por teléfono a la comisaría y se lo tomó con calma para hacer las detenciones necesarias. Tommaso respiró hondo. «Esta noche será el fin del mundo para todos ellos», pensó. Tenía dificultades para leer los mensajes en el teléfono. Giuseppe Locatelli le había enviado cuatro fotos desde la India. Tommaso sacó las gafas de leer y estudió la primera imagen: la marca de la espalda del hombre muerto. Lo mismo que las demás. Y entonces vio los primeros planos de la marca de atrás.

«Treinta y cuatro —se dijo—. Nos quedan dos.»

6

Calle Dorthea, Copenhague

«Maníaco-depresivo», susurraba Leon a los otros policías al otro lado de la puerta.

Niels sabía muy bien que ésa era la palabra que usaban cuando hablaban de él. Y también sabía lo que significaba ese apelativo en su diccionario: loco de atar. Pero Niels no era maníaco-depresivo. Sólo que a veces estaba un poco excitado y otras veces completamente hundido. El último viaje a las profundidades había durado un par de meses.

Niels miró sus piernas desnudas mientras avanzaba por el suelo. Le temblaban todo el tiempo y el frío hacía difícil lograr el deseado autocontrol. En un segundo tendría que decidir si escapaba y dejaba a Leon resolver la situación sin miramientos. Niels nunca había disparado un arma. Y nunca lo haría. Eso lo sabía. No podría. Tal vez por eso era un negociador, el único trabajo de la policía en el que nunca se llevaban armas.

Niels se aclaró la garganta y gritó:

—¡Peter! ¿Crees que soy idiota? —Se acercó dos pasos más a la habitación—. ¿Crees que no sé lo que se siente al tener un trabajo como el tuyo o el mío.

Él sabía que Peter escuchaba. Podía oír su respiración. Ahora se trataba de ganar su confianza para que pudiera persuadirle de liberar a las niñas.

—La gente no sabe lo que se siente cuando se le quita la vida a alguien. La sensación es como si te quitaras la tuya propia. —Niels hizo una pausa de unos segundos—. ¡Háblame, Peter! —gritó imperiosamente. El tono áspero le sorprendió incluso a él mismo. Pero Peter era un soldado, tenía que recibir una orden—. ¡He dicho que me hable, soldado raso!

—¿Qué quieres? —gritó Peter desde el dormitorio—. ¿Qué demonios quieres?

—¡No! ¿Qué quieres tú, Peter? ¿Qué quieres? ¿Quieres salir fuera de aquí? Lo puedo entender, maldita sea. Es un mundo cruel.

No hubo respuesta.

—Estoy contigo ahora mismo. Estoy desarmado y desnudo, tal como habías pedido. Abriré lentamente la puerta para que puedas verme.

Niels dio tres pasos hasta la puerta.

—Abro la puerta ahora.

Esperó unos segundos. Era fundamental dominar su respiración. No podía mostrar ningún atisbo de nerviosismo. Cerró los ojos un segundo. Luego los abrió y empujó la puerta. Se detuvo en el quicio. Una niña yacía en la cama. De unos quince años. Clara. La mayor. Yacía sin vida. Sangre en las sábanas. Peter estaba sentado en la esquina de la habitación y miraba sorprendido al hombre desnudo de la puerta. El soldado llevaba puesto su uniforme y parpadeaba. Era un animal herido. Tenía un rifle de caza en la mano y apuntaba a Niels, y una botella vacía de alcohol entre las piernas.

—No puedes decidir nada sobre mí —susurró Peter, que ya no parecía tan confiado en sí mismo.

—¿Dónde está Sofie?

Peter no respondió, pero oyó un leve ruido debajo de la cama. Bajó el rifle para encañonar a Sofie, la pequeña, que estaba acurrucada debajo de la cama.

—Vamos a irnos de aquí —dijo el soldado, y miró a Niels a los ojos por primera vez.

Niels le sostuvo la mirada. Se negó a mostrar debilidad.

—Sí, nos vamos de aquí. Pero no Sofie.

—Bueno, toda mi familia.

—Ahora me voy a sentar —anunció Niels, y lo hizo.

La sangre de la chica muerta que goteaba del somier al suelo le llegaba a los pies desnudos. Se percibía un intenso olor a colchones viejos y alcohol. Niels dejó al secuestrador a su aire durante un rato. Peter no estaba listo para disparar a su hija más pequeña, Niels ya lo había notado. Hay muchas maneras de negociar con un secuestrador, muchas técnicas. Tantas, que Niels se había quedado atrás cuando sus dos colegas habían estado en un curso del FBI en Estados Unidos. Niels también habría ido, pero su fobia a viajar le obligó a quedarse en casa. Sólo la idea de subirse a una estructura de hierro de muchas toneladas y flotar sobre el Atlántico a unos doce kilómetros de altura le resultó algo imposible. El resultado fue bastante predecible: los jefes nunca más le llamaron. Sólo si había una enfermedad o una ausencia, como esta tarde.

El manual decía que el siguiente paso era iniciar las negociaciones con Peter. Para conseguir que él estableciera las peticiones o demandas, lo que fuera, pero sólo una, lo que haría que pasase el tiempo y que su cerebro se relajase. Podría ser algo muy trivial. Más whisky o tabaco. Pero Niels había tirado el manual hacía mucho tiempo.

—Sofie —llamó Niels—. ¡Sofie!

—Sí. —La niña salió de debajo de la cama.

—Ahora tu padre y yo hablaremos un poco. Es una charla de adultos y preferimos estar solos. —Niels habló en tono duro, muy duro, y no dejó de mirar a Peter ni un segundo. Niels ya era el oficial, el superior, el aliado de Peter—. Ahora harás lo que tu padre y yo te decimos. Sal ahora. ¡Y ve a la escalera!

Finalmente Niels escuchó cómo se movía debajo de la cama.

—¡No debes mirarnos! Vete fuera, ahora —ordenó.

Oyó los pequeños pasos por la sala y luego cómo la niña abría y luego cerraba la puerta del piso. Ahora sólo quedaban Niels, Peter y el cadáver de una adolescente.

El negociador examinó al soldado. Peter Jansson, veintisiete años. Licenciado forzoso del ejército. Un héroe danés de pura cepa. Peter movió el rifle y se puso el cañón bajo la barbilla. El soldado cerró los ojos. Niels casi podía escuchar el susurro de Leon desde la escalera: «¡Que lo haga, Niels! Deja que ese loco se vuele el cerebro.»

—¿Dónde prefieres ser enterrado? —Niels estaba totalmente tranquilo y habló como si fueran amigos íntimos.

Peter abrió mucho los ojos, pero sin mirar a Niels. Miró hacia arriba, tal vez era religioso. Niels sabía que muchos soldados buscaban al capellán con más frecuencia de lo que querrían admitir.

—¿Quieres ser incinerado?

El soldado agarró con más fuerza el rifle.

—¿Hay algo que quieras decir a alguien? Yo soy la última persona que te va a ver con vida.

No hubo reacción en Peter. Respiraba lentamente. Este último acto, quitarse la vida, exigía más coraje que matar a su esposa o a sus hijas.

—Peter, ¿hay alguien con quien pueda contactar de tu parte? ¿Una persona a la que desees dejar un mensaje final? —Niels le habló como si Peter tuviera un pie en el paraíso, como si estuviera en la puerta de entrada al otro mundo—. Lo que experimentaste en Irak no lo debería experimentar nadie.

—No.

—Y ahora deseas seguir adelante.

—Sí.

—Entiendo, está muy bien. ¿Hay algo por lo que quieras ser recordado? Algo bueno.

Peter hizo memoria y Niels vio que había ganado algo. Por primera vez, el secuestrador pensaba en otra cosa diferente a pegarse un tiro, pegárselo a su familia o a este maldito mundo. Así que Niels continuó:

—¡Peter! ¡Respóndeme! ¿Has hecho algo bueno? ¿Qué fue?

—Era una familia... Un pueblo a las afueras de Basora sometido a un fuego intenso —comenzó titubeante.

—¿Era una familia iraquí? —lo animó Niels—. ¿Tú la salvaste?

—Sí.

—O sea que has salvado vidas. No sólo las has quitado. Eso se recordará.

Peter inclinó el rifle y por un momento bajó la guardia como un boxeador derrotado.

Niels reaccionó con rapidez. Se acercó rápidamente y agarró el cañón del arma. Peter lo miró sorprendido, pero no soltó el rifle. Decidido, Niels le golpeó en la cabeza con la palma de la mano.

—¡Suelta! —le ordenó.

Niels esperaba que Peter se volviera y gimotease, pero él se quedó sentado allí, con gesto derrotado. Niels le quitó el rifle con cuidado y se dio la vuelta. La chica en la cama se movió.

—¡Leon! —llamó Niels.

Los policías irrumpieron en el piso. Leon entró primero, siempre era el primero. Se abalanzaron sobre el soldado, aunque éste no se resistió. Los auxiliares se apresuraron ruidosamente por las escaleras.

—¡La niña vive! —exclamó Niels y salió de la habitación.

Un agente estaba preparado con una manta y se la arrojó para que se cubriese. Niels lo hizo en el pasillo y miró hacia atrás. Peter estaba llorando, destrozado. Llorar era bueno, Niels lo sabía bien. Cuando había lágrimas, había esperanza. Ya habían puesto a la niña en una camilla y se la llevaban.

Niels fue a la cocina, cubierto por la gruesa manta que olía a perros policía, y dejó a los demás haciendo lo necesario. La familia había comido albóndigas para cenar. Salsa bearnesa de sobre.

Fuera llovía aún. ¿O era la primera nevada del año? La ventana estaba cubierta de condensación.

—Bentzon.

Leon se acercó a él.

—Hay una cosa que me gustaría preguntarte.

El negociador esperó. Leon tenía mal aliento.

—¿Qué demonios piensas realmente?

—¿Estás seguro de querer saberlo?

—Sí.

Niels respiró hondo y reflexionó. Leon aprovechó su indecisión para zamparse la última albóndiga de la familia. La rebozó en la salsa y se la metió en la boca.

—Pienso en algo que escuché en la radio sobre Abraham e Isaac.

—Me temía que ibas a decir algo así.

—Tú me has preguntado.

Sin dejar de masticar, Leon preguntó:

—¿Qué pasa con ellos? No estoy muy familiarizado con esas cosas.

—Había un sacerdote en la radio que decía que no deberían difundir esta historia. ¿Te acuerdas de eso? Dios le dice a Abraham que debe sacrificar a su hijo para probar su fe.

—Estoy de acuerdo con el sacerdote. Suena como una historia demencial. Mejor que se prohíba esa basura.

—¿No es lo mismo que hacemos nosotros? Enviar a un joven a un desierto lejano y pedirle que se sacrifique por una creencia.

Leon lo miró durante unos segundos. Una pequeña sonrisa, una sacudida teatral con la cabeza, y ya se había ido.

7

Aeropuerto de Charleroi, Bruselas, Bélgica

«Mi venganza será redentora.»

La idea sonó brillante en la mente de Abdul Hadi mientras miraba con desprecio a los guardias de seguridad. «Si quisiera de verdad secuestrar un avión, vuestra ridícula seguridad no podría detenerme.»

Sin embargo, no era tan simple. No iba a secuestrar un avión y volar a la sede de la Unión Europea. No habría imágenes en la televisión de los parientes de los pasajeros gritando y llorando cuando la compañía aérea diera a conocer las listas con los nombres de las víctimas. Esta venganza sería diferente, sería una venganza justa.

El guardia de seguridad lo miró irritado. Abdul Hadi había comprendido, por supuesto, su primera pregunta, pero mientras le obligaba a repetir sus injustas exigencias, encontró las fuerzas para seguir.

—¿Puede quitarse los zapatos, señor? —El guardia levantó la voz.

Abdul Hadi miró a los occidentales que acababan de pasar por el puesto de control del aeropuerto sin tener que quitarse los zapatos. Sacudió la cabeza y volvió a pasar a través de aquel extraño marco de puerta que emitía un pitido si tenías monedas en el bolsillo. Se quitó los zapatos con calma y confianza y los puso en una bolsa de plástico. «Tal vez piensen que escondo un cuchillo en el zapato, como hizo Mohamed Atta», pensó antes de pasar de nuevo. Un segundo guardia de seguridad lo llamó. Esta vez era su equipaje de mano, que debía ser tratado de manera diferente al del resto de pasajeros. Con mayor desconfianza. Abdul

Hadi miró alrededor en el aeropuerto mientras husmeaban en su neceser. Tintín y chocolates rellenos. No sabía mucho acerca de Bélgica, pero había aprendido que era famosa por dos cosas. Recordó que dos mujeres belgas de mediana edad habían sido asesinadas en Wadi Dawan el año anterior. Algunos guerreros de Alá habían atacado un convoy de occidentales y las dos mujeres habían muerto. Abdul Hadi movió la cabeza. Nunca volvería a conducir a través del desierto de Wadi Dawan sin protección.

Por encima de la tienda *duty-free* colgaba un mapa del mundo. Lo miró mientras ellos abrían los bolsillos de su bolsa y sacaban las pilas de la máquina de afeitar. El terror había rehecho el mapamundi, pensó. Nueva York era la capital. «Bombay también ha tenido un significado completamente nuevo, así como el metro de Madrid y de Londres. Sharm el Sheik, Tel Aviv y Jerusalén.» Su gente había sacado un pincel gigante y había comenzado a pintar el mundo de rojo. Estaban creando un nuevo mapa del mundo donde la gente ya no pensaba en castañuelas cuando hablaban sobre Madrid, o en la estatua de la Libertad cuando la charla fuera sobre Nueva York. En su lugar, pensaban en el horror.

Un nuevo guardia de seguridad se unió a los dos que ya estaban inclinados sobre su bolsa. Tal vez una especie de superior. Sin levantar la vista del contenido de la bolsa, le preguntó en inglés:

—¿Ha hecho usted mismo su equipaje, señor?

—Sí, por supuesto. Es mi bolsa.

—¿Adónde viaja?

—A Estocolmo.

—¿Trabaja allí?

—No. Voy a visitar a mi familia. Tengo un visado. ¿Hay algún problema?

—¿De dónde es, señor?

—De Yemen. ¿Hay algún problema?

El guardia le devolvió la bolsa sin un atisbo de disculpa.

Abdul Hadi se colocó en el centro de la zona de salida: tiendas, publicidad de películas y una promoción de estilos de vida rimbombantes. Sentía desprecio. Occidente y la extraña relación de los occidentales con la seguridad. «Es pura ficción —pensó—, al igual que la fantasía sobre todo lo que pueden hacer sus productos por ellos. Ahora los pasajeros piensan que todo está bien, que están a salvo. ¡Pero ustedes no tienen verdadera seguridad!» Abdul Hadi ni siquiera podría soñar en llevar un arma al aeropuerto. ¿Para qué buscarse complicaciones? En cambio, todo estaba preparado para él cuando llegara a su destino. Sabía adónde ir. Sabía que iba a morir, y cómo lo haría.

Estocolmo, Retrasado

Miró la pantalla con los horarios de salida. No se preocupó, tenía tiempo de sobra. Aterrizaría en la capital sueca a su debido momento. Alguien le esperaría en el aeropuerto, le conduciría a la estación de ferrocarril y le ayudaría a embarcar en el tren directo a Copenhague.

Miró a los pasajeros a su alrededor y pensó de nuevo: «No, ustedes no están seguros.» La idea le gustó. «Pueden revolver mi equipaje, pueden exigirme que me quite los zapatos, incluso que me quite la ropa, como hicieron en la primera escala. Sin embargo, eso no les salvará.»

Pensó en la humillación del aeropuerto de Bombay, cómo le habían llevado a un lado, el único pasajero que habían apartado de la cola. Había obedecido mansamente. Dos guardias de seguridad del aeropuerto caminaban delante y dos oficiales de la policía india detrás de él. La habitación no tenía ventanas. No había sillas ni mesa. Se vio obligado a dejar la ropa en el suelo. Había pedido una silla, pues el suelo estaba sucio. Ellos respondieron preguntando si quería llegar a tiempo a su vuelo o deseaba causar problemas. Y ciertamente barajó la posibilidad de causar problemas. Nunca trataban a los occidentales de esa manera, incluso aunque fueran sospechosos. Sin embargo, concentró sus pensamientos en la meta. En la venganza.

Siguió pensando: «Nunca seremos aceptados en su mundo. Tolerados tal vez, pero no aceptados. No en las mismas condiciones.» Había hablado con su hermano pequeño poco antes de su viaje. Si él no regresaba, éste pasaría a ser el cabeza de familia. Por tanto, su hermano volvió a casa desde Arabia Saudí, donde trabajaba con un contrato temporal. Los saudíes eran casi peores que los occidentales. Decadentes. Patéticos. Mentirosos. Todo el mundo sabía que lo de sus mujeres cubiertas era una fantochada. El viernes por la noche se subían a sus jets privados y volaban a Beirut, se cambiaban de ropa en el vuelo, las mujeres se desprendían de los burkas y los hombres pasaban a Hugo Boss. Abdul Hadi había estudiado en la Universidad Americana de Beirut unos años antes de la Guerra Civil. Y veía cómo los saudíes venían cada fin de semana, completamente transformados a su llegada. Las mujeres se tumbaban en la playa en bikini y los hombres pasaban el tiempo bebiendo y jugando al blackjack en un lujoso casino. No sabía a quién debía odiar más: a los árabes saudíes, que jugaban a ser occidentales durante el fin de semana en la única ciudad del mundo que los recibía con los brazos abiertos, o a los occidentales que les atraían hacia ellos con promesas de libertad. Libertad para tratar de conseguir lo mismo que ellos tenían, pero no podrían. Abdul Hadi lo sabía por propia experiencia. A pesar de que era un hombre guapo, sobre todo antes de que se volviera canoso, siempre supo que no tenía ninguna posibilidad con las chicas estadounidenses de la universidad.

Sólo una había dicho «sí» a su invitación. Caroline, una muchacha de Chicago. Quería ser cineasta cuando volviera a su país. Fueron juntos al cine y vieron *Las fauces de la muerte*. Sin embargo, ella perdió el interés cuando se enteró de que él no era del Líbano. Caroline buscaba sólo un poco de color local, alguien que pudiera llevarla a una tienda beduina, mostrarle el verdadero Líbano antes de que se fuera a casa.

Estocolmo, Retrasado

Desde el día en que Caroline quiso hacerle creer que no le había reconocido en el campus, se juró a sí mismo que nunca volvería a probar suerte con una americana. Vivía con su hermano de alquiler en un edificio anexo, detrás del hotel Commodore. La casa tenía tantas plantas que disponía de una piscina arriba, donde nunca había agua. Además compartían el patio con una clínica privada, y cada tarde veían cómo se llevaban los desechos humanos de las operaciones de cirugía en grandes sacos. Las mujeres saudíes se hacían liposucciones y enderezaban sus torcidas narices porque deseaban parecerse a Caroline y a las de su calaña, aunque nunca serían como ellas. «Y hasta que la población árabe no se dé cuenta de esto, nunca podrá encontrar la verdadera libertad.» Estar encerrado en un sueño del que nunca serás parte es una prisión. Por tanto, era bueno que alguien hubiera empezado a rehacer el mapa mundial.

—Tarjeta de embarque, por favor.

Abdul tendió la suya a la azafata sueca, que le sonrió. Había pasado mucho tiempo desde la última vez que alguien había sido amable con él.

—El aeropuerto de Estocolmo está todavía cerrado por la nieve, señor —añadió, y sonó como si dijera «señor» con respeto. No como los guardias de seguridad que dijeron «señor» como si fuera una autorización para aplicar uno de sus tratamientos denigrantes. «Abra su bolso, señor. Quítese la ropa, señor.»

—Embarcaremos tan pronto abran de nuevo.

La azafata le sonreía todo el tiempo y él sintió un poco de calor. «No, no importa —pensó Abdul Hadi—. Es muy poco y demasiado tarde.»

8

El silo de Carlsberg, Copenhague

La puerta del ascensor se cerró con un quejido suave y esperó a ver lo que Niels haría. Él hizo lo de siempre: puso la llave, la giró y pulsó la planta 20. Sintió una leve vibración en el diafragma cuando el ascensor inició su diálogo con la gravedad. La sensación le hizo pensar en sexo. Hacía mucho tiempo que no lo practicaba.

Unos segundos después, la puerta se abrió, y Niels entró en su casa. O bien habían tenido visitas inesperadas, o había olvidado apagar la luz. Probablemente era esto último, así que avanzó hacia la amplia sala. Estaba tan vacía como cuando se había marchado, pero aun así... Alguien había estado allí. Un ligero olor a... «Por la mañana le preguntaré a Natasja.» Era la vecina del apartamento de abajo. Tenía las llaves y dejaba pasar a los técnicos. Dado que el edificio había sido renovado hacía unos años, tenía problemas con ventiladores, cables y tuberías.

Carlsberg había construido originalmente un silo de 85 metros de altura para el almacenamiento de malta. Pero cuando Kongens Bryghus se fusionó con otras grandes cerveceras, las reservas de malta fueron innecesarias. A Niels ya no le gustaba la cerveza. Al igual que tantos otros de su edad y su nivel salarial, había comenzado a beber Cabernet-Sauvignon. Y ¿por qué no media botella esa noche? ¿O una entera? ¿Iba a celebrar o a consolarse? ¿Celebrar que alguien había sobrevivido, o lamentar que alguien había sido asesinado? Menudo dilema de mierda. Abrió la botella, aún sin saber de qué humor estaba.

Eran casi las dos de la madrugada, pero Niels no se sentía cansado. La lluvia tamborileaba sobre los grandes ventanales. Puso un CD de los Beatles y subió el sonido tan alto que podía oír el *Blackbird* desde el baño. Se lavó las salpicaduras de sangre de los pies antes de, como de costumbre, sentarse al ordenador. Como siempre hacía cuando llegaba a su casa. O cuando despertaba. Tardaba en encender la luz. Le faltaba Kathrine. Echaba de menos la presencia de alguien en el apartamento. Se sentía incómodo cuando ella no estaba.

Kathrine era socia de la firma de arquitectos responsable de la conversión del silo en apartamentos de lujo. Había sido ella la que quiso comprar el más elegante. Estaba totalmente enamorada de él, decía. Niels también se sintió fascinado. La gran altura de Carlsberg lo entusiasmaba. La mejor vista de la ciudad de Copenhague. En aquellos días toda la zona olía todo el tiempo por culpa de las cubas de la fábrica de cerveza. Después, la producción se trasladó a otro lugar. Niels no sabía adónde. A Asia, tal vez, como tantas otras cosas. Se alegró de que el hedor de los granos fermentados ya no le anegara las fosas nasales todas las mañanas. Era como si un viejo alcohólico le echara el aliento en la cara cada día.

Niels miró alrededor: los dos sofás de diseño a cada lado. La sólida mesa cuadrada de café. Un hueco de granito rojo en la mesa, donde se podía encender un pequeño fuego. Con bioetanol, un producto completamente inodoro que se evapora por completo, había explicado Kathrine a un escéptico Niels. Pero fue bonito cuando se sentaron mirando la hoguera en la mesa. Él nunca había invitado a nadie de la comisaría allí. Sin embargo, Kathrine no dejaba de animarle a que lo hiciera.

«Invita a tus colegas», decía a menudo. Pero Niels no podía, y tampoco podía explicarle a Kathrine que era porque se sentía avergonzado. No porque fuera Kathrine la que había pagado las vistas panorámicas de la torre de la cerveza, a esa idea se había acostumbrado, sino porque sus colegas nunca podrían comprarse un apartamento como ése. Una vista panorámica de 360 grados. Por la noche, mientras estaba en la bañera y sólo había velas encendidas, veía brillar pequeñas manchas blancas en el mármol italiano, reflejo de las luces de la ciudad y el cielo estrellado.

Encendió el ordenador. A saber si Kathrine estaría despierta a esas horas. ¿Cuál era el horario en Ciudad del Cabo? Una hora más tarde... las tres de la mañana. En la lista de los amigos *online* estaba Kathrine, pero casi nunca apagaba su Mac-Book. Eso no implicaba que ella estuviera despierta.

«¿Adónde vamos esta noche?», se preguntó Niels y miró la lista de amigos *online*. Amanda de Buenos Aires estaba allí. Y Ronaldo de México. Era muy tarde en Europa, así que no había casi ningún europeo. Sólo Luis de Málaga. Maldita sea, siempre tenía que estar ahí. Sólo Dios sabía si tenía una vida fuera de la pantalla del ordenador. Niels se sentía menos enfermizo, menos bicho raro, ya que había encontrado esa comunidad de amigos. Una red mundial para personas que no podían viajar. Personas que, básicamente, nunca habían salido de su propio país. La fobia, al parecer, existía de muchas formas, Niels había hablado incluso con gente que ni siquiera era capaz de salir de su ciudad. Y de esa manera, de repente comenzó a sentirse completamente normal. Él había estado en Hamburgo y Malmö. Y en Lübeck en su luna de miel. Su malestar corporal sólo comenzaba a manifestarse en serio en las cercanías de Berlín. Kathrine lo había obligado a viajar con ella sólo una vez, pero enfermó y estuvo temblando todo el fin de semana.

«Tranquilo, ya se te pasará», le repetía ella una y otra vez cuando salían de la avenida Unter den Linden. Pero no se le pasaba. Nadie lo entendía. Nadie, aparte de aquellos centenares de personas que participaban en aquella red social, o quizá la mayoría fingía solamente que no lo entendía porque no era una fobia inusual. Fobia a viajar y a los aviones. Niels había leído bastante al respecto. Algunos estudios mostraban que una de cada diez personas la sufría de alguna manera. Él también había tratado de explicárselo a Kathrine: que si se alejaba unos cientos de kilómetros de casa, simplemente el mecanismo se ponía en marcha.

En primer lugar la digestión. Empezaba a padecer estreñimiento. Por eso, nunca viajaba durante más de un fin de semana. Cuando se acercaba a Berlín los músculos comenzaban a entumecérsele. Y luego estaban esos detalles que intercambiaban los miembros de aquella red. Niels sabía que era por eso, que tenía esa tendencia a ser depresivo y a sentirse paralizado por completo. Así que no podía viajar; si lo hacía, a veces se sentía como si llevara media tonelada de cemento alrededor de su cintura. En otras ocasiones podía ocurrir lo contrario: el entusiasmo se apoderaba de él. Veía lo positivo de la vida y la energía le producía hiperactividad, y por eso la gente pensaba que era un maníaco.

«¡¡Hola, Niels!! ¿Cómo están las cosas por Copenhague?»

Era Amanda, de Argentina. Tenía veintidós años. Estudiaba en la Academia de Bellas Artes y no había salido de Buenos Aires en los últimos quince años. Su madre había muerto en un accidente aéreo cuando Amanda tenía siete años; eso para ella era probablemente una explicación psicológica a su fobia a viajar. Los demás no la tenían. En todo caso, Niels ignoraba la suya propia, y eso que había probado de todo: psicólogos, hipnosis, etc. Pero nadie encontraba la anhelada explicación. Él simplemente no podía viajar.

«Hola, preciosa, aquí hace más frío que donde tú estás», le respondió en inglés.

Lamentó haber escrito «preciosa». Estaba pasado de moda. Pero Amanda era muy hermosa. Miró su foto de perfil. Ojos almendrados, cabello negro y espeso, labios carnosos. Y no había olvidado la barra de labios de color rojo cuando se tomó la foto.

La respuesta de Amanda en inglés apareció debajo en la pantalla: «Desearía poder estar ahí para darte calor.»

Niels sonrió. Ambos habían coqueteado mucho en el foro. ¡Oh, Dios mío! Cientos de personas con las que jamás podría encontrarse. Y todas estaban allí, con un intenso deseo de escapar. Se enviaban fotos de su lugar de procedencia, historias personales, recetas. Niels había puesto una receta danesa tradicional de paté de hígado que cualquiera podría utilizar, y se había convertido en un éxito. Él mismo había cocinado la receta de la paella de la madre de Luis, mientras escuchaba una guitarra de doce cuerdas española, también facilitada por Luis. Era casi como estar con ellos. Eso era lo bueno del foro. No se trataba sólo de todo lo que no podían hacer: viajar, conducir, volar. No eran conversaciones sobre la enfermedad, se trataba de lo que podían hacer: hablar de sí mismos, de su país, de su cultura. A través del foro, unos con otros, experimentaban el mundo.

Niels y Amanda hablaron de trivialidades y luego ella tuvo que irse a la academia. Le prometió enviarle una fotografía de la escuela y otra de la escultura que estaba haciendo.

«Chau, Nielsm, Guapo», escribió en inglés, y antes de que él pudiera responderle ya se había ido.

Acababa de cerrar cuando Kathrine apareció en la pantalla.

—¿Niels? —La pantalla parpadeó un poco. Era como si necesitara tomarse unos segundos para sincronizarse con su congénere en África—. ¿No duermes? —Su voz era suave.

—Acabo de llegar a casa.

Ella encendió un cigarrillo y le sonrió. El tabaquismo era algo que habían compartido y que seguían haciendo, visto que no podían tener hijos. Niels se dio cuenta de que estaba un poco borracha.

—¿Se nota que he bebido?

—No. Creo que no. ¿Has estado fuera?

—¿Puedes quitar a los Beatles? Apenas puedo escuchar lo que me dices.

Él lo apagó y, ajustando la pantalla, la miró.

—¿Ha pasado algo? —preguntó ella.

—No. Nada en absoluto.

Ella sonrió. Niels no iba a hablarle de su misión de esa noche. No había ninguna razón para compartir sus miserias con ella, nunca lo había hecho. Odiaba cuando la gente contaba historias de horror acerca de niños enfermos o muertos. Ahogamientos, accidentes de coche, calamidades... ¿Por qué forzar a otros a escuchar todo eso?

Kathrine ajustó su *webcam*. Estaba sentada en la habitación del hotel de costumbre. Al fondo Niels podía ver algo que parpadeaba un poco. ¿Era la ciudad detrás de ella? ¿La luz de la luna que tocaba en la montaña Mesa? ¿O tal vez el cabo de Buena Esperanza? ¿Quizá los pequeños puntos brillantes fueran los barcos que dejaban atrás el océano Índico?

—¿Te he hablado de Chris y Mary Lou, la pareja de arquitectos americanos que han venido aquí? Asquerosamente competentes. Uno de ellos ha trabajado con Daniel Libeskind. Bueno, dan una pequeña fiesta de bienvenida dentro de unos días. Podrías conocerles personalmente. Nos han invitado a su casa el sábado. —Y lo miró, expectante.

—Me encantaría.

—¿Tienes las pastillas?

—Sí. Por supuesto.

—¿Puedo verlas?

Niels se levantó y fue al cuarto de baño. Cuando regresó, Kathrine se había quitado la camisa blanca y estaba en sujetador. Él sabía exactamente lo que pretendía.

—¿Hace calor allí? —preguntó provocador.

—Es agradable, Niels. El mejor clima del mundo. Y te encantará el vino tinto. Muéstrame las pastillas.

Él levantó el pequeño bote delante de la cámara.

—Un poco más cerca.

Él lo hizo. Kathrine leyó en voz alta:

—«Apozepam. Cinco miligramos. Relajante en caso de miedo a volar.»

—Allan tiene un amigo que las utiliza con excelente resultado.

—¿Allan? —preguntó ella.

—Del equipo de desplazamiento rápido.

—Pensé que eras el único en la policía que no podía volar.

—Puedo volar. Sólo tengo dificultades para viajar.

—¿Cuál es la diferencia? Tómate las pastillas ahora. Tómate dos al mismo tiempo mientras te veo.

Niels se echó a reír y sacudió la cabeza. Colocó dos pequeños comprimidos sobre la lengua.

—¡Salud!

—¡Trágalas, cariño!

Cuando las píldoras desaparecieron, junto con medio vaso de vino tinto, cambió el estado de ánimo de Kathrine, tal como él esperaba.

—¿Quieres jugar?

—¿Lo harías?

—Sabes que yo lo quiero. No debes burlarte de mí. Quítate la ropa.

Kathrine estaría en Ciudad del Cabo durante seis meses. Al principio ella no quería ir, o más bien, parecía que no quería. Niels se dio cuenta de que era un juego. Desde el principio comprendió que su reticencia dependía de cómo se lo tomara él: ¿qué dirá si me voy? Cuando la decisión estuvo tomada, Niels experimentó un gran alivio. No porque se alegrara de tener que estar sin Kathrine durante medio año, sino más bien porque la incertidumbre había terminado. Desde ese momento hasta su partida, y era algo que nunca le había dicho, quiso mentalizarse de que estar solo era lo mejor. No podía explicar por qué, pero sabía que la soledad y el sentimiento de pérdida le harían mella. La última noche se pelearon, antes de hacer el amor en el sofá. Luego Kathrine lloró y dijo que no podía renunciar a él, que llamaría a su jefe y cancelaría el viaje. Pero sólo eran palabras.

Se despidieron temprano una mañana, frente al coche. El aire estaba cargado de humedad. Niels se sentía completamente vacío. Se le nublaba la vista. Cuando Kathrine se acercó y lo besó con sus labios cálidos y húmedos le susurró algo al oído que él no entendió del todo. El resto del día especuló sobre qué le habría dicho. «A menos que no nos encontremos de nuevo...», empezaba, y tenía la sensación inexplicable de que era bueno que no hubiera entendido la frase completa.

—Ponte de forma que pueda verte —dijo Kathrine.

Cuando Niels miró de nuevo a la pantalla ella ya estaba delante de él. Se sentó desnuda en la silla y se reclinó para que él pudiera ver todo lo que echaba de menos.

—Quítate la ropa lentamente, cielo. Eres tan hermosa... Quiero disfrutarlo.

Cuando se trataba de sexo Kathrine era de otro planeta. Un planeta en el que el sexo no guardaba relación con la vergüenza, la timidez o lo embarazoso. A él le encantaba. Incluso si el desafío llegaba al límite. Kathrine le había enseñado a amar su propio cuerpo, a que no había nada de malo en él, al contrario: Niels, bellamente moldeado, era alto sin ser desgarbado, robusto sin parecer un bulldog. Su vello pectoral se había agrisado y Kathrine, que con entusiasmo había presenciado el cambio, lo adoraba.

Antes de conocerla, el cuerpo era algo que se atornillaba en la cabeza de modo que sólo podía hacer lo que el cerebro ordenase. En cambio, Kathrine le había enseñado que el cuerpo tenía su propia voluntad, sus propios deseos. Y que cuando se trataba de sexo, las órdenes venían de la dirección contraria. Ahora el cuerpo estaba enviando señales a la cabeza de lo que más deseaba.

—Date la vuelta, quiero ver tu culo cuando te quites los pantalones —le ordenó.

Niels se puso de espaldas a la cámara y lentamente dejó caer sus vaqueros de la forma que él sabía que le gustaría. Se miró. Hummm, sorprendente, realmente nunca hubiera imaginado que podría haber vida allá abajo después de una noche como ésa. Pero tal vez el sexo y la muerte... el deseo y el miedo.

—Déjame ver, cariño —susurró Kathrine desde Ciudad del Cabo.

9

Espacio aéreo europeo

Ella otra vez. La azafata. Ahora caminaba por el estrecho pasillo sirviendo café o té, zumo y cacahuetes. Abdul Hadi sonrió ante la idea. Frutos secos, café y té. Era el comercio de bienes más importante en los bazares árabes. Por su causa los comerciantes europeos habían peregrinado a Arabia a lo largo de los siglos para comprar alimentos y llevarlos hasta su norte estéril. Ahora esas delicias árabes se daban a los pasajeros en astutos embalajes de plástico servidos por jóvenes rubias. Era un tema que los americanos o europeos no entendían, lo que había detrás de la comercialización agresiva de productos fagocitados a Oriente. Occidente primero vendió la idea de sí mismo. La publicidad se había inventado para vender a los occidentales el mundo occidental.

—¿Café o té?

Abdul Hadi levantó la vista. Quién era aquella chica. Una vez más la sonrisa, el contacto con unos ojos de profunda mirada. A pesar de las muchas horas de espera en el aeropuerto, ella parecía recién despertada y duchada.

—Zumo de naranja.

—¿Cacahuetes?

—Por favor.

Ella le rozó la mano cuando colocó el zumo de naranja en la mesa abatible. Una sensación de calor lo recorrió. Hacía mucho tiempo que no sentía algo así. La azafata sólo había puesto una bolsita de cacahuetes en la pequeña mesa. Pero justo antes de irse dejó allí una bolsa adicional. No con prisa, sino dulce y tranquilamente. Y agregó:

—Disfrute del vuelo, señor.

Abdul Hadi miró alrededor de la cabina. ¿Él era el único al que ella había dado dos bolsas? ¿Esto significaba algo sobre sus avances? La miró. Él nunca lo habría hecho. En ese momento ella se dio la vuelta y miró hacia atrás. Él notó el calor. La sangre que descendía por su cuerpo para rellenar una parte concreta. Se imaginó a la azafata y a él mismo en una habitación de hotel. Ella se sentaba en la cama. Él quería tocarle el pelo. Nunca había tocado un pelo rubio, lo más cerca que había estado fue con Caroline. ¿Cómo sería? ¿Suave? El cabello de un ángel. Quería pasar la mano suavemente por su pelo mientras ella le desabrochaba el cinturón. En su imaginación, él estaba de pie mientras ella, sentada en la cama y poco a poco, se apoderaba de su sexo. Tenía esmalte de uñas rojo discreto. ¿Eran imaginaciones suyas, o había visto ese esmalte de uñas? Se dio la vuelta y trató de comprobarlo pero ella ya estaba más adelante del estrecho pasillo, y un bebé había comenzado a llorar. Trató de quitársela de la cabeza. Trató de pensar en otra cosa. En el mundo occidental y el falaz concepto de sí mismos que tenían sus habitantes. La pólvora ya no había sido inventada por los chinos, sino por los estadounidenses para celebrar el Cuatro de Julio. El sistema numérico ya no tenía su origen en Arabia, sino en Europa. ¿Cuántas personas en todo el mundo sabían que la península Arábiga fue la cuna de la cultura? La historia, las matemáticas, las ciencias... todo aquello en que se basa Occidente y lo considera suyo. «Todo proviene de nosotros —recordó Abdul Hadi—. De nosotros.»

Se comió las dos bolsitas de cacahuetes y oyó que el estómago comenzaba a quejarse. Hacía muchas horas que no comía en condiciones. Cuando aterrizara comería algo decente, se dijo. También era por eso que a su mente le costaba tanto concentrarse. Pero ahora estaba mejor, volvía a pensar con claridad otra vez, sin la ensoñación sobre la azafata. «Primero nos robasteis todo, hicisteis como si fuera vuestro, y luego se lo negasteis al resto del mundo. Occidente se ha construido con robos y opresión hacia los demás. Tarde o temprano, la gente se vengará. Es sólo justicia.»

El niño gritó detrás de él. «El eterno problema de los inocentes. Si entro en la cabina ahora, obligando al avión a precipitarse al océano o a incrustarse en un edificio, todo el mundo hablará de asesinato de inocentes», pensó. Pero el argumento no valía. «Son vuestros impuestos, vuestro dinero el que financia la opresión de mis hermanos.» ¿Era uno inocente sólo porque se contentaba con dar dinero a los opresores? «Os escondéis detrás de vuestros hijos. Siempre los usáis como escudo, pero en realidad los habéis colocado en la primera línea de fuego vosotros mismos.»

Bebió el pequeño vaso de zumo de un trago y pensó en su hermana. Ella habría tenido casi la misma edad que aquella azafata, sería elegante y de cabello claro, si hubiera vivido. Hacía muchos años que no pensaba en su asesinato, pero últimamente había vuelto a su memoria. Como si ella hubiese tratado de rescatarle, ayudarle a entender el mecanismo interno de la venganza y la justicia final. Abdul Hadi cerró los ojos y revivió su recuerdo más intenso. Se vio en el asiento trasero con sus dos hermanos cuando el coche pasó por encima del muchacho. Abdul no había oído ni visto nada, o quizás el camino en el desierto era tan irregular que todo el tiempo se escuchaban fuertes traqueteos, al golpear la carrocería una piedra o al arrastrar el tubo de escape a lo largo de la carretera. Pero sus padres habían gritado. Estaban muy lejos de la ciudad, en el desierto de Wadi Dawan, donde años más tarde unas mujeres belgas también serían asesinadas.

—¿Qué pasa, qué pasa? —había gritado el hermano de Abdul Hadi cuando su padre frenó de golpe y se apeó del coche, desesperado.

El padre de Abdul había tenido la desgracia de atropellar a un niño, que había muerto al instante. Los gritos desgarrados atrajeron al resto del pueblo que en ese momento atravesaban y de pronto el coche se quedó rodeado. El padre de Abdul trató de explicar:

—No lo vi, cruzó corriendo por delante del coche.

El ambiente era tan seco y polvoriento, casi como conducir con niebla.

Los lamentos iban aumentando, y otras madres se unían. Era terrible: un coro de dolor que se elevaba hacia el cielo. Abdul

Hadi no recordaba si el anciano de la aldea y el padre del muchacho asesinado habían estado allí todo el tiempo. Sólo se acordaba de que unos hombres adultos abrieron la puerta del coche y le sacaron fuera. Él iba sentado justo en el asiento trasero detrás del conductor, así que tenía que ser a él al que sacaran por proximidad. Su padre se defendió, pero le sujetaron. Uno de los dos iba a morir. Venganza. Justicia. Miró a sus hermanos en el coche.

—Juro que no lo vi —lloró su padre.

Un hombre le quitó los papeles a su padre del bolsillo. Leyeron su nombre en voz alta.

—Hadi. Hadi —dijeron una y otra vez como si el nombre de su padre fuera la explicación de cómo le podía haber ido tan mal. Su padre les gritó:

—¡Soltad a mi hijo! Él no tiene nada que ver en esto.

Las mujeres gritaron de dolor, levantando al niño muerto, y su padre trató de ablandarles con sus oraciones. Como no le sirvió, trató de amenazarles. Nombró a sus conocidos en la policía de la capital, pero la gente de la ciudad no significaba nada en el desierto. Le habían obligado a agacharse. Gritaba todo el tiempo, pero uno se le sentó encima oprimiéndole la boca contra la arena. Vómitos, gritos y muerte. Se colocó al niño muerto de nuevo en el suelo, en el centro de un círculo de personas.

—¡Su hijo por mi hijo! —gritó el hombre que había cogido a Abdul Hadi por el cuello y empezaba a estrangularlo. Escupiendo arena y sangre, el padre de Abdul vio resignado el horror delante de él.

Abdul Hadi recordaba que el padre del niño muerto había soltado el cuello de su padre. Lo había cogido del brazo y con la otra mano agarró a su hermana.

—¡Debes elegir! —exclamó el padre del niño muerto al padre de Abdul—. ¿Niño o niña?

Entonces Abdul recordó que su madre había comenzado a gritar. ¿Ella lloraba y gritaba cuando era él quien estaba amenazado de muerte? Tal vez, simplemente, no podía escucharlo, intentó convencerse Abdul una y otra vez. Había mucha gente gritando.

—¿Niño o niña?

—Ha sido un accidente... Te lo suplico.

—Tu hijo o tu hija. —Y sacó a relucir un cuchillo. Había sangre seca en la hoja. Para forzar una decisión colocó la punta justo bajo la laringe de su padre—. ¿A quién eliges?

El padre de Abdul miró únicamente a su hijo cuando respondió:

—La chica. Tome a la chica.

10

Miércoles, 16 de diciembre

Niels Bentzon despertó tarde. Se sentía todo menos descansa-
do. En realidad, podría pedir la baja sin problema, tendría que haberse tomado el día libre después de semejante noche. Sin embargo, quince minutos más tarde estaba sentado en su coche con el
pelo mojado, una taza de café en la mano y luciendo una corbata
que un niño de primera comunión podría haber anudado mejor.

Comisaría de Policía, Copenhague

Niels casi no veía la comisaría detrás de la pared de autobuses verdes de la policía. En pocas horas, el *Air Force One* aterrizaría en suelo danés. La madre de Niels ya le había llamado para
preguntarle si se reuniría con «él». «Protégele.» Niels debía de
haber decepcionado a su anciana madre. «Obama tiene su propio ejército de guardaespaldas, mamá —le explicó—. Su propia
limusina, su propio menú, un peluquero y una pequeña maleta
con los códigos del arsenal atómico norteamericano.» No estaba
seguro de si ella había creído lo de las armas atómicas, pero tenía
la sensación de que la hubiera decepcionado si le contaba la simple verdad: que Niels sólo se enfrentaría a manifestantes enfadados fuera de Bella Center.

Se abrió paso entre la multitud de agentes de la policía pro-
vincial que habían venido a la capital. Aquello parecía una excursión escolar. Riéndose, al parecer se regocijaban de tener un
poco de variedad en sus jornadas cotidianas. Ese día no pon-

drían multas en las estrechas carreteras comarcales del norte de Jutlandia, ni evitarían que los pescadores se pelearan en la casa parroquial de Thyborøn. Pronto estarían cara a cara con el movimiento Attack, diversas asociaciones ecologistas y medioambientales, una desagradable mezcla de activistas de izquierdas de gran talento y los niños abandonados, que se llamaban a sí mismos independientes y estaban llenos de ira.

—¡Buenos días, Bentzon!

Antes de que Niels pudiera darse la vuelta, recibió un varonil manotazo en la espalda.

—Leon. ¿Has dormido?

—Como un tronco. —Miró con curiosidad a Niels—. Tú al contrario pareces hecho polvo.

—Se necesitan al menos un par de horas para relajarse.

—No para mí. —Leon sonrió.

«Y yo no te aguanto.» La idea se le quedó grabada y no le abandonaría. Pero así era. Niels no soportaba a Leon, le provocaba urticaria. Ya fue malditamente desagradable tener que volver a casa después de una noche como la anterior, con el recuerdo fresco de cadáveres y niños muertos asesinados, para ahora escuchar a Leon. ¿Era pedir demasiado que no pudiera dormir como un bebé?

Afortunadamente Anni les interrumpió:

—Sommersted ha preguntado por ti.

—¿Sommersted? —repitió Niels y la miró. La secretaria asintió con la cabeza. Tal vez había un poco de compasión en sus ojos.

Una entrevista personal en el despacho del subjefe de policía W. H. Sommersted era algo que pocos agentes habían tenido que experimentar. Según los rumores, se concedían como mucho tres reuniones personales en la oficina de Sommersted en el tiempo que uno trabajara allí. Cuando se recibía la primera advertencia, cuando se recibía la segunda y cuando te daban veinte minutos para recoger tus cosas e irte. Niels había estado allí dos veces antes. Dos advertencias.

—Tan pronto como sea posible —agregó Anni y sonrió insinuante a Leon.

Niels la llevó hasta la cafetera.

—¿Me quiere sólo a mí? ¿Qué pidió?

—Fue su secretaria la que telefoneó. Me pidió que te avisara en cuanto te viera. ¿Por qué? ¿Ha pasado algo?

«W. H. Sommersted», se leía en letras negras en el cristal de la puerta del despacho. Nadie sabía lo que significaba la «H». Es posible que simplemente le gustara utilizarla. Sommersted estaba al teléfono. Su gruesa barbilla no se movía cuando hablaba. Niels pensó que podría haber sido un buen ventrílocuo.

—Envíamelo por fax inmediatamente. —Sommersted se levantó y se acercó a la ventana mirando hacia fuera. De camino le echó un vistazo a Niels sin dar signos de reconocimiento.

Niels trató de relajarse. Era difícil. «Que lo jodan si me despide», pensó. Trató de imaginar todo lo que podría hacer con su tiempo libre. Estaría completamente vacío. Se vio a sí mismo flotando en un sofá, ataviado sólo con una bata, dejando pasar la depresión sobre él. Disfrutándola. Adentrándose en las profundidades.

—¡Bentzon!

Sommersted había colgado y con un ademán de la mano le hizo ver que estaba de buen humor.

—Siéntate. ¿Cómo va todo?

—Bien, gracias.

—Esto es un infierno.

—Lo puedo entender.

—El *Air Force One* aterrizará muy pronto. Copenhague está rebosante de principales figuras internacionales e Inteligencia ve terroristas por todas partes. Personalmente creo que nos hemos puesto demasiado nerviosos y casi perdimos el control, las cosas han estado a punto de superarnos. Pero ahora todo está en orden. —Sommersted resopló. Respiró hondo tratando de recordar por qué aquel negociador estaba sentado frente a él—. Me alegro de que hayas vuelto, Bentzon. —Puso las gafas sobre la mesa—. Me han dicho que has tenido que quedarte en cueros, con la nochecita que hacía. Llegan a ser cada vez más listos, ¿eh?

—¿Ella está bien?

—¿La chica? Sí, está bien. —Asintió, sereno, con la cabeza.

Sus espesas cejas se juntaron más con aire preocupado.

Bastante creíble, pero no le engañaba. Sommersted era un buen comunicador. Había asistido al curso de comunicación que Niels había rechazado cinco años antes. Un mando de la policía de hoy en día era una combinación de presentador, político y jefe de personal.

—Eres muy bueno hablando con la gente, Niels.

—¿Sí? —Niels respondió cauteloso, consciente de que Sommersted le tendía una emboscada.

—Lo digo en serio.

—Bueno, gracias. —Pero la trampa de inmediato le golpeó—: Tal vez demasiado bueno. —Su mirada era penetrante.

—¿Es una pregunta?

—Miroslav Stanic, nuestro amigo serbio. ¿Te acuerdas de él?

Niels se revolvió inquieto en su silla. Y se arrepintió de inmediato, porque advirtió que Sommersted lo percibía.

—He oído que le has visitado en prisión. ¿Fue sólo una vez?

—¿Por eso me llamas aquí?

—Ese hombre es un psicópata.

Niels suspiró y miró por la ventana. No le importaba que se creara un silencio embarazoso. Mientras Sommersted esperaba algún comentario, los pensamientos de Niels se dirigieron a Miroslav Stanic.

Hacía siete u ocho años, habían extraditado al serbio a La Haya. Era sospechoso de haber cometido crímenes de guerra en Bosnia. No obstante, por alguna extraña razón se le había concedido un permiso de residencia en Dinamarca por razones humanitarias. Pero pronto su error fue claro como el agua para las autoridades danesas. Stanic no era un serbio pobre y víctima de las circunstancias, sino un guardia del campamento de prisioneros de Osmarskar, de los peores que existían. Y ahora, en la cárcel, tenía tres comidas saludables al día gracias al restaurante llamado Dinamarca. Cuando iba a ser objeto de extradición se había puesto como loco y tomado a otros dos refugiados como rehenes en el campamento Sandholm. Cuando Niels llegó, Miroslav Stanic exigió una salida segura fuera del país, o rajaría la garganta de uno de los rehenes. Parecía ir en serio porque casi consiguió matar a una joven albanesa. Sólo un milagro de los doctores en el Hospital General le salvó la vida a la desdichada. Después de eso, el ambiente estaba lleno de reproches contra Niels. Leon fue a por él especialmente. ¿Por qué diablos Niels no le había volado la cabeza simplemente?, preguntó. Al final, tras medio día de negociaciones con el serbio, éste no se arrepentía en absoluto de ninguno de sus crímenes de guerra. Sommersted tenía razón: era un psicópata puro y duro. Y encantador. En realidad había hecho reír a Niels, al menos una vez. Miroslav Stanic temía la cárcel. La soledad. Pero sabía que el juego había terminado y que le esperaban veinte años entre rejas. Niels sólo le ayudaría si se entregaba.

Sommersted esperaba todavía.

—Se lo prometí, Sommersted. Y ahora que está cumpliendo su condena en Dinamarca, tengo que mantener mi promesa.

—¿Lo prometiste? ¿Te comprometiste a visitarlo en la cárcel?

—Fue el precio por liberar a los rehenes.

—No cumplas tu promesa, Bentzon. Los rehenes fueron liberados y Stanic fue condenado. ¿Sabes lo que se comenta sobre ti?

Niels esperaba que fuera una pregunta retórica.

—¿Lo sabes o no? —W. H. Sommersted por un momento parecía un médico que revelaba una triste pero innegable verdad a un paciente moribundo.

—¿Que soy maníaco-depresivo? —sugirió Niels—. ¿Que me falta un tornillo?

—Sobre todo esto último. No sé qué pensar de ti, Niels. Un momento desapareces y te das de baja por enfermedad. Al momento siguiente ya estás de vuelta visitando a todos los psicópatas. —Niels fue a protestar, pero Sommersted lo atajó—: Pero tienes talento. No lo dudo.

—¿Que soy bueno hablando con la gente?

—Eres un buen mediador. Cuando hablas con ellos casi siempre entran en razón. Sólo desearía que no fueras tan...

—¿Tan cómo?

—¡Tan raro! Fobia a los viajes, maníaco. Amigo de psicópatas.

—De sólo uno. Haces que suene como si...

Sommersted lo interrumpió:

—¿No puedes adaptarte de vez en cuando?

Niels miró al suelo. ¿Adaptarse? Antes de que pudiera responder, el subjefe continuó:

—¿Cogerás vacaciones ahora?

—Sólo una semana.

—Muy bien. Escucha: me alegro de tu esfuerzo de ayer. Ahora quisiera encargarte otro asunto, algo menor. ¿Qué me dices?

—Claro.

—No es gran cosa. Quiero que te relaciones con algunos ciudadanos. Que hables con ellos.

—Como dices, soy bueno en eso. —Niels no pudo ocultar su sarcasmo. Sommersted le miró molesto—. ¿Con quién debo hablar?

—Con gente buena.

Sommersted estaba buscando algo en su modesta colección de papeles de su mesa, mientras con una sacudida de cabeza comentaba la marea diaria de avisos urgentes de la Interpol.

—¿Te acuerdas cómo sonaba el télex en los viejos tiempos?

—Sí, claro. —Niels recordaba bien el télex, que recibía actualizaciones y advertencias de la sede de la Interpol en Lyon. Había sido sustituido por el ordenador, o por un millar de ordenadores.

En aquella época el télex funcionaba todo el tiempo. Monótona y mecánica, la impresora les recordaba constantemente que el mundo se había convertido en un lugar muy jodido para vivir. Si querías una visión breve, resumida, de la miseria del mundo, te ponías simplemente durante veinte minutos delante de la máquina y echabas un vistazo: asesinatos en serie, contrabando de drogas, trata de blancas, comercio de niños robados, inmigración ilegal, uranio enriquecido. Y en el apartado de pequeños asuntos: comercio de especies, de animales en peligro de extinción: leones, guepardos, loros raros, incluso delfines. La lista era interminable. Obras de arte y objetos históricos raros. Violines Stradivarius y joyas que habían pertenecido al zar ruso. No habían encontrado ni una milésima parte de todo lo que la Alemania nazi había saqueado en los países ocupados. En los sótanos y escondites de las pequeñas casas alemanas todavía había diamantes, joyas de ámbar y oro del Imperio bizantino, pinturas de Degas y lingotes de oro que habían pertenecido a familias judías. Aún los estaban buscando. Cuando uno se acercaba a la máquina de fax te producía dolor de cabeza. Deseabas gritar y salir corriendo, lanzarte al mar y esperar que la corriente te arrastrara y nunca te devolviera a la orilla, que los dinosaurios aún dominaran la Tierra.

Pero ahora todo pasaba a través del sistema informático de la Interpol, del que todos los países miembros de la Unión Europea formaban parte. «I-24/7», se llamaba, muy sencillo. Como una tienda 7-Eleven, que nunca cerraba. Y acompañando a la nueva tecnología, las amenazas se reproducían: terroristas suicidas, bioterrorismo, piratería informática, distribución de pornografía infantil, fraude con tarjetas de crédito, comercio ilícito de cuotas de CO_2, fraude fiscal, blanqueo de dinero. Ni siquiera eran capaces de ponerse de acuerdo sobre la lucha contra la corrupción. Daría igual, incluso si la Interpol hubiera conseguido una nueva arma para combatir el crimen, seguramente los delincuentes tendrían los medios para contrarrestar la nueva tecnología. Tal vez, simplemente, no habían ganado nada. Niels había pensado a menudo en esa idea. Quizás habían sido mejores los días en que sólo el télex funcionaba las veinticuatro horas. Cuando el molesto zumbido de la impresora hacía vibrar el aire como un recordatorio constante de la miseria del mundo.

—Aviso urgente —dijo Sommersted, cuando finalmente encontró el caso en la pila de papeles—. Los justos están siendo asesinados.

—¿Los justos?

—Parece que sí. En varios lugares en el mundo: China, la India, Rusia, Europa. Varias víctimas trabajaban en la industria de la bondad. Ya sabes: trabajadores voluntarios en el extranjero, médicos, ayuda humanitaria.

Niels leyó el aviso urgente. El texto estaba en inglés y escrito en estilo conciso y lacónico, muy propio de la Interpol: posibles muertes sectarias. Primer informe policial: *Tommaso di Barbara*. Niels se preguntó si también hablaban de la misma manera entre sí en la sede central de Lyon. Idioma robótico.

—En el pasado no habría perdido el tiempo en un caso como éste. Pero ahora, después de las caricaturas de Mahoma... la globalización. Nunca se sabe lo que esto podría significar.

—¿Cuál es la conexión entre los asesinatos? —preguntó Niels.

—Escrituras en la espalda de la víctima si he entendido bien. Una especie de marca. ¿Tal vez asesinatos por motivos sectarios? Rápidamente se nos podría colar un loco con una cimitarra y media tonelada de dinamita atada alrededor de la cintura.

—¿Crees que el motivo es religioso?

—Tal vez, pero no tenemos nada de esto en la investigación. Afortunadamente. Homicidio santo. Se crearía así una infernal montaña de papeleo. Antiguos libros polvorientos que deben ser leídos y comprendidos. ¿Qué ha sucedido de verdad con la avaricia y los celos? Éstos por lo menos eran motivos que podían entenderse.

Sommersted se calló y miró por la ventana con ceño. Niels tuvo la impresión de que la palabra «celos» había disparado la imaginación del jefe. Había visto a la esposa de Sommersted en varias ocasiones. Niña de internado, rubia, una pálida belleza que probablemente nunca había visto mucho de la parte oscura de la vida. Pero tal vez no era fácil ser ama de casa y una chica de clase alta. ¿Dónde se consiguen las victorias y los pequeños logros? ¿Las reafirmaciones personales que nutren el alma? La esposa de Sommersted se ofrecía a la mirada de los hombres, Niels lo había notado la primera vez que la vio en una recepción. Ella estaba cerca de su marido y, pese a que le cogía la mano con insistencia, se dirigía todo el tiempo a todos los ojos masculinos de la sala.

—Creo que debes contactar con el... Debe de haber, digamos, ocho o diez personas altruistas en Copenhague. Pregúntales si han notado algo raro. Al jefe de la Cruz Roja y a alguno que trabaje en derechos humanos y medio ambiente... a la gente de por aquí. Ese tipo de organizaciones. Pídeles que tengan los ojos bien abiertos. Así tendremos las espaldas cubiertas.

—¿Y los que vengan a la Cumbre?

—No. —Sommersted soltó una risita forzada—. Ellos probablemente ya cuenten con protección. Además habrán vuelto a casa en cuatro días. Creo que esto es una amenaza a medio plazo.

Niels volvió a leer los dos documentos, aunque Sommersted estaba ya ansioso por verle salir por la puerta.

—¿Hay sospechosos?

—Bentzon: las debidas diligencias, nada más.

—Pero ¿por qué se han puesto en contacto con nosotros sobre este caso?

—Eso no importa. Puedes considerarlo como un día de descanso para ti, en agradecimiento por tu ayuda anoche. Si nos tomáramos este tipo de amenazas sin especificar en serio, no daríamos abasto. Ya tenemos suficiente trabajo por hacer aquí. Si cometiéramos el más mínimo error, tres periódicos y 179 miembros del parlamento estarían aquí por la mañana para exigir una explicación y una investigación de las prioridades de nuestro trabajo. A pesar de que, sobre todo, quiero pedirles que se callen, tengo que sonreír y asentir como un joven en el baile de graduación.

Sommersted suspiró exageradamente y se reclinó en su silla. Siempre repetía el mismo discurso.

—Ésta es mi realidad, Bentzon. Informar al ministro y al fiscal. Enviar e-mails explicando por qué no llegamos a la escena del crimen dos minutos antes. Responder a las preguntas de los periodistas acerca de por qué hacemos nuestro trabajo tan mal. Porque es así como nos ven. —Sommersted señaló por la ventana, a la ciudad—. Piensa en mí como en vuestro protector. Yo me encargo de los perros de presa de Christiansborg y de las redacciones de varios periódicos. Para que podáis centraros exclusivamente en lo que siempre habéis hecho: atrapar a los malos, encerrarlos en la cárcel y tirar la llave.

Niels se limitó a sonreír. Los comentarios del subjefe no estaban exentos de humor.

—Las debidas diligencias, Bentzon. Piensa en ello como un ejercicio de confianza. Entre tú y yo. Y buenas vacaciones, cuando vayas a hacerlas.

11

Archivos de la policía, Copenhague

—¿Buenas personas? —No había rastro de sarcasmo en la voz de Casper. Sólo curiosidad sincera—. ¿Buscas «buenas personas»?

—Exactamente.

Niels se sentó en el borde de la mesa y miró alrededor en la sala de informática escrupulosamente limpia.

—Vamos a averiguar dónde están los buenos. ¿Puedes ayudarme?

Casper ya se había sentado frente al ordenador. A Niels no le había ofrecido ni una silla, siempre pasaba lo mismo en Archivos. Aunque la oficina se parecía a todas las demás, sólo que un poco más grande, la sensación era que te aceptaban como una obligación y siempre como a un extraño en casa ajena. Ningún ofrecimiento de café o una silla. Ninguna frase cortés de bienvenida. Niels aún no había sido capaz de averiguar si la causa era que a los archiveros no les gustaba o si ellos solamente carecían de habilidades sociales. Quizá los muchos años entre archivos polvorientos, rodeados de fichas, carpetas y sistemas informáticos, les habían ido robando sus dotes sociales al tiempo que les inculcaban un miedo irracional a los extraños, como Niels, que podían devastar su meticuloso orden. Un terror a todos los que pasaban través de las pesadas puertas de madera pintadas de negro, trayendo el caos con ellos.

—El arte de ser una buena persona —dijo Casper tras buscar en Google «hombre bueno»—. Primer resultado: Jesús.

—Me alegro de que lo hayas confirmado, Casper.

Casper levantó la vista de la pantalla y sonrió, alegre por el cumplido. La ironía no valía allí, recordó Niels. Por supuesto que no. La ironía puede crear malentendidos y éstos pueden acabar con errores en el inventario, y a continuación en un archivo o carpeta importante, o tal vez con una prueba decisiva desaparecida para siempre. El almacén del Archivo contenía más de trescientos mil casos registrados. Niels nunca había estado allí, el personal no autorizado tenía terminantemente prohibido el acceso, pero los pocos que habían entrado lo describían como el tesoro histórico de la policía. Había casos a partir del año 1200 y, por supuesto, demasiados sin resolver. Más de cien desde el final de la guerra. Durante mucho tiempo, un gran número de delincuentes había muerto tranquilamente y recibido su sentencia en el otro mundo. El análisis estadístico revelaba que por lo menos había cuarenta asesinos sueltos por ahí, por no hablar de los daneses desaparecidos. Algunos huidos y otros tan bien escondidos que ni siquiera encontraron el camino a los expedientes de asesinatos sin resolver.

Cuando se retiraban, muchos colegas de Niels solicitaban un permiso para ir a cazar en los archivos. A pesar de no poder usarse la ironía aquí, no sería irrespetuoso pensar en la paradoja general que encerraba aquel lugar: sólo cuando se retiraban los policías tenían tiempo de completar un trabajo que tendrían que haber completado estando en activo. Se perdía demasiado tiempo en papeleo innecesario, en informes que nadie leía, en documentación que a nadie le interesaba. Dentro de poco no podrían ir a los servicios sin consultar antes una hoja de Excel. En los últimos ocho o diez años todo había empeorado. El gobierno había debatido una ley sobre la documentación y la burocracia innecesaria, pero en la realidad los problemas se habían agravado. Y todavía quedaba mucho por hacer en las calles: guaridas de motoristas, guerras entre pandillas, violencia brutal en todas sus variantes, desalojo de casas okupadas y conflictos derivados. Jóvenes inmigrantes inadaptados que ignoraban la diferencia entre una barbacoa desechable y el coche del vecino. Hombres de negocios, moralmente insensibles, siempre buscando la oportunidad de desfalcar una empresa. Mafias de Europa del Este y de países árabes, prostitutas africanas, pobres enfermos mentales cuyas camas eran escatimadas por recortes presupuestarios, y así sucesivamente. No había nada que objetar si algunos policías se veían obligados a retirarse. Los jefes se susurraban, medio en broma, que el gobierno debería crear un grupo-centinela, como en algunos países del Este: un pequeño ejército de voluntarios preparados para ejecutar los deseos del gobierno. Una vanguardia como ésa podría acometer la evacuación de Christiania y combatir con dureza a los manifestantes aquí y allá y en todas partes. Eso daría un respiro a la policía para que pudiera seguir adelante con su principal cometido: proteger y servir. Proteger a las personas, prevenir y resolver crímenes.

Casper miró vacilante a Niels.

—¿Te sirve Jesús?

—Necesito daneses vivos, Casper.

—¿Daneses buenos?

—Exacto. Personas buenas y justas. Por favor, envíame una lista.

—¿El juez de la Corte Suprema y otros como él?

—¡Anda ya! ¿Pretendes pasar por tonto?

—Si me das un ejemplo me resultaría más fácil.

—Cruz Roja —dijo Niels.

—Bien, bien. Entonces quieres decir caridad.

—No sólo eso. También.

Casper se volvió de nuevo a la pantalla. ¿Qué edad tenía? No más de veintidós años. Muchos jóvenes conocían mucho demasiado pronto, pensó Niels. Habían viajado alrededor del mundo tres veces, habían estudiado, hablaban diversas lenguas y podían desarrollar su propio software. Cuando Niels tenía veintidós años era capaz de cambiar la rueda de su bicicleta y contar hasta diez en alemán.

—¿Cuántos quieres? Cruz Roja, Amnistía Internacional, Ayuda a la Miseria de Folkekirken, UNICEF de Dinamarca, la Academia de la Paz...

—¿Academia de la Paz? —Susanne, la archivera mayor, levantó la vista de su trabajo.

Casper se encogió de hombros y se fue a su sitio web. Susanne los miró con ceño y propuso:

—¿Save the Children? Yo contribuyo a su causa.

—No quiero los nombres de las organizaciones, sino los de las personas. Personas buenas.

—¿Por qué no Ella, que es la jefa de Save the Children? —preguntó Susanne, señalando un nombre en la pantalla.

Niels respiró hondo.

—Veamos. En diversas partes del mundo han sido asesinadas buenas personas. Gente que ha luchado por las vidas de otros, por sus derechos y condiciones de vida. Y...

—Lo haremos de otra manera —interrumpió Casper—. Buscando las palabras.

—¿Las palabras?

—Referencias cruzadas. Siempre hay personas que aparecen predominantemente en los medios por sus buenas acciones y son, lo que podríamos denominar, «extraordinariamente buenas». Si hay algún terrorista internacional, que viaja alrededor del mundo, que les encuentra y les mata, eso es porque accede a esta información también. Y todo está en la Red.

—Bien.

—Por eso buscaremos, como los terroristas, la lista de palabras más representativas de bondad y luego cruzaremos términos para encontrar a las personas. Por ejemplo, el medio ambiente, el Tercer Mundo. Algo así.

Mientras Susanne se preguntaba si era una buena idea, Niels aportó su granito de arena:

—El trabajo de ayuda, el sida, la medicina en países pobres.

Casper asintió con la cabeza y tomó el relevo:

—Clima. Vacunación. Cáncer. Ecología. CO_2.

—Pero ¿qué significa ser una buena persona? —interrumpió Susanne.

—No importa —dijo Casper—. Se trata de lo que los otros perciban como persona buena.

Niels había pensado en más palabras:

—Investigación. El agua potable.

—Sí, ésa es buena. Más. —Casper empezó a escribir en el teclado y, finalmente, Susanne también colaboró:

—¿La mortalidad infantil, tal vez? La malaria. La salud.

—¡Perfecto!

—El analfabetismo. La prostitución.

—Abuso de menores —intervino Niels.

—Microcréditos. Trabajar en el extranjero de forma voluntaria —dijo Casper.

—Y la selva tropical —completó Susanne con gesto de indignación, como si Casper y Niels personalmente fueran a talar la selva para hacer leña.

Los dedos de Casper dejaron el teclado como si fuera un piano Steinway y acabara de tocar el último acorde de la tercera de Rajmáninov:

—Dame diez minutos.

Niels esperó en la cafetería. El café moca sabía asqueroso. Simplemente no podía competir con el café de la máquina expreso que Kathrine había traído a casa desde París el año pasado. Niels estaba de mal humor, tal vez por culpa del lugar. Y por los asesinatos sin resolver. Niels odiaba la injusticia más de lo que amaba la justicia. Un crimen sin resolver, un asesinato, una violación, un asalto, podía hacerle perder el sueño y provocarle resentimiento e ira. La energía de la injusticia era lo que lo empujaba a seguir. Pero cuando el delincuente era juzgado en el Palacio de Justicia y a menudo el propio Niels lo veía irse libre de cargos, le embargaba una inexplicable desazón.

—Okay. ¿Cuántos nombres te gustarían? —preguntó Casper cuando Niels regresó.

Éste miró el reloj. Poco más de las diez. Quería volver a casa y hacer la maleta a las seis a más tardar. También debía tener tiempo para tomar más comprimidos. Ocho horas. Una hora por entrevista. Quería verse con todos en persona. Una amenaza de asesino potencial, no importa lo insignificante que fuera, no se podía investigar por teléfono, razonó.

—Dame los ochos primeros.

—¿Te los imprimo?

—Sí, por favor.

La impresora empezó a zumbar. Niels miró la lista. Lo mejor de la industria de la caridad. La flor y nata. Si hubieran preguntado a cualquiera en la calle habría dicho la mayoría de esos nombres.

—¿Hay que compararlos con nuestra propia base de datos? —Casper miró a Niels con algo que tal vez fuera una sonrisa.

Eso podría ser útil. Los que tenían la mayoría de coincidencias con la palabra «bondad», aquellos que aparecían más en los medios de comunicación cuando se trataba de interceder a favor de los débiles y desamparados. ¿Podría saberse cuál era la base de datos que la policía tendría para decidir sobre ellos?

—¿Qué dices? —insistió Casper—. Podría hacerlo en diez minutos.

—No —decidió Niels—. No lo necesito. Se trata de la opinión que el mundo tiene de ellos.

Susanne revisó la lista por encima del hombro del negociador.

—¿Lo veis? Ella, de Save the Children, está ahí —dijo aliviada.

—¿Qué hace Mærsk en la lista? —Casper estudiaba los resultados y movía la cabeza.

—Mærsk está relacionado con tantos proyectos en el mundo y en Dinamarca, que aparecería por todas partes no importa dónde miráramos. Subvenciona un centenar de escuelas públicas al año con sus impuestos. Pero si hubiéramos buscado a los daneses más odiados, él también habría estado allí. ¿Debo quitarle?

—Sí. No parece que sea el primero en la línea de fuego.

—¿Quién es el primero en la lista? —preguntó Susanne.

—Thorvaldsen. El secretario general de la Cruz Roja.

Una nueva lista salió de la impresora. En lugar de Mærsk, en el sexto lugar estaba uno de los sacerdotes más conocidos por la prensa.

—Famosos muy populares —dijo Niels—. A excepción del número ocho. A él no le conozco.

—Gustav Lund. Hay 11.237 accesos a las palabras «proteger» y «mundo». Vamos a ver quién es —dijo Casper y buscó en Google. Apareció un profesor vehemente, envejecido, de unos cincuenta años.

—Un hombre guapo —dijo Susanne secamente.

—Gustav Lund. Profesor de Matemáticas. Mirad aquí: Premio Nobel en 2003 junto con dos colegas canadienses y tres estadounidenses. Humm... Su hijo se suicidó... tenía sólo doce años.

—Eso no lo convierte en un hombre malo —opinó Susanne.

Niels y Casper no estaban de acuerdo con eso.

—¿Qué es lo que hay de bueno en él? —preguntó Niels.

—Buena pregunta. —Casper estudió la pantalla—. Bueno, aquí está. En la entrega de premios dijo que «un matemático salvará al mundo». La frase parece haber sido citada en muchos lugares. ¿Debo quitarlo de la lista y sustituirlo por el número nueve? Es el presidente de una organización ecologista.

—No, así está bien. —Niels miró la lista—. Debe haber espacio para las sorpresas.

12

Aeropuerto de Arlanda, Estocolmo

Cuando Abdul Hadi desembarcó del avión, bajó la mirada al suelo en lugar de mirar a los ojos a la azafata. No podía. Ella pertenecía a Occidente, era de su propiedad. No había ninguna razón para imaginar otra cosa. También le recordaba mucho a su hermana, a pesar de que no era en absoluto como ella.

En el control de pasaportes se puso en la cola de «otras nacionalidades». Los europeos pasaban rápidamente a través de su acceso privilegiado. En ellos sí se podía confiar. La cola de Abdul Hadi no se movía. Era algo habitual. Una vez un hombre árabe llamó «Orient Express» a la cola de «otras nacionalidades». Una madre con tres niños somalíes mantenía un diálogo desesperado con el policía sueco detrás de la ventanilla. Ella nunca pasaría el control, Abdul Hadi no tuvo dudas. Era una situación que veía cada vez que viajaba: no occidentales repatriados. Problemas con sus visados, el nombre de un niño que se escribía de manera diferente en el pasaporte y en el billete de avión, carencia de billete de vuelta, un pasaporte a punto de caducar. La más pequeña desviación daba como resultado que la gente fuera rechazada. Europa era una fortaleza, el control de pasaportes era el puente sobre el foso, y si no conocías el código para bajarlo tenías que volver atrás.

La mujer somalí rompió a llorar. Sus hijos tenían hambre, su piel se pegaba a los huesos faciales como en personas muy ancianas. Daba pena verla. Tuvo que hacerse a un lado para que la cola avanzara. Entonces el rostro de Abdul Hadi fue examinado a fondo. Tanto en el pasaporte como en la realidad. Y empezó a contar a los europeos que dejaban pasar en la otra cola. Cinco. La policía hizo circular su pasaporte de una máquina a otra. Doce.

—¿Trabajo?

—Por visita familiar.

—¿Tiene billete de vuelta?

—Sí.

—Enséñemelo.

Abdul Hadi miró la otra fila. Cinco más: diecisiete. La policía examinó detenidamente el billete de vuelta. No hay entrada sin tener un billete de vuelta válido, querían asegurarse de que saliera tan pronto como fuera posible. Veinticinco. Abdul tuvo tiempo de contar hasta treinta y dos antes de que le devolvieran su pasaporte y su billete de vuelta sin una palabra de disculpa.

—¡Siguiente!

Él era el único árabe solo que estaba cerca de la salida. Lo miró y sus ojos se encontraron. Ambos se acercaron.

—¿Abdul?

—Sí.

—Bienvenido. Mi nombre es Mohamed. Soy tu primo.

Sólo en ese momento Abdul Hadi descubrió las similitudes. Rostro ovalado y cabello que ya empezaba a escasear, cejas espesas. Sonrió. Hacía muchos años que no veía al hermano de su madre. A su tío le habían concedido asilo en Suecia desde hacía casi veinte años. Había tenido hijos. Ahora uno de éstos estaba delante de Abdul. Con una buena barriga. Tranquilo.

—Te están alimentando bien.

—Estoy gordo, lo sé. Mi padre también se queja.

—Me gustaría saludarlo y ofrecerle mis respetos.

—Se lo diré. Déjame llevar tu maleta.

Caminaron hacia la salida.

—¿Por qué no ha venido tu padre a recogerme?

Mohamed vaciló.

—¿Está enfermo?

—No.

—¿Tiene miedo?

—Sí.

Abdul movió la cabeza en señal de desaprobación.

—Pero somos muchos, somos todo un ejército. Un ejército durmiente.

—Ya, un ejército durmiente. Pero no siempre es fácil despertarlo —dijo su joven primo, que había comido tantas cosas buenas de los occidentales.

En el asiento trasero del coche había un paquete. Abdul llamó la atención a su primo por dejar las cosas ahí, sin tener cuidado. El ejército durmiente no era sólo obeso, también era torpe.

—Son sólo las fotografías —se justificó Mohamed—. Los explosivos están en el maletero.

Abdul estudió las imágenes de la iglesia. No la reconoció.

—¿Estás seguro de que es la correcta?

—Totalmente seguro. Es una de las iglesias más conocidas de Copenhague.

Poco a poco, Abdul reconoció que las imágenes eran las mismas que había visto en internet. Jesús en la cruz. Le preocupó lo que le sucedería en la explosión. Pero bueno, no era Jesús, era una figura, sólo una figura. Un ejemplo de la tendencia insoportablemente desmesurada de los occidentales a hacer muñecos, figuras y dibujos de todo lo que es santo. Belenes, grabados meticulosos en madera de temas bíblicos, estatuas y pinturas, no había fin. La gente occidental trataba de demostrar su valía mediante imágenes, lo que habían hecho antes, lo que hacían ahora. Una publicidad de su estilo de vida. No era lo que Abdul y su gente harían. Ellos podían sentir lo divino dentro de sí mismos, no necesitaban demostrarlo. Miró la figura de Jesús de nuevo. Le parecía propia de una fascinación infantil.

—Hemos desenroscado los tornillos. —Mohamed señaló una ventana del sótano en la fotografía de la iglesia—. Nos llevó tres noches hacerlo, pero nadie nos vio, de eso estoy seguro. Los cuatro tornillos se aflojaron por completo. Será sólo empujar la ventana.

El estómago de Abdul Hadi crujía, sólo había comido los cacahuetes de aquella azafata. Su imagen volvía fugazmente a su mente: el pelo brillante, su mano tocando la suya. Parecía como si no pudiera evocarla sin que también apareciera su hermana muerta. Y el niño que su padre había atropellado en el desierto. Dos vidas, dos vidas que eran el motivo por el que él estaba allí ahora. Sería una venganza justa. No tenía sentido pensar más en la azafata rubia. De pronto deseó que ella no hubiera sido amable con él. No de esa manera.

13

Polizia di Stato, Venecia

El paquete estaba sobre la mesa. Tal vez la única grabación existente de lo ocurrido cuando se cometieron los asesinatos.

Había sido casi imposible averiguarlo, pero ahora se había conseguido.

Tommaso di Barbara se frotó los ojos y miró el pequeño y pulcro paquete sobre la mesa de la sala de conferencias. Él había reunido mucha información sobre las víctimas, pero no sabía qué dirección seguir para resolver los asesinatos.

El comisario Morante no llegó solo. Tommaso oyó pasos fuera, en el pasillo. El comisario y varios oficiales se acercaban en formación, con paso sincronizado. La sincronización resultaba agradable en la música, pero daba miedo cuando se trataba de modos de caminar, pensó Tommaso. Cuando la gente desfila, es porque lo que va a hacer es demasiado brutal para que lo haga una sola persona. La puerta se abrió. Antes de mirar a Tommaso, el comisario se sentó y sirvió para él y su séquito, entre ellos un par de oficiales que Tommaso no conocía. Tommaso intentó demostrar resolución; sin embargo, ¿cómo podía resultar convincente con fiebre y dolor de cabeza?

—¡Vaya noche nos ha dado la viuda del soplador de vidrio!

—¿Ha confesado? —le preguntó Tommaso.

—Sí. Hoy por la mañana. Lo admitió sólo después de que el sacerdote se uniera a Flavio.

—¿La víctima tenía seguro de vida?

—No, no había ningún seguro. —El comisario carraspeó y cambió de tema—. Tommaso, ahora te lo pregunto por última vez...

—Sí —asintió Tommaso rápidamente.

—¿Sí?

—Sí, fui yo el que estableció contacto con las autoridades chinas. Fui yo quien les pidió que enviaran esa cinta. La grabación puede contener información importante.

El comisario levantó la voz:

—Sin autorización, has estado utilizando nuestros canales oficiales para transmitir advertencias a Kiev, Copenhague y otras ciudades.

Tommaso se preguntaba cómo se habría enterado de todo eso. Alguien debía de habérselo soplado, o tal vez el propio comisario vigilaba sus pasos desde hacía tiempo.

Cuando se hizo el silencio de nuevo, Tommaso trató de explicarse.

—Como he tratado de decir, hay un patrón en estos asesinatos, y no será el último que veamos.

Hubo un breve silencio. Alguien susurraba.

—Pero, Tommaso —replicó el comisario—. Has establecido contacto con nuestra embajada en Nueva Delhi, has hecho que enviaran a un hombre a Bombay en busca de huellas.

—Huellas no. Era un economista indio que había sido asesinado.

El comisario continuó como si Tommaso no hubiera dicho nada:

—Has pedido a las autoridades chinas que te enviaran material. Te has puesto en contacto con la Interpol.

—¡Porque había un caso exactamente igual al de Bombay! Vean el material. Es todo lo que pido. Escuchen lo que tengo que decirles. Al principio yo me quedé sorprendido también, hace meses, cuando vi por primera vez la foto que enviaron de la Interpol. Un cadáver con un tatuaje de gran tamaño, pero entonces comencé a estudiar la documentación. Pedí a la Interpol que me enviaran las imágenes en resolución original.

—¿Les pediste que te proporcionaran más material? —El comisario sacudió levemente la cabeza.

Tommaso lo ignoró y miró al hombre de la derecha, al que no conocía. Presumiblemente, un oficial de alto nivel.

—Pero es que se trataba de un asesinato. Bueno, en ese momento, dos. Y había más similitudes que la marca de la espalda. Las dos víctimas estaban de una u otra forma participando en acciones humanitarias.

El oficial asintió interesado con la cabeza.

—Me dirigí a la Interpol. Pero no aceptaron el caso. Era demasiado intrascendente, dijeron. Por tanto, empecé a investigar por mi cuenta.

—¿Por tu cuenta? —repitió el comisario con gesto de indignada incredulidad.

—Sí. En mi tiempo libre. He cumplido con mi trabajo, no he faltado ni un solo día. Es mi propio tiempo el que he usado.

—¡Tu tiempo! ¿Crees que se trata solamente de tus horas? Has utilizado también el tiempo de otros. Un empleado de la embajada en Nueva Delhi.

—Tenemos una responsabilidad.

El comisario no hizo caso y continuó:

—Mañana tendremos distinguidos visitantes. El ministro de Justicia y un grupo de jueces y políticos. ¿Cómo crees que verán todo esto?

Tommaso blasfemó en su interior. Era eso lo que preocupaba al comisario, sólo eso. Recibir adecuadamente a los invitados eminentes que llegaban a la ciudad cada semana. A todos les gustaba celebrar sus conferencias en Venecia. Tal vez el comisario notó que Tommaso había descubierto su ridícula vanidad, porque cambió de estrategia:

—¿Qué pasa con la gente sentada al otro extremo, Tommaso? Cuando envías un aviso urgente, la gente tiene que actuar. Has advertido a personas en muchas ciudades. Ankara. Sligo.

—Y Copenhague. Hay un patrón que se repite.

El comisario miró desafiante al oficial superior. Cada vez que Tommaso hablaba sobre el patrón el comisario le miraba. El hombre carraspeó y se pasó la mano por el pelo.

—Un patrón del que no estoy del todo seguro —continuó Tommaso—. Algunas escenas del crimen están separadas por tres mil kilómetros. Me parecía natural alertar a las autoridades policiales de que hay un peligro inminente.

Se hizo el silencio. El comisario volvió a mirar al oficial desconocido, que se enderezó y dijo:

—Señor Di Barbara... entendemos que su madre esté gravemente enferma.

Tommaso frunció el entrecejo. ¿Qué tenía eso que ver?

—Sí.

—¿Está en cuidados intensivos?

—Así es. Las monjas franciscanas cuidan de ella.

—Es duro tener una madre moribunda. Perdí a la mía hace un año.

Tommaso le miraba sin comprender, mientras el comisario no levantaba la mirada de la mesa.

—A veces, cuando estamos estresados, inmersos en situaciones en que nos sentimos impotentes, nos lanzamos a actividades descabelladas. Como una especie de compensación mental. Una especie de sublimación. ¿Entiende a qué me refiero?

—Disculpe. ¿Quién es usted?

—El doctor Macetti.

—¿Doctor? ¿En qué?

—En psiquiatría —contestó mirándolo a los ojos—. Es perfectamente natural y normal que el cerebro produzca una oleada de hiperactividad. En realidad, es una respuesta más saludable que si permanecemos pasivos o depresivos... o empezamos a beber. —La última observación fue dirigida al comisario, que asintió con impaciencia.

—¿Creen que me he vuelto loco?

—Desde luego que no —respondió el psiquiatra—. Su reacción es perfectamente comprensible.

Tommaso dirigió de nuevo su atención al paquete que permanecía sobre la mesa. Estaba aún cerrado.

—Tal vez sería mejor que usted se concentrara en su madre —continuó el psiquiatra—. Y podría visitarme un par de veces a la semana en la Véneto.

—No usaremos la palabra «suspensión» —intervino el comisario—. Suena demasiado melodramático. Pero debo pedirte que desalojes tu despacho y que dejes tu arma y tus credenciales.

14

Cruz Roja danesa, Copenhague

La joven secretaria de la Cruz Roja estaba un poco nerviosa. Trató de disimular el nerviosismo tras una máscara de simpatía y confianza, pero aún estaba ahí.

—¿Policía de Copenhague?

—Niels Bentzon.

El cuello de la secretaria se ruborizó levemente, pero Niels lo vio. Estaba entrenado para advertir esa clase de detalles.

Los negociadores eran policías que habían sido entrenados por psicólogos y psiquiatras para ser capaces de resolver conflictos sin utilizar la fuerza física. El primer curso sobre el lenguaje secreto de la cara había descubierto un nuevo mundo para Niels. Le enseñó a registrar pequeños gestos, los que no podemos controlar, como las venas del cuello y las sienes. Los alumnos vieron una película sin sonido para aprender el estudio de los rostros sin escuchar las palabras.

—Thorvaldsen lo recibirá enseguida.

—Gracias. —Niels cogió un folleto sobre un proyecto de la Cruz Roja en Mozambique y se sentó a esperar en la pequeña antesala.

Thorvaldsen miraba con gesto serio desde la primera página del folleto. Parecía más joven de lo que le había parecido el otro día en la tele. «La malaria, la guerra civil y la escasez de agua potable son algunas de las mayores amenazas para la salud en Mozambique», declaraba. Niels pasó la página. Mozambique estaba muy lejos. Ahora Thorvaldsen aparecía sentado delante de la ventana de su despacho. Se reía de algo. Niels dejó el folleto y abrió la carpeta de la Interpol. Sacó una pequeña tarjeta, sólo por no estar sentado mano sobre mano. En ella había un número de teléfono de la policía italiana, referente al caso «Venecia». Curiosamente, al parecer no había ningún muerto lo bastante «bueno» en Italia. Pero sí en Moscú: Vladimir Zjirkov, periodista y analista social. «Fallecido en la cárcel», rezaba el documento. Niels meneó la cabeza. Rusia era el mundo al revés. Allí estaban los hombres justos en la cárcel y los delincuentes en la calle. Las autoridades rusas habían indicado como causa de la muerte una trombosis. ¿Por qué razón se había incluido a Vladimir en la lista de gente buena asesinada? La respuesta la encontró Niels en la tarjeta, más abajo: el cadáver ruso tenía el mismo tatuaje que los demás. Un tatuaje hecho según un diseño específico. «Un tatuaje patrón.» ¿Había mencionado Sommersted esto? Niels no lo recordaba. No había ninguna otra indicación en la tarjeta. Bueno, no importaba, el caso no le interesaba realmente. La falta de entusiasmo de Sommersted se le había contagiado. Dios mío, ¿que se habían cometido unos asesinatos al otro lado del mundo? ¿Y qué? Cada año en Dinamarca morían de trescientas a cuatrocientas personas en accidentes de tráfico, muchas de ellas niños. ¿A quién le importaba eso? ¿Mandarían un policía danés al otro lado del mundo pensando en ellos? Seguro que no. Lo único que interesaba a Niels en ese momento era que estaba de camino hacia Kathrine. Que iba a zamparse sus comprimidos calmantes como si fueran caramelos. Que disfrutaría del sol en esa mierda de hotel, según Kathrine, una desagradable fortaleza rodeada de alambradas de púas y guardias armados. Comer hasta hartarse y engordar a placer gracias a la magnífica comida que preparaban unos baratos cocineros filipinos mal pagados. Haría el amor con Kathrine. Disfrutaría de su hermoso cuerpo, de estirar la mano y tocarla cuanto quisiera. Se olvidaría de Sommersted y...

—¿Sí?

Niels tenía el móvil en la mano. No se había dado cuenta de que había llamado. Era como si sus dedos hubieran actuado por cuenta propia. Había un círculo alrededor de un nombre en uno de los documentos de la carpeta. «Tommaso di Barbara», y luego un número. Él mismo había señalado el nombre.

—¿Sí? —repitió la voz.

—¿Tommaso di Barbara? —preguntó Niels elevando la voz. La pronunciación del nombre sería probablemente incorrecta.

—El mismo. —Su voz sonaba cansada, deprimida.

—Soy Niels Bentzon, de Homicidios, de la policía de Copenhague. Tengo un documento que dice que usted fue el primer oficial... —dijo en inglés.

—Perdone. ¿Habla italiano? —le preguntó Tommaso.

—No.

—¿Francés?

Niels miró a la secretaria y le preguntó:

—¿Hablas italiano, tal vez? ¿O francés?

—No —respondió con una sonrisa radiante como el sol.

Rara vez había visto Niels una persona tan feliz de desconocer un idioma extranjero. ¿O fue debido a la inesperada pregunta? En ese momento Thorvaldsen abrió la puerta de su despacho.

—¿Señor? ¿Sigue ahí? —dijo en francés el italiano.

—Le llamo luego, señor di Barbara. ¿De acuerdo? —Se despidió en inglés. Niels colgó y se levantó.

Thorvaldsen estaba en la puerta a punto de despedirse de sus dos invitados.

—Hay que mantener el as bajo la manga, no queremos que la prensa acuda en tropel aquí —le dijo a uno poniéndole la mano en el hombro—. ¿De acuerdo?

—Un señor de la policía quiere verle —le dijo la secretaria en voz baja.

—¿La policía? —Thorvaldsen se volvió y miró a Niels—. ¿Ha pasado algo?

—No, no. —Niels se acercó y le tendió la mano—. Niels Bentzon, de la policía de Copenhague.

El apretón de manos de Thorvaldsen fue firme, su mirada, decidida. Era un hombre acostumbrado a ser tratado en serio.

—¿La policía? —repitió.

Niels asintió con la cabeza.

—Le agradecería si puede atenderme cinco minutos.

15

Polizia di Stato, Venecia

Tommaso anotó el número del policía danés. Estaba muy emocionado, a pesar de su condición recién adquirida: «suspendido del servicio activo». Era la primera vez, durante todo el tiempo que llevaba dedicado al caso, que alguien había reaccionado. Había cerrado la puerta de su despacho. El comisario le había dado el resto del día para transcribir el informe sobre la viuda del soplador de vidrio. No había ningún problema con ese asunto. Era un caso de confesión pura y dura. Ella simplemente no podía soportar más a su marido.

Su sitio en la comisaría daba a la estación de ferrocarril y al Gran Canal. Tenía un escritorio, una silla y un sofá de polipiel verde para dos personas. Y también un pequeño armario que nunca utilizaba para ropa. Abrió la puerta del armario. El comisario no había mirado dentro, estaba casi seguro, de lo contrario lo hubiera mencionado cuando lo suspendió. Las paredes del armario estaban recubiertas con recortes de los casos. Imágenes de las víctimas. Fotos de los lugares. Las referencias bíblicas. Los razonamientos y preocupaciones de Tommaso. Oyó unos pasos y rápidamente cerró el armario. Sabía que le vigilaban.

Su secretaria, Marina, andaba de un lado para otro por la oficina exterior y se comportaba como si se sintiera culpable. Por supuesto, también habían hablado con ella. Llamó al cristal de la puerta.

—Adelante —dijo Tommaso.

Marina asomó la cabeza a través de la puerta abierta y se cuidó de que su cuerpo permaneciera en la oficina exterior.

—Han llamado del hospital. Tu madre ha preguntado por ti toda la noche.

—Ven, Marina.

Ella obedeció y cerró la puerta detrás de ella.

—Les has dicho algo de mi trabajo.

—¿Qué querías que hiciera? El comisario llamó anoche y me pidió que viniera a la comisaría. Eran las diez. —Tenía lágrimas en los ojos.

—Relájate. No te estoy acusando de nada.

—Me has engañado.

—¿Yo?

—Creía que estaba trabajando con la aprobación oficial. Todo lo que me has pedido para traducir... —Hizo un gesto hacia el armario—. ¿Sabes cuántas horas he utilizado para traducir por ti? De italiano a inglés.

—Has hecho una gran contribución. ¿No has dicho nada de...? —Señaló la puerta del armario.

—No me lo han preguntado.

—Bien.

—¿Es cierto lo que dicen? ¿Que te has vuelto loco?

—¿Loco? ¿Eso es lo que piensas?

Marina se enderezó e hizo un intento de evaluar el estado mental de Tommaso. Él sonrió. Necesitaba la ayuda de Marina para obtener el paquete de China.

—No me mires así —dijo.

—Dicen que es por lo de tu madre.

—Pregúntate ahora a ti misma. ¿A quién crees, al comisario o a mí?

Ella reflexionó. Marina era una mujer sensible, a la que él mismo había dado ese trabajo. Madre de tres hijos, redonda como un tonel, con un corazón de oro y lo más importante: sabía inglés. Inglés: el azafrán en el lenguaje oficial de Venecia; muy pocos lo dominaban y a los que lo hacían se les pagaba bien. Su rímel se había corrido. Él le ofreció un pañuelo y no esperó su respuesta.

—Consígueme una bolsa de papel —le pidió—. Voy a llevarme el caso a casa. Y después, ¿harías una última cosa por mí?

Ella negó con la cabeza.

—No.

—Marina, esto es importante. Más importante que tú y que yo. Cuando el comisario te dé el paquete procedente de China y te pida que lo devuelvas, no lo hagas.

Ella por fin cedió y asintió. Tommaso sonrió.

—Tienes que enviárselo al titular de este teléfono móvil. —Le dio una servilleta con el número escrito.

—¿Quién es?

—Un policía de Copenhague. También está investigando el caso. Tal vez el único, ahora que yo estoy suspendido.

—¿Cómo puedo averiguar su nombre y dirección?

—Llama al número y pregúntale. O envíale un mensaje de texto. Y a continuación le envías el paquete. A través del correo de la embajada, así irá más rápido.

16

Cruz Roja danesa, Copenhague

—¿Buena gente, dice?

Niels no estaba seguro de si Thorvaldsen se sentía honrado o preocupado.

—¿Se refiere a que han asesinado a buenas personas?

—Sí, ya sabe: pediatras, defensores de los Derechos Humanos, trabajadores en ayuda humanitaria. Las personas que trabajan en su industria...

—La industria de la compasión —dijo Thorvaldsen—. No dude en usar ese concepto en nuestro caso.

Niels miró alrededor el impresionante despacho. Muebles de diseño danés. Wegener. Børge Mogensen. Alfombras genuinas. Ventanales panorámicos. Una gran fotografía enmarcada de Thorvaldsen acompañado por Nelson Mandela y Bono, posiblemente en la isla Robben.

—¿Quién más está en la lista?

—¿Perdón?

—En su lista. ¿Quién más debe ser advertido?

—Es confidencial —dijo Niels.

Thorvaldsen se reclinó y meneó la cabeza levemente.

—Una lista de la policía sobre los hombres justos del reino de Dinamarca. ¿He de considerarlo un honor?

Niels no supo qué decir. Thorvaldsen prosiguió:

—¿Por qué creéis que los asesinatos están relacionados? ¿No podría ser una coincidencia?

—Bueno, tal vez. En cualquier caso, la investigación no nos compete.

—¿Así pues...? —Terminó con una sonrisa para no parecer demasiado desconcertado.

—Sólo nos encargamos de advertir a los posibles objetivos en nuestro país. Si sucede algo inusual, robo, vandalismo, ese tipo de cosas, debe llamarme enseguida. Supongo que ha recibido amenazas en los últimos años.

—Constantemente. —Thorvaldsen asintió con la cabeza—. Los abogados de mi ex mujer me amenazan día y noche.

De pronto alguien llamó a la puerta. La secretaria entró, llevando una cafetera y tazas.

—No creo que sea necesario tomar café. —Thorvaldsen la miró de forma penetrante—. Estamos a punto de terminar.

Niels comprendió que había cometido un error de cálculo: el jefe no estaba contento con aquella chica. Niels sintió el impulso de acudir en su rescate.

—Sólo una taza, por favor. Así me dará algo a cambio de las monedas que he donado a su causa.

La secretaria sirvió el café con mano levemente temblorosa.

—Gracias. —Niels la miró.

Thorvaldsen prosiguió:

—Entonces, ¿voy a recibir protección? —Thorvaldsen ya no se sentía honrado, más bien comenzaba a irritarse.

—No hemos llegado a eso todavía. Estamos muy lejos del umbral del peligro. —Y le sonrió tranquilizándolo. Sabía muy bien que esa frase producía el efecto contrario del que aparentaba: la palabra «lejos» no era lo que asimilaba el subconsciente, sino la expresión «umbral del peligro». Si se tiene miedo a las enfermedades, no ayuda leer acerca de ellas, no importa lo raras que sean, al contrario, sólo se genera aún más ansiedad. Pero de repente sentía una necesidad inexplicable de castigar a Thorvaldsen. Darle algo de tormento a su subconsciente para las próximas noches—. Aunque son asesinatos de naturaleza especialmente calculada, no existe actualmente ninguna razón para creer que Dinamarca sea el siguiente objetivo. —Niels sonrió a la secretaria antes de que ella saliera.

—En ese caso, ¿por qué ha venido a verme?

—Cumplo con las debidas diligencias.

—Si sospechan que estoy en peligro, tendrían que asumir la responsabilidad de mi seguridad.

—No es que la amenaza sea ahora mismo. Cámbielo por un supuestamente. Tomaremos las medidas necesarias cuando llegue el momento. Hasta entonces debería...

—... ¿quedarme tranquilo?

—Exactamente. —Niels miró por la ventana las vistas del parque Fælled; una fina capa de hielo se había instalado sobre la hierba y los árboles, como un cuadro antiguo y descolorido.

Se produjo una breve pausa. La irritación de Thorvaldsen era palpable en el ambiente. No fue una sorpresa para Niels cuando de repente suspiró y comenzó un largo monólogo:

—Escuche. Dedico cada día de mi vida a salvar a gente en peligro. Se estima que sólo el proyecto del agua potable en el este de África, el año pasado, ha salvado miles de vidas, por no mencionar la atención que la Cruz Roja ha dado en el desastre de... —Se interrumpió. Seguramente notó que Niels estaba distraído—. Lo menos que puede uno esperar en mi situación es un poco de ayuda de las autoridades.

—Le puedo dar mi número de teléfono. Por favor, no dude en ponerse en contacto conmigo.

—Gracias. ¡Ya tengo el número de la policía!

Un nuevo silencio. Niels se puso en pie.

—Eso es, queda cordialmente invitado a llamarme. Y mantenga los ojos bien abiertos.

—Ya. Dele un saludo de mi parte a Amundsen de Amnistía Internacional. Supongo que él es el siguiente en su lista. Pregúntele qué prefiere: si ocultarnos juntos en su casa de verano o en la mía.

Niels asintió con la cabeza y se marchó.

«Tómalo con calma, Thorvaldsen —pensó en el ascensor—. No estás en peligro.» Sacó su lista. La lista de los justos del reino de Dinamarca, como Thorvaldsen la había llamado. Con cuidado, tachó el nombre de Thorvaldsen.

17

Kongens Lyngby

Dios sabe cómo están utilizando todo este espacio, pensó Niels cuando llegó a aquel barrio residencial. No había ni una persona por la calle. Frente a los adosados estaban los pequeños coches de las esposas. Por la noche llegarían a casa los grandes hombres para reunirse con ellas.

La placa de latón del frontal de la puerta rojo Bornholm tenía sólo un nombre: «Amundsen.» El número dos en la lista. Se oían sonidos en el interior, subiendo y bajando la escalera. Pasos vacilantes. Niels llamó de nuevo y puso la mano sobre la vieja puerta de madera. La puerta tenía una gran marca en el medio, como si alguien hubiera intentado forzarla. Niels estaba impaciente.

—Vamos.

Miró de nuevo hacia el camino. Nadie. Moviendo la aleta del buzón con el dedo índice llegó a atisbar unas piernas de mujer desnudas, piernas jóvenes subiendo rápidamente por la escalera. Se oía murmurar y Niels se incorporó un instante antes de que se abriera la puerta. Amundsen tenía un juvenil pelo resplandeciente que le caía casi hasta los hombros. Y vivaces ojos azules.

—¿Puedo ayudarle?

—¿Christian Amundsen?

—Sí.

—Niels Bentzon, de la policía de Copenhague. Lo he buscado en la oficina de Amnistía Internacional en la ciudad, pero me dijeron que estaba enfermo.

Amundsen enarcó las cejas antes de contestar:

— 97 —

—Bueno, no estoy exactamente enfermo. En algún momento todos necesitamos un día de fiesta. ¿Ha pasado algo con el coche?

—También he intentado llamar. ¿Puede dedicarme unos minutos?

—¿Qué sucede?

Niels miró las fotografías enmarcadas que estaban colgadas en las paredes: Amundsen en África, abrazando a dos presos recién liberados. Amundsen en Asia delante de una prisión con algunos lugareños sonriendo.

—Ésa es de Myanmar. —Amundsen entraba en ese momento.

—¿Birmania?

—Eran presos políticos. Dediqué tres años a lograr su liberación de la prisión de Insein. Una de las prisiones más repugnantes del mundo.

—Debió de ser un gran día.

—Pero ¿cree que pudimos conseguir asilo para ellos en Dinamarca?

—Supongo que no.

—Al final, el gobierno de Australia se hizo cargo de ellos, después de presionarlo mucho, sobre todo nosotros.

La mujer cuyas piernas Niels ya había admirado, entró portando una bandeja con el té. Ahora llevaba vaqueros muy ajustados y un lápiz de labios rojo intenso que se adaptaba muy bien a su brillante pelo asiático. No tendría más de veinte años. La química entre ella y Amundsen era palpable. Niels se sentía como si estuviera en su dormitorio.

—Ésta es Pinoy. Trabaja como canguro para nosotros.

—Hola —dijo ella—. ¿Té?

Voz armoniosa, servil pero con carácter.

—Gracias.

—Pinoy también fue perseguida por las autoridades, estuvo en prisión dos veces. Sin embargo, no conseguimos que le dieran el estatus de refugiada, así que la trajimos en calidad de *au pair*. Las leyes no cambiarán nunca. La gente acomodada debe disponer de mano de obra barata.

—Yendo al tema... —comenzó Niels, pero Amundsen lo interrumpió:

—Se ha convertido en la única manera de traer a gente a este país. Tratamos de ayudar a tantos como podemos.

Niels dejó pasar unos minutos para que se fueran extinguiendo las excusas de Amundsen y luego le explicó el motivo de su presencia en su casa.

—Sin embargo —concluyó—, no debe preocuparse demasiado. Llámeme si nota algo inusual: robo, vandalismo, llamadas anónimas.

—Nunca me ha ocurrido nada de eso. Suena muy poco probable. ¿Quién querría matar a los buenos? —Dio un respingo cuando oyó el sonido de un coche aparcando fuera—. Son los niños. Perdón, sólo será un momento.

Antes de que Niels pudiera responder, Amundsen había desaparecido. Por la ventana vio a la esposa, en avanzado estado de gestación, bregando por sacar dos niños pequeños del coche. Se asomó al pasillo y vio a Amundsen en el vestíbulo. La joven asiática estaba junto a él y parecía enfadada. Amundsen le susurró algo justo antes de que la puerta se abriera. Niños felices, sonrisas y abrazos cálidos. Niels utilizó el tiempo de espera para contemplar unas fotos que se mostraban como triunfos de Amundsen. Un artículo enmarcado en la pared: «Amnesty evita que yemeníes sean expulsados del país.»

—Perdón por la espera. —Amundsen estaba en la puerta con un bebé en brazos. Era un hombre confundido que trataba de equilibrar sus deseos con todo lo bueno que su superyó quería hacer. Niels sonrió al niño.

—Descuide. Bien, como ya le he dicho, no hay razón para temer. Llámeme si ve algo inusual. Pero no hay razón para preocuparse.

Amundsen cogió la tarjeta de visita que le tendió Niels.

—No estoy preocupado. ¿Sabe lo que pienso?

—¿Sí?

—Que ha venido al lugar equivocado.

—¿Qué quiere decir?

—No es mi trabajo reunir gente bondadosa. Hay demasiados egos y demasiada atención de los medios puesta en nosotros.

—De momento no trato de encontrar a gente buena. Estoy avisando a los que cualquier loco podría percibir como «buenos».

Amundsen hizo una pausa y miró a Niels con calma.

—¿Está seguro? —repuso.

Amundsen estaba sentado en su despacho. El policía se había ido. No había sido una visita agradable. Era como si la policía hubiera husmeado en su vida privada. Las mentiras. ¿Por qué no le había contado lo de las llamadas anónimas? ¿Y del teléfono que sonaba y colgaba por la noche? ¿Del día que lanzaron una botella contra la puerta de su casa? Amundsen todavía oía el impacto en su mente. La botella se había hecho añicos y había dejado una marca indeleble en la puerta. Entre los fragmentos de cristal había encontrado la etiqueta que colgaba alrededor del cuello de la botella. «Amarula Cream.» Amundsen conocía bien esa marca: un licor cremoso de África, aderezado con algo asqueroso y un elefante como emblema. En una ocasión se había emborrachado con Amarula en Sierra Leona. O en Liberia. ¿Podría aquel acto de vandalismo guardar relación con eso? Sierra Leona, el patio del infierno: la crueldad, la pobreza, el hambre, las enfermedades, la corrupción, los dictadores locos y un sistema totalmente ilegal que hacía difícil el trabajo de Amnistía Internacional. Era imposible evitar los errores cuando se actuaba en esos lugares. Y los errores terminaban por dar enemigos.

Pero sobre todo un suceso le había impresionado. Junto con otros directivos de Amnistía, hacía unos años Amundsen había viajado a Sierra Leona. Habían establecido un centro de acogida para niños soldado. Había conocido a dos chicos condenados a muerte por cometer matanzas crueles en su propia aldea. Uno de ellos, de doce años, había disparado a su propio hermano de diez años. El resto de la familia exigió que el niño fuera ajusticiado. Amundsen nunca había conocido a un ser humano que estuviera tan solo. El país, el ejército que lo había secuestrado, la familia, los servicios sociales —si se podían llamar así—, todos habían sentenciado al niño a morir. Amnistía había recogido más de diez mil firmas. Amundsen se las entregó personalmente al presidente del llamado Tribunal Supremo. No era más que una farsa. El edificio era un antiguo salón de baile de un hotel abandonado, donde un juez negro como el carbón había encontrado una ridícula peluca blanca sabe Dios dónde. Los dioses habían abandonado África Occidental hacía mucho tiempo. Sólo Amnistía, Cruz Roja y Médicos Sin Fronteras se quedaban allí para aliviar en lo posible aquel infierno en la Tierra. Era un lugar donde se podía utilizar literalmente la expresión «caer en saco roto». El otro muchacho aún tenía a su familia. Había sido secuestrado cuando tenía ocho años. Cuando Amundsen lo conoció tendría diez. En dos meses se había convertido en una máquina de matar. En su batallón practicaban disparando contra otros niños secuestrados. Si se negaban podían recibir un tiro del sargento o ser obligados a apretar el gatillo contra sí mismos. Mike, el nombre que le dieron, aprendió rápidamente las ventajas de un buen chute: adormecía los sentidos y la conciencia, y eso era una bendición. Sin drogas, habría enloquecido y se habría pegado un tiro. Amundsen nunca olvidaría su primer encuentro con aquel niño. Imaginaba lo peor pero la realidad superó esas expectativas. Encontró un chico que se había convertido en un toxicómano para poder sobrevivir en el infierno. Un niño que estaba sudando y temblando en su celda mientras sólo pensaba y hablaba sobre el siguiente chute. Amundsen tenía un contacto cercano a la familia del niño. Tal vez les infundió demasiadas esperanzas. Ambos muchachos fueron fusilados en el patio de aquella cárcel monstruosa. Por supuesto. Todas las historias de Sierra Leona terminaban con la muerte.

La madre había recriminado a Amundsen que no había hecho lo suficiente para salvar a su hijo. Todavía recordaba las palabras que ella le había espetado: «La muerte de mi hijo paga su salario, maldito occidental.» Amundsen pensaba a menudo en esas palabras. Le habían causado una fuerte impresión. Una injusta acusación, se repetía. Luchó por ellos, por supuesto. Su trabajo, al fin y al cabo, era sólo para infundir esperanza. Pero aquella madre no lo comprendió. Y su acusación seguía persiguiéndolo.

18

Indre by, centro de Copenhague

Niels sacó de nuevo la lista. «Severin Rosenberg», ponía. El penúltimo. Después de él sólo quedaba Gustav Lund, el rara avis de la lista, el matemático que había recibido el Premio Nobel. A Niels lo que le gustaba de Rosenberg era que se trataba de un buen hombre al que no le interesaba salir en los medios y éstos incluso lo denostaban. Se reafirmó en la sensación de que aquella lista había reunido verdaderamente a buena gente real: gente que tenía otras formas de ayudar a los demás aparte de participar en las manifestaciones contra el cambio climático o el encendido de antorchas en la plaza Rådhus.

Niels no había tenido tiempo de hacer su propia investigación. Probablemente sólo sabía lo mismo que los demás, lo que se leía en la prensa y las revistas de los últimos años. A saber, que Severin Rosenberg, en varias ocasiones, había dado cobijo a personas a quienes denegaban la solicitud de asilo. «El sacerdote de los refugiados», le llamaban en los medios. Parte de la derecha política le había expuesto al odio, y también le odiaba la mayoría de la población. Pero Rosenberg no se dejaba intimidar y mantenía su postura: que el amor al prójimo es el amor al prójimo. Que no sólo se trata de los que tengan pelo rubio y ojos azules, que uno tiene la responsabilidad de ayudar a las personas que lo necesiten, sean del color que sean. Niels había visto a menudo los debates en la televisión. Rosenberg aparentaba ser un hombre de talento pero un poco ajeno a la realidad, creía que podía caminar sobre el fuego y el agua para defender sus creencias. Hace dos mil años lo habrían arrojado a los leones en el Coliseo, lo habrían perseguido junto con los demás cristianos que creían en compartir el amor y las posesiones terrenales. Desde luego era algo ingenuo, este Rosenberg. A Niels le gustaba.

Él, en cambio, pensaba que las iglesias eran aburridas. Si ves una, las has visto todas. Siempre había tenido esta sensación, pero Kathrine tenía debilidad por los grandes habitáculos sagrados. Ella le había arrastrado una vez a la iglesia Helligånd durante la Noche de la Cultura. Un coro cantó himnos en latín y un escritor con una larga barba había dado un discurso sobre la iglesia. Niels sólo recordaba que la iglesia había sido un monasterio-hospital. Copenhague, durante la Edad Media, comenzó a distinguirse como una metrópoli europea. Muchos viajeros venían a la ciudad: caballeros, gente de dinero, comerciantes. El nuevo tráfico significaba más prostitutas y más hijos ilegítimos. Se mataba a los recién nacidos, a menudo segundos después de su alumbramiento. La iglesia Helligånd se desarrolló y fue reconocida como monasterio-hospital sólo para que las madres tuvieran un lugar donde desentenderse de sus hijos.

Niels aparcó el coche en la calle y miró la iglesia. Hoy en día los habitantes de Copenhague seguían entregando a sus hijos allí, seiscientos años después. El monasterio se había convertido en una guardería.

Se quedó un momento en el coche, mirando hacia el cielo, donde el sol luchaba por penetrar una espesa capa de nubes blanco grisáceo. Contempló a los viandantes. Una joven madre con un carrito. Un matrimonio mayor cogidos de la mano como si fueran novios primerizos. Era un buen día de invierno en Copenhague. «Hopenhagen», como la habían llamado honorablemente con vistas a la Cumbre.

Niels cruzó la plaza y reparó en un coche patrulla aparcado por allí. A lo lejos se oía a un hombre gritar a los policías. El inconfundible sonido farfullero de unas cuerdas vocales dañadas después de años de abuso de drogas. Los policías habían cogido al yonqui por ambos brazos.

—¡No he sido yo, maderos mamonazos!

Niels le conocía bien. Incluso le había detenido una vez, tiempo atrás. Chusma de la ciudad. Una manzana podrida que hizo que los peatones volvieran la cabeza con una mezcla de compasión y resignación. El drogadicto se soltó e intentó una ridícula huida. Se tambaleaba todo el rato con sus piernas escuálidas. Simplemente no era su día. Su carrera terminó a los pies de Niels.

—Oye. Cálmate.

—Déjame ir, tío, maldita sea.

Niels lo sujetó firmemente por el brazo hasta que llegaron los dos agentes. Aquellos brazos eran sólo piel y huesos, parecían a punto de quebrarse. No le quedaba mucho tiempo, su aliento apestaba a muerte, así que Niels tuvo que volver la cabeza mientras el pobre hombre reunía fuerzas para maldecir al mundo entero.

—Tened cuidado con él —instruyó Niels, y enseñando su placa se lo entregó a los jóvenes policías, uno de los cuales trató de derribarlo para esposarle—. No es necesario —dijo Niels. El drogadicto le miró como si lo viese por primera vez—. ¿Qué ha hecho?

—Trató de entrar en la iglesia forzando un ventanuco del sótano.

—¡No he sido yo! —chilló el drogata—. Escúchame, tío. Sólo quería encontrar un lugar donde chutarme.

Niels miró su reloj. Llegaba tarde, no tenía tiempo para enredarse con aquel asunto. No si quería terminar la lista antes de las seis. Y lo haría. El pobre diablo continuó:

—¿Adónde podemos ir, eh, tío? ¿Dónde podemos chutarnos en paz?

Las esposas se cerraron con un leve clic alrededor de las muñecas enflaquecidas del drogadicto. Niels se percató de sus tatuajes: una serpiente roja que se encontraba con un dragón lila, alrededor de unos signos indescifrables. Sin embargo, había un tatuaje bastante nuevo, no de colores apagados o medio borrados. No era un tatuaje de prisión, estaba hecho por un profesional. Una pequeña y verdadera obra de artesanía. Niels cedió y los acompañó hasta el lugar de los hechos.

El ventanuco del sótano había sido desatornillado, y allí había una jeringa usada. Niels la arrojó a la basura. La sangre de otras personas no era su bebida favorita. Vio un tornillo entre dos adoquines. Lo sacó y lo probó en la bisagra de la ventana. Encajaba. Se dirigió entonces al joven policía que estaba detrás de él.

—¿Lo habéis cacheado?

—Sí.

—¿Habéis encontrado un destornillador?

—No.

Niels le mostró el tornillo.

—No es él quien ha desatornillado la ventana. Además, no tiene el pulso necesario.

El policía se encogió de hombros. Le era indiferente, así que le preguntó:

—Bien, entonces lo dejamos ir.

Niels no escuchaba. Pensaba en el tatuaje del drogadicto. ¿Por qué un yonqui, que a duras penas lograba tener las mil coronas diarias para su dosis, pagaría diez mil por un tatuaje nuevo?

Iglesia Helligånd, Copenhague

Rosenberg se parecía a la imagen que Niels había visto de él en la tele. Un hombre alto y corpulento, de pelo escaso y con una postura ligeramente encorvada. Su cara era redonda como un sol sonriente en un dibujo infantil. Pero detrás de las gruesas gafas, dentro de los ojos hundidos, se podía percibir la seriedad.

—Esto ocurre, por supuesto, un par de veces al año.

Estaban en el sótano, bajo la oficina de la iglesia. El recinto estaba prácticamente vacío. Sólo había unas sillas plegables, varias cajas polvorientas, una pila de panfletos sobre una estantería. Poca cosa más.

—Es típico de los toxicómanos y los sin techo, de pronto tienen la ocurrencia de que el sótano de la iglesia está lleno de tesoros. Pero se han vuelto más audaces. Por lo general solían intentarlo por la noche. Nunca había ocurrido a plena luz del día.

—¿No ha visto nada sospechoso? ¿Alguien que fisgoneara por aquí?

—Pues no. Yo estaba sentado en el despacho, sabe, respondiendo a unos e-mails amenazantes que me enviaron, y tenía que revisar el acta de la última reunión del consejo parroquial. Le ahorraré los detalles. —Niels se encontró con los ojos del sacerdote, que sonrió. La gente siempre le dice a la policía más de lo que se les pide.

—¿Echa algo en falta?

Rosenberg repasó con abatimiento los bienes terrenales de la iglesia: sillas vetustas, cajas de cartón, cosas desordenadas.

Niels miró alrededor:

—¿Qué hay detrás de esa puerta?

Rosenberg fue y la abrió. Era una habitación pequeña y oscura. Las bombillas necesitaron lo suyo para acabar de encenderse. Más sillas plegables y un par de mesas. Y en una esquina, una pila de colchones viejos.

—¿Fue aquí donde los alojaba? —Niels se volvió para mirarlo.

Rosenberg se acercó.

—¿Me arrestaría ahora?

Niels vio en sus ojos algo que, en otro momento, hubiera sido una censura hacia la policía.

Rosenberg tenía en la pared húmeda del sótano una especie de exposición de fotos. Fotografías en blanco y negro de la época de los refugiados en la iglesia. Un testimonio. Niels miró sus caras: miedo. Y esperanza. La esperanza que Rosenberg les había dado.

—¿Cuántos eran?

—Una docena. No es lo mismo que en D'Angleterre, pero nunca se quejaban.

—¿Palestinos?

—Y somalíes, yemeníes, sudaneses y un albanés, si me decían la verdad. Algunos no eran muy sinceros a la hora de ofrecer información. Pero tenían sus razones.

Niels le miró. Se quedaron a cierta distancia, una distancia que se percibía como mucho más lejana. El sacerdote había creado un escudo invisible a su alrededor. Hasta aquí, pero no puedes acercarte más. Niels no se sorprendió. No era la primera vez que encontraba algo así en personas que se ganaban la vida ofreciendo afecto y atención. Psicólogos, psiquiatras, médicos. Probablemente era algún tipo de mecanismo inconsciente de supervivencia.

—Ahora usamos este sitio para la preparación de la confirmación. Es una lección un poco desagradable, pero eficaz en la enseñanza de humanidad.

Rosenberg apagó la luz y se quedaron en la oscuridad más absoluta.

—Así estábamos la noche en que llegó la policía, ocultos a oscuras. Los refugiados se abrazaban, algunos llorando, pero fueron valientes, incluso sabiendo lo que les esperaba. Sus colegas de usted derribaron la puerta de la iglesia, y oímos las pesadas botas avanzando por el suelo, hasta la escalera.

En medio de la oscuridad, por un momento Niels pudo oír su propia respiración.

—¿Y llegaron hasta aquí?

—No. No entrasteis. Os disteis por vencidos.

Niels sabía muy bien que no era la policía la que se había dado por vencida. Fueron los políticos, que cedieron a la presión de la opinión pública. Volvió a mirar las fotografías cuando Rosenberg encendió la luz de nuevo. Trató de imaginar lo que habría sido estar allí.

—En esta foto son menos de doce. —Niels contó las figuras. Los refugiados eran, obviamente, menos que en las otras fotos.

Rosenberg estaba en la puerta. Hubiera preferido que Niels se marchara ya.

—Sí. Hubo un par que desaparecieron.

—¿Desaparecieron? —Niels advirtió el titubeo de Rosenberg.

—Sí. Unos yemeníes. Se escaparon.

—¿Adónde?

—No lo sé. Prefirieron tratar de arreglárselas por sí mismos.

Niels lo supo de inmediato: Rosenberg mentía.

La iglesia estaba casi totalmente vacía. Un organista practicaba una y otra vez el mismo pasaje. Rosenberg no parecía preocupado por la información que le estaba dando Niels.

—Conque buena gente, ¿eh? ¿Qué clase de gente buena?

—Defensores de los derechos humanos, voluntarios en el extranjero, esa clase.

—¿Qué pasa en el mundo actual? ¿Ahora matan a los buenos?

—Sólo sea más cauto con las personas a las que deje entrar. Tenga cuidado.

Le entregó una pila de libros de salmos a Niels.

—No tengo miedo, seguro que no estoy en peligro. —A Rosenberg la idea parecía divertirle. Continuó—: Tranquilo, no corro el riesgo de ser una buena persona. Puedo asegurarlo. En el fondo soy un pecador.

—No creemos que esté en peligro, pero por si acaso.

—En cierta ocasión un hombre fue a hablar con Lutero. Un Lutero de avanzada edad.

—¿El que nos hizo protestantes?

—El mismo. —Rosenberg soltó un risita y miró a Niels como si fuera un niño—. Aquel hombre dijo a Lutero: «Tengo un problema. He pensado profundamente acerca de ello y ¿sabes qué?, he llegado a la conclusión de que nunca he pecado ni hecho algo que no debiera.» Lutero lo miró un momento. ¿Adivina qué respondió?

Niels notaba cómo volvía a su época de la confirmación con todas estas enseñanzas. No era un recuerdo agradable.

—¿Que era un hombre afortunado?

Rosenberg sonrió triunfal.

—Le dijo que siguiera pecando. Que Dios está ahí para salvar a los pecadores. No a aquellos que ya están salvados.

El organista dejó de tocar cuando una pareja de turistas entró y miró con curiosidad, casi por compromiso, la iglesia. Rosenberg tenía más cosas que contarle a Niels, era obvio, pero esperó a que los ecos del órgano se desvanecieran del todo.

—Los judíos tienen una leyenda sobre «la gente buena». ¿La conoce?

—Nunca he tenido interés por la religión. —Niels se dio cuenta de que sonaba despectivo, así que añadió en tono de broma—: Vaya con las cosas que le digo a un sacerdote.

Rosenberg continuó como si no lo hubiera oído, casi como si estuviera en el púlpito en la mañana del domingo:

—Se trata de treinta y seis personas buenas que preservan a la humanidad.

—Treinta y seis. ¿Por qué treinta y seis?

—Las letras de los judíos tienen un valor numérico. Las letras en la palabra «vida» suman dieciocho. ¿Por qué? Porque el número dieciocho es un número sagrado.

—Dieciocho y dieciocho son treinta y seis. ¿Significa el doble de sagrado?

—Lo ha comprendido, a pesar de ser un hombre que no tiene un verdadero interés por la religión.

Niels sonrió y sintió un orgullo infantil.

—¿Cómo pueden saber eso?

—¿Qué quiere decir?

—¿Que Dios ha puesto a los treinta y seis en la tierra? —Niels reprimió una sonrisa de incredulidad, pero Rosenberg la vio en sus ojos.

—Él se lo dijo a Moisés.

Niels miró los grandes cuadros. Ángeles y demonios. Muertos que se levantaban de sus tumbas. El Hijo que fue clavado en una cruz de madera. Niels había visto mucho durante sus veinte años como policía. Demasiado. Había vuelto del derecho y del revés a Copenhague buscando pruebas y móviles de crímenes, escaneando cada remanso oscuro y sombrío de la mente humana. Había encontrado cosas que le hacían marearse sólo de pensarlo, pero nunca había visto una sombra de prueba irrefutable de la existencia de una vida en el más allá.

—Moisés subió al monte Sinaí y recibió instrucciones. Esos dictámenes siguen vigentes hoy día y los seguimos cumpliendo. A tal punto, que los hemos legalizado. Por ejemplo, no matarás.

—A pesar de que nunca se lo ha impedido a nadie.

Rosenberg se encogió de hombros y continuó:

—Amarás a tu prójimo. No robarás... Seguramente conoce los Diez Mandamientos, ¿no es así?

—Sí, claro.

—Ya. En realidad, su trabajo consiste en asegurar que los Diez Mandamientos se cumplan. Así pues, tal vez esté más involucrado en el gran diseño, más de lo que usted cree. —Rosenberg sonrió con un toque de ironía.

Niels le devolvió la misma sonrisa. Rosenberg era un hombre bueno. Y tenía experiencia, muchos años de evangelización y debates con los no creyentes.

—Sí, tal vez —repuso Niels.

—En cada generación, Dios ha puesto treinta y seis hombres buenos, justos, en la Tierra, para cuidar a la humanidad.

—¿Para ir a las misiones?

—No. Ellos no son conscientes de ser los Justos.

—¿No lo saben?

—Los Justos no saben que lo son. Sólo Dios conoce su identidad. Velan por nosotros. —Hizo una pausa—. Desde luego, es un importante tema en el judaísmo. Si desea hablar con un experto puede ir a la sinagoga de la calle Krystalgade.

Niels miró el reloj y pensó en Kathrine, en sus comprimidos y en el vuelo del día siguiente.

—No es tan difícil de concebir —continuó el sacerdote—. La mayoría de las personas reconoce el hecho de que hay maldad en el mundo. Hombres malvados. Hitler, Stalin y una larga lista. ¿Por qué no podría existir lo contrario? Treinta y seis personas que se muevan a la inversa en la escala de Dios. ¿Cuántas gotas de bondad necesitaríamos para mantener a raya el mal? ¿Tal vez treinta y seis?

Se hizo el silencio. Rosenberg cogió los libros de salmos y los puso en su sitio en los estantes de la salida. Niels le tendió la mano. Era el primer hombre de la lista al que necesitaba, de verdad, estrechar la mano. Tal vez su flaqueza emocional se debía al ambiente sacro.

—Bien, he de irme. Recuerde tomar precauciones y estar ojo avizor, ¿de acuerdo?

Rosenberg le abrió la puerta. Fuera bullía la gente, la música de Navidad, los campanilleos, los coches, el ruido, un mundo ofuscado y caótico. Niels lo miró a los ojos, preguntándose en qué le había mentido el sacerdote.

—Kissinger, en su discurso en el funeral de Gerald Ford, dijo que el presidente fallecido era uno de los treinta y seis Justos. Alguien ha mencionado también a Oscar Schindler, o ¿quizás a Gandhi? ¿Churchill?

—¿Churchill? ¿Se puede enviar a la gente a la guerra y seguir siendo bueno?

Rosenberg reflexionó un momento.

—Puede haber circunstancias en que procede hacer lo que objetivamente está mal. De eso trata precisamente el cristianismo, de que podamos vivir juntos aceptando el pecado como una premisa básica de la condición humana.

Niels miró el suelo de la iglesia.

—Ahora probablemente lo he asustado, ¿no? Es algo que los sacerdotes conseguimos con facilidad. —Rio de buen humor.

—Tengo su número de teléfono —dijo Niels—. Puedo ver en la pantalla si es usted el que me llama. Prométame que lo hará si pasa algo.

De regreso al coche se detuvo en el ventanuco del sótano. Algo no encajaba. El ventanuco, el drogadicto, el tatuaje, la mentira de Rosenberg. Demasiadas cosas que no coincidían, pensó. La lógica cojeaba. Eso era una maldición para un policía. El ser humano mentía por naturaleza. Era crucial discernir si la mentira no sólo ocultaba un pecado, sino también un crimen.

19

Casa Hospicio Hermanos Fatebene, Venecia

La monja era de Filipinas. Sor Magdalena de la Orden del Sagrado Corazón. A Tommaso le gustaba. Un rostro dulce y sonriente, que ayudaba a los enfermos terminales a partir de este mundo. El hospicio, recientemente renovado, estaba en el norte del antiguo barrio judío. Tommaso podía llegar allí en pocos minutos desde el Gueto. Lo llamaban «el Gueto», pese a que la palabra tiene un significado diferente en la actualidad. Su origen fue allí y significaba «fundición» en italiano. Hace siglos, las fundiciones de Venecia estaban situadas en ese distrito, junto con los judíos. En determinado momento, se cerraron las puertas para que no pudieran salir al resto de Venecia. El lugar fue conocido como el Gueto. Un lugar que luego daría nombre a muchos barrios en el mundo con algo en común: que sus habitantes no podían salir de allí.

Magdalena hizo un ademán a Tommaso cuando entró en el hospicio.

—¿Señor Di Barbara? —susurró. Una tranquila paz reinaba en el lugar, nadie levantaba la voz. Como si se estuvieran preparando para el eterno silencio del que pronto formarían parte—. Su madre sufrió mucho durante la noche. Estuve a su lado en todo momento.

Ella le miró con sus dulces ojos. Era muy simplista por su parte pensar así, pero no pudo evitarlo: ¿por qué era monja una mujer tan hermosa?

—Usted tiene un buen corazón, hermana Magdalena. Mi madre tiene suerte de tenerla a su lado.

—Y de tener un hijo como usted.

Pareció decirlo sinceramente, pero Tommaso experimentó un sentimiento de mala conciencia que apareció con precisión de relojería.

—Ahora voy a tener más tiempo. —Se interrumpió. ¿Por qué debería saberlo ella? Había sido suspendido de su trabajo.

Le tomó la mano.

—Tal vez es un regalo de la infinita misericordia del Señor —opinó ella.

Él tuvo que reprimir una sonrisa. ¿Un regalo divino?

—Su madre preguntó por usted —añadió la bella monja.

—Lo siento. Anoche estuve de servicio.

—Parecía muy preocupada por usted. Repetía que había algo que usted no tenía que pagar.

—¿Pagar?

—Algo referente a dinero. Que no lo pagara. Que era peligroso.

Tommaso la miró con asombro.

—¿Mi madre dijo eso?

—Sí. Varias veces: «No pagues, Tommaso, es peligroso.»

Sor Magdalena miró a Tommaso di Barbara cuando enfilaron el pasillo, con una bolsa de comida en una mano y una caja grande en la otra. Había algo triste en aquel hombre, pensó mientras cruzaban las ocho salas de la Casa Hospicio, la única de esa naturaleza que había en Venecia. La madre de Tommaso tenía la habitación muy al fondo, daba al patio. Aparte de una palmera solitaria, allí sólo había unos árboles desnudos. En cambio, el pasillo se veía decorado para Navidad. Guirnaldas y algunas cintas brillantes alrededor del retrato de María y el Salvador recién nacido.

Sor Magdalena siempre escuchaba con mucha atención las últimas palabras de los moribundos. Sabía, por experiencia, que los que tenían un pie en el otro mundo, en ocasiones tenían visiones sobre el futuro, sobre la vida en el más allá. Normalmente los moribundos sólo decían tonterías, pero no siempre. Magdalena había cuidado de los enfermos terminales desde que entrara en la Orden del Sagrado Corazón hacía quince años. Ella había visto y oído mucho. Y sabía que todo no podía ser descartado como mera tontería.

En su vida anterior había sido prostituta, pero Dios la había salvado. Estaba convencida, incluso tenía la prueba: el recibo de aquella bicicleta que había dejado para su reparación.

En Manila tenía un ex piloto americano como cliente regular. Él se había radicado en Filipinas y gastaba su pensión en una combinación de chicas y alcohol. Había estado en Vietnam y tenía el cuerpo surcado de cicatrices, tanto en el estómago como en las piernas. Seguramente también en el alma. Estaba padeciendo una lenta agonía nada digna, pues no lograba desprenderse de sus vicios. Magdalena iba todos los días a chupársela. Él pagaba, por supuesto, pero a medida que el cáncer se extendía, tardaba más y más tiempo en eyacular.

Por eso ahora ella se llamaba Magdalena, porque en otra época había sido una prostituta. El viejo piloto había tenido un bar, tal vez la mejor coartada para su alcoholismo. Fue allí donde Magdalena le había conocido. Él había enfermado e iba a morir solo.

Entonces sucedió algo que cambió su vida. La última vez que visitó al piloto, éste hablaba delirando. Le cogió la mano y le advirtió: «No vayas allí.» Ella trató de consolarlo y le dijo «tranquilo» y «todo va a salir bien». Pero él insistía: «No vayas allí.» Y entonces le describió el sitio, una casa de la calle Shaw Boulevard Station, muy cerca de donde Magdalena tenía alquilada una habitación. Allí había un taller de bicicletas. Persianas verdes, paredes desconchadas de un azul que revelaba que la casa había sido de tonos pastel.

Al día siguiente el piloto murió. Y una semana después el taller de bicicletas de Shaw Boulevard Station se derrumbó. Magdalena tenía la suya allí para reparar, pero no se había atrevido a ir a recogerla. Murieron diecinueve personas.

A continuación ingresó en la Orden del Sagrado Corazón y cambió de nombre. Magdalena, la prostituta que Jesús había salvado de la lapidación.

Desde entonces había acompañado a los moribundos, seis días a la semana. Una semana por la noche, la siguiente semana por el día. Un día de descanso. En su tiempo libre solía dormir y ver *Friends* en la tele.

Sor Magdalena le había contado su experiencia al médico gerente de la Casa Hospicio, pero sin los detalles escabrosos. Él le había sonreído y había puesto su mano sobre la de ella. ¿Cuántas pruebas más necesita una persona?, se preguntó. El viejo piloto nunca había visto la casa donde se reparaban bicicletas. No era un barrio donde fueran los extranjeros. Sin embargo, lo había descrito al detalle. Uno debe escuchar siempre a los moribundos, no importa cuán pecadores hayan sido, pensaba. El piloto había estado en la guerra, había matado, bebía y golpeaba a las chicas que compraba por sexo. Sin embargo, Dios lo había escogido para hablar a través de él, para salvar a Magdalena. Así pues, se debe escuchar a los moribundos.

Sor Magdalena esperaba que Tommaso di Barbara también escuchara a su madre moribunda.

La madre de Tommaso no estaba despierta. Roncaba ligeramente con la boca entreabierta. Tommaso puso la bolsa con la compra en el pequeño hornillo y la caja, que contenía los papeles de los casos de asesinato, en el suelo. Al principio los había ocultado en su taquilla en comisaría, pero ahora estaban en aquella caja que Marina había sacado de allí. Como si aquellos casos estuvieran condenados a seguir en las sombras, algo de lo que nadie quería hablar.

Tommaso había comprado salami picante, tomates y ajo para su madre. Ella no los comía, pero le gustaba su aroma. Él lo entendía, pues de esa manera lograba sobreponerse al olor a hospicio, muerte y detergentes. Afortunadamente no fue tan difícil. Todas las habitaciones se habían reformado recientemente con un hornillo y una cama para los familiares, y había ventilación por encima de los hornillos para cocinar, por lo que, gracias a Dios, el olor a comida se extendía con facilidad.

—¿Madre?

Tommaso se sentó a su lado y le tomó la mano de piel agrietada. Había muchas cosas de las que nunca habían hablado. Mucho que él desconocía de su vida. La guerra. El encarcelamiento del padre de Tommaso por haber estado en el bando equivocado. Su padre ni siquiera se enteró de su error. Siguió siendo un fascista convencido el resto de sus días. Afortunadamente, murió pronto. «Así que por fin nos quedamos en paz», había dicho su madre cuando el funeral. Incinerado. La urna fue colocada en un mosaico de urnas que estaban construyendo en la parte superior, una sobre otra. Era un laberinto. Tommaso estuvo a punto de volverse loco la primera vez que fue, pues no lograba encontrarlo. El cementerio de la isla, fuera de la ciudad, no admitía prórrogas. Para resolver la falta de espacio se construía hacia arriba. El resultado era que los niveles de nichos se elevaban hacia el cielo, una y otra vez con pequeñas cajas, cúbicas, colocadas unas sobre otras. Tommaso no estaba seguro de si su madre quería descansar en el lugar que tenía reservado, junto a su padre. Había llegado el momento de preguntar.

—¿Madre?

Ella abrió los ojos y lo miró sin ningún gesto de reconocimiento.

—Soy yo.

—Ya lo sé. ¿Crees que me he quedado ciega?

Él sonrió. Era una mujer difícil. Lo suficientemente dura para darte una bofetada o patearte el trasero, pero también para darte consuelo. Tommaso respiró hondo.

—Madre. Ya sabes dónde están las cenizas de padre...

La mujer volvió la mirada hacia el techo.

—Cuando te vayas... ¿te gustaría descansar allí?

—¿Has traído algo?

—Madre...

—Prepárame un poco de comida, muchacho. Sólo por el aroma.

Él movió la cabeza. Ella le acarició la mano.

—Todo lo que necesitas saber se lo dije a la hermana Magdalena. Ella te lo dirá. Después. Escúchala.

Él trató de levantarse. Ella le apretó la mano con una fuerza sorprendente.

—¿Me oyes? Le dije todo a sor Magdalena. Haz lo que ella te diga.

Él volvió a sentarse y recordó aquella tontería sobre un dinero que no debía pagar, lo que la monja le había dicho. Sonrió tranquilizándola.

—Sí, madre. Te lo prometo.

20

Elsinor

Después de una hora al volante se abrió un nuevo mundo. Era como si por primera vez uno redescubriera la ciudad al salir al campo. El ruido, la gente, el tráfico, había sido como vivir en una agitada conmoción todo el tiempo. La pregunta era si recordaría esa frescura campestre cuando volviera a la ciudad. El vasto cielo, los paisajes extensos y llanos con casas de veraneo que se perfilaban contra el crepúsculo. Los sembrados, las carreteras y los claros que se inundaban. Incluso podía vislumbrar el agua detrás de una oscura arboleda.

Niels frenó de repente tras ver un poste indicador y retrocedió un poco. La grava crujió bajo el coche. Condujo doscientos metros y aparcó delante de la única casa a un lado del camino. Una luz tenue escapaba por una ventana. LUND, se leía en el buzón.

Nadie abrió cuando llamó a la puerta.

Aguzó el oído. Un mosquito zumbaba cerca de su cara. ¿No deberían estar muertos los mosquitos en diciembre? Llamó de nuevo, esta vez con más fuerza. Nada. Rodeó la casa. El tiempo era apacible, con una brisa fría y suave. Un porche pequeño daba al lago allá abajo. Iba a llamar a la puerta del porche cuando oyó un leve chapoteo. Se volvió. Había alguien en el muelle. Una mujer. Niels sólo percibió su silueta y bajó.

—Disculpa. —Niels casi tuvo remordimientos por romper el hermoso silencio—. Busco a Gustav Lund.

La mujer se volvió para mirarlo. Sostenía una caña de pescar en la mano.

—¿Gustav?

—Querría hablar con él.

—Está en Vancouver. ¿Quién le busca?

—Niels Bentzon, de la policía de Copenhague.

Ninguna reacción. Poco común. Normalmente la gente tenía diferentes formas de reaccionar ante la policía: miedo, pánico, desprecio, rebeldía o alivio. Pero la mujer sólo lo miró y dijo:

—Soy Hannah Lund. Gustav no volverá. Estoy sola en casa.

Los muebles no encajaban con la casa. Eran demasiado bonitos y demasiado caros. A Niels no le interesaban los muebles, pero hubo un tiempo en el que Kathrine no hablaba de otra cosa. Por eso sabía un poco de muebles de diseño. Wegener. Morgensen. Klint. Jacobsen. Si los muebles de esa casa de veraneo eran auténticos, valían una fortuna.

Un par de ojos brillantes de gato le observaron con curiosidad mientras echaba un vistazo a la casa. El salón era un caos. En la mesa había platos y tazas de café usados, juguetes de gato, y zapatos y revistas viejas por el suelo. De una viga del techo colgaba ropa lavada. Contra una pared con estanterías repletas de libros había un gran piano negro. El caos contrastaba con los caros muebles, pero de alguna forma no resultaba chocante. Quizá porque era agradable ver tan usados esa clase de muebles. En contadas ocasiones, cuando Niels y Kathrine visitaban a sus colegas arquitectos —Niels siempre trataba de zafarse alegando cualquier excusa—, tenía una sensación de inseguridad, un sentimiento de inferioridad. No le gustaba nada estar de pie allí, en un apartamento de diseño, en el barrio Østerbro, bebiendo un vino blanco Corton Charlemagne de seiscientas coronas la botella, rodeado de los muebles más caros de Europa, sin apenas atreverse a sentarse en el sofá por miedo a estropearlo. Kathrine se reía de él.

—¿Gustav, un hombre bueno? —preguntó Hannah sonriendo mientras le servía una taza de café—. ¿Estás seguro de que no te has equivocado de persona?

—Lo dice todo el mundo, aparte de la Cruz Roja. —Niels

removió la taza de café soluble y se percató de la pequeña fotografía: un joven alto y delgado junto a Hannah. Ella tenía el brazo sobre su hijo. Estaban delante del Péndulo de Foucault en París.

—Pero ¿por qué precisamente Gustav?

—Quizá por algo que dijo cuando recibió el premio.

—«Al final será un matemático el que salvará al mundo.»

—Sí, exactamente eso.

—Vaya.

—¿Gustav es tu ex marido?

Ella pasó a explicarle con todo detalle su estado matrimonial. ¿Qué edad tendría?, se preguntó él. ¿Cuarenta? ¿Cuarenta y cinco? Era algo desaliñada. Encajaba bien con la casa: sombría, un poco desordenada pero interesante y complicada. Tenía ojos oscuros y graves. Media melena castaña, alborotada, como recién levantada. A pesar del suelo frío, se había quitado los zapatos y andaba descalza. Vaqueros, camisa blanca, piel clara. Delgada. No especialmente guapa. Si no existiera otra, Niels quizás hubiera entendido por qué, aun así, se sentía atraído por ella. Quizá porque era sencilla, se dijo. No llevaba sujetador y Niels atisbaba, a través de la camisa, más de lo que ella hubiese querido.

—Como te digo, al principio fui su alumna.

Niels intentó concentrarse en lo que decía. Ella se sentó en el sofá y se echó una manta gris llena de pelos de gato sobre los hombros.

—Soy astrofísica y tuve muchas charlas con él sobre matemáticas. Gustav, como matemático, está a la cabeza de Europa.

—¿Eres astrofísica?

—Pues sí, o al menos lo era. Comenzamos a salir. Al principio me atrajo el hecho de que un genio como Gustav, y no dudo en llamarle genio porque lo es, coqueteara conmigo. Más tarde me enamoré. Tuvimos a Johannes. —Hizo una pausa.

Niels vio otra cosa en su mirada. ¿Luto? Sí, el luto. Pudo verlo al mismo tiempo que recordó que Hannah Lund había perdido a su hijo. Johannes se había suicidado.

El silencio en la sala no era incómodo, ninguno de ellos intentó soslayar aquel trágico hecho con cháchara insustancial. Ella advirtió que él estaba al corriente.

—¿Vives aquí todo el año? —preguntó Niels por fin.

—Sí.

—¿No está demasiado aislado?

—No es de eso de lo que venías a hablarme.

Su fría respuesta intentaba cubrir la tristeza. Niels vio que ella prefería estar a solas con su pena. El tratamiento del dolor era muy importante en el trabajo de un negociador. Los psicólogos se lo habían enseñado concienzudamente a los policías, a tratar con la gente que no soporta que todo vaya mal, con las armas, con los rehenes, con los suicidios. Más de una vez Niels había tenido que dar la terrible noticia a unos padres de que su hijo había muerto. Conocía bien las fases por las que pasaban los afectados por el dolor. ¿Cuánto tiempo hacía que su hijo se había suicidado? Adivinó que ella estaba en la fase de la reorientación, cuando el afectado trata de volver a mirar el mundo. Cuando, de nuevo, quizá sólo por un momento, se atreve a contemplar el futuro. La fase final era la de decir adiós. La despedida. Era la fase más difícil, tras un largo viaje interior. Muchas personas se rinden durante el viaje, pierden la batalla. Y la derrota asusta, pues augura una vida de depresión profunda. A veces, una existencia como paciente psiquiátrico crónico. A veces, los afectados terminaban en el borde de un puente o en el pretil del tejado de un edificio: entonces llamaban a Niels.

—Lo siento. —Niels se dispuso a marcharse—. Como he dicho, no es para preocuparse demasiado.

—No estoy preocupada. Pueden dispararle si quieren. —Y lo miró fijamente, como para enfatizar que era sincera.

No obstante, había algo inseguro en su lenguaje corporal. Él lo había notado también en el muelle. Tal vez sólo fuera la sensación que daban todos los científicos, la inteligencia abarcando el espacio de las habilidades sociales.

Un teléfono sonó en alguna parte. Le llevó un momento darse cuenta de que estaba en su bolsillo. Un número extranjero.

—Disculpa. ¿Sí? —Niels sólo escuchó interferencias en la línea—. ¿Hola? ¿Con quién hablo?

Por fin, una voz llegó hasta su oído: Tommaso di Barbara, el hombre que Niels había llamado antes. Hablaba en italiano muy lento, como si quisiera ayudarle.

—¿Hablas inglés? —preguntó.

Tommaso se disculpó, Niels lo comprendió.

—Perdón —dijo en italiano. Y su interlocutor propuso francés—. Tampoco. Un momento. —Niels miró a Hannah—. ¿Hablas italiano o francés?

Ella asintió con la cabeza, vacilante.

—Francés. Un poco.

—Un minuto. Por favor, habla con un colega. —Niels le entregó el móvil a Hannah—. De la policía de Venecia. Sólo escucha lo que tiene que decir.

—¿La policía italiana? —Ella no cogió el móvil—. ¿Qué ocurre?

—Tú sólo escucha y luego me cuentas lo que haya dicho.

—No me gusta. —Pero aun así cogió el móvil—. *Oui?*

Niels la miró. No pudo determinar si su vocabulario de francés era amplio, pero habló de forma rápida y sin esfuerzo de comprensión.

—Él pregunta por los crímenes de los números. —Sostuvo el móvil en la mano y miró a Niels.

—¿Asesinatos de los números? ¿Son números lo que tienen en la espalda? ¿Está seguro? Pídele que lo aclare.

—Eres Bentzon, ¿no? Me pregunta por tu nombre.

—Bentzon. Sí. —Asintió con la cabeza—. Niels Bentzon. Pregúntale si hay algún sospechoso. Si tiene alguna pista...

Ella se alejó un poco para seguir hablando.

Niels la siguió con la mirada. Con el rabillo del ojo vio que el gato se le acercaba parsimoniosamente. Se sentó y dejó que le oliera la mano. Observó la foto de Hannah y el niño. Y luego un pequeño estante donde había un álbum de fotos abierto. Seis imágenes que resumían toda la historia. En la primera, Hannah, tal vez diez años antes, exhibiendo un premio de investigación. Sonrisa orgullosa. Joven y guapa, radiante de vida y ambición. Con el mundo a sus pies, y ella lo sabía y lo disfrutaba. Luego un par de fotos de Hannah y Gustav. Un hombre muy apuesto de unos cincuenta años; pelo negro peinado hacia atrás, ojos oscuros. Alto y ancho de hombros. No había duda: un hombre que tendría admiradoras. Mirada seductora, abierta. Luego una foto de Hannah embarazada; ella con el brazo alrededor de Gustav en el puente de Brooklyn. Niels examinó la imagen. Tal vez estaba siendo demasiado policía en ese momento, ese papel podía ser un inconveniente a veces, pero no pudo dejar de notar que mientras Hannah miraba la cámara, Gustav dirigía la suya un poco más allá. ¿Qué llamaba su atención? ¿Quizás una mujer guapa que en ese momento paseaba por el puente?

En las últimas instantáneas sólo aparecía Hannah con el niño. ¿Adónde había ido Gustav? ¿A una conferencia? ¿Estaba ocupándose de su carrera como investigador internacional mientras su esposa e hijo se quedaban en casa? La última era del cumpleaños del niño. Una tarta con diez velas y con «Johannes» escrito con crema batida; Hannah y otros adultos sentados alrededor del niño, que estaba a punto de soplar las velas. Niels estudió la foto. Era la clase de fotografía en que una persona ausente, paradójicamente, era lo más destacado: Gustav.

—Se refiere a una antigua leyenda. —Hannah estaba de pie, justo detrás de él, sosteniendo el móvil.

¿Se había dado cuenta de que él estaba mirando las fotos? Niels se volvió.

—¿Leyenda? ¿Qué leyenda?

—Algo sobre treinta y pico de hombres supuestamente justos. Al parecer está en la Biblia. No entendí demasiado, pero parece fascinante. Asesinatos cometidos a una distancia, entre ellos, de unos tres mil kilómetros, pero aun así relacionados. Por eso te ha llamado. Desde luego hay tres mil kilómetros entre el lugar del último crimen y...

—Copenhague —concluyó Niels.

Se quedaron mirándose un largo momento.

Hannah contempló maniobrar el coche de Niels desde el porche de la casa. Todavía sostenía la tarjeta de visita de él. Alcanzó a ver el número de matrícula del coche: 12 041 II. Corrió adentro para anotarlo. Niels acabó de dar la vuelta y pasó de nuevo por delante de la casa, y ella llegó a ver la matrícula otra vez. Vaciló, no del todo segura. Los prismáticos estaban en el alféizar de la ventana. Los cogió, corrió hasta la ventana de la cocina, y ajustó el foco. Sí, había visto bien: 12 041 II. Lo escribió en el reverso de la tarjeta de visita de Niels y en ese momento ya no pudo contener las lágrimas.

21

Cannaregio, el Gueto, Venecia

—Bentzon...

Tommaso di Barbara puso el móvil en la barandilla del balcón y contempló la oscura ciudad. Trató de pronunciar el nombre completo. «Niels Bentzon. ¿Quién eres?»

Mientras que el resto de Venecia moría cuando caía la noche, en el Gueto había una actividad incesante, empezando por el personal del restaurante, que se apresuraba a coger el último tren de regreso a tierra firme. La mayoría de la población de la ciudad vivía cerca del antiguo barrio judío. Tommaso estaba en el balcón. Las sirenas lanzaban su advertencia: en media hora subiría la marea. Se sentía cansado. No había podido bajar a poner las placas de madera delante de la puerta. Abajo en la acera, como cada día, los vecinos trajinaban para colocar los pequeños tablones de madera en los carriles impermeables que sellaban el suelo de las puertas.

—¡Tommaso!

Era el vecino de abajo, el dueño de la peluquería. Tommaso le saludó con la mano.

—¿No has oído la sirena?

—Voy.

El vecino tenía cara de preocupación y Tommaso se olió que ya había oído algo acerca de su suspensión. Claro, ¿cómo podía suponer lo contrario? En Venecia todo el mundo sabía todo de todos; en ese sentido era un pueblo. También sabría que su madre se estaba muriendo. Especialmente los vecinos, porque su madre se hizo cargo de la casa. Pronto Tommaso la heredaría.

Ellos estaban preocupados de que fuera a venderla a un rico estadounidense.

—¡Vamos, muévete! —gritó el vecino—. ¿Dónde están tus placas?

—Debajo de la escalera. Ya bajo.

Tommaso apagó el cigarrillo en la maceta y entró en el apartamento. Sólo había una luz encendida. Tenía ganas de acostarse. Su cabeza necesitaba un descanso. Pero de camino, a través de la sala, se detuvo y miró la pared. Ya había comenzado a colgar los recortes del caso en la pared, la orientada al sur. Las fotografías de las víctimas, hombres y mujeres. Sus ojos, sus rostros. El mapamundi con flechas en un ingenioso esquema que unía los lugares de los crímenes. Fechas y demás detalles del extraño caso. Tommaso lo miró, fascinado y encantado, pero sobre todo con miedo.

Había impreso las últimas fotografías recibidas de la India. De Raj Bairoliya, el economista asesinado. Las fotos de parientes difuntos que su madre tenía en la pared habían dado lugar a otros muertos. Muertes más relevantes. Muertes que importaban, de eso estaba seguro Tommaso. Porque no era una coincidencia. Las víctimas estaban relacionadas, aunque de momento no sabía cómo. Y no podía conseguir que sus superiores se interesasen por el caso. No lo entendían. Él había llamado a la Interpol unos meses atrás. Le fueron pasando de uno a otro hasta que finalmente le cogió el teléfono una mujer aturdida. Escuchó sin mucho interés y le pidió que enviara algo. Tres semanas más tarde respondió: al caso se le había asignado un número. Cuando tuvieran tiempo lo abordarían. Él tendría que esperar medio año.

Pero no podría esperar tanto tiempo. Junto al indio muerto, Tommaso colgó la foto de un abogado muerto en Estados Unidos: Russell Young, el número 33. Raj Bairoliya, el 34.

Comisaría de policía, Copenhague

Por la noche, la mejor hora en la comisaría. Sólo estaban las limpiadoras, que hacían su trabajo sin ruido, vaciando las papeleras y limpiando el polvo de los marcos de las ventanas. No en las mesas, pues era imposible por la cantidad de papeles acumulados.

Niels envió su informe a la impresora. Había escrito que había estado en contacto con todos y que habían sido advertidos e informados. Las «debidas diligencias»: las dos palabras más importantes de la dirección policial en los tiempos modernos.

No tenía papel. Encontró una pequeña pila de folios y perdió veinte minutos en lograr colocarlos correctamente en la impresora. Trató de concentrarse en Kathrine, pero pensaba en Hannah.

La oficina de Sommersted estaba tan limpia y ordenada como el mismo Sommersted. Niels decidió dejar el informe directamente en su mesa, no en la de su secretaria como hacía normalmente. Quería que él lo viera, que reconociera que Niels había pasado la prueba de confianza.

Se detuvo un momento frente al escritorio de su superior. Una foto de Sommersted y su mujer. Había algo en los dos, como si se esforzaran en que todo aparentara estar bien, tanto que uno se preguntaba cómo serían las cosas por dentro.

Sólo había otra carpeta sobre la mesa. «Confidencial – Prioridad 1», ponía. Niels puso su informe encima. De lo contrario, Sommersted nunca lo leería. ¿Qué sería esa otra carpeta? La abrió. No para fisgar, sólo para comprobar si estaba bien cubrirla con su informe. «Presunto terrorista. Aterrizado ayer en Estocolmo. Yemení. Con escala en la India. Bombay. Relación con los ataques terroristas del año pasado. Posiblemente se dirige a Dinamarca.» Niels pasó el folio. Había una mala foto del terrorista tomada por una cámara de vigilancia frente a la embajada de Estados Unidos en El Cairo. «Los Hermanos Musulmanes.»

Niels puso su informe al lado, no encima. Apagó la luz y murmuró: «Adiós. Felices vacaciones.»

23

Al sur de Suecia

Sensaciones inquietantes. Antes la azafata, ahora la nieve fuera de la ventanilla del tren. Hacía años que Abdul Hadi no veía la nieve. Fue en la época en que él y su hermano mayor esquiaron por primera y única vez en el Líbano. Ya habían gastado la mitad de su asignación mensual en el tren y el alquiler de los esquís, y en el primer descenso se cayeron. Su hermano se golpeó de mala manera y tuvo el brazo inmovilizado varios días. Abdul Hadi le ayudaba con los quehaceres más personales, como quitarse los pantalones y tal. No tenían dinero para acudir a un médico y estaban avergonzados. La familia les había enviado el dinero desde Yemen. Debían educarse para después hacerse cargo de la manutención familiar.

Sintió una mano en su hombro.

Era un hombre uniformado y Abdul Hadi se puso nervioso, al borde del pánico. Miró a los otros pasajeros. La mujer junto a él sacó su billete y él comprendió de qué se trataba.

—Disculpe —murmuró.

El revisor marcó su billete. Siguió avanzando por el vagón, pero miró hacia atrás dos veces. Dos veces para encontrarse con la mirada nerviosa de Abdul Hadi. Se levantó, cogió su maleta y fue al servicio. Había cosas como ésa que podían estropearlo todo.

Manipuló la manilla de la puerta. Ocupado. Tal vez era mejor permanecer sentado. Tal vez parecería más sospechoso si se movía. Regresó y pasó junto al revisor sin mirarlo.

Cuando el revisor llegó al final del vagón, echó una rápida mirada atrás mientras hablaba con un colega, que también miró a Abdul Hadi. Lo habían descubierto, pero no sabían de qué se trataba. Sólo sabían que él se comportaba sospechosamente y estaba nervioso. ¡Maldita sea! Lo habían descubierto porque el revisor le había tocado el hombro, y lo había hecho porque él era árabe. Así que ahora llamaría a la policía, sin duda. Abdul lo hubiera hecho en su lugar.

El tren aminoró la velocidad. Una voz anunció que llegaban a Linköping. Abdul Hadi recordó que era la única parada antes de Malmö. La luz amarillenta de la estación le recordó el bazar de Damasco. Esa luz fuerte, dura, era también la única cosa que le recordaba las viejas calles comerciales de Oriente Medio. Allí, en la estación, casi no había gente, estaba limpia y fría. Un montón de señales indicaban las diferentes direcciones. Trató de ver qué hacían los revisores. Debía tomar una decisión rápida. Algunos pasajeros subían. Si se quedaba en el tren y aparecía la policía, no tendría ninguna posibilidad.

Tenía que bajar ya mismo. Lo hizo rápidamente, casi sin pensar, aferrando la maleta en una mano. ¡Maldita sea! Se había olvidado la mochila con las fotos de la iglesia y los explosivos. Estaban debajo del asiento en el compartimento. Estaba a punto de subir de nuevo cuando vio al revisor. Hablaba por teléfono y buscaba a Abdul Hadi por el pasillo del vagón. Por un segundo se miraron, a escasos metros de distancia. El sirviente autómata de la ley. Uniforme. Gorra. Él ni siquiera sabía cuál era la sociedad por la que estaba dispuesto a morir. Una sociedad basada en el saqueo de los otros, en los prejuicios raciales y el odio.

Abdul Hadi echó a correr. El revisor le gritó en su extraño idioma. Abdul apretó el paso. Corrió hacia el paso subterráneo por debajo de las vías y salió delante del edificio de la estación. El tren seguía parado. Y él debía recuperar los explosivos y las fotos de la iglesia. O descubrirían el plan. Dio media vuelta y echó a correr por el andén con intención de subir al vagón trasero. Después de apoderarse de la mochila, tiraría del freno de emergencia y bajaría de nuevo.

Demasiado tarde. De pronto el tren comenzó a moverse, Abdul Hadi se quedó paralizado en el andén.

Minutos difíciles. Segundos lentos. Vergüenza. Todo se había ido al garete. Había fallado. Abdul Hadi abrió su maleta y buscó el cuaderno en el que tenía el teléfono de su primo, que se había cambiado de domicilio porque sospechaba que lo estaban siguiendo. Rebuscó en la maleta. Aparecieron unas cartulinas... ¡Las fotos de la iglesia! ¿Cuándo las había puesto ahí? Tardó unos instantes en entender lo que eso significaba. No todo estaba perdido. Había perdido los explosivos, pero no las fotos. Nadie podría adivinar su plan.

24

El silo de Carlsberg, Copenhague

Cuando Niels no podía dormir, solía sentarse a leer, preferiblemente un libro aburrido o un periódico del día anterior. El vino también ayudaba, pero el alcohol le provocaba palpitaciones en el corazón. El coñac que le había regalado Anni con ocasión de su cuarenta cumpleaños seguía casi intacto.

Esa noche se acostó pero no lograba conciliar el sueño. Se quedó mirando fijamente la oscuridad. La maleta estaba preparada. Pasaporte y billete de avión sobre la mesa. Se había planchado la camisa y la había colgado en una percha. Todo estaba listo. Ahora lo único que restaba era mirar el techo hasta que el reloj diera las seis y entonces irse. Cerró los ojos y trató de visualizar la cara de Kathrine. Los ojos; ojos entusiasmados cuando hablaba de su trabajo. Los hoyuelos, un poco infantiles, que hacía todo lo posible por ocultar, poniéndose a menudo una mano delante de la boca cuando se echaba a reír. El temperamento siempre en modo activo. El contorno de los pómulos. La bonita nariz. Pero no lo consiguió. No pudo recomponerla. Sólo los detalles que recordaba, pero unos interferían sobre otros y bloqueaban la totalidad.

Cuando sonó el teléfono, lo sintió como una liberación.

—Oye, cariño, estaba pensando en ti.

—¿Has tomado tus comprimidos? —Kathrine sonaba tensa, estresada, nerviosa. Pero también llena de expectativas.

—Algunos. Tomaré un par más antes de partir.

—Enciende el ordenador —pidió ella.

—¿Quieres asegurarte de que lo haga?

—Sí.

—De acuerdo.

Niels inició el equipo. Llevaba un momento. Ninguno de los dos dijo nada durante la espera.

—Hola —dijo cuando la vio en la pantalla. Se sentó en el lugar habitual. A veces él sentía como si estuviera más cómodo en aquella habitación, a ocho mil kilómetros de distancia, que en cualquiera de su apartamento.

A continuación tomó dos comprimidos. Tal vez estaba coqueteando con una sobredosis. Había leído el prospecto sólo por encima.

—Ya está. ¿Satisfecha? —Sonó un poco brusco.

—No te lo crees —dijo ella abruptamente.

—¿Qué?

—¡Joder, Niels! Lo puedo ver en ti. No crees en esto. ¿Tan difícil es? Piensa en cuántas personas sufren de fobias extrañas. Pero ¡se toman sus pastillas y luego se olvidan!

—Eso es lo que hago. Lo intento.

—Pero ¿lo intentas lo suficiente, Niels?

Silencio. ¿Detectó una amenaza potencial en el tono de ella? ¿Algo como: «ésta es tu última oportunidad, chaval»? Mal asunto. Muchos sentimientos eran extraños para él, pero la paranoia no era uno de ellos.

—Fue una de las primeras cosas que te dije cuando nos conocimos, que me resultaba difícil volar.

—¡Hace un siglo!

—¿Te acuerdas de lo que dijiste? Que no importaba nada, porque yo era todo tu mundo.

—¡Hace diez siglos!

—Ésas fueron tus palabras.

—Seguimos sin tener hijos, Niels. Y nunca hemos ido juntos más lejos de Berlín.

Niels lo dejó pasar. Siempre había sido malo discutiendo. Sobre todo con Kathrine.

—Míralas, Niels. Ella se quitó la camisa y le dejó ver sus pechos—. Es una maldita lástima para mí también. Necesito cercanía. Biología, ya sabes. Me siento como si estuviera a punto de secarme.

—Kathrine. —Niels no sabía qué decir. A veces, sólo con ese tono era suficiente para calmarla, pero esta vez no.

—Debes estar aquí mañana, Niels. Tú... —Su voz se quebró—. Si no estás aquí mañana...

—¿Qué?

—No puedo prometerte nada, Niels.

—¿Qué quieres decir?

—Lo sabes muy bien.

—¡No! ¿Qué diablos estás diciendo?

—Ya me has oído. Debes estar aquí mañana; de lo contrario ¡no te prometo nada! Buenas noches.

Se miraron el uno al otro. Ella estaba a punto de romper a llorar. Sin embargo luchó para ocultarlo.

Luego apagó.

—¡Mierda, mierda! —Niels sintió el impulso de recurrir a una copa de vino, pero se contuvo. Como siempre.

La soledad le abrumó. Parecía como si el oxígeno se hubiese ido de la habitación, o al menos de sus pulmones. El teléfono volvió a sonar. Lo dejó sonar un par de veces. Trató de entrar en razón. Respiró hondo, ahora debería ser positivo.

—Mira, cariño...

—Hacía mucho tiempo que nadie me llamaba así.

Pasaron unos segundos hasta que Niels identificó la voz. Hannah Lund. La astrofísica.

—Lo siento, pensé que era mi esposa.

—Perdón por llamar tan tarde. Es una mala costumbre de mi época de investigadora. El día y la noche se unían. ¿Te suena?

—Sí, claro... —Niels oyó lo cansado que de repente sonaba.

—Tus asesinatos me han mantenido despierta.

—¿Mis asesinatos?

—Les he dado vueltas en mi cabeza. ¿Podríamos vernos?

Niels miró el reloj. Pasaba de las dos. La alarma sonaría en menos de cuatro horas.

—Es que esta mañana me voy de vacaciones. A Sudáfrica. El avión sale a primera hora.

—¿Y si hubiera un plan? —repuso Hannah—. ¿Si hubiera números y distancias siguiendo un diseño específico?

Niels trató de refrenarla con su falta de entusiasmo.

—Pero nosotros no tenemos asignada la investigación.

—¿Has pensado en ello?

—¿Pensado en qué?

—En el plan. Tal vez podríamos entenderlo.

Niels se acercó a la ventana. Las calles estaban oscuras.

—¿Quieres decir que podríamos evitar el próximo asesinato?

—Yo, por supuesto, voy a utilizar toda la información y los datos disponibles. Y seguramente tú tienes más información sobre el caso.

Niels pensó en Kathrine.

—Pues es que... —dijo.

—... vosotros no tenéis asignada la investigación. Lo entiendo. Perdona que te moleste, Niels Bentzon.

—No te preocupes. Buenas noches.

—Buenas noches, cariño. —Y colgó.

25

Aeropuerto de Kastrup, Copenhague.
Jueves 17 de diciembre

Uno de los aeropuertos civiles más antiguos del mundo, construido en una pradera cerca de Copenhague. En los años inmediatamente posteriores a la Segunda Guerra Mundial fue el mejor cuidado de Europa, aunque la mayoría de los aeropuertos fueron bombardeados. Alguien había tenido mano izquierda en Kastrup. ¿Poderes superiores? ¿El destino? ¿Políticas de cooperación?

—¿Ha dicho la terminal internacional?

—Sí, por favor. La terminal tres. Me parece que saldré por allí.

El intenso sol de invierno martirizaba los ojos de los automovilistas. Niels se puso las gafas oscuras, aunque se suponía que eran para África. Miró el cielo: un hermoso y despejado azul profundo. Un Airbus estaba a punto de despegar. Niels trató de contener una náusea creciente. Cada año, más de 260.000 vuelos despegaban y aterrizaban en Kastrup. Millones de personas llegaban o partían desde aquel aeropuerto. Niels había leído las estadísticas al respecto. Sabía que podría suspirar aliviado cuando, dentro de un momento, bajara del taxi. Ya habría pasado la parte más peligrosa del viaje. Pero sus conocimientos no tuvieron ningún efecto terapéutico. Casi al contrario.

—Tendrá suerte si no hay retrasos. —El taxista detuvo el coche—. Yo tengo un primo que tenía billete para Ankara ayer. Todavía está sentado esperando.

Niels sólo asintió con la cabeza y se quedó mirando el edificio en forma de ala, de vidrio y aluminio, que se elevaba por encima de él. La Cumbre sobre el Cambio Climático significaba retrasos enormes. Durante los once días que durara, Kastrup sería el centro del mundo. Pero, según lo que había encontrado en la Red, esto no afectaría a su vuelo. La mayoría de los jefes de Estado ya había llegado y algunos, al parecer, ya se habían ido a casa de nuevo.

En el vestíbulo de salidas Niels comenzó a sudar. Fue a los servicios. Tragó un par de comprimidos y se mojó la cara con agua fría. Se miró en el espejo. Palidez enfermiza. Pupilas dilatadas, movimientos oculares rápidos, aire atormentado.

—¿Se encuentra bien, señor?

Niels miró al hombre por el espejo. Un hombre bajo y gordo del sur de Europa, con cara amable.

—Estoy bien, gracias.

El hombre se quedó mirándolo, lo suficiente para que Niels deseara que se fuera. Por fin se fue.

Más agua. Trató de dominar la respiración. Y casi lo estaba consiguiendo, pero fue perturbado por una nueva voz. Esta vez del altavoz:

«Última llamada para el pasajero Niels Bentzon con vuelo SAS a París. Ocho cuarenta y cinco. Diríjase a la puerta de embarque número once.»

Una escala en París no ayudaba. Dos veces tendría que vivir ese infierno.

Cerró los ojos. Trató de cambiar de táctica. Intentó olvidar que estaba en un aeropuerto. Fracasó. Probó lo contrario, convencerse de que estaba allí. Debía ser prudente, apartar el miedo, derrotarlo con la razón y las estadísticas: millones de personas iban cada día sentadas por encima de las nubes. Dios mío, él iba a hacer lo mismo, a sentarse en un avión, tomar una taza de café, ver una película, tal vez dormir un poco. Aceptar la idea de que tal vez disfrutaría del vuelo, total, todos vamos a morir alguna vez. No sirvió de nada. No era el avión o la muerte lo que temía. En realidad, lo único que no soportaba era desplazarse.

Se secó la cara con una toalla de papel. Respiró hondo y trató de aclararse a sí mismo. Dejó los servicios y salió hacia el avión. En el camino, por el vestíbulo de salidas, ahora casi vacío, tenía la imagen en la cabeza de un condenado que daba sus últimos pasos hacia la horca. Preferiría morir que sentarse en un avión, en eso estaba de acuerdo consigo mismo.

—Gracias. Buen viaje.

La azafata, con gesto lleno de confianza, le dedicó una sonrisa profesional y se apartó para que Niels entrase en el avión. A nadie le importó. Ninguna mirada de reproche por su retraso. Todo el mundo estaba ocupado en sus cosas. Niels encontró su asiento y se sentó. Se quedó tranquilo, mirando el respaldo delantero. Todo iba bien. Todo controlado. Su respiración era casi normal. Después de todo, los comprimidos parecían funcionar.

Entonces se percató de sus manos, apoyadas en el regazo. Parecía estar recibiendo descargas eléctricas. Y los espasmos ascendieron lentamente por los brazos hasta los hombros, luego se extendieron por el pecho y el diafragma. Los sonidos del avión desaparecían. Miró confuso en derredor. Una niña de unos cinco años se había vuelto y lo miraba con fascinación infantil. Su boca se movía. Y de pronto las palabras rompieron el silencio:

—¿Qué hace este hombre, mamá?

Y él percibió que una joven madre hacía callar a la niña, le decía que se comportara y que fingiera que no pasaba nada.

Niels se puso de pie. Tenía que bajarse del avión. Ahora. Iba a vomitar de un momento a otro. El sudor volvió. Se tambaleó por el pasillo como si estuviera bebido y tratara de ocultarlo. Luchó por conservar la compostura en una situación imposible.

—No se puede abandonar el avión ahora. —La azafata lo miraba con una sonrisa un poco tensa.

Niels continuó. El avión empezó a temblar levemente: los motores se habían encendido.

—No se puede...

Ella miró alrededor en busca de ayuda. Un auxiliar de vuelo se acercó presuroso.

—Disculpe, señor, pero nadie puede abandonar el avión ahora.

—Soy de la policía.

Niels continuó. Estaba a unos metros de la puerta.

—Oiga. Tengo que pedirle que vaya a su sitio.

Y cogió a Niels, amable y suavemente, con admirable paciencia. Niels lo empujó y cogió la manilla de la compuerta.

—Tranquilo —dijo al auxiliar, aún amable y sereno.

Niels encontró sus credenciales.

—Policía de Copenhague. Tengo que bajar. —Su voz temblaba.

Alguien susurró a la azafata:

—¿Por qué no avisa al comandante?

—¡Tengo que bajar ahora mismo! —exclamó Niels.

Se hizo un silencio absoluto. Los pasajeros se quedaron mirando a Niels. El auxiliar lo miró, tal vez con compasión en sus ojos.

Luego asintió con la cabeza.

La rueda del vehículo portaequipajes estaba torcida y Niels tenía que hacer malabarismos para mantenerse erguido. Se maldijo. Había tardado una eternidad en recoger la maleta del avión. Los gestos de los operarios del aeropuerto no ocultaban que les había dado trabajo extra. Al final se apeó del vehículo y llevó la maleta en la mano.

Se sentó en una mesa y bebió una cerveza. Una silla incómoda. Las náuseas no habían terminado. No le gustaba el alcohol. Él sólo quería sentirse mejor. Deseaba estar muerto. ¿Por qué no se había quedado simplemente quieto en el avión? Debía llamar a Kathrine, pero le daba vergüenza.

Se cambió a otra silla, esta vez más cómoda. Un asiento donde podría esperar a serenarse. Tenía el móvil en la mano. Kathrine. Escribió un sms: «Querida Kathrine. No voy a renunciar a ti.» Pulsó «enviar». Miró a través de los amplios ventanales.

En ese momento un Boeing 737 despegaba normalmente.

Estuvo allí una media hora. Tal vez más. Desembarques de vuelo y salidas. La gente se iba. La gente llegaba. Hombres de negocios, turistas, activistas de ONG, oficiales, manifestantes por el clima, políticos, periodistas, representantes de organizaciones medioambientales. Niels los contemplaba. Unos parecían ya cansados y abatidos, otros llenos de esperanza y expectativas, pero todos iban de un lugar a otro. Él sólo permanecía sentado.

Niels se levantó y fue a la cola de Alitalia. No pensaba, su cerebro se había apagado. Todo se había borrado. Todas las reflexiones sobre el viaje. Todos los cuidadosos preparativos. Todas las estadísticas. ¿En que podría usarlas ahora? ¿Qué uso les había dado?

—Perdona, ¿eres italiano? —preguntó en inglés a un joven. Niels estaba tan sorprendido como el joven al que había abordado.

—Sí. ¿Por qué?

—¿Puedes hacer una llamada telefónica por mí? Es urgente. —Niels no le dio tiempo a responder: marcó un número en el móvil y se lo entregó al hombre—. Pregunta por Tommaso di Barbara. Dile que me envíe por fax todo lo que tenga sobre el caso, a Niels Bentzon. A este número. —Señaló con el dedo el número que aparecía en su tarjeta de visita.

—Pero...

—¡Vamos, hazlo!

26

Comisaría de policía, Copenhague

—¿Niels? ¿No te ibas de vacaciones? —Anni levantó la cabeza de la pantalla; no parecía tan sorprendida pese a su pregunta.

—Más tarde. —Niels levantó los brazos—. Dijiste que había llegado.

—¿Qué cosa?

—El fax de Venecia.

—Y es verdad. —Se puso de pie.

—No te molestes. —Niels trató de detenerla—. Puedo recogerlo yo mismo.

Ella lo ignoró y fue con él. A Niels le incomodó. La curiosidad de Anni era legendaria y no dejaba de tener su encanto, pero no ahora.

La comisaría estaba casi vacía. Las oficinas abiertas, pantallas planas, sillas ergonómicas de oficina y los nuevos escritorios, adaptables en altura, de caro diseño escandinavo, haciendo que pareciera más una oficina de publicidad que una comisaría. Pero ¿había tanta diferencia? Niels empezaba a dudarlo. En las reuniones de la policía, palabras como «cuidar la imagen», «la marca» y «el valor del mensaje» suplantaban cada vez más al antiguo vocabulario. El jefe de policía estaba tan expuesto a los medios que sólo los cómicos monologuistas y las estrellas del pop podían competir con él. Niels sabía muy bien por qué. Los asesores se habían convertido en estrellas. La policía se había convertido en uno de los ruedos más importantes para los intereses políticos. Lo demostraban numerosas estadísticas. La reforma de la policía en 2007 había dado más titulares que todas las reformas tributarias de los últimos años. Cada político, incluso los menos importantes, los de tercera fila, tenía un asesor personal que le marcaba una posición en el debate del momento. Cualquiera de ellos podría manifestar una opinión, con toda rotundidad, sobre la actuación policial, a pesar del desconocimiento de la labor de la policía. No eran necesarios más que unos cuantos episodios de *Miami Vice* y *Rejseholdet*.

—Espera a ver el fax. —Anni lo miró fijamente mientras abría la puerta de la sala de ordenadores—. Nunca he visto nada igual.

La sala de informática no se parecía en nada a una sala de ordenadores. De hecho era la única habitación de la comisaría, aparte de los servicios, que no contenía un ordenador. Bromeaban mucho con eso. Pero había impresoras, máquinas de fax, fotocopiadoras y mucho olor a residuos químicos, ozono y polvo de tóner que, tan seguro como que hay Dios, daba náuseas y dolor de cabeza después de sólo unos minutos.

—Allí. —Anni señaló—. ¡Es una guía telefónica!

Niels miró. No sabía exactamente qué esperaba, pero no un montón de cientos de páginas.

—¿De qué va esto? —Anni trató de sonar poco interesada.

—Es sólo un caso.

—No parece un caso cualquiera. —Esbozó una sonrisa—. ¿Se trata de la Cumbre?

—En efecto, así es. —Niels la miró seriamente y pensó que no importaba lo que se sacara en limpio de la reunión sobre el clima, no importaba el resultado de los esfuerzos de los líderes mundiales para salvar la Tierra, nada sería en vano, porque sin la Cumbre Niels no hubiera podido cerrar la boca de su secretaria en ese momento.

—¿Tenemos una caja de cartón? —Niels miró alrededor.

Anni le entregó una caja vacía de papel de impresora. Él la cogió sin decir una palabra, pero con un creciente sentimiento de culpabilidad porque Anni había llegado a ser como una madre para él. Recogió el fax y al hacerlo vio algunas de las imágenes: las fotos de la autopsia forense. Algunas marcas extrañas en la espalda. Una lista de asesinados. China y la India.

—Mira qué elegante va.

Anni observaba una pequeña pantalla de televisión: Barack y Michelle Obama bajaban del *Air Force One* en algún país.

—Buen trasero. ¿Será por el sexo? —Miró a Niels.

—Tal vez. Si le gusta.

Michelle Obama saludó desde la escalerilla, acostumbrada al ritual. ¿A quién estaba saludando? ¿A los numerosos guardias de seguridad? Barack Obama bajó a la pista y tendió la mano a un hombre calvo, probablemente el embajador estadounidense en ese país. Niels se fijó en los ojos del presidente. Había algo triste en su expresión, por lo general muy sonriente. Niels lo había notado también la primera vez que le vio en televisión, en un debate con Hillary Clinton. Un fondo de tristeza, como un destello de desánimo. Dudaba de su proyecto, de que tuviera fuerza de voluntad para ponerlo en práctica, para crear un mundo mejor. Además, Obama no sabía si el mundo estaría preparado para aceptarlo.

La luz estaba encendida en la oficina de Sommersted. Niels se sorprendió al salir de la sala de ordenadores. Volvió a entrar y metió la caja con los papeles debajo de la mesa para que nadie pudiera verla. La India y China. Los dos últimos asesinatos de la lista de Venecia. ¿Había estado el terrorista también en la India?

—Ten cuidado con él —advirtió Anni—. Hoy no está para bromas.

—¿Es que alguna vez lo está?

Niels llamó a la puerta y entró. Sommersted todavía llevaba puesto el abrigo. Parecía estar buscando algo.

—¿Sí? —No miró a Niels y siguió rebuscando.

Había algo amenazante en su tono. Era un hombre angustiado. Un hombre que durante mucho tiempo había dormido mal y tenía la cabeza llena de escenarios de pesadilla, basados en potenciales desastres de seguridad durante la Cumbre.

—En cuanto al caso del yemení...

—¡Un momento! —lo cortó Sommersted, estresado.

Niels decidió continuar:

—Ayer vi el informe. Los destinos más recientes de Hadi.

—¿Qué? —La mente de Sommersted estaba en otra parte, en el Bella Center. Con todos los jefes de Estado que debía proteger.

—Es en relación con el caso de la Interpol.

—Bentzon. —Sommersted suspiró. Un depredador que decidía dar a su presa una última oportunidad—. El caso Hadi es altamente confidencial. No estaba en tu mesa, así que no deberías haberlo visto. No obstante, ahora el pánico no debe cundir. Bien sé que el peor escenario posible incluye la presencia de un puñado de terroristas bien preparados en Copenhague cuando los líderes mundiales están aquí. No obstante, hemos de mantener la cabeza fría.

—No lo sé con seguridad —dijo Niels—, pero tengo una sospecha.

—¡Basta! —Sommersted ya no trataba de dominarse y alzó la voz—: Olvídalo, Bentzon. Deja a los demás hacer su trabajo. ¿Tienes idea de cuántos jefes de Estado y de Gobierno estarán sentados en el Bella Center en unas horas y esperan que yo vele por ellos? ¡Brown, Sarkozy! Toda la pandilla. ¡Incluso un loco como Mugabe exige no recibir una bala en la frente mientras esté de visita en la maravillosa Copenhague! Extremistas, terroristas, chalados, enfermos mentales. Todos esperan que yo cometa un error.

—Pero... —Niels lo intentó de nuevo y fue cortado en seco.

—Y ahora la prensa exige respuestas de por qué hemos detenido a un montón de independentistas por protagonizar una sentada de un par de horas en la pista del aeropuerto. Dos de ellos acusan a la policía de haber pillado una infección del tracto urinario. Como ves, mi agenda de problemas está llena.

Y Sommersted se marchó sin más.

¡Maldita sea, no! Niels se volvió. No podía ser cierto. Sería una coincidencia. La India. Bombay. Debatió consigo mismo mientras regresaba al despacho de Sommersted. Él era un policía. Un funcionario del Estado cuyo deber era prevenir e investigar los delitos, no hacer feliz a Sommersted. La luz seguía encendida. Por lo visto, la toma de conciencia respecto al ahorro de energía no había calado en la policía de Copenhague. Niels entró. Los documentos seguían sobre la mesa. Sin duda la negligencia de Sommersted debía ser atribuida a la presión que soportaba. Una imagen de perfil del yemení, Abdul Hadi. Y una foto un poco borrosa tomada en algún lugar de Waziristán, una zona montañosa en la frontera entre Pakistán y Afganistán. Niels no era un especialista en terrorismo internacional pero sabía que en Waziristán el terrorismo persistía. Los Hermanos Musulmanes. Se mencionaban varias veces en el informe. Hadi estaba en contacto con los principales miembros de los Hermanos Musulmanes de Egipto. No estaba claro exactamente qué estrecho era ese contacto, pero se creía que él era un terrorista potencial.

Niels levantó la vista. Nadie lo miraba, todo el mundo estaba concentrado en la temperatura del Bella Center.

Le echó un vistazo al informe. Los Hermanos Musulmanes. Deslizó sus ojos por las páginas: una organización político-religiosa fundada en Egipto en 1928 por Hassan al Banna. Su objetivo era convertir Egipto en una sociedad islámica basada en la estricta ley islámica siguiendo el diseño que se había introducido en la península Arábiga por Wahabities Ikhwanerne. A pesar de que habían renunciado a la violencia, la organización había sido prohibida varias veces en Egipto. En 1950 uno de sus principales miembros, el malogrado Sayyid Qutb, había redactado en prisión el escrito *Jalón,* actualmente considerado una especie de arenga para el terrorismo islamista. La mano derecha de Osama Bin Laden, el segundo de Al Qaeda, el doctor Ayman al Zawahiri, también comenzó su carrera terrorista en los Hermanos Musulmanes. Éstos habían tenido, desde su fundación y hasta hoy, un enorme impacto no sólo en Egipto sino también en muchas partes del mundo musulmán. Se los relacionaba con innumerables actos de terror y apoyaban abiertamente planes terroristas contra Israel, al que consideraban, y consideran, su enemigo principal. La organización islamista Hamas, en Gaza, tuvo su origen en los Hermanos. Su actuación más famosa fue su implicación en el asesinato del presidente egipcio Anwar al Sadat el 6 de octubre de 1981. Fue una represalia porque Sadat había tendido su mano al odiado líder israelí Menachem Begin, con el que firmó un acuerdo de paz con Israel en 1978.

Niels se paró. Hojeó el documento. Y por fin encontró lo que buscaba: los viajes de Abdul Hadi antes de que se las arreglara para escaparse a Suecia. Había vacíos temporales, pero no muchos y no muy grandes. Niels tomó nota de todo. Se suponía que Abdul había sido visto en un tren en Suecia. ¿Por qué habría ido a Suecia? ¿Era la última parada de su viaje, o pensaba ir más lejos? Antes de su llegada en un vuelo desde Bruselas, supuestamente había estado en la India. Niels reflexionó. ¿Cómo podía ser que alguien buscado internacionalmente pudiera viajar tan campante por el mundo? Los procedimientos de seguridad dejaban mucho que desear; era algo bien sabido, no necesariamente en público pero sí en los ambientes de la policía. Y eso, a pesar de las notables mejoras en seguridad y controles en la mayoría de los aeropuertos del mundo: escaneo ocular, huellas digitales, requisitos más estrictos para los pasaportes y documentos de identidad. Era como si los terroristas estuviesen siempre un paso por delante. ¿O tal vez sólo eran tantos que, incluso si cogían a alguno, siempre quedaban otros que se colaban por las fronteras?

—¿Qué hiciste en la India? —murmuró para sí. No hubo respuesta. Hadi lo miraba fijamente. Reconoció aquella mirada. Era la de ese tipo de gente justo antes de apretar el gatillo—. ¿Qué te propones hacer en Dinamarca?

27

Christianshavn, Copenhague

El semáforo de la calle Amagerbro no funcionaba bien.
Niels reparó en que se había encallado en rojo cuando un coche detrás de él tocó la bocina agresivamente. El coche lo adelantó y el conductor le hizo un gesto con el dedo.
Niels llamó por teléfono. Hannah sonaba como recién levantada de la cama.

—Soy Niels Bentzon. ¿Puedo pasar por tu casa?

—¿Ahora?

—He recibido un fax con toda la información sobre el caso.
Es justo como te dije. Es relativamente extensa.

—¿No estabas de viaje?

—Es bastante voluminosa. Todos los detalles. Como me pediste.

Silencio. Niels iba a colgar, pero ella dijo:

—¿Me da tiempo a ducharme?

—Pasaré en una hora.

Colgó. Imaginó que Hannah se estaba preparando para la
ducha. ¿Sería por eso que se lo había dicho? Se acercó a la plaza
Christmas Møller. Parte de la plaza estaba intransitable debido a
cientos de manifestantes medioambientales que se organizaban
en lo que parecía una manifestación no autorizada. Hacía frío.
Los manifestantes pasaban por delante de los coches. ÚLTIMA
OPORTUNIDAD PARA SALVAR EL PLANETA, se leía en una gran
pancarta; AHORA O NUNCA, en otra. La caja con el extenso fax
estaba en el asiento delantero junto a Niels. La abrió. Páginas y
páginas sobre los asesinados, las escenas del crimen, las horas.

Imágenes de las víctimas. Fotos de los extraños tatuajes en la espalda. Niels no sabía nada acerca de tatuajes, pero algo le hizo reflexionar. ¿Por qué un asesino haría tatuajes tan complejos en la espalda de sus víctimas? Tommaso había dicho que eran cifras. En las fotos no se distinguían bien. Más bien parecían una especie de diseño. ¿Tal vez un dibujo abstracto?

Al final se hizo un hueco a través de la creciente multitud humana. Niels se acercó a la plaza Christianshavn, hacia la ciudad. Continuaba viendo mentalmente aquellos tatuajes extraños, como una especie de invasión alienígena que hubiera conquistado su cabeza. Y se negaban a irse. De pronto hizo un súbito cambio de sentido, dio la vuelta y giró a la izquierda por la calle Princesse.

Christiania, Copenhague

Tattoo Art estaba donde solía estar. Niels nunca había estado allí, pero conocía bien toda Christiania. Como la mayoría de los policías de Copenhague, Niels había patrullado por allí y había hecho arrestos en la calle Pusher. Se detuvo y miró alrededor. Un par de borrachos groenlandeses se tambaleaba en la plaza frente a Nemoland. Unos perros vagabundos seguían con curiosidad a Niels.

Éste tenía una relación ambivalente con Christiania. Simpatizaba con la idea de que un grupo de amantes de la paz hippie, de hace casi cuarenta años, se apropiara de una zona cerrada e hiciera un experimento social. Le agradaba. Un oasis en el centro de la ciudad. Un pueblo en el centro de Copenhague. Otra manera de vivir. También fue en Christiania donde había tenido algunas de sus mejores experiencias cuando era un policía joven. Allí había encontrado la mayor amabilidad del mundo. ¿En qué otro lugar podría estar invitado a la cerveza de Navidad y a arroz con leche a las cuatro de la mañana en julio?

Pero en la última década había cambiado el estado de ánimo. Los motoristas y las pandillas de inmigrantes se habían establecido en el mercado de las drogas. La inocencia de los hippies había sido sustituida por el narcotráfico, en el que los mecenas eran gánsteres que ganaban mucho dinero. La violencia y la intimidación eran comunes. Todo culminó en mayo de 2006 cuando un chico de diecinueve años fue atacado por un grupo de camellos y brutalmente golpeado hasta la muerte. Niels no había intervenido en ese caso, pero a sus colegas les había impactado. Pocas veces habían visto tanta brutalidad y crueldad como la que se había demostrado en ese crimen. Literalmente habían machacado el cráneo del joven con palos y barras de hierro. Se hablaba de una ejecución pura y dura. Un asesinato salvaje para propagar el miedo y la alerta. Eso había hecho que Niels cambiara de opinión sobre el santuario hippie. El experimento se había descarriado.

—En cinco minutos estaré contigo.

El tatuador asintió amablemente a Niels, que se sentó a esperar. El hombre parecía un monstruo. Tenía formidables tatuajes coloridos por todo el cuerpo y en gran parte de la cara. Los músculos de su tórax parecían a punto de reventar su ajustada camisa. Unos *piercings* le atravesaban la nariz y el labio inferior.

—¿Quieres un café? —El *piercing* del labio le hacía cecear un poco.

—Sí, por favor. Solo.

El tatuador desapareció en la trastienda y Niels se quedó solo.

La habitación estaba pulcramente limpia. Parecía una clínica médica. Las paredes estaban decoradas con imágenes de personas tatuadas. Dragones, serpientes, mujeres, motivos abstractos. En la parte de abajo, varios carteles presentaban caracteres japoneses. ¿O chinos?

—Se dice que la gente en Japón se tatúa desde hace más de diez mil años. Alucinante, ¿no? —El tatuador había vuelto con el café para Niels—. Eran los Ainu. Tatuaban el rostro de las personas.

Niels le miró con curiosidad.

—Se han hallado momias chinas con tatuajes —añadió el

hombre—. Así que no es sólo un fenómeno de moda. —Soltó una risita socarrona.

—¿Siempre se ha utilizado la misma técnica?

—Las cosas han evolucionado. En ciertas culturas antiguas se frotaba ceniza en heridas abiertas. Los vikingos usaban espinas de rosa. Para presumir hay que sufrir. —Otra risita ceceante.

Niels sonrió cortésmente.

—¿Y qué técnica emplean hoy en día?

—Míralo aquí. —Señaló con la cabeza una máquina de tatuaje—. La aguja está dentro de este tubo. Un pequeño motor hace funcionar la aguja arriba y abajo unas mil veces por minuto. Lo hace condenadamente sola, ¡paf!

—¿Y qué inyecta?

—Inyectar, no inyecta nada. Introduce tinta de diferentes colores. Los pigmentos del tatuaje contienen agua, glicerina y cristales microscópicos. Cuerpos extraños en toda una gama de colores.

—Parece poco saludable.

—¿Te está entrando el miedo en el cuerpo? —Sonrió—. El café tampoco es saludable.

—Pero esos cuerpos extraños ¿son inocuos?

—El organismo de algunos trata de rechazar los cristales. Para ellos no es tan divertido. En casos raros los pigmentos incluso llegan a la linfa, exactamente a los ganglios linfáticos, y a la sangre. Pero vamos, yo nunca he tenido un problema. Y sé de lo que hablo. —Se quitó la camisa y le mostró una impresionante y terrorífica cabeza de dragón.

—¿Te gustaría una así? A las chicas les encanta.

—No, gracias. Pero quiero que veas algo.

El hombre lo miró con las cejas enarcadas mientras Niels sacaba una de las fotos enviadas por fax.

—¿Qué es? —El tatuador miró con interés la espalda de la víctima—. ¿Es esto lo que tú quieres?

—¿Puedes decirme algo sobre este tatuaje?

—¿Decir algo?

—Sobre el dibujo. ¿Qué es? ¿Cómo se hace? ¿Cuánto tiempo se tarda en hacerlo?

El hombre observó la foto y luego dijo:

—Acompáñame.

El cuarto de atrás era otro mundo. Era como una casa adicta a las drogas, que fluía en las agujas y de los ceniceros. Había una botella de whisky medio vacía encima de una mesa sucia. Un cachorro que dormía en una cesta se despertó y miró con curiosidad a Niels.

—¿Quieres comprarlo? Staffordshire-terrier americano. Ahora es mono pero no te equivoques, dentro de medio año podría matar un caballo adulto.

—¿Qué me dices de la foto? —Niels lo instó a centrarse.

—Bueno, sí. —Se sentó a una mesa desvencijada y encendió una lámpara—. Te cuento. La gente viene con las imágenes más asombrosas para ser tatuadas. Hace poco, un hombre llegó con una foto del coño de su amante. Lo quería tatuado justo encima de su polla para poder mirarlo y correrse encima.

Niels carraspeó. El tatuador se dio cuenta y se calló. Entonces miró la imagen otra vez.

Niels lo observaba. No sabía lo que esperaba, pero al menos una reacción, que no llegaba. El tatuador no decía ni mu.

—¿Qué dices? —insistió Niels.

—¿De dónde sacaste esto? —El hombre no quitaba los ojos de la imagen.

—¿Puedes ver lo que representa?

No hubo respuesta. Niels lo intentó de nuevo:

—¿Qué es?

—Ni idea, pero...

—Pero qué. —A Niels le era difícil ocultar su impaciencia—. Dime algo. ¿Cuánto tiempo te llevaría hacer un tatuaje así?

Finalmente el tatuador levantó la cabeza y le miró.

—Lo has entendido mal, tío. Esto no es un tatuaje.

—¿No es un tatuaje?

El tatuador sacudió la cabeza y se puso en pie.

—Las líneas son demasiado sutiles. También han usado mucha tinta blanca, y casi nunca se usa en un tatuaje.

—Pero si no es un tatuaje, ¿qué es?

El hombre se encogió de hombros. No era su problema.

28

Elsinor

Campos cubiertos de hielo, yermos y solitarios. Los árboles en el horizonte parecían esqueletos. Una explosión de lágrimas. Una bonita foto si la melancolía vivía en tu corazón. Si no, era sencillamente triste y convenía irse, como había hecho Kathrine. Niels iba solo por la carretera. Conducía rápido. Salió de la autopista y enfiló el camino de grava. Esta vez aparcó justo al lado de la casa y bajó con la caja bajo el brazo.

Antes de llamar a la puerta, la vio abajo, en el muelle, exactamente en el mismo lugar que la vez anterior. Niels fue hasta el muelle. Hannah le escuchó, pero no se volvió.

—¿No tenías que viajar?

—Se ha aplazado. ¿Pican?

—No hay peces en este lago. —Por fin se volvió y lo miró—. Aunque dicen que está lleno.

—Pero ¿no pican?

Ella negó con la cabeza.

—Probablemente huelen éstos. —Mostró su cigarrillo—. Pero la pesca es sólo una parte de un propósito.

—¿Un propósito?

—Hacer sólo las cosas que no hacía cuando mi hijo estaba vivo.

No había lamento en su voz. Ella se mantenía impasible. A Niels le dio miedo porque las personas frías y reservadas, al final se rompen violentamente y a menudo tratan de llevarse a otros consigo en la caída. Esto último lo sabía por experiencia personal.

—Ya sé que hace frío aquí dentro. —Hannah giró el termostato—. Fue una de las últimas cosas que Gustav me dijo antes de partir hacia Canadá. Vamos a arreglar la calefacción. Luego se fue de viaje. —No parecía dolida. Sólo lo relataba—. Supongo que tantos papeles corresponden a muchos crímenes.

—Así es.

—¿Demasiado fuerte?

—¿El café? No.

—Me gusta que se asemeje al alquitrán.

Niels puso el montón de páginas sobre la mesa.

—¿Y vienen de Venecia?

—Lo envió esta mañana Tommaso di Barbara, el policía italiano con quien hablaste. —Niels se sentó a la mesa.

—¿Las has leído?

—Un poco. Incluye todo lo que se sabe acerca de las víctimas. Sus vidas, sus viajes, sus obras. Y por supuesto, sus muertes. Tiempo, lugar, circunstancias. Es... —Niels miró el cúmulo de papeles y vio la última página—: Doscientas doce páginas sobre la vida y la muerte. Parte estaba traducido del italiano al inglés con ayuda de Google. Pero no todo.

—Encantador. —Ella sonrió brevemente.

—Pero primero tienes que ver esto. —Niels encontró una imagen de la espalda de una víctima y la puso sobre la mesa.

—¿Qué es?

—La espalda de Vladimir Zjirkov. Todas las víctimas tienen una marca en su espalda. Un tatuaje o un signo.

—¿El mismo signo?

—Creo que sí. Tommaso dijo que había números, pero no los hay.

Hannah cerró los ojos. Tal vez se mostraba escéptica, o sólo sorprendida. Abrió un cajón y sacó unas gafas de lectura, +1.5, la etiqueta con el precio estaba todavía en la funda. Estudió la foto.

—¿Estás seguro que está en todos ellos?

—Sí. Aquí hay otro ejemplo. La espalda de María Saywa, de Perú. Asesinada el veintinueve de mayo de este año.

Puso la foto de María en la mesa junto a la de Vladimir. Incluso en las fotos oscuras y borrosas, las marcas eran claras.

Hannah cogió una lupa de la misma caja donde estaban las gafas, con ese olor inconfundible a hachís.

Niels la miró. La suave curvatura de la nariz respingona. El vello breve, casi invisible en el cuello. La mirada de Niels vagaba, y la mano inquieta de Hannah se deslizaba por su cuello como si sintiese su mirada. Transcurrieron unos segundos, tal vez minutos. Niels se movía con impaciencia en su silla. Algunos cisnes graznaban en el lago.

—¿Puedes ver algo?

—Es una locura. —Ella encendió un cigarrillo de forma maquinal.

—¿Qué?

—¿Quién los hizo? —preguntó y exhaló el humo sobre la mesa—. Los asesinatos.

Niels se acercó más.

—¿Qué pasa?

Ella ignoró la pregunta. Tenía que ganárselo, obviamente, para recibir una respuesta. Niels estaba a punto de volver a preguntar cuando ella empezó a murmurar:

—Hebreo, árabe-hindú, urdu, devanagari...

Niels la miró. Ella enumeraba en un susurro:

—Mesopotamia, el sistema vigesimal, cifras celtas, jeroglíficos, figuras hieráticas, números de Babilonia...

—Hannah —dijo Niels levantando la voz—. ¿Qué has descubierto?

—Sólo son números. Y nada más que números.

—¿Dónde?

—Tenía razón el que me lo dijo.

—¿Tommaso?

—Son números. El treinta y uno. Vladimir Zjirkov.

—¿Treinta y uno?

—Es ese número, escrito en diferentes sistemas de numeración. Números diminutos. Parecen pequeños hematomas debajo de la piel. Como si los vasos sanguíneos hubieran formado el treinta y uno.

—Pero ¿cómo pueden hacerlo?

Ella se encogió de hombros.

—No soy dermatóloga, pero... —Se arrepintió y guardó silencio.

—Pero qué —dijo Niels, cada vez más impaciente.

—Hay una superficie que se crea por encima de los vasos sanguíneos, la capa epitelial. El endotelio.

—¿Hay algo que no sepas? Perdón. Continúa.

—Como he dicho, no soy una experta, pero si el endotelio se daña, la sangre se pondría en contacto con otros componentes de células y tejidos... —Hizo una pausa—. No, no puedo decir más, no sé de lo que estoy hablando. No entiendo cómo han aparecido ahí esos números.

—¿Y estás segura de que es el treinta y uno?

—Totalmente. Reconozco algunos sistemas de numeración.

—¿Y siempre es el mismo número? ¿El treinta y uno?

Ella no contestó. Volvió a mirar la foto.

—¿Hannah?

Finalmente asintió con la cabeza.

—El treinta y uno. Sólo ese número.

—¿Y ella? —preguntó Niels.

—La mujer de Perú. María. —Hannah estudió la espalda de María Saywa—. Aquí está el número seis. El seis escrito en muchos sistemas numéricos diferentes. Los que utilizamos hoy en día, y los que se utilizaban en lugares remotos de la Tierra en tiempos prehistóricos, o incluso antes. Las fotos se ven borrosas, por lo que no es fácil distinguirlo, pero éste de aquí... —Hannah se acercó a otra foto de la caja y la sostuvo en alto— lleva el número dieciséis en diversas variaciones. Reconozco los números hieráticos.

Niels miró la foto y rebuscó en los papeles.

—Jonathan Miller. El investigador estadounidense encontrado en la base McMurdo en la Antártida el siete de agosto de este año. Pero... —Niels miró la espalda de Jonathan Miller y no supo qué decir—. ¿Cuántos sistemas de numeración hay?

—En cualquier época y cultura existe la necesidad de contar, para sistematizar el mundo. Crear un orden general. Los griegos, romanos, egipcios, indios, árabes, chinos. Todos tienen un sistema numérico desde tiempos ancestrales. Hay una gran cantidad de variedades. Han encontrado huesos de la Edad de Piedra con pequeños surcos que forman números. La escritura cuneiforme de Mesopotamia se originó alrededor del dos mil antes de Cristo. En un principio era sólo para contar, pero pronto se dieron cuenta de que los números eran también símbolos.

—¿Eran símbolos o los hicieron símbolos?

—¿El huevo o la gallina? —Ella se encogió de hombros—. ¿Creamos sistemas numéricos o los sistemas ya existían? Y si dos más dos ya eran cuatro antes de que hubiera personas, ¿quién ha creado el sistema? Para los pitagóricos, las cifras eran la clave de las leyes cósmicas. Eran símbolos del orden universal creado por Dios.

—Ésas son palabras mayores.

—Novalis creía que Dios podría revelarse también a través de las matemáticas, como en cualquier otra ciencia. Aristóteles afirmaba que las cifras no sólo designan una cantidad, sino que poseen cualidades en sí mismas. Estructuras cualitativas en los números, las llamaba él. Los números impares eran masculinos; los pares, femeninos. Otros griegos hablaban de figuras espirituales.

El gato saltó sobre la mesa y Hannah lo hizo bajarse con la misma rapidez, y prosiguió:

Las matemáticas están llenas de enigmas. Enigmas que pueden resolver nuestros problemas. A esto se refería Gustav cuando pronunció la frase que te trajo aquí, a mí.

—Que las matemáticas salvarían al mundo.

—Sólo piensa en el trabajo que están realizando en este momento en el Bella Center. Curvas, gráficos, cifras. Números y más números. La correcta interpretación de los números determinará si sobreviviremos o no. Se trata de la vida o la muerte. Todo científico lo comprende. Como Tycho Brahe, al que le cortaron la nariz en un duelo.

—¿Debido a los números?

—Debido a que afirmaba que había números llamados complejos. Y sus oponentes alegaban que no existían.

—¿Quién tenía razón?

—Brahe. Sin embargo, perdió la nariz. Por cierto, ¿has oído

hablar de Avraham Trakhtman? —Hannah no le dio tiempo a responder—: Inmigrante ruso en Israel. Profesor de matemáticas, pero no consiguió ningún puesto y se vio obligado a trabajar como portero. Y mientras él estaba allí, tratando de apaciguar a adolescentes borrachos, resolvió uno de los misterios más grandes de las matemáticas en los tiempos modernos. El problema de la coloración de la carretera. ¿Te dice algo?

Se reclinó para respirar. Estaba casi sin aliento.

—Pues no.

—La pregunta es muy simple: un hombre llega a una ciudad que no conoce para visitar a un amigo, pero no sabe dónde vive. Las calles de la ciudad no tienen nombre. Llama a su amigo y él le propone guiarlo diciéndole derecha, izquierda, derecha e izquierda. ¿Podría el hombre encontrar la casa de su amigo con estas instrucciones, con independencia de dónde estuviera la casa?

—Si tiene suerte...

—La respuesta es sí. Te ahorraré la demostración. ¿Has oído hablar de Grigori Perelman? ¿El ruso que resolvió la llamada teoría de Poincaré?

—Hannah, vale ya. —Niels levantó las manos como un vaquero rindiéndose.

Ella suspiró.

—Bueno, lo siento. —Se echó atrás en su silla y miró hacia el agua, donde unos barcos aparecían.

Niels se puso en pie. Quería hacer muchas preguntas, pero se atropellaban entre sí y no podía formular ninguna. Finalmente, fue ella quien rompió el silencio:

—Pero ¿por qué las víctimas tienen esos números en la espalda? —Era la científica quien hablaba.

El policía se encargó de la otra cuestión:

—¿Y quién lo hizo?

Ella suspiró y miró el reloj y la pila de papeles. Luego sonrió.

—Hace casi una hora que has llegado y ni siquiera hemos empezado a leer todavía.

Caso de asesinato: Sarah Johnson

Niels acabó de sacar todos los papeles de la caja. Eran tan voluminosos, cuando los puso sobre la mesa, como un ladrillo grueso.

—¿Y todo es sobre los casos de asesinatos? —preguntó Hannah y encendió un cigarrillo.

—Creo que sí. —Niels se aclaró la garganta—. Sarah Johnson, de cuarenta y dos años, Thunder Bay.

—¿Ella fue la primera víctima?

Niels se encogió de hombros.

—Tal vez. En principio ella es la primera que sale en el fax. Es ésta. —Niels puso una foto sobre la mesa de una mujer con el pelo estilo paje y expresión de tristeza—. Murió el treinta y uno de julio de 2009. Así que no es la primera. La mujer de Perú fue asesinada en mayo.

—¿Thunder Bay? —Hannah se acercó al gran mapamundi que tenía en la pared—. Canadá. En el lago Superior. Uno de los lagos más grandes del mundo. —Se quedó mirando un momento antes de clavar un alfiler en Thunder Bay.

—Sarah Johnson trabajaba como médica en un hospital y vivía sola. Soltera sin hijos.

—¿Está escrito en inglés?

—Sólo una parte. También hay algo en italiano.

—Muy bien. La siguiente. —Hannah estaba preparada con otro alfiler.

—Hay más información acerca de Sarah. —Niels ojeaba una página—. Mucho más. Creo que ésta es una nota necrológica de un periódico local.

—¿El italiano te la ha enviado?

—Sí. Pone que ella terminó sus estudios de medicina en la Universidad de Toronto en 1993. También hay una entrevista en inglés.

—¿De Sarah Johnson?

—Sí. —Niels miró la foto del periódico.

—Es guapa. Se parece a Audrey Hepburn.

—No; la entrevista es a una amiga estudiante. Megan Riley.

—¿Por qué la entrevistaron?

—Parece una transcripción. Tal vez fue una entrevista de radio acerca de Sarah Johnson.

—¿Por qué el italiano te la ha enviado?

—Buena pregunta. Megan Riley dice de Sarah que era «antisocial. Un poco rara. De difícil vida amorosa. Guapa, pero nunca me pareció realmente feliz».

—Pobre chica —dijo Hannah compasiva.

Niels asintió con la cabeza.

—Mira aquí. Incluso ha conseguido fotos de Sarah de cuando era niña. Si es ella.

Hannah miró la foto de una niña de seis años torpemente sentada en un columpio.

—Éstas parecen varias transcripciones de médicos y psiquiatras.

—¿No son confidenciales esos informes? No puede ser que el italiano los haya conseguido así como así.

—Tal vez sí —repuso Niels—. Si ha sido lo suficientemente perseverante. —Hojeaba las transcripciones. Parte de ellas eran ilegibles—. Al parecer ocurrió algo con Sarah en 2005. Comenzó a manifestar síntomas de inestabilidad mental. Ataques de ansiedad, insomnio, tendencia a la paranoia.

—¿Dice algo acerca del motivo?

Niels sacudió la cabeza y volvió a leer la página.

—Espera. Me perdí algo en la necrológica. Tal vez esto signifique alguna cosa: fue despedida de su trabajo en 2005 después de un asunto que se hizo famoso en los medios de comunicación locales.

—¿Qué asunto?

—No hay nada al respecto. Un momento. —Niels buscó en los documentos—. Creo que pone algo en uno de los recortes de periódico. —Niels consideró leerlo en inglés, pero era mucho, y de pronto se sintió inseguro.

—¿Qué es?

—Sarah Johnson fue despedida con efecto inmediato después de que descubrieran que había utilizado medicamentos no aprobados para salvar la vida a un niño enfermo terminal. El niño sobrevivió, pero el asunto tuvo gran notoriedad. Las autoridades del hospital no tuvieron más remedio que despedirla.

—¿Medicinas no autorizadas?

—Así es. Si no me equivoco, se requieren quince años de pruebas para aprobar un nuevo medicamento y Sarah Johnson, claro, no podía esperar tanto. Así que rompió las reglas y salvó al niño.

—¿Qué tiene eso que ver con la paranoia?

—Veamos los informes médicos. —Niels hojeó de nuevo—. No dice nada al respecto. Sólo pone que la paranoia se hizo más aguda, y que tanto en 2006 como en 2008 estuvo ingresada en el hospital psiquiátrico de Lakehead en Thunder Bay. Un psiquiatra llamado Aspeth Lazarus señaló de Sarah que «a veces estaba casi paralizada por la ansiedad, con una creciente sensación de que alguien quería matarla».

—¿Quería matarla? ¿Quién?

—No hay información sobre eso. Pero debieron de conseguirlo, ya que el treinta y uno de julio de ese año la encontraron muerta en su coche fuera del hipermercado Sobeys. La policía *will not rule out...* —Niels leyó un poco más y tradujo—: Ellos no descartaron el asesinato, pero nadie fue acusado del crimen. *Poison.*

—¿*Poison*? ¿La envenenaron?

—Sí.

—¿No hay nada más?

—Sí, que Sara Johnson fue enterrada en el cementerio de Riverside en Thunder Bay. En una tumba desconocida.

—¿Tenía marca en la espalda? ¿Qué dice de eso?

Niels leyó y luego hojeó hacia atrás.

—Nada. Bueno, espera. Aquí hay un extracto de un informe de la autopsia. «Erupción cutánea o ruptura de vasos capilares en la espalda.»

—¿Podría ser por eso que la policía sospechó que era veneno?

—Claro. Pero ahora es caso cerrado.

Hannah asintió con la cabeza y apagó el cigarrillo. Niels se levantó y caminó. Se detuvo un momento y volvió de nuevo.

—No lo entiendo —dijo sin mirarla—. ¿Por qué ese italiano ha recogido tanto material?

—¿Y por qué te lo ha enviado?

Niels se sentó de nuevo. El sillón de mimbre crujió. Se quedó en silencio, pensativo.

—¿Vamos a continuar? —preguntó al cabo—. ¿Crees que tiene sentido hacerlo?

—Veamos el siguiente caso. Abre los Rollos del Mar Muerto otra vez.

—Muy bien. Asesinato número dos, según el orden numérico que tenemos aquí. Vamos a Oriente Medio.

Caso de asesinato: Ludvig Goldberg

Esta vez, Niels se sentó en el suelo y extendió todo el material sobre Ludvig Goldberg, de modo que pareciera un rompecabezas. Doce piezas de un rompecabezas, llenas de texto, que juntas formaban la imagen de la vida y la muerte de Ludvig Goldberg.

—Creo que es más fácil de esta manera. —Niels miró los papeles.

—¿Qué tenemos? —preguntó Hannah.

—Todo, al parecer. Necrológica. Extractos de un diario. Entrevistas. Algo que parece un poema, aunque gran parte está en hebreo. Un hombre interesante. —Niels le entregó una foto de Goldberg. Ojos oscuros, preocupados. Gafas de intelectual. Cara alargada, de buena persona.

—¿Qué es eso? —Hannah señaló una parte borrosa de los documentos.

—IDF. Israel Defense Force. Papeles del ejército, creo. Al parecer, ha estado en la cárcel.

—No se parece en nada a un militar. ¿Dónde debo colocar el alfiler?

—Ein Kerem.

—¿Dónde está?

—Es un suburbio de Jerusalén.

Hannah lo miró, impresionada.

—¿Has viajado mucho?

—Algo. En mi imaginación.

Ella sonrió, pero él no lo vio. Había empezado la lectura de un informe policial:

—Ludvig Goldberg fue encontrado muerto el veintiséis de junio de este año. Estaba en un... —Dejó de leer, y se arrastró por el suelo hasta el otro extremo de los papeles—. Empecemos por aquí. La necrológica en primer lugar.

—¿A partir de un periódico?

Niels revisó las páginas.

—El instituto Shevah Mofet de Tel Aviv, donde trabajaba como profesor. Publicación en inglés bastante dudosa.

—También tiene traducción al italiano hecha por él mismo, —sugirió Hannah—, o usó Google para traducir. Pueden aparecer cosas muy extrañas usando Google.

—Tal vez. Nació en 1968 y creció en el kibutz Lehavot Haviva cerca de la ciudad de Hadera. Su familia era originaria de Ucrania. La madre era de... —Niels dejó de leer en voz alta—. Son letanías sobre el origen de sus antepasados.

—Las narraciones familiares son populares en Oriente Medio —dijo Hannah, y agregó secamente—: Sólo piensan en la Biblia.

Niels leyó otra parte. Estaba borrosa e ilegible en partes.

—Hay un informe militar. Sospechas sobre homosexualidad. —Se sentó—. Se muestra aquí. Sin comentarios. Al parecer, también había sido detenido por una violación de los reglamentos militares.

—¿Qué delito?

—No se especifica. Pero estuvo un año en una prisión militar, por lo que debió de ser algo bastante serio. También hay un extracto de un artículo del *The Jerusalem Post* de 1988 en el que Ariel Sharon llamó...

—¿Ariel Sharon? Vaya.

—Ya. Ariel Sharon llamó a Goldberg «lo que este país no necesita».

—Así pues, sus delitos habían atraído la atención pública.

Niels asintió con la cabeza.

—¿Qué dice acerca de su muerte? ¿Existe un informe de la autopsia?

Niels miró.

—No, pero aquí hay otra cosa. Un extracto de un discurso pronunciado por un tal Talal Amar el siete de enero 2004 en la Universidad de Birzeit en Ramala y publicado en la revista *Time*.

—¿Talal Amar? ¿Quién es?

Niels se encogió de hombros y tradujo del inglés:

—Goldberg dijo: «En Oriente Medio nunca sabes qué te deparará el futuro, pero después de estar de pie al lado del señor Rabin y el señor Arafat mientras se daban la mano delante de la Casa Blanca, soy bastante optimista. De hecho, mis esperanzas de futuro renacieron en 1988, durante la intifada, cuando un joven soldado israelí desobedeció las órdenes y nos liberó a mi hermano y a mí del campo de prisioneros y así nos salvó de años de prisión. Nunca olvidaré la mirada de aquel soldado mientras nos liberaba. Antes de aquel día todos los israelíes eran monstruos para mí, pero desde ese momento supe que eran seres humanos igual que yo.»

—Rabin y Arafat —dijo Hannah—. Supongo que se refiere al Proceso de Paz que firmaron ambos dirigentes en 1993. ¿Qué tiene que ver Goldberg con esto? ¿O qué tiene que ver Talal Amar?

—Probablemente mucho, o nunca habría sido entrevistado por la revista *Time*, ni habría estado de pie ante la Casa Blanca mientras firmaban el acuerdo. Él tuvo que haber sido uno de los negociadores de paz palestino. Aquí pone algo acerca de cómo murió Goldberg. —Niels leyó primero para sí—. «Fuente desconocida.» Traduzco lo mejor que puedo: «Durante sus últimos días hasta su muerte, Goldberg residía en Ein Kerem, donde visitaba a la pareja de artistas Sami y Leha Lehaim. Goldberg no parecía gozar de buena salud. Se quejaba de dolor de espalda y parecía, según Leha, paranoico. Como si alguien lo estuviera persiguiendo. En la tarde del veintiséis de junio hubo un momento en que Goldberg salió fuera a fumar un cigarrillo. Cuando Sami Lehaim notó que no volvía, fue a buscarle. Goldberg estaba sobre la gravilla del porche. Muerto.»

—¿Dice algo sobre marcas en la espalda?

Niels miró.

—No, no veo nada. No establecen ninguna causa de la muerte, pero fue calificado como un asesinato.

—¿Por qué?

Él se encogió de hombros.

—Quizá tenía enemigos.

—Probablemente fue Sharon quien lo mató —sonrió ella—. Después del incidente de 1988.

—Año 1988 —dijo Niels para sí mismo, reflexionando—. Si el joven soldado israelí que liberó a Talal Amar fue...

—Louis Goldberg.

Niels asintió con la cabeza. Por un momento, tal vez por primera vez desde su llegada se miraron los dos a los ojos. Hannah dijo:

—Por eso el italiano envió el extracto del discurso de Amar.

Niels no respondió.

29

La barandilla del porche estaba cubierta por una fina capa de escarcha. La respiración de Niels formaba nubecillas de vaho. Miró a Hannah a través de la ventana cuando ella se sentó encorvada sobre el mapa en la mesa. Había algo atractivo en su perfil. Puede que se hallase a pocos metros de él, pero ella estaba en otro mundo, centrada en los doce alfileres clavados en el mapa. Doce puntitos. Niels recordaba lo que habían hablado un momento antes, que cada alfiler representaba una Sarah Johnson o un Louis Goldberg. Una historia. Un destino. Una vida. Alegría y tristeza, amigos y familiares. Cada alfiler era una historia humana. Con un comienzo, un desarrollo y un final repentino y brutal.

Un pájaro eider rozó la superficie del lago brevemente. Corrigió su dirección, giró 180 grados y se dirigió al sur. Lejos del frío invierno escandinavo. Niels lo siguió con ojos recelosos. Él estaba atrapado allí, dentro de una inmensa prisión. ¿Qué sombras del inconsciente lo tenían encadenado? ¿La ansiedad? ¿Traumas? Miró a Hannah otra vez. De algún modo, intuyó que ella estaba a punto de encontrar la respuesta. Hannah encendió otro cigarrillo con la colilla del anterior sin apartar la vista del mapa.

Sacó el móvil con dedos rígidos. Tenía un sms de Anni. Preguntaba si Niels quería contribuir para comprarle un regalo a Susanne, la de Archivos. Cumplía cincuenta años el jueves. Sus compañeros pensaban regalarle un aparato de remo o un fin de semana en un *spa* en Hamburgo.

«Mi amor», apareció en la pantalla cuando marcó el número de Kathrine. «Has llamado a Kathrine, DBB arquitectos.» Había escuchado ese mensaje en inglés unas mil veces. Aun así, siempre lo escuchaba completo. «En estos momentos no puedo atenderte, si eres tan amable déjame un mensaje.» Y al final decía en danés: «Y si eres tú, mamá, enséñame la patita blanca por debajo de la puerta.»

—Kathrine. Soy yo. —Niels respiró hondo—. Sé que me estás escuchando. Comprendo muy bien que no quieras hablar conmigo. Sólo quiero decirte que este caso que estoy llevando ahora... bueno, te parecerá seguro una débil excusa, pero presiento que voy a resolver algo extremadamente importante.

Apagó el móvil. Tenía razón: sonaba débil. Pero es que no sabía qué decir.

Caso de asesinato: Vladimir Zjirkov

—Ahora vamos a Rusia. —Niels estaba de nuevo sentado en el suelo—. En concreto, a Moscú. Vladimir Zjirkov. Veintiocho años.

—Moscú, me gusta. —Hannah puso un alfiler en el mapa.

—Periodista y crítico social.

—No sabía que se pudiera criticar a la sociedad en Rusia.

—Zjirkov murió el veinte de noviembre este año. Según un informe elaborado por una organización rusa de derechos humanos, Memorial, fue encarcelado en una de las prisiones de peor reputación de Moscú, la Butyrka.

—¿Por qué le condenaron?

Niels hojeó el informe.

—Probablemente lo encuentre. Fue descubierto muerto por un compañero de prisión, Igor Dasajev, que poco después dijo que Zjirkov, durante la tarde y la noche anterior, se había quejado de mucho dolor. Dasajev pidió ayuda, eh... dice que repetía: «Hay un fuego en mi interior», gritaba. «Quema.» Poco después le declararon muerto. No incluye autopsia. Y eso es todo.

—Niels se levantó de su incómoda postura y bebió un sorbo de café frío.

—¿Qué es eso? —Hannah señaló una página con texto diminuto—. ¿Está en inglés?

Niels asintió con la cabeza.

—Es casi ilegible. Se trata de un artículo de prensa del *Moscow Times*. Del veintitrés de octubre de 2003. Escucha: «*The 23rd of October 2002 is remembered for the attack...*» —Niels se detuvo.

—¿Qué pasa?

—Creo que prefiero traducir.

—Entiendo inglés.

—Me da un poco de corte. Delante de una astrofísica.

Hannah protestó, pero él apostó por una traducción:

—El veintitrés de octubre de 2002 será recordado por el ataque de unos cuarenta terroristas chechenos al teatro Dubrovka, cerca de la plaza Roja, dirigidos por el líder terrorista Movsar Barajev. Aproximadamente novecientos espectadores en la sala, ajenos al peligro, estaban sentados esperando que el espectáculo comenzara, cuando de repente se convirtieron en protagonistas de un ataque terrorista que impactó a toda Rusia. Entre los terroristas fuertemente armados había muchas mujeres, la mayoría con explosivos atados alrededor de su cuerpo. Los terroristas exigieron que todas las tropas rusas se retiraran inmediatamente de Chechenia. Barajev enfatizó su amenaza al declarar: «Juro por Alá que estamos más interesados en morir de lo que vosotros estáis en vivir.» Los terroristas estaban dispuestos a cumplir sus despiadadas amenazas, se demostraba por la gran cantidad de explosivos y armas que llevaban consigo. Investigaciones posteriores han comprobado que hubo al menos ciento diez kilos de TNT en el interior del teatro. Se estimó que unos veinte kilos de TNT hubieran bastado para matar a todos los rehenes. Las autoridades rusas estaban perplejas. Putin se negó a doblegarse, mientras los familiares de los secuestrados clamaban que se hiciera algo. Una mujer de veintiséis años de edad, Olga Romanova, logró entrar en el teatro para convencer a los terroristas de que liberaran a los niños. Los terroristas respondieron a su solicitud disparándole en el acto. Durante los días siguientes fueron liberados algunos rehenes. Un número de eminentes personas y organizaciones trataron de negociar con los terroristas: Cruz Roja, Médicos sin Fronteras y la famosa periodista Anna Politkovskaya. La situación llegó a ser tan alarmante que las fuerzas especiales rusas, el Spetsnaz, en la madrugada del sábado veintiséis de octubre decidieron asaltar el teatro y rociarlo con gas que contenía altas dosis de fentanil. La lucha fue breve. La mayoría de las personas en el interior del teatro resultaron anestesiadas por el gas. Las fuerzas de seguridad no corrieron riesgos con los secuestradores aturdidos y les dispararon a la cabeza en el acto, a hombres y mujeres. Todos los terroristas murieron. Después de aquello, Rusia entró en estado de *shock*. Lo que a primera vista parecía una victoria acabó en una tragedia de dimensiones casi inimaginables. Ciento veintiún rehenes muertos. Entre ellos, diez niños pequeños. Sesenta y nueve niños se quedaron huérfanos. Algunos rehenes fueron abatidos por los terroristas, pero la mayoría murió por el gas, como consecuencia de una desastrosa asistencia médica a los que fueron sacados adormecidos al exterior del teatro. Sólo unas pocas ambulancias esperaban allí. La gente no recibió la ayuda médica que necesitaba. Muchos murieron asfixiados, hacinados en autobuses de camino a los hospitales.

Niels contuvo la respiración y dejó el artículo. Podía imaginárselo. Niños aterrorizados, rodeados de terroristas, explosivos, armas cargadas. El terrible tiempo de espera. Miedo. Tal vez había visto algún documental sobre el incidente.

—Pero ¿qué tiene esto que ver con Vladimir Zjirkov? —quiso saber Hannah.

—Buena pregunta. Tal vez fue él quien escribió el artículo. Era periodista.

—Si fuera así, el italiano habría añadido otros artículos escritos por él.

Niels asintió con la cabeza y miró las informaciones fragmentarias.

—Se crio en un suburbio de Moscú, en Jimki. Su madre era enfermera. Su padre se suicidó cuando Vladimir era un niño. Aquí hay una declaración de una antigua revista de un club. Creo que lo dijo uno de los líderes de hockey: «A los doce años de edad, Vladimir Zjirkov es un gran talento pero hay que educar su psique si quiere hacer carrera como jugador de hockey. Tiene tendencia al abatimiento y la depresión.» —¿Por qué el italiano habría traducido esto?—. Aquí hay un extracto de una entrevista... no sé de dónde. Un periódico o una revista.

—¿De Zjirkov?

—No. De un profesor, Aliksej Saenz.

—¿Quién es?

—Parece que fue uno de los rehenes en el teatro. Dice: «En el teatro lo peor eran las noches. Nos sentábamos en las butacas como si fuésemos parte de una obra de pesadilla. Había tres cadáveres en el foso. Uno de ellos era un joven que trató de escapar cuando los terroristas entraron. Le habían disparado en el estómago. Podía ver sus intestinos colgando. Durante varias horas estuvo gimiendo, y cuando murió pensé: por fin. Podías volverte loco escuchando sus lamentos. Los niños lloraban. Todo el tiempo. Los padres trataban de confortarlos. Los terroristas caminaban entre nosotros. En medio del teatro habían dispuesto una gran cantidad de explosivos. Y me refiero, realmente, a una enorme cantidad. Se trataba de la montaña de la muerte. Me senté a unos metros de distancia y pensé: nunca sobreviviremos. El líder Barajev parecía un desequilibrado. Llevaba numerosas granadas colgadas de la ropa y posiblemente estaba bajo la influencia de sustancias estimulantes.»

—«Yo he venido a Moscú para morir» —exclamó Hannah.

—¿Qué? —Niels levantó la vista.

—Eso dijo el líder. Lo recuerdo. «Yo he venido a Moscú para morir.» Esa declaración fue difundida en los periódicos daneses.

Niels leyó más:

—«En cierto momento se produjo un dramático episodio entre un rehén y un terrorista. Una madre joven estalló bajo la presión. Ella estaba sentada con sus dos niños pequeños en las rodillas. Uno de ellos era sólo un bebé. El segundo, de unos cinco años, estaba temblando de miedo. De repente, la madre se levantó y comenzó a gritar a los terroristas. Les llamó psicópatas, asesinos y cobardes, incapaces de hacer otra cosa que matar a mujeres y niños. Los terroristas la derribaron al suelo junto con sus hijos. Los niños gritaban. No había duda de que los terroristas les dispararían sin contemplaciones. Pero entonces intervino un hombre joven que estaba sentado en la fila de atrás. Se ofreció para que lo mataran a él en lugar de a la madre y los niños. Todavía me acuerdo de la elección exacta de sus palabras: "Déjame aprovechar sus balas. Puedo aguantarlas mejor." Un terrible silencio se adueñó del teatro. Todo el mundo contuvo la respiración. El terrorista vaciló, pero finalmente asintió con la cabeza e indicó a la mujer y los niños sus asientos. El joven se acercó. Parecía muy tranquilo. Es la imagen más clara que conservo de aquella experiencia terrible: la calma en los ojos de aquel joven cuando se acercó para recibir el disparo. Barajev se aproximó. En aquel momento nadie sabía su nombre, pero estaba claro que era el líder. Comenzó a echarle en cara los crímenes cometidos contra los chechenos, cómo los despiadados rusos los habían masacrado en Grozni. Estaba furioso. Toda su familia había sido aniquilada por los rusos. El odio brillaba en sus ojos cuando levantó su arma y encañonó la frente del joven, pero no pasó nada. No apretó el gatillo. Miré al joven y vi que estaba calmado, esperando lo que fuera a suceder. Al final se sentó en su asiento mientras los demás terroristas se miraban sorprendidos unos a otros. ¿Por qué Barajev no había disparado? ¿Qué le había hecho desistir? Por supuesto que no puedo responder a eso, pero fue algo que provenía del joven. Algo que irradiaba de él. Algo en sus ojos. No tengo duda de que ese día, en el teatro Dubrovka, fui testigo de un auténtico milagro.»

—Éstos deben de ser la mujer y los niños. —Hannah había cogido una fotografía.

—Sí. —Niels miró a la guapa madre con sus dos hijos. El pequeño ya no era un bebé. Sin duda la foto había sido tomada un par de años después de la acción terrorista.

—¿Crees lo mismo que yo? —Niels no discernió si había una sonrisa en los labios de Hannah.

—Sí —contestó—. El joven del teatro fue Zjirkov. Él salvó a esa madre y sus hijos.

—Pero ¿por qué le encarcelaron? Era un héroe.

Hubo un silencio. Hannah se levantó y anduvo hacia el mapa

donde los alfileres se extendían en un diseño aparentemente aleatorio.

—Tal vez la experiencia en el teatro le llevó a criticar al gobierno ruso —pensó Niels en voz alta—. Así que por eso el Memorial se había interesado por él.

—¿Quieres decir que fue encarcelado por mostrarse crítico con el sistema?

—Probablemente.

—Pero ¿quién le asesinó?

Niels se sentó con un nuevo documento.

—Parece una copia impresa de una revista *online*. Tal vez publicada por el Memorial. «Oficialmente, todavía es un misterio quién mató a Vladimir Zjirkov, pero para las voces críticas con el sistema, como el genio del ajedrez Gary Kasparov, no hay dudas: «Putin mató a Zjirkov.» El compañero de Zjirkov que está en la cárcel, Igor Dasajev, el que descubrió su cadáver, tiene otra explicación: «La noche antes del asesinato de Vladimir Zjirkov vi la sombra de un hombre cerca de Zjirkov, que estaba durmiendo. No sé cómo se metió en la celda y no sé qué hizo dentro. Pero estoy casi seguro de que tuvo algo que ver con la muerte de Zjirkov. Yo estaba muy asustado. Como en una película de miedo.»

—Me suena bien tu inglés.

Niels sonrió y dijo:

—Pero ¿cómo pudo un hombre entrar en su celda? La cárcel de Butyrka está fuertemente custodiada. No me parece creíble.

—¿Dice algo de la marca en la espalda?

—No, no veo nada sobre eso.

Indre by, centro de Copenhague

El sacerdote estaba en su despacho, Abdul Hadi podía verlo claramente. La sacristía daba a un jardín abierto al público. Abdul se sentó en un banco a poca distancia. Pegada a la iglesia había una guardería infantil llena de niños y empleados. ¿Por qué no se lo había mencionado su rollizo primo? No es que eso estropeara nada, el plan estaba diseñado, pero le irritaba no poder volar la iglesia por los aires. Habría estado bien: la fachada de la iglesia desmoronándose sobre la zona peatonal, explotando en mil pedazos. Vitrales hecho añicos, un templo demolido y un sacerdote machacado darían la vuelta al mundo en un tiempo récord. Copenhague se uniría al listado en el mapa del nuevo mundo. Un mapamundi en el que cada vez habría más victorias. «Íbamos en la dirección correcta. La decadencia occidental estaba a punto de romperse desde dentro. Una vida basada en la explotación de los demás, de culto sexual pervertido hacia los niños.» ¡Los niños! Abdul Hadi podía verlo en los maniquís de los escaparates: pechos diminutos que aún no alcanzaban la madurez sexual ya se mostraban sin ropa, y obviamente no escandalizaban a nadie. La gente pasaba por su lado con sus grandes paquetes, su religión era la del dios de las compras. Durante su mayor fiesta religiosa comían cerdo, compraban cantidades insultantes de regalos para sus hijos y se quejaban de que no hubiera democracia en Oriente Medio. Lo que irritaba a Abdul era que su hermano hubiera viajado a Europa. Aun así, debía vengar su muerte.

Metió la mano en su bolsillo y rebuscó. El cuchillo seguía

ahí. Se lo había dado su primo cuando lo recogió. Su rolliz[...]
mo. Se había enfadado porque Abdul Hadi había tenido[...]
apearse del tren, y él apenas se atrevía a llevarle a través del p[...]
te a Dinamarca. «Un ejército durmiente.» Abdul le había[...]
prendido. Le gritó en el coche cuando su primo le dijo que[...]
quería llevarle.

Un Papa Noel caminaba por la calle, los niños corrían tras [...]
Abdul se puso en pie y caminó hacia la iglesia.

La iglesia estaba vacía. En una pared colgaba una gran cruz
de madera con una figura de Jesús. Dejaría al sacerdote allí colgado cuando terminara con él. También ésta sería una imagen
que acabaría en los medios occidentales. Iconografía. Era importante. La población occidental se reafirmaba a sí misma sólo con
objetos y elementos externos: prendas de vestir, apariencia, espejos, fotos, coches, televisión, publicidad. Abdul pensaba en
eso mientras memorizaba la disposición de las cosas en la iglesia.
Los occidentales no tenían un diálogo interior, no hablaban con
Dios.

Una mujer se acercó a él, y al intuir que no hablaba danés le
habló en inglés:

—La iglesia está cerrada. —Sonrió y agregó—: El viernes por
la noche es la misa del Gallo, si le interesa.

—Gracias.

Salió afuera. La luz se apagó en la guardería. La iglesia estaba
cerrada. Abdul Hadi fue hacia la sacristía, donde habían preparado una ventana para él. Le hubiera gustado rezar antes, pero
no tenía tiempo. Acababa de ver al sacerdote poniéndose la chaqueta, ahora era el momento.

...nah sirvió café y derramó un poco sobre la mesa. Lo ... con un trapo.

—¿Eso es todo? —preguntó ella.

—Sí. Veintiún casos.

—Desde la Antártida a Caracas. Con escapadas a África y ...sia. —Por fin le miró—. En principio, podrían ser más.

—¿Por qué lo crees?

Ella hojeaba los papeles. Encontró al ruso.

—Él es el número treinta y uno.

—Exacto.

—También están el treinta y tres y el treinta y cuatro. Russel Young de Washington DC y Raj Bairoliya de Bombay. Y quizá no se termine ahí. Hay un montón de vacíos en la secuencia. —Miró el mapa—. Tenemos a Chama Kiwete de Oldupai George en Tanzania, con el número uno. María Saywa de Perú, número seis. Amanda Guerreiro de Río de Janeiro, el siete. Ludvig Goldberg de Tel Aviv, el diez. Nancy Muttendango de Nairobi, el once. Hay muchos vacíos. ¿Dónde están los demás?

—Supongo que ya irán apareciendo —repuso Niels.

—¿Sabes que Oldupai George es el lugar donde se encontró el primer humano conocido? Y allí asesinaron al número uno. Chama Kiwete.

Niels la miró y negó con la cabeza.

—No creo que en todos los lugares hayan reparado en los números de la espalda, o que se haya informado de todos los casos. Hay países tan colapsados por la guerra civil y la hambruna que no tienen tiempo para resolver simples casos de asesinato. Si unos pocos médicos o enfermeros voluntarios caen muertos en Botswana o... No podemos controlarlo. —Niels no estaba seguro de si ella escuchaba—. Sin embargo, Tommaso di Barbara parece un hombre meticuloso. ¿Cómo habrá conseguido todo este material?

Hannah se quedó mirando el mapamundi con los veintiún alfileres clavados: todos los asesinatos registrados. Un diminuto bosque de destinos. Un mundo de víctimas de asesinato envuelto en el humo de su cigarrillo.

Ella estaba absorta. Hablaba para sí, casi canturreando:

—Cosco, Río, Tel Aviv, Nairobi, Johannesburgo, Chicago, Thunder Bay, McMurdo, Pekín...

—¿Qué pasa con la sincronización? —interrumpió Niels.

—Siete días de intervalo, al parecer. —Miró el mapa—. Hay siete días entre un asesinato y el siguiente.

—¿Hay otras similitudes? ¿Los han cometido a la misma hora del día?

Ella dudó. Apagó el cigarrillo en un plato.

—Es difícil saberlo. Sólo hay una hora exacta en un par de asesinatos.

—¿Podría ser por orden alfabético?

—Espera un momento.

—¿Qué has visto?

Fue un minuto. Se quedó tan inmóvil que Niels hubiera creído que era una mujer de cera. Por fin dijo:

—La puesta del sol. Estoy casi segura. —Y hojeó los archivos. Niels estaba expectante—. Al cabo ella dijo—: Los asesinatos se cometen cada siete días, los viernes, probablemente cuando el sol se pone. Y así debe ser.

—¿Y qué significa eso?

No hubo respuesta.

—¿Qué pasa con la distancia entre las escenas del crimen? —añadió él—. Los tres mil kilómetros. ¿Se ajustan a algo?

Todavía no hubo respuesta. Niels intuyó que la estaba molestando. Pero no se detuvo:

—Hannah. Los tres mil kilómetros... ¿O ves otras conexiones?

Finalmente, ella levantó la cabeza.

—No entiendo de dónde viene esto de «la gente buena». Ahora que hemos repasado las víctimas, con sus respectivos informes, comprobamos que en su mayoría eran médicos y trabajadores sociales. Los que trabajaban para ayudar a los demás sólo son una parte de los asesinados. El de Israel era profesor de bachillerato y ex militar. —Negó con la cabeza y preguntó—: ¿Qué dijo el italiano acerca de la Biblia?

—Los treinta y seis Justos. Aparentemente es una tradición judía.

—Es la primera vez que lamento no haber atendido en las clases de religión de la escuela. ¿De qué se trata?

—No lo sé muy bien. —Niels se encogió de hombros—. Probablemente no sea una pista creíble.

—¿Qué es una pista creíble? Sólo quiero entender tus prioridades.

—No hay lógica en la elección de las víctimas. Fácilmente podríamos identificar a estas personas como las que han hecho más cosas buenas.

—No lo sé. Pero mira en el mapa. —Ella levantó la mano.

—Tampoco tiene sentido. Sin embargo, creemos que hay una conexión. La pregunta es si resulta útil.

Niels miró el mapa. Ella tenía razón: la pregunta era si daba sentido a los asesinatos. Hannah ya se había sentado al ordenador.

—Los treinta y seis Justos. ¿Eso es lo que hay en el archivo? —Antes de que Niels respondiera, Hannah ya había empezado a leer en voz alta de Wikipedia—: Tzadikim Nistarim. «Los justos ocultos», eso es. Los hombres buenos de Dios en la Tierra. Algunos creen que con la ausencia de uno solo la humanidad perecerá.

—Y por el momento eso no está confirmado. —Niels sonrió.

—Otros dicen que los treinta y seis morirán antes de que la humanidad desaparezca. Aquí puedes leer sobre esto. —Con letra rápida le escribió la dirección: http://en.wikipedia.org/wiki/Tzadikim_Nistarim—. Trabajaré con esto ahora. ¿No es Weizman su nombre?

—¿Quién?

—El Gran Rabino de la calle Krystalgade.

—Puedes leer sobre eso aquí.

Niels se puso de pie.

—Sin duda, va a ser un caso en que todo el mundo saque sus informaciones de Wikipedia. —Se detuvo. Se sentía inferior a ella, no había dudas, como si fuera un Skoda que había aparcado junto a un Ferrari. Tal vez por eso sonó enfadado cuando agregó—: Pero sigue siendo obligatorio salir al mundo para investigar los asesinatos.

Niels recogió sus cosas en una pequeña carpeta. Bolígrafo, teléfono móvil, el calendario, notas. Sus ojos se posaron en el nombre de Abdul Hadi. Sacó el calendario y las anotaciones acerca de él.

—El asesinato en Bombay. ¿Cuándo fue eso? —Hannah hojeaba las páginas del fax. Niels la ayudó:

—Anotaste la fecha en el mapa.

—¡Ah, sí! —Ella encontró el alfiler en la India—. Raj Bairoliya. El veintiuno de diciembre. ¿Adónde vas? ¿Algo va mal?

—No, probablemente sólo es una coincidencia.

—¿Una coincidencia?

—Te llamaré más tarde. —Y Niels se marchó.

Ella dijo algo, pero él no lo oyó. Sólo tenía un pensamiento en su cabeza: Abdul Hadi había estado en Bombay el doce de diciembre.

Hannah miró el coche de Niels mientras giraba para salir a la carretera. Miró la matrícula. 12 041 II.

—No puede ser una coincidencia —se dijo.

32

Casa Hospicio Hermanos Fatebene, Venecia

—Ochenta céntimos...

La madre de Tommaso había dormido inquieta las últimas dos horas. Cada vez que la hermana Magdalena la había mirado, murmuraba en sueños. Pero ahora escuchaba por primera vez lo que decía la madre de Tommaso: 80 céntimos.

—¿Por qué lo dice, señora Bárbara?

—No tiene que pagar los ochenta céntimos.

—¿Quién no tiene que hacerlo?

—Mi hijo.

La anciana trató de sacar su brazo fuera de la colcha. Magdalena la ayudó y la madre de Tommaso agarró su mano. Todavía había fuerza terrenal en ella.

—Díselo.

—Descuide, así lo haré.

—Dile que no tiene que pagar los ochenta céntimos.

—¿Por qué no?

—En caso de que muera.

—¿Cómo es eso?

La anciana sacudió la cabeza.

—¿Qué es lo que cuesta ochenta céntimos? —insistió sor Magdalena.

La anciana respondió con voz llorosa:

—No logro verlo.

Sor Magdalena asintió con la cabeza. Así era a menudo. Había una fisura desde la que los moribundos podían ver el futuro, la vida después de la muerte. Nunca la visión completa, siempre fragmentada. La señora Bárbara se quedó dormida de nuevo. Tal vez en el sueño lograra una imagen más exacta de lo que su hijo no debía pagar. Hay muchas cosas que cuestan ochenta céntimos. Pan. Leche. Un café. Magdalena volvió a la oficina y llamó a Tommaso. Él no respondió.

33

La sinagoga, Copenhague

Parecía una fortaleza.

Fue el primer pensamiento de Niels cuando salió del coche en la calle Krystalgade y contempló la sinagoga, rodeada por una alta verja de hierro forjado, negro. Dos guardias de seguridad estaban situados a cada extremo de la calle y se paseaban para entrar en calor. Contratados por la comunidad judía, sin duda. En la pared se leía una pintada: ¡PALESTINA LIBRE AHORA! Y debajo: MURO DE LAS LAMENTACIONES, LOS PALESTINOS ESTÁN LLORANDO. Niels pensó en cuántos mediadores perderían su trabajo si el viejo conflicto por fin pudiera resolverse. En otro tiempo hubiera habido un debate en la radio sobre si la mitad de la plaza de los Israelitas en Copenhague debería llamarse plaza de los Palestinos. De todos los conflictos del mundo, el palestino-israelí era el más fácil de exportar.

Llamó al intercomunicador de la puerta y esperó.

—Niels Bentzon, policía de Copenhague.

—Un momento.

Niels esperó de nuevo. Leyó el panel de información: el edificio tenía más de 175 años de antigüedad. Los doce pilares representaban a las doce tribus de Israel. «Han recorrido un largo camino las doce tribus», pensó. La sinagoga era un poco solitaria, casi humilde en su posición respecto a los otros edificios. Había creado controversia establecer una casa de Dios judía en el corazón de Copenhague. Y sobre ese asunto las cosas no habían cambiado mucho. Ahora los musulmanes tenían derecho a construir una gran mezquita en Copenhague, que era el tema es-

pinoso en estos días. Por fin se abrió la puerta con un débil cru-
jido. Niels entró y la puerta se cerró detrás de él. Por un momento no supo por dónde ir, pero una voz lo guio:

—Es por aquí. —Un hombre sonriente de cincuenta años salió a su encuentro en el aparcamiento situado junto a la sinagoga.

Niels reconoció al Gran Rabino por entrevistas en la televisión. Barba canosa.

—Niels Bentzon.

—Martin Weizman. Tenemos un día frío hoy —añadió, y le
cogió la mano a Niels, que asintió con la cabeza—. ¿Ha estado
en la sinagoga antes?

—Nunca.

—Pues bienvenido —dijo sin soltarle la mano—. «Sinagoga»
significa «parroquia» en griego, así que no es un sitio peligroso.
Vamos.

Rodearon el edificio. Weizman introdujo un código y abrió
una puerta.

—Sé muy bien que aparenta ser una especie de Fort Knox.
Después de la bomba de 1985, las normas de seguridad se han re-
forzado bastante.

Niels lo recordaba. Una bomba terrorista muy potente que
milagrosamente no había costado vidas humanas. Causó una
destrucción considerable, entre otras cosas volando todas las
ventanas del sanatorio detrás de la sinagoga.

—Debes ponerte esto. —El rabino se volvió hacia él.

Niels miró sorprendido la kipá judía que le tendía y se la
puso.

—Y el teléfono móvil.

—¿Tengo que apagarlo?

—Ponlo en modo silencio. Yo mismo lo hago. Dios no dijo
nada acerca de los móviles. Se mantuvo fiel a las ovejas y cabras.

Niels sonrió y puso el teléfono en silencio. Una nueva puerta. Entraron en la sinagoga.

Niels trató de parecer impresionado, pues el rabino estaba
expectante a su reacción. No obstante, le pareció una iglesia
como cualquier otra.

—Es una de las sinagogas más antiguas de Europa —ilustró

el Gran Rabino—. La mayor parte fue destruida durante la guerra, pero también en este aspecto los judíos daneses fueron relativamente perdonados.

Niels asintió con la cabeza.

—Originalmente, la tarea de construir una nueva sinagoga en Copenhague se le otorgó al constructor de la ciudad: Peter Meyn.

—¿Una nueva? ¿Ha habido otras?

—Así es. —Weizman asintió—. En Læderstræde. Sin embargo, resultó destruida cuando el incendio de 1795 quemó parte de Copenhague. ¿Por dónde iba? Ah, sí: Peter Meyn, el constructor de la ciudad. Su propuesta fue considerada pero no aceptada, y en cambio dieron la tarea a G. F. Hetsch, que era un reconocido profesor de la Academia. Su solución puedes verla aquí. —Weizman hizo un gesto con la mano abarcando todo el recinto—. Lo hizo muy bien, ¿verdad?

—Creí que había altar en una sinagoga.

—Dado que no sacrificamos, no necesitamos altar. Llamamos a la plataforma de arriba *bihma*, o *tabá*. Ahí es donde oramos y leemos la Torá, o cantamos. Se requiere técnica, saber cómo y cuándo debe subir o bajar el tono. No se puede leer el texto tal cual. Y allí —señaló— guardamos los rollos de la Torá. El armario de la Torá se orienta hacia Jerusalén. Se llama *aron hakkódesh* o *hekhál*. Lo más destacado del servicio es cuando el armario se abre y los rollos de la Torá se doblan hacia fuera. *Ner tamid* es la luz eterna, en memoria del candelabro de siete brazos del Templo de Jerusalén.

—El Muro de las Lamentaciones.

—Exactamente. El Muro de las Lamentaciones en Jerusalén es la única cosa que quedó del templo. Los romanos lo destruyeron en el año 70. Pero volvamos al tema que nos ocupa. Como puedes ver, no somos tan diferentes de los cristianos. Únicamente es que nuestro mayor servicio de culto semanal no se hace el domingo, sino el *sabbat* por la mañana. —Respiró hondo y miró a Niels. Resultaba claro que estaba acostumbrado a ofrecer ese tipo de aclaraciones ilustrativas. A menudo había grupos escolares que visitaban la sinagoga—. Si lo he entendido bien, vamos a hablar de Tzadikim Nistarim. Los treinta y seis hombres justos. A menudo llamados Lamed Vav Tzadikim. Podemos sentarnos aquí.

Niels lo siguió hasta la parte de atrás de la sinagoga. El rabino olía a tabaco. Tenía los dedos índice y corazón manchados de nicotina. Niels resumió el caso.

—Así que piensas que están matando a los que nos salvarán.

—Weizman sacudió la cabeza—. Una locura. Una locura. Me pregunto si merecemos estar aquí. —Respiró hondo, aire nuevo en los pulmones y una pequeña sonrisa—. Bien, qué quieres saber.

—Lo más posible. ¿De dónde viene la leyenda? Si leyenda es el término correcto.

—Si es adecuado para ti, no hay problema. —Se encogió de hombros—. Tzadikim Nistarim. Los treinta y seis hombres justos. —Reflexionó un momento—. Viene del Talmud.

—¿Del misticismo judío? ¿La Cábala?

—No, no va por ahí, afortunadamente. Si fuese así nos saldrían canas antes de terminar. —Se echó a reír—. La Cábala se la dejamos a Hollywood, que siempre la tenga como reserva por si no encuentran finales adecuados. —Otra risita socarrona.

—Así pues, ¿viene del Talmud?

—Sí. El Talmud es la doctrina oral judía. Son comentarios de la Torá, originalmente escritos en arameo y no en hebreo, aunque los dos idiomas estén relacionados. Fue antes de que el hebreo tuviera un renacimiento como lengua oficial del nuevo estado de Israel; durante muchos años sólo se había hablado en oraciones y servicios religiosos. Pero no dejemos el Talmud. —Hizo una breve pausa para decidirse por dónde comenzar—. El Talmud consistía en la Mishná y la Guemará. La Mishná son las palabras de Dios tal y como Moisés las recibió. La Guemará es el comentario rabínico y las discusiones acerca de la Mishná. Hay dos Talmud: Jerushalmi y Bavli. El judaísmo se basa en el Bavli. El Talmud es una gran obra con veintiuna partes de mil páginas cada una. Fue creado después de la destrucción del segundo templo en el año 70. Los rabinos, en esos días, temían que el judaísmo simplemente desapareciera, así que decidieron escribir las leyes y preceptos que en ese momento constituían su base. Es una obra que trata de todo lo que hay bajo el sol. Política, leyes y cuestiones éticas. Uno podría llamarlo protocolos legales. Cómo debemos comportarnos. Quién tiene la razón en diferentes asuntos civiles...

—¿Por ejemplo?

—Es muy simple. —Pensó un momento—. Por ejemplo, podría ser que un hombre haya perdido su bastón. Ten en cuenta que el Talmud es anterior a la fabricación de cualquier andador actual. —Sonrió de nuevo—. Digamos que un hombre ha olvidado su bastón en el mercado y, por una u otra razón, tarda tres meses en volver para recuperarlo. Allí, una anciana ya lo está usando. ¿Tiene derecho a él? ¿O pertenece todavía al hombre? ¿Qué significa ser propietario de algo? También podría ser una parcela de tierra.

—¿Las leyes de propiedad?

—Por ejemplo. Un hombre deja su casa por... qué sé yo. Puede haber muchas razones: guerra, hambre, lo que sea. Cuando regresa después de tres años, la casa está habitada por otros. ¿Quién tiene ahora derecho a vivir en la casa?

—Suena como si fuera algo enigmático.

—En grado sumo. Sin embargo, muchos de los casos sientan precedente. Cuando has encontrado la solución a uno puedes hacer un paralelismo con una larga serie de casos similares.

—¿Un poco como el sistema jurídico moderno de sentar jurisprudencia?

—Podría decirse así. El Talmud fue escrito como una discusión entre rabinos, durante los años 100 y 500 de nuestra era, con unas especiales reglas mnemotécnicas. En un estilo discursivo, asociativo, que se construía alrededor de alegorías y parábolas que hacían el texto muy abierto a la interpretación. Sorprendentemente, cada parte comenzaba con una especie de prueba: la resolución de un problema. Para los que estamos acostumbrados a las matemáticas era como seguir una ruta de acceso a la conclusión. En verdad, un camino a menudo largo y sinuoso. —Sonrió de nuevo—. El Talmud es para personas que tengan mucho tiempo libre y gafas gruesas.

—Yo no tengo mucho tiempo.

—Lo entiendo. Si el Talmud hubiera sido una obra moderna, probablemente sería difícil encontrar una editorial que quisiera publicarlo. Ahora las cosas se basan en la velocidad. Nos domina ese maldito miedo a perder algo. Y precisamente por eso perdemos tanto. Sueno como un viejo, ¿verdad? Me lo dicen mis hijos. —Se echó a reír.

Niels sonrió, pero quería volver al tema.

—¿Y en el Talmud aparecen esos treinta y seis hombres buenos?

—Vamos a llamarles los Justos. Es más preciso. Tzadikim, es decir, los Justos. Los treinta y seis hombres Justos.

—¿Por qué treinta y seis? Dieciocho es un número sagrado y...

—Veo que te has informado. —Otra sonrisa irónica—. Dieciocho es un número sagrado, y el doble es treinta y seis. Es probable que no haya respuesta de por qué ese número de Justos. Sin embargo, existe la teoría de que cada uno de ellos cubre diez días del año. Treinta y seis. Trescientos sesenta. Y eso nos acerca a la astrología. Se trataría de algo que abarcaría, por cada uno de los treinta seis Justos, diez grados de la Tierra. —Alzó los brazos con una sonrisa—. No puedo contestarte. Pero sé que en el folklore judío se los llama los «santos ocultos». *Lamedvovniks* en yidis.

—Pero los buenos... lo siento, los Justos, ¿no saben que lo son?

—Sabes bastante del tema, ¿eh? No, sencillamente no saben que son los Justos. Sólo Dios lo sabe.

—Pero entonces ¿cómo podemos saber quiénes son?

—Tal vez la intención de Dios sea que no lo sepamos.

—¿Son todavía treinta y seis?

—Tenemos que suponer que sí.

—Pero ¿qué pasa si alguno muere?

—Si todos van muriendo la humanidad perecerá. Según la Cábala, que tanto le gusta a Hollywood, si los treinta y seis desaparecieran, el mismo Dios moriría.

—¿Y hay treinta y seis en cada generación?

—Exactamente. Treinta y seis, y entre todos cargarían con los pecados de la humanidad sobre sus hombros. Podría ser, no lo niego.

—¿Y usted lo cree?

El rabino pensó un momento.

—Puedo entender la idea. Mira el mundo que nos rodea: guerra, terror, hambre, pobreza, enfermedad. Toma el conflicto de Oriente Medio, una zona que guarda un inmenso odio, inmensas frustraciones. Siempre con la posibilidad de que haya un hombre bomba a la vuelta de la esquina, donde los puestos de control y las alambradas se han convertido en parte de la vida cotidiana. Cuando miro ese mundo desde de mi pequeña torre de marfil danesa, me gusta pensar en la posibilidad de que al menos haya treinta y seis Justos en la tierra. Pequeños pilares humanos que garanticen que podamos mantener un nivel mínimo de bondad y rectitud.

Hubo una pausa.

—¿Estás buscando un asesino? —preguntó el rabino de repente.

A Niels lo pilló por sorpresa. No supo qué responder.

—¿O una víctima? —añadió el religioso.

Elsinor

Hannah intentó encestar el paquete de cigarrillos vacío en el cubo de la basura, pero su pésimo lanzamiento acabó con la cajetilla aterrizando en el suelo. Se sentó y miró el mapa y las múltiples anotaciones que había escrito poco a poco. No detectaba ni un indicio de conexión entre las diversas escenas del crimen. Varias zonas del mapa aparecían prácticamente vacías, mientras que en Oriente Medio había muchos asesinatos, tanto en La Meca como en Tel Aviv. Por un momento le pasó por la cabeza deshacerlo todo. Tal vez le convendría llamar a Niels y decirle que se daba por vencida. Ese caso no tenía nada que ver con ella. Sin embargo, había algo que le impedía hacerlo. Al principio pensaba que era el plan, el diseño de los crímenes. Porque ella sabía que había uno. Sólo tenía que encontrarlo. Lo planificado sistemáticamente siempre la había atraído: la clave tenía que ser encontrada. Si tuviera más cigarrillos. Si tuviera...

¡Eureka!: las víctimas no tenían hijos. Animándose, hojeó sus notas en busca de otras similitudes. ¿Religión? No: eran cristianos, judíos, musulmanes, budistas, ateos e incluso un pastor baptista de Chicago. ¿Color de la piel? Tampoco. ¿Edad? Dudó. Aquí había algo, quizás apenas significativo, pero era algo: todas las víctimas tenían entre cuarenta y cuatro y cincuenta años. ¿Mera coincidencia? Quizá. Pero no necesariamente menos interesante por esa razón. Durante sus muchos años como investigadora, Hannah había aprendido que lo que a primera vista parecía una coincidencia y nada más que una coincidencia, podía ser justo lo contrario. Veintiuna personas asesinadas. Todas entre cuarenta y cuatro y cincuenta años de edad. Ninguna con hijos. Debía de tener algún significado.

Empezó a recoger todos los papeles en una caja. El fax, notas, mapa. En principio iba a salir sólo para comprar cigarrillos, pero ahora decidió llevarse todo consigo. Trató de contactar con Niels para que le explicase adónde había ido, pero no contestaba al teléfono.

El aire frío la golpeó cuando salió de la casa, pero el frío era estimulante. Hannah rara vez salía de casa. Había semanas en las que sólo caminaba alguna vez hasta el agua e iba al supermercado Netto. El resto del tiempo lo pasaba dentro de casa, haciendo... ¿qué? No lo sabía. Era casi lo peor, que había días, muchos días, que cuando se iba a la cama por la noche no era capaz de explicarse lo que había hecho durante el día. Tal vez el hecho de ser consciente de ello le producía un pequeño desasosiego interior. Sólo lo aplacaba poniendo en marcha el coche y conduciendo por el camino de tierra hacia la carretera.

35

La sinagoga, Copenhague

Niels se puso de pie. Por un momento se sintió incómodo porque Weizman se había quedado sentado. Luego el Gran Rabino le acompañó.

—¿Tienen alguna característica especial los treinta y seis? ¿Algo que los una?

—Sólo la justicia. La bondad, como tú la llamas. ¿No es suficiente?

Niels esperaba. No era del todo suficiente.

—¿Puede nombrar alguna persona que haya llegado a ser reconocida como uno de los treinta y seis?

Weizman se encogió de hombros.

—Cuando hablamos en los entierros es típico que surjan este tipo de planteamientos. Para conmemorar una muerte y decir lo mucho que ha significado el difunto para mucha gente.

—¿Podría nombrar a alguno?

—No lo sé. No estoy seguro de que mi propuesta sea mejor que la tuya. Pero a menudo desearía regresar a la Segunda Guerra Mundial. Oscar Schindler. La Resistencia en los países ocupados. Las personas que trataron de impedir el exterminio de los judíos. Pero como te he dicho, tu hipótesis puede ser tan buena como la mía. —Miró a Niels. Un par de hombres con sombreros, vestidos de negro, entraron y saludaron a Weizman—. Tengo una reunión en un rato. ¿Te he servido de algo?

—Un poco. Gracias por su tiempo.

El rabino lo acompañó a la puerta y le dio la mano.

—Ahora estás a sólo dos apretones de mano de Hitler —dijo, y le apretó la mano con firmeza.

—No entiendo.

—En una conferencia en Alemania, una vez colaboré con un oficial que había trabajado para Hitler. Cuando apreté su mano, pensé: ahora estoy sólo a un apretón de manos de Hitler. —No soltaba la mano de Niels—. Así que, recuérdalo, ahora sólo estás a dos apretones de distancia de la maldad, Niels Bentzon.

Hubo un silencio. Niels notaba caliente el fuerte apretón del rabino.

—Tal vez sea lo mismo con la bondad —añadió—. Nunca estamos lejos de lo bueno. Y es inspirador. Piensa en Nelson Mandela. Un hombre que cambió todo en su país. Al igual que Gandhi. Y vuestro Jesús. —Sonrió—. Dicen que todo el mundo en Sudáfrica se ha reunido o conoce a alguien que se ha visto con Mandela. Nada es más importante que un apretón de manos con el líder. Igual de rocambolesca es la idea de que sólo se requieren treinta y seis personas para mantener a raya la maldad, no muy lejos. Recuerda que toda alteración de la historia del mundo, tanto buena como mala, se ha basado en sujetos individuales.

Entonces por fin soltó la mano de Niels.

La luz era brillante y el frío persistía. Por lo menos Niels tenía la sensación de estar de vuelta a su propio mundo. De repente no supo qué hacer con sus manos. La imagen de Hitler se le había quedado en la mente. Las metió en los bolsillos y elevó la mirada para contemplar la sinagoga. Sintió un ligero temblor en la cintura: el móvil estaba vibrando. Cuando lo sacó comprobó que Rosenberg lo había llamado seis veces.

—Soy Bentzon.

—¡Por fin! —Una respiración entrecortada—. Creo que un hombre ha entrado por la fuerza.

—¿Está en la iglesia?

—Sí. Me he encerrado en la oficina. Pero la ventana es de cristal.

—¿Seguro que hay alguien ahí?

—La puerta estaba rota.

—¿Ha llamado a emergencias?

Interferencias en la línea. Tal vez se le había caído el teléfono.

—¿Rosenberg?

De repente, el sacerdote volvió y susurró:

—Puedo oírle.

—Quédese donde está. Llegaré en... —Niels iba por una calle de tráfico denso y lento. Tuvo el impulso de pedir refuerzos, pero se arrepintió. Los segundos eran cruciales. Echó a correr—. ¡Tres minutos!

36

*Centro de Cosmología Oscura de la
Universidad de Copenhague*

Teniendo en cuenta que estaba en el edificio que albergaba a los científicos internacionales que investigaban la materia cósmica oscura, el Centro de Cosmología Oscura, resultaba paradójico que estuviera bien iluminado con unos focos exteriores. Hannah se apeó del coche. Desde la muerte de Johannes habían pasado años, Gustav había desaparecido y su prometedora carrera académica se había extinguido. En todos esos años nada había cambiado en el edificio. Era una idea a la vez aterradora y alentadora. Tomó la caja del asiento de atrás y entró en la institución. Un par de jóvenes investigadores o estudiantes la adelantaron por la escalera, pero nadie notó su presencia. Se acercó al segundo piso, donde estaba su antigua oficina. Estaba vacía: la hora del café. Entró en su despacho sin molestarse en leer la placa con el nombre de su actual ocupante, ni de llamar a la puerta, solamente entró.

A pesar de que sólo tardó un momento en establecer contacto visual con el joven investigador sentado al escritorio, le dio la sensación de estar en casa otra vez. Percibió el olor, los sonidos, la atmósfera cerrada pero acogedora. Aquellos dos viejos carteles seguían en las paredes. Los estantes colgaban de los mismos lugares de siempre.

—¿Perdón? —dijo el joven, a pesar de que no tenía nada de qué disculparse—. ¿Teníamos cita?

Hannah continuó observando el despacho. Una foto de dos niñas. Un dibujo encima del ordenador. PARA PAPI DE IDA Y LUNA, ponía con escritura infantil.

—¿Buscas a alguien? —preguntó él.

—Éste es mi despacho —dijo Hannah casi sin darse cuenta.

—Creo que debe de tratarse de un malentendido. He tenido este despacho desde hace más de dos años. —Se puso de pie. Por un momento ella temió que se hubiese enfadado, pero él le tendió la mano y se presentó—: Thomas Frink, doctor, estudiante.

—Mi nombre es Hannah. Hannah Lund.

Él la miró como tratando de ubicar su nombre y casi estuvo a punto de conseguirlo, pero aún tenía dudas.

—¿Qué investigas?

—La materia oscura —contestó Hannah.

—Yo me dedico a las explosiones cósmicas.

—Thomas, ¿tienes un minuto?

Hannah reconoció la voz detrás de ella. Un hombre mayor estaba en la puerta, hombros encogidos, espalda encorvada y mirada infantil.

—¿Hannah? —El viejo profesor la miró con asombro—. Pensé que eras...

—¿Holmstrøm?

Él asintió con la cabeza y le dio un torpe abrazo. Su barriga era prominente. De pronto la miró casi con severidad.

—Antes de que me digas qué estás haciendo actualmente, piénsalo bien. Porque, diablos, tiene que ser algo muy importante para justificar que no estés más aquí, de lo contrario me enfadaré mucho.

—Es una larga historia. —Ella levantó inquieta las manos—. ¿Cómo estás?

—Bien, excepto que hemos sufrido recortes. El dinero se ha ido al medio ambiente. Sólo tienes que llamar al ministro de Ciencias y susurrarle la palabra «clima», y ya pueden ser las tres de la madrugada que tendrás millones por la mañana. —Soltó una risita. Siempre lo había dicho—: El dinero está en el clima.

—Y en los votos de las próximas elecciones —agregó Thomas Frink y miró la pantalla de su ordenador.

—El clima. —Hannah miró seriamente a Holmstrøm—. El ser humano ha adoptado los dioses equivocados.

—¿Qué dioses?

—Ellos mismos —sonrió ella.

Se hizo un breve silencio. Un silencio que urgía ser roto.

—¿Has traído una caja? —Holmstrøm señaló la caja.

—Sí.

Él esperó que ella revelara lo que había en la caja, pero en cambio Hannah preguntó:

—¿Sabes si el auditorio en el antiguo departamento está libre?

37

Indre by, centro de Copenhague

Niels giró hacia abajo por la calle Købmager. Lo último que vio fue un guardia de aparcamiento poniendo una multa bajo un limpiaparabrisas.

—¡Eh, oiga!

Niels había golpeado a un hombre con el hombro y sus repletas bolsas de la compra aterrizaron en la calle peatonal. Niels no tuvo tiempo para pedir disculpas. La calle estaba atestada por culpa de la Navidad: decoraciones, gente, compras, estrés. Giró por la Facultad de Teología, se apresuró por un estrecho pasaje y salió a un vecindario más agradable. Miró el móvil. Rosenberg estaba llamando de nuevo.

—¿Tardarás mucho?

—¿Dónde está usted?

—Aún en la sacristía. —El sacerdote aún no era presa del pánico, aunque estaba cerca. Niels podía oírlo en su respiración.

—¿Y dónde está él?

—No lo sé.

—¿Pero dónde lo ha visto?

—Dentro de la iglesia. ¿Tardarás mucho?

Niels corrió por la calle Skinder. Un fuerte zumbido en el teléfono.

—¿Rosenberg? —Niels se preguntó por qué aquel sacerdote. Había muchos otros y más conocidos—. Rosenberg, ¿sigue ahí?

—Él empuña un cuchillo... Oh, Dios, es el castigo.

Niels pudo oír a alguien aporreando la puerta de la sacristía. Trató de correr más rápido.

—¡Moveos! —gritó a los transeúntes—. Policía. ¡Vamos, moveos!

Entró por otro pasaje. Mala elección, por allí era aún más difícil pasar. Se abrió paso entre la multitud. El sacerdote no había cortado la comunicación. Niels aún le oía murmurar sobre el castigo.

—¿Estás ahí? —gritó Rosenberg.

—Sí, llego en un minuto. Busque algo para defenderse. —Niels imaginó que el sacerdote cogería la Biblia—. ¿Hay alguien más ahí?

—Creo que no. Todos se han ido.

—¿Y en la iglesia? ¿No hay ningún feligrés? ¿Ningún empleado? —El sacerdote no respondió. Su respiración agitada indicaba que estaba escuchando—. ¿Puede oír algo? —preguntó—. ¿Qué está pasando ahora?

—¡Está a punto de romper la puerta! Va a entrar.

—¿Puede salir por la ventana?

—Podría ir al cuarto de baño, pero...

—¡Atranque la puerta y espéreme!

El sacerdote no cortó la comunicación.

Una furgoneta salió de la nada y cortó el paso a Niels.

—¡Maldita sea! —Dio un irritado manotazo al lateral del vehículo—. Enseguida estoy ahí.

Rosenberg ya era presa del pánico.

—Estoy en el cuarto de baño. —Su voz había perdido toda dignidad. Parecía a punto de colapsarse—. He cerrado la puerta. Pero es fácil de romper.

—¿La ventana está cerrada?

—¿Dónde estás? Ven pronto, por favor.

—Sólo un minuto más —mintió Niels. El elemento psicológico más importante en una crisis era la esperanza. Siempre había que dar esperanza a los rehenes. Si se trataba de un soldado ametrallado en Irak, con ambas piernas aplastadas, era vital transmitirle que había esperanza. Aunque la mentira fuera la única salida. La conexión se había cortado; la línea vital, extinguida—. ¿Rosenberg? —Niels alzó la voz, como si tuviera sentido gritarle a un teléfono sin conexión.

Ya podía ver la iglesia Helligånd. La vista de la hermosa torre lo animó. Cruzó la calle con largas zancadas. Una joven madre en bicicleta le gritó y le hizo un gesto con el dedo corazón. Niels la entendía. Acto seguido saltó el murete de la iglesia al tiempo que comprobaba que su Heckler & Koch estuviera allí donde debía estar. Una única frase se repetía en su cabeza: «Voy a llegar tarde. Voy a llegar tarde...»

38

Instituto Niels Bohr, Copenhague

Hannah bajó lentamente con la caja bajo el brazo a lo largo de la calle Blegdam hasta su destino: el antiguo Instituto Niels Bohr.

Insertó la llave en la cerradura, encajaba todavía, y se preguntó si tal vez era algo simbólico el que ella nunca la hubiera devuelto. ¿Había mantenido deliberadamente una pequeña puerta entreabierta al mundo científico? La puerta se cerró detrás de ella con un suave clic. Ella miró alrededor en el antiguo edificio. Vio la famosa fotografía de Niels Bohr y Albert Einstein de 1927, en la que aparecían discutiendo acaloradamente mientras andaban por las calles empedradas de Bruselas, rumbo al Congreso Solvay.

A Niels Bohr se le había ocurrido cómo fundar el Instituto. Él había sido el responsable de la financiación y había expuesto cómo iba a funcionar. A partir de 1921, una vez que el Instituto fue inaugurado, y durante las décadas siguientes, éste se convirtió en el centro del mundo de la física teórica. Se decía que durante esos años era imposible separar al hombre Niels Bohr del Instituto Niels Bohr. Él había vivido allí con su familia, trabajado, enseñado, llevado a cabo investigaciones y conferencias con asistencia de los físicos más importantes del mundo. Cuando Hannah vio las fotos de esa época gloriosa, le costó respirar y se preguntó por qué tantos daneses no entendían al genio científico que había pisado ese mismo suelo.

Una vez dentro, subió presurosa por la escalera y se dirigió al antiguo despacho de Niels Bohr. La puerta estaba entreabierta. Se asomó. Era como meter la cabeza en un túnel del tiempo: la mesa ovalada, el busto de Einstein. Súbitamente se sintió conmovida, lo que la sorprendió, ya que había estado allí muchas veces. Respiró hondo, como si esperara, de una manera infantil, que un solo miligramo del genio de Bohr fuera inhalado por sus pulmones. Lo necesitaba.

Pausa y café. Todo estaba tranquilo por los pasillos. Entró en el auditorio. Estaba exactamente como en los días de Bohr. Con los duros bancos de madera y el proverbial tablero de pizarras deslizantes, formado por un ingenioso sistema de cajas chinas, donde siempre se mostraba una nueva detrás de otra. Aquel auditorio había sido calificado como Patrimonio Cultural danés y protegido como tal. Había fotografías colgadas en las paredes, sacadas allí mismo. Una de las más famosas mostraba a Bohr sentado junto a científicos de máximo nivel: Oskar Klein, Lev Davidovich Landau, Wolfgang Pauli, Werner Heisenberg. Hannah puso la caja sobre la mesa rectangular y sacó su contenido. Miró los numerosos documentos. El mapamundi que se burlaba de ella. «¿Realmente no puedes entenderlo? —preguntaba el mapa—. Sólo tienes que encontrar el diseño. Luego todo se resolverá por sí solo.»

El tráfico del exterior se oía débilmente. Ella puso las carpetas de los casos a un lado y se concentró en el mapa. Sabía que era ahí donde estaba la clave del diseño o plan. Miró los alfileres de las diversas escenas del crimen, que parecían ubicadas en lugares elegidos al azar. Algunas en la costa, otras en el interior de los países. Miró las fechas de los asesinatos. ¿Había una clave en la secuencia? ¿La misma distancia? El mismo... Se acercó a la ventana. Estaba a punto de nevar. El cielo se había cubierto de nubes blanco grisáceas; la escarcha se había asentado en los pequeños pinchos que mantenían a las palomas fuera de la cornisa de la ventana. Abajo la gente caminaba por la calle. Una anciana iba andando. Un autobús se detuvo y varios pasajeros bajaron. La anciana resbaló y cayó sobre el helado pavimento. La gente acudió presurosa y la ayudaron a levantarse. La mujer sonrió agradecida, no había pasado nada. Hannah estaba como espectadora, viendo... personas.

Personas. Aquella tradición se basaba en la gente: había 36 personas que velaban por la gente. Por nosotros. ¿La gente en oposición a qué? ¿La tierra? ¿El agua? Hannah caminó hacia la puerta, salió y se dirigió hacia la oficina vacía de la secretaria y buscó unas tijeras. Regresó al auditorio y empezó a cortar el mapa que llevaba consigo, aun arrepintiéndose de hacerlo. Entonces decidió bajar el gran mapamundi del auditorio. Acercó una pequeña escalera debajo y subió. Necesitaba trabajar con grandes continentes para que hubiera sitio para los alfileres. Casi sin darse cuenta, comenzó a cortar el mapa. «¿Qué estoy haciendo? ¡Cortar el antiguo mapa de Niels Bohr en pedazos!», se alarmó. Pero al mismo tiempo tuvo la sensación de que él lo hubiera aprobado; los detalles prácticos no deben interponerse en tu camino cuando intuyes que vas por la buena senda.

39

Iglesia Helligånd, Copenhague

La puerta estaba cerrada. Niels golpeó en las vidrieras pequeñas.

—¿Rosenberg? —llamó.

Contuvo el impulso de echar la puerta abajo y se concentró en encontrar otra entrada. Todavía no había logrado retomar el contacto con el sacerdote. Una frase que él había dicho resonaba en su cabeza: «Es el castigo.» ¿El castigo por qué? Niels se lo preguntaba mientras corría alrededor de la iglesia. Vio una puerta. Tal vez llevara al sótano. Accionó la manilla. También cerrada. Entonces miró hacia arriba y distinguió una ventana entreabierta, en lo alto, con una pequeña repisa. Era diciembre, el frío arreciaba, nadie tendría una ventana abierta en esa época.

¿Cómo llegar hasta allí? Había un par de bicicletas contra un árbol. Las cogió y las apoyó contra la pared. Con un pie en un sillín y en equilibrio logró alzarse. Vio una ventana enrejada metro y medio por debajo de la ventana abierta. Podía llegar a la ventana enrejada con los dedos. Se echó aliento tibio sobre las manos y se las frotó.

—Vamos allá —se dio ánimos.

Afianzó un pie en un pequeño saliente y consiguió elevarse hasta una posición ligeramente más ventajosa. Desde allí tal vez pudiera lograrlo. Tenía que apretarse contra el muro para mantener el equilibrio. Sintió sangre en la rodilla, seguramente se había rasguñado. Se dio un respiro de unos segundos. «Vamos allá», se repitió. Agarró con ambas manos el borde de la repisa de la ventana abierta y quedó literalmente colgando en el aire. Si las manos le flaqueaban caería sobre las bicicletas, o sobre la tumba de algún obispo con un sinuoso ángel de mármol. El miedo hizo acto de presencia. No podía subir más. Cerró los ojos a fin de reunir fuerzas para un último intento. Estaba considerando abandonar y en su lugar bajar agarrándose a la ventana enrejada.

—¡Vamos, Niels! —se ordenó.

Reunió toda su fuerza y se impulsó hacia arriba.

Esta vez tuvo éxito. Tenía un brazo en el interior de la ventana. Era extraño que fuera el brazo libre el que le temblara. Si el intruso había conseguido colarse por allí, podía encontrárselo de cara. Mala cosa.

Ya estaba dentro del edificio, en lo que parecían los pasillos del antiguo monasterio, de techo abovedado. A lo lejos se oía el tráfico de la calle, el rumor de la gente en las aceras, pero ningún sonido allí dentro.

—¡Rosenberg! —llamó. Una vez más—. ¡Policía! —agregó. Mirándolo por el lado positivo, su llamada debía infundir esperanza a Rosenberg; tal vez lograra que se mantuviese con fuerzas un poco más. Y por el lado negativo, alertaría al intruso de que la policía estaba allí.

No encendió la luz. Una vez más se trataba de sopesar los pros y los contras. La oscuridad bien podía ser su amiga o su enemiga. Salió por un pasillo pequeño. A partir de ahí subió al segundo piso. Un golpe fuerte. Otro. Y otro más. Algo consistente golpeaba contra... ¿la puerta del baño? El intruso estaba a punto de derribar una puerta.

Se dio más prisa los últimos peldaños de la escalera. Llegó a un nuevo corredor. Entonces distinguió la silueta de un hombre, que efectivamente intentaba echar abajo una puerta, seguramente la del baño.

—¡Alto! —Niels lo apuntó con su pistola.

La figura se dio la vuelta y se detuvo un instante.

—¡Las manos en la cabeza! —ordenó Niels en inglés.

El hombre echó a correr. Niels tendría que haber disparado

en ese momento, era su deber. Pero antes de que hubiera terminado de decidirse, el intruso ya había desaparecido. Niels corrió por el pasillo. El marco de la puerta estaba roto, las bisagras, a punto de desprenderse. Un minuto más tarde y la puerta hubiera cedido del todo.

—Gracias a Dios has llegado.

Rosenberg estaba de rodillas en el suelo de piedra. Se había preparado, estaba dispuesto a afrontar su transición a la otra vida. Si el intruso hubiera entrado, el sacerdote no se habría resistido, Niels lo notó rápidamente. Le ayudó a levantarse.

—¿Se encuentra bien? —Niels miró el teléfono roto en el suelo.

—Se me ha caído. Estaba asustado y... ¿Adónde se ha ido?

—No se mueva de aquí. No, mejor enciérrese en su despacho. —Niels señaló al otro lado del pasillo.

—¿Has visto por dónde se ha ido?

Niels se limitó a empujarlo bruscamente hacia el despacho.

—Asegure la puerta y luego llame a este número. —Niels le entregó una tarjeta—. Sólo diga «agente de policía en peligro». ¿Entiende lo que le digo?

Rosenberg no respondió. Casi parecía decepcionado. Tal vez porque se le había privado del encuentro con el Señor para el que había preparado toda su vida. Niels lo agarró con fuerza.

—«Agente de policía en peligro.» ¿Me oye? Entonces vendrán refuerzos de inmediato.

—Sí, de acuerdo —musitó el sacerdote.

Niels salió tras los pasos del intruso. Sólo podía haber ido en una dirección. La siguió. Cerca de una esquina, una puerta entreabierta. Niels se detuvo y oteó el panorama. No se percibía ningún sonido ni movimiento. Levantó el arma y entró en la habitación. Nada. Libros de cánticos, protocolos, un ordenador viejo y polvoriento.

De vuelta al pasillo, vio que era aún más largo que el anterior. Subió por una escalera. Más pasillos estrechos, numerosas puertas, más escaleras ¿Qué diablos había detrás de cada puerta? Oyó un pequeño golpe. ¿Sería Rosenberg? O... Niels respiró hondo. El intruso había desaparecido. Seguramente ya se hallaba muy lejos de la iglesia, mezclado en el anonimato de la ciudad. En ese momento Niels levantó repentinamente el brazo delante de su cara en un súbito movimiento defensivo. Entonces un cuchillo rasgó su chaqueta y se desvió por el grosor del cuero. Niels cayó hacia atrás y el arma se le escapó de la mano. El agresor se abalanzó sobre él y le propinó un golpe en la mandíbula. Niels sintió el crujir de sus dientes antes de caer pesadamente sobre su espalda con un ruido sordo. El sabor de la sangre. No sabía si le había herido con el cuchillo. El hombre inmovilizó el brazo de Niels con la rodilla. Niels forcejeó, lo agarró del pelo y una oreja y tiró. El hombre gritó y aguantó por un momento. Niels medio se incorporó y logró asestarle un puñetazo en la cabeza y luego otro en la boca. La sangre del labio roto le salpicó. Con un grito visceral, el hombre se lanzó y trató de derribarlo. Pero el grito consumió su impulso; una innecesaria pérdida de fuerzas. Niels le sujetó la muñeca y se la retorció violentamente para dislocársela. El intruso se puso a dar patadas y le golpeó de nuevo. Niels se vio obligado a soltarlo. Estaban frente a frente. Respiraciones agitadas. Medio cegado por la sangre, Niels logró recoger su arma. Su agresor se limitó a mirarlo, alerta.

Niels quiso gritarle con fiereza pero sólo logró sacar un susurro quejumbroso:

—Suelta el cuchillo. —El hombre negó con la cabeza. Se miraron el uno al otro. Niels lo reconoció de pronto: Abdul Hadi, el terrorista yemení que había entrado en el país. Estaba de pie delante de Niels, con gesto de maníaco y mirada ansiosa. Tal vez fue el darse cuenta de eso lo que hizo a Niels conseguir gritar—: ¡Suelta el cuchillo!

No pasó nada. Niels sabía que ya no podía vacilar: debía disparar. Levantó la pistola. Apuntó.

—Te lo ordeno por última vez. Tira el cuchillo.

Abdul Hadi volvió a gritar y se abalanzó. Pero Niels no disparó. En lugar de eso sintió la punta del cuchillo contra su cuello. Hadi se le tiró encima y miró sorprendido a Niels. Y al arma. Niels vio cómo pensaba a toda prisa, desconcertado: ¿el policía no se había atrevido a disparar?, ¿o le había fallado la pistola?

Con la poca energía que le quedaba, Hadi intentó clavarle el cuchillo. Sus rostros casi se tocaban. Un instante antes de que el cuello de Niels fuera atravesado, éste le propinó un fuerte cabezazo en la cara al yemení. La sangre del machacado tabique nasal salpicó a Niels, que rápidamente lo agarró y se retorció hasta tumbarse de espaldas: una posición óptima para patear a Hadi con ambas piernas en el estómago o los muslos. Pero de momento no lo necesitó, porque el terrorista se fue al suelo y Niels logró ponerse en pie. Pero el arma había resbalado fuera de su alcance. Así que Niels tuvo que patear a Hadi. Dos veces, una en la cara. Y mientras Hadi gemía de dolor en el suelo, Niels trató de sacar las esposas. En la academia lo habían entrenado tanto en karate como en jiu-jiutsu, pero ¿dónde demonios estaban esas habilidades ahora? Rosenberg tenía que haber llamado hacía varios minutos. «Agente de policía en peligro.» Acudirían con prioridad absoluta. Ya deberían estar aquí. Hadi intentó alcanzar la pistola. Niels se lanzó y la recogió primero, dio media vuelta y... Hadi ya no estaba allí.

Corrió tras él por las escaleras. Bajó los escalones de dos en dos. Otro tramo de escaleras. Hadi estaba en la puerta intentando abrirla. Niels llegó hasta él. Salieron a la calle casi al mismo tiempo. Había un par de mesas de una terraza. «¿Cuándo demonios llegará la ayuda?», llegó a pensar Niels antes de chocar contra una mesa y caer sobre un cartel publicitario de la explanada Strøget. La gente que abarrotaba la calle se detuvo a ver qué pasaba, y Hadi se perdió entre la multitud.

40

Instituto Niels Bohr, Copenhague

«La gente», pensó Hannah mientras recortaba con cuidado los océanos y después ponía los continentes en la mesa, unos pegados a los otros. La tradición de los treinta y seis hombres justos trataba de personas, no de agua.

Apartó los océanos y se quedó observando los continentes. Se veía como un rompecabezas. Respiró hondo y se acordó de Johannes. De la primera vez que Gustav y ella comprendieron en serio que Johannes era un niño superdotado. Había compuesto un rompecabezas para adultos en apenas una hora. Setecientas piezas que formaban la torre Eiffel. Tenía cuatro años. Al principio estaban entusiasmados, pero pronto su talento empezó a ser un problema. Él parecía triste. Buscaba siempre nuevos desafíos que no siempre existían. Hannah trataba de satisfacer sus deseos, haciendo lo contrario de lo que sus propios padres habían hecho con ella. Ellos habían intentado que fuera una niña normal. Le decían que no hiciera sus tareas tan rápidamente y que mantuviera el mismo nivel que los demás. Sin embargo, lograron exactamente lo contrario, que la alienación de Hannah respecto al mundo creciera día a día. Y aquella sensación se reforzaba porque le parecía que sus padres se avergonzaban de ella. Querían que fuera como cualquier otra niña. Que fuera normal.

Cuando Hannah accedió al Instituto Niels Bohr a los diecisiete años de edad, fue como volver a casa. Todavía podía recordar el sentimiento de aquel primer día, cuando entró por la puerta. Allí se sentía como en casa. Por eso Hannah se esforzó al máximo para que Johannes no se sintiera excluido o anormal. Todo para que su hiperintelecto no le aislara del mundo exterior. Pero Johannes no era normal. Estaba enfermo. Y fue empeorando día a día, hasta que se fue para siempre.

Hannah encendió un cigarrillo. Realmente debería dejar el tabaco ya. Si Niels Bohr regresara del Olimpo, ni él encendería su pipa. Pero no importaba. Lo único que importaba era el rompecabezas de los continentes recortados que se extendían delante de ella.

—Johannes, mi niño —musitó—. Se trata de personas.

Toda la vida se había tratado de números, de cálculos, de luz, de espacio. Pero en realidad se trataba de personas, las personas que seguían un diseño, no sólo el caos habitual, que seguían una planificación. Esto era lo que le gustaba.

Corrigió uno de los continentes recortados. Personas. Vida. El origen de la vida. El momento en que se crearon los continentes.

Indre by, centro de Copenhague

«Los terroristas estaban bien preparados», pensó Niels. Era todavía uno de los asuntos en que los servicios de inteligencia, en repetidas ocasiones, quedaban en ridículo. Subestimaban al enemigo. Olvidaban que los terroristas habían tenido muchos años para preparar y ejecutar sus tropelías. ¿Por qué no habían previsto todos los escenarios posibles? ¿Por qué el hombre que en ese momento huía de Niels no había pensado en la posibilidad de ser descubierto? Él lo había hecho y habría planeado dónde esconderse.

Niels corría.

Los de Al Qaeda estarían sentados en sus recónditas cuevas de la región fronteriza entre Pakistán y Afganistán, proyectando sus atentados con el Google Earth. Habían conseguido expertos en tecnología tan cualificados como los de Occidente. Era algo sabido. Cada vez que se producía un atroz acto de terrorismo —Madrid, Londres, Bombay, Moscú, Nueva York— los servicios de inteligencia se preguntaban cómo lo habían conseguido. Pues porque el enemigo era más inteligente y estaba mejor preparado. El 11-S fue el resultado de varios años de preparación detallada. Fue planificado por un genio de la logística. El atentado contra el *USS Cole* en 2000, la masacre en el templo de Hatshepsut en Luxor en 1997, que cogió a las autoridades egipcias por sorpresa. Estas acciones estaban planeadas al detalle. Niels conocía muy bien este último atentado. Kathrine tenía una amiga que había visitado el templo dos días antes del ataque. Fue un baño de sangre espantoso. Sesenta y dos turistas asesinados. La mayoría tiroteados en las piernas para que no pudieran escapar y, a continuación, uno tras otro, sacrificados ritualmente con largos cuchillos. Los terroristas se tomaron todo el tiempo del mundo. Desamparados, los turistas europeos se tumbaban dentro y delante del templo esperando que les llegara su turno. Se estimó que la masacre había durado por lo menos tres cuartos de hora. Entre los muertos había un niño inglés de cinco años. Una mujer suiza vio la cabeza de su padre cortada. NO MÁS TURISTAS EN EGIPTO, se leía en un papel encontrado en el interior del estómago de un japonés de avanzada edad. Los terroristas habían cortado sus intestinos.

—¡Cuidado! —exclamó una mujer cuando Niels la empujó sin querer y le hizo caer un paquete—. ¿Qué diablos está haciendo?

La gente no tenía ni idea, pensaba Niels. Andaban en su mundo de fantasía, bajo el abeto y las guirnaldas, comprando regalos de Navidad. En ninguna parte la gente podía olvidar los peligros del mundo como en Copenhague en Navidad.

La torre Rundetårn. Niels no dio crédito a sus ojos cuando descubrió a Abdul Hadi girando a la derecha en Rundetårn. ¿Pretendía ocultarse entre la gente? Corrió tras él. Pasó por delante de la taquilla, ignoró al sorprendido taquillero detrás del cristal y continuó hacia arriba. Casi perdió el equilibrio sobre unas piedras resbaladizas. Continuó por la rampa de caracol. La gente a su alrededor protestaba cuando en su avance Niels los apartaba con brusquedad. Quedó sin aliento. El pecho estaba a punto de estallarle y sabía que el ácido láctico anunciaría su llegada a los músculos de las pantorrillas. Prosiguió. El terrorista no miró por encima del hombro ni una sola vez: se limitaba a continuar. Al parecer no se cansaba. Pero Niels no pensaba darse por vencido. Pronto le daría alcance y se verían las caras. Además, los policías que acudieran podrían seguir a Niels por GPS. Todos los móviles de los policías podían ser rastreados minuciosamente. Y entonces todo se habría acabado.

Gritos y chillidos. Niels salió a la plataforma de observación de la torre, pistola en mano. La gente gritaba presa del pánico. Alguien se tiró al suelo.

—¡Policía! —gritó tan fuerte como pudo—. ¡Que todo el mundo baje de la torre! ¡Ahora!

Más pánico. Los turistas y los padres de los niños fueron empujados y empujaban para bajar. Niels oyó que alguien se caía por las escaleras. Algunos lloraban y gritaban. Niels consiguió salir y de repente Hadi había desaparecido. Un momento de distracción y había perdido a su hombre. ¿Habría logrado bajar de la torre camuflado entre la muchedumbre? Niels maldijo su falta de atención. La multitud empezó a dispersarse.

Pronto Niels estaría solo. Miró alrededor. Se puso de pie sobre la cima del mundo, rodeado del frío invierno de Copenhague. Seguía empuñando la pistola. Caminó alrededor de la plataforma, no había ningún lugar para esconderse allí. Una sentencia de la escuela se arremolinaba en su cabeza. «El médico empuña un cuchillo y atraviesa el corazón de Cristián IV.» Era una interpretación popular de la inscripción de la fachada superior de la torre. ¿Por qué la recordaba? El médico con un cuchillo. El asesino con un cuchillo. Niels lo vio en el último momento. Abdul Hadi se abalanzó sobre él, pero no logró derribarlo. Lucharon con fiereza.

Hadi le dio un golpe tremendo en el estómago. Y otro más. Vómitos. Hadi se puso detrás y lo agarró por el cuello. Apretó. Los ojos de Niels se llenaron de lágrimas. No podía respirar. De pronto Abdul Hadi le soltó. Niels boqueó y se incorporó, pero el terrorista lo derribó de un empujón.

Niels perdió la noción de todo hasta que sintió el cañón de una pistola contra la sien y oyó el incongruente sonido de unas esposas.

—¡Suéltale! —ordenó una voz—. Es uno de los nuestros.

El arma desapareció.

—¿Adónde ha ido?

Niels seguía desorientado, pero poco a poco se situó: eran agentes de inteligencia. También había un par de agentes de policía. Uno de ellos lo ayudó a levantarse y se disculpó. Otro gritó:

—¿Qué diablos estás haciendo?

Niels miró. Abdul Hadi había escalado la valla alrededor de la plataforma y estaba sentado en el borde, al parecer dispuesto a saltar.

Niels buscó sus ojos y los encontró. Sólo ahora se miraban fijamente el uno al otro.

Hadi miró a Niels y luego al abismo. Él había venido para morir. No había miedo en sus ojos. Pronunció unas palabras en su lengua materna. A Niels le sonó a oración. Luego miró a Niels:

—¿Por qué no me disparaste en la iglesia?

Niels se acercó a la valla.

—Yo no mato a sangre fría —respondió.

Abdul Hadi se colocó en el borde del pretil.

42

Casa Hospicio Hermanos Fatebene, Venecia

Sor Magdalena miró a lo largo del pasillo del hospital antes de ponerse los guantes. Paz y tranquilidad. Ninguno de los enfermos terminales se quejaba. Sin embargo, ella siempre tenía mala conciencia cuando tenía que irse, y a menudo los demás casi tenían que empujarla hasta la puerta. Hoy no fue diferente; al contrario, fue peor. Ella decidió asomarse a la habitación de la señora Bárbara una vez más antes de marcharse a casa.

La madre de Tommaso levantó la vista en el momento mismo que entró Magdalena.

—¿Se va ya, hermana?

Magdalena sonrió tranquila, dejó el bolso y se quitó los guantes.

—No tengo prisa.

—Estoy muy asustada, hermana.

—No deberías. La muerte es sólo el final de nuestra vida terrenal.

—No es la muerte. No tengo miedo a la muerte —replicó la anciana. Era una mujer difícil de tratar. Magdalena lo había aprendido poco a poco. Y el trato asiduo lo facilitó todo.

—¿De qué tiene miedo?

—De que mi hijo no reciba el mensaje, no lo olvide.

—El mensaje. ¿Sobre los ochenta céntimos?

—Sí

—¿Todavía no sabe qué es lo que le costará ochenta céntimos?

La señora Bárbara no escuchó la pregunta.

—¿Está ahí mi bolso?

—Sí. Aquí está.

—Coge mi bolso y ponme ochenta céntimos en la mano. De esa manera recordaré decírselo.

Magdalena tomó el dinero. No había 80 céntimos en monedas, así que ella puso de su propio dinero.

—Aquí tiene. —Los puso en la mano de la anciana.

Su puño atrapó las tres monedas con firmeza.

—Mi hijo suele venir por la noche, si no recuerdo mal. ¿Vendrá esta noche?

—No lo sé. Tal vez esté de servicio.

—¿De servicio? Entonces vendrá por la mañana. Pero ahora tengo las monedas. Así que no lo olvidaré.

—Yo también lo recordaré —dijo Magdalena y le acarició el gris y frágil cabello—. Lo prometo.

Por un breve instante la señora Bárbara pareció muy satisfecha. Magdalena estaba convencida de que a la anciana le quedaban unas dos semanas de vida. La mayoría estiraba su agonía hasta después de las celebraciones; por qué y cómo, no lo sabía. Tal vez por el anhelo de participar en la última Navidad.

Sor Magdalena apagó la luz. La señora Bárbara aferraba los ochenta céntimos con la mano en el pecho.

La torre Rundetårn, Copenhague

Abdul Hadi estaba al borde de esa extraña construcción. ¿Cómo había terminado allí? La policía discutía al otro lado, uno de ellos le apuntaba con una pistola. Susurraban algo, el uno al otro, algo que Hadi no comprendía. Se armó de valor. Probablemente ahí estaba el final. Él no había recibido la justicia que había ido a buscar. ¿Por qué Alá lo había abandonado? Aquel policía que había tenido más de una oportunidad para dispararle se subió encima de la valla y se acercó a él. Estaba tan magullado como Hadi. Tal vez el policía sonriera.

—Voy a saltar —dijo Abdul Hadi en inglés.

El policía levantó las dos manos para que Hadi viese que no iba armado.

—No armas —dijo.

Hadi miró a la calle. De repente, ya no quería llevarse con él a nadie en su muerte. Antes le habría dado igual, pero ahora todos parecían inocentes. Si saltaba un poco a la izquierda, no caería sobre nadie.

—¡Una pregunta! —dijo el policía.

Abdul lo miró.

—¿Tienes familia?

—Hago esto por mi familia.

El policía lo miró sin comprender.

—¿Alguien que quieras que llame? —dijo—. Recuerda: yo soy la última persona que ves con vida.

Abdul Hadi se alejó del policía. Le pareció una pregunta extraña.

—Tu último mensaje. ¿Cuál es?

¿Un mensaje final? Abdul Hadi pensó en la palabra «perdón». Quería pedir perdón a su hermana, que no había podido envejecer, ya que él había recibido todos esos años a cambio de la vida de ella. Le parecía injusto. Y también quería pedir perdón a su hermano mayor, por no haber sido capaz de vengar su muerte. Su hermano sólo quería buscar una vida mejor. Él no había hecho nada, y tampoco su hermana pequeña. Ella era también inocente. Pudo visualizar claramente sus caras. Su hermano y su hermana estaban dispuestos a recibirle. Estaba seguro. Y él se alegraría de volver a verles.

El policía se acercó y le susurró:

—No cerraré los ojos. ¿Me oyes? —Extendió el brazo hacia él—. Soy tu último testigo.

Era hora de que Abdul Hadi saltara. Ahora. Miró arriba hacia el Creador, hacia los familiares muertos que ya se ponían en pie para esperarle. Por un momento le pareció que el cielo estaba bajando hacia él. Entonces el cielo descendió, primero sobre el policía danés y el propio Hadi, y luego hasta la calle allá abajo. Millones de pequeños trozos de cielo blanco, bailando con movimientos circulares. Los curiosos en la calle miraban hacia arriba, los niños aplaudían. Abdul Hadi oyó el chasquido de las esposas que se cerraron firmemente en torno a su muñeca.

Instituto Niels Bohr, Copenhague

Los suelos de madera antigua crujieron cuando el globo terráqueo se deslizó a lo largo del pasillo. Su gran tamaño hizo que Hannah no tuviera que agacharse para empujarlo, podía llevarlo como si fuera un cochecito de bebé difícil de manejar. Una astilla de madera voló cuando el globo chocó contra el marco de una puerta. Dos jóvenes científicos que regresaban del café tuvieron que apartarse a un lado del estrecho pasillo para evitar ser atropellados.

—¡Eh, eh! ¿Tienes licencia para conducir eso? —dijo uno con una sonrisa.

—Sólo quiero medir una cosa. —Hannah continuó su camino como si tal cosa.

Uno de los científicos susurró al otro que al parecer ella estaba un poco chiflada.

—Se llama Hannah Lund. Fue una vez una de las mejores, pero luego... le ocurrió algo.

—¿Qué está haciendo aquí ahora?

La respuesta se perdió en el ruido del planeta girando. Hannah dobló una esquina y se dirigió al auditorio. Por un momento temió que el globo terráqueo no pasara por la puerta, pero sí pasó. Cogió el cilindro de papel de aluminio que llevaba en el bolsillo, lo había encontrado en la pequeña cocina del comedor, y comenzó a envolver el planeta. Trabajó de forma metódica y eficaz. Luego pegó los continentes recortados en el globo. Pero no los puso en sus sitios originales, sino que los reunió en torno al Polo Sur y luego colocó los alfileres. Ahora éstos estaban en una formación muy diferente de la de antes. Entonces estudió el planeta largamente, sólo mirando, hasta que rompió su propio silencio:

—El mundo como no ha vuelto a ser desde su creación.

Iglesia Helligånd, Copenhague

—Te lo has ganado. —El sacerdote dejó el vaso sobre la mesa, delante de Niels, y se llenó el suyo—. Estuvo cerca.

A Niels le escoció en la boca aquel licor dorado. Su vaso quedó marcado después con un rastro rojo. La boca le estaba sangrando, pero los dientes seguían en su sitio, y la nariz no estaba rota.

—Tienes que ir a Urgencias. —Rosenberg intentó fingir que estaba tranquilo.

Niels conocía esa reacción, una manera clásica de responder cuando un hombre ha estado expuesto a una situación peligrosa para su vida. O bien la víctima se descompone completamente y no hace nada por ocultarlo, o lo contrario: «Pero ¡si no ha sido nada. Todo se arreglará.» Esto último lo dicen a menudo los hombres. Niels no dijo nada. Tenía dolor en la mandíbula y en la mejilla. Se había lesionado la rodilla y el pulso no se calmaba.

La sacristía parecía una mezcla de una sala de reuniones y un salón de guardería. Había una caja de maracas y unos bloques de juguete en la esquina. La estantería detrás del sacerdote estaba llena de libros reencuadernados en piel, negros.

—¿Por qué precisamente usted? —Niels pensó en voz alta. Rosenberg se encogió de hombros—. ¿Cómo encuentra a sus víctimas? ¿O cómo las encontraba?

—¿Tal vez una coincidencia? —El sacerdote vació su vaso y se sirvió de nuevo.

—No lo creo.

—¿Más?

Niels puso la mano sobre su vaso. Miró al sacerdote. Mentía, pero Niels no sabía por qué.

—No lo entiendo. —La voz de Niels sonaba nasal a causa de su cara magullada. Pero quería desenmascarar a Rosenberg—: No me imagino por qué un loco como ése viaja por todo el mundo matando a gente buena.

—En mi caso quita el «bueno» —interrumpió Rosenberg—. No soy precisamente bueno.

Niels lo ignoró.

—Pero una cosa es cierta: no se ha tratado de una coincidencia, sino de lo contrario. —Captó la atención del sacerdote y retuvo su mirada—. Usted fue elegido, sin duda, para morir hoy. Sólo usted. Al igual que todos los demás. Ahora resta averiguar por qué.

Niels se levantó y se acercó a la ventana. Una tranquilizadora capa blanca de nieve se había apoderado de las calles, los tejados, los coches y los bancos. Un grupo de policías rondaba los alrededores de la iglesia. Dos de ellos estaban custodiando el coche en que Abdul Hadi estaba sentado en el asiento trasero, con ambas manos engrilletadas a una cadena de hierro anclada al suelo. «Hasta aquí llegó su cruzada», pensó. Los servicios de inteligencia ya habían dado información reservada a Rosenberg y Niels. Se había confirmado que era un terrorista y había una investigación en curso para prevenir nuevos atentados, etcétera. Niels sabía muy bien que esto nunca aparecería en los periódicos, como si nunca hubiera sucedido. Sólo en los despachos oficiales más discretos, los más secretos, se podría leer sobre el caso. Allí ni siquiera el primer ministro tenía acceso. Niels conocía la nueva ley antiterrorista, que había creado una brecha entre el conocimiento y la información por un lado y la población por el otro. Censura. No se trataba de otra cosa.

Cuando Niels se volvió, el rostro de Rosenberg se había ensombrecido. Los hombros un poco encogidos. «Va a reaccionar —pensó Niels—. Ahora se derrumbará. Ahora ha tomado conciencia de que ha estado a un paso de ser acuchillado por un loco. Y ahora se siente vulnerable.»

—¿Tiene familia que pueda acompañarlo esta noche? —preguntó.

El sacerdote no respondió.

—Puedo ofrecerle la ayuda de un psicólogo si lo desea.

Rosenberg asintió con la cabeza, incómodo. Niels pudo verlo. Quería contarle, confesar la verdad. Era parte de su naturaleza.

—Y por supuesto, me llamará si...

—Habéis atrapado al hombre equivocado.

Niels se quedó inmóvil.

—Habéis atrapado al hombre equivocado —repitió Rosenberg con voz grave y distante, como si procediera de otro lugar.

—¿Qué quiere decir?

El sacerdote guardó silencio.

—¿A qué se refiere con que hemos atrapado al hombre equivocado? Ese hombre trató de matarle.

—No es él.

—¿Le conocía?

Rosenberg vaciló, y luego asintió con la cabeza, mirando a la mesa. Niels se sentó.

46

Instituto Niels Bohr, Copenhague

El dolor físico era una señal de alerta para un investigador. Una señal de que había estado sentado mucho tiempo en la misma postura. Había muy poco para comer y nada que beber, quehaceres que se olvidan cuando hay un avance en la investigación. Algunos científicos lo llamaban «la miseria del descubrimiento». Hannah ignoró la espalda quejosa y el estómago gruñón y escribió en la barra de búsqueda de internet: http://en.wikipedia. org/wiki/File:Pangea_animation_03.gif.

Fascinada, miraba la pequeña animación sobre la formación de los continentes. Parecía como si se alejaran, el norte y el sur, América y Asia, en direcciones opuestas. Entonces examinó sus propias notas. Era tan hermoso... Tan simple, tan obvio...

—¿Hannah? ¿Eres tú? —La secretaria miró con asombro, desde la pantalla, a Hannah cuando ésta entró en la oficina.

—¿Puedo utilizar tu teléfono?

—¿Cómo te va? No has estado aquí en cien años.

—Me he olvidado el móvil —interrumpió Hannah, y sólo en ese momento vio a la secretaria.

—¿Solvej?

—¿Cómo estás, Hannah?

—Tengo que llamar. Es importante.

Hannah levantó el auricular y sacó la tarjeta de visita de Niels. Solvej sonrió y movió la cabeza detrás de ella.

—Hola, Niels, soy yo. Llámame cuando puedas. He descubierto algo insólito. Algo... es decir... es un diseño tan hermoso... Sé dónde se cometieron los asesinatos que nos faltan. —Colgó y miró a la secretaria—. Se trata de una serie de crímenes cometidos por todo el mundo y la policía ha requerido mi ayuda... —Hizo una pausa.

—¿Para qué?

—Para encontrar una pauta en todo el caso, y creo que estoy a punto de lograrlo.

—De eso no me cabe duda.

—¿Cómo estás, Solvej? Tu marido estuvo enfermo.

—Cáncer, sí. Al parecer lo ha superado. Lo han sometido a rigurosos controles y los médicos creen que ya ha pasado. ¿Y tú?

—Gustav se fue.

—Lamento saberlo. Hace un año le vi por aquí. Él escogería a Frodin. Viajaban por Ginebra.

Hannah miró a Solvej. Siempre se había sentido bien con ella. Era como una madre para toda la institución. Solvej se levantó, se acercó a Hannah y le dio un abrazo.

—Me alegra verte de nuevo, Hannah. Nunca he entendido lo que pasa por esa cabecita que tienes, pero siempre te he querido. Llámame si puedo ayudarte en algo, lo que sea.

Hannah asintió con la cabeza, le dio un abrazo y se marchó.

47

Iglesia Helligånd, Copenhague

Esta vez Niels no puso la mano sobre el vaso cuando el sacerdote quiso rellenarlo.

—Se llamaba Jaled Hadi. El hermano de Abdul Hadi. —Rosenberg vaciló; parecía un hombre muy distinto: había desaparecido la sonrisa de sus ojos y su humor ligero. Su voz sonaba más profunda, como si viniera del mismo abismo donde residía la verdad—. Las fotos que te enseñé en el sótano de la iglesia. ¿Recuerdas?

—¿Los refugiados que escondió allí?

—Te diste cuenta de la de los doce. Dijiste que eran más de doce.

Niels asintió con la cabeza.

—Tenías razón. Eran catorce.

Niels dejó que se tomara su tiempo. Su experiencia en entrevistas e interrogatorios le había enseñado a valorar las pausas. Era en las pausas donde se escogían las palabras más adecuadas. Cuando las respuestas convencionales y las réplicas ensayadas desaparecían.

El sacerdote empujó la silla hacia atrás y respiró hondo.

—Como sabes, he utilizado varias veces la iglesia para ocultar a solicitantes de asilo rechazados. «Ocultar» quizá no sea la palabra correcta. Todo el mundo lo sabía. He utilizado la iglesia como un medio, una plataforma desde la cual los casos rechazados podrían revisarse. Alguna vez con gran éxito.

—Incluso se aprobó una enmienda a la ley aplicable.

—Exactamente. Después de numerosas peticiones formuladas en los medios de comunicación se modificó la ley para permitir que esos doce no fueran expulsados del país y regularizaran su situación. Todavía mantengo contacto con varios de ellos. Uno es ahora mi peluquero.

Niels miró su escaso pelo y Rosenberg sonrió.

—Los demás han corrido diversas suertes. Unos se trasladaron a Suecia. Tres de ellos han estado en prisión. Uno, un joven sudanés, se convirtió en jugador profesional de fútbol.

—¿Y el trece y el catorce?

—Sí. Esos dos. —El sacerdote vaciló. Era la primera vez que contaba esa historia, observó Niels—. Uno desapareció. Un palestino apátrida, no tengo ni idea de qué fue de él.

—¿Y el otro?

—Jaled.

—¿Jaled? ¿El hermano de Abdul Hadi?

El sacerdote asintió con la cabeza.

—¿Qué pasó con él?

—Murió.

—¿Cómo sucedió?

—Jaled Hadi era un terrorista potencial. —Rosenberg habló de espaldas a Niels—. Así ponía en los papeles que recibí de la policía. Y luego me lo confirmaron en una visita que me hicieron. Lo calificaron de terrorista potencial. Podía pasar cualquier cosa: que se asociara con otros terroristas, que tuviera contacto con terroristas conocidos o con organizaciones establecidas, pero nunca comprobé si él había llevado a cabo actos terroristas. Pero... —Rosenberg buscó las palabras. Se volvió y se sentó de nuevo—. ¿Has oído hablar de Daniel Pearl?

—¿El periodista que fue asesinado?

—Exactamente. El periodista estadounidense que cayó en una trampa de Al Qaeda en Karachi en 2002 y...

—Fue decapitado.

Rosenberg asintió con la cabeza.

—Un asunto repugnante. Dio la vuelta al mundo.

—¿Jaled tuvo algo que ver?

—Así se creyó. Tus colegas dijeron que había conocido a Pearl poco antes de su muerte. Por lo tanto, dieron por hecho que había ayudado a llevar al estadounidense a la trampa mortal.

—¿Qué hacía Jaled en Dinamarca?

—No me lo dijeron. Había viajado posiblemente con una identidad falsa. No hay que olvidar que Dinamarca ha recibido a varios terroristas buscados internacionalmente. El grupo detrás del atentado contra el World Trade Center en 1993 tenía contactos en la ciudad de Aarhus.

Niels asintió con la cabeza. El sacerdote continuó:

—Estuve bajo una gran presión de la seguridad e inteligencia danesa, ya sabes, el PET. No les interesaba que se difundiera la imagen de que el terrorismo internacional de élite habitaba en suelo danés. Al mismo tiempo el PET sabía que no podía entrar a la iglesia y llevárselo por las bravas. Los otros refugiados le habrían defendido. Las cosas se hubieran descontrolado.

—Pero a usted lo presionaron. ¿Querían que lo entregara?

—Así es. Y lo peor eran los otros refugiados.

—¿Por qué?

El sacerdote respiró hondo y asintió con la cabeza.

—Piensa que teníamos una oportunidad de conceder el estatus de refugiados a muchos de ellos. Varios periódicos, una serie de influyentes políticos y algunos sectores de la población me apoyaban. El tiempo estaba de mi parte y de la de los refugiados. Teníamos la simpatía de la opinión pública. Pero Jaled Hadi era como una mancha que mancillaba esa creciente simpatía. ¿Cómo reaccionaría la gente si se enterara de que había un sospechoso de terrorismo aquí? Esa simpatía desaparecería en un instante, con nefastas consecuencias para los demás refugiados.

—¿Así que usted se dio por vencido?

El sacerdote no respondió. Se sentó un momento. Luego se levantó, se acercó a la estantería y de una caja sacó un sobre. Volvió a sentarse.

—Yo estaba perplejo. Al principio no quería. Un hombre atormentado había buscado refugio en mí. Lo vi como mi deber como cristiano abrirle mi puerta.

—La primera piedra —dijo Niels.

Rosenberg le miró.

—Sí. La primera piedra. Era una prueba acerca de todo lo que yo había creído y predicado durante años.

—Pero temió que la simpatía hacia los refugiados desapareciera, ¿verdad?

—Poco a poco, muy lentamente, empecé a imaginarme escenarios pavorosos. Ayudado por la información del PET. Una bomba en un autobús en la estación de Nørreport. O en un metro en hora punta o en un vuelo nacional. Numerosos muertos, la sangre manchándolo todo. Finalmente pensé que el riesgo era demasiado grande. Existía el riesgo de que pasara a la clandestinidad si obtenía un permiso de residencia. Y entonces, un día abriría el periódico y leería acerca de una bomba terrorista en el corazón de Copenhague. Y se diría que el terrorista se había escondido en mi iglesia, que yo podría haberlo evitado, pero que no hice nada.

—¿Así que lo entregó?

El sacerdote asintió con la cabeza.

—Como un Judas le traje a la sacristía, aquí mismo, donde tres hombres del PET le esperaban. —Rosenberg se detuvo. Su respiración era cada vez más agitada. Continuó—: Nunca olvidaré la mirada que me dirigió. Su decepción, su desprecio, su tristeza, su ira. «Yo confiaba en ti —decía su mirada—. Yo confiaba en ti.»

—¿Qué pasó entonces?

—Nada. Dos semanas más tarde los otros refugiados obtuvieron autorización para quedarse. Pero entonces... —Lágrimas en sus ojos. Niels lo compadeció—. Un día recibí esto. —Puso el sobre en la mesa.

—¿Qué es?

—Ábrelo.

Contenía fotos. Niels contuvo el aliento. Manos rotas clavadas en una mesa. Un hombre desnudo colgado de los brazos con una bolsa cubriéndole la cabeza. Niels pensó en Cristo.

La última foto mostraba un cuerpo ensangrentado, colgando boca abajo de lo que parecía un gancho de carne de un matadero. Niels no comentó nada.

—Es Jaled Hadi. Hacía seis semanas que lo había entregado. Son fotos sacadas en secreto de una prisión en Yemen.

Niels devolvió las fotos al sobre.

—Yemen es uno de los peores países en cuanto a tortura

—añadió el sacerdote—. La mayoría de los torturadores de la época medieval habrían envidiado su ingenio. Electricidad en los testículos. Palizas con cables. Inmersión en agua helada. Obligan a la gente a tomar comida con vidrio molido. He preguntado a un médico sobre todo esto.

Niels lo miró. Había llamado a un médico para completar su particular camino de Damasco.

—¿Cómo volvió a Yemen?

El sacerdote se encogió de hombros.

—No lo sé. Las autoridades danesas habían encubierto el asunto muy bien. Ningún periodista consiguió información sobre el asunto. El PET alegó diciendo que Jaled había sido extraditado a un país donde existía una orden de busca y captura en su contra. El PET no quiso revelar qué país era, pero seguramente se trataba de Estados Unidos. Oficialmente Estados Unidos no permite la tortura, así que legalmente el PET ha salido con las manos limpias. En todo lo demás hay demasiados vacíos legales. Pero desde luego cabe preguntarse quién saca provecho de no extraditarle a Yemen públicamente, sino hacerlo a través de otro país menos escrupuloso. Al final Jaled fue pasado de un país a otro.

Niels asintió con la cabeza.

—¿Quién le envió estas fotos?

—Abdul Hadi. Quería que yo supiera lo que había provocado. Quería que fuera consciente del destino a que había condenado a su hermano.

—¿Así que Abdul quería vengarse matándolo a usted?

—La venganza. Sí.

Se hizo una pausa. El sacerdote miró la botella de whisky. Niels intuyó que estaba librando una batalla interna: quería bebérsela toda, pero no debía. Niels conocía esa clase de batallas.

—No creo que Jaled tuviera nada que ver con el asesinato de Daniel Pearl. Nunca estuvo en Afganistán. Él era un joven agradable. —Rosenberg lo miró a los ojos—. Al tomar aquella decisión tiré mi sensatez por la borda.

Rosenberg perdió la lucha consigo mismo y se llenó el vaso otra vez. Por primera vez, Niels se dio cuenta de los capilares rojos que surcaban su cutis justo debajo de los ojos.

Niels oyó voces en la explanada de la iglesia. Los policías conversaban. Miró al sacerdote. Las imágenes se aglutinaban en su cabeza: Abdul Hadi, la carrera a lo largo de la explanada Strøget, las marcas sobre la espalda de las víctimas, los asesinatos de Sarah Johnson y Vladimir Zjirkov, la gente buena...

Volvía al punto cero. No había relación. No podía sacar conclusiones. La voz del sacerdote rompió el hilo de sus pensamientos. ¿Había preguntado algo?

—Así que, como ves, no soy uno de tus treinta y seis Justos.

Niels sonrió con indulgencia.

—Es probable que la Interpol no opine lo mismo.

—Tal vez deberían creerlo.

—Sí. Tal vez.

Rosenberg se puso en pie. Había aliviado su corazón de un terrible cargo de conciencia.

—Mi trabajo es opuesto al suyo —dijo Niels.

—¿En qué sentido?

—Yo tengo que encontrar pruebas para que la gente me crea. —Niels sonrió—. Mientras que usted tiene que lograr que la gente crea sin pruebas.

Rosenberg asintió con la cabeza.

Niels quería decirle algo más, ayudarlo a deshacerse de su culpabilidad.

—¿Tal vez el PET tenía razón? —dijo—. ¿Tal vez hizo usted lo correcto?

Rosenberg soltó un profundo suspiro.

—¿Quién puede afirmar qué es lo correcto? Rufi, un poeta sufí, escribió la historia de un niño que es perseguido en sueños por un monstruo malvado. La madre del niño le reconforta y le dice que sólo debe pensar en ella y que el mal desaparecerá. «Pero madre», le dice el muchacho. «¿Qué pasa si el monstruo también tiene una madre?» —Rosenberg sonrió—. ¿Entiendes su significado? Los malos también tienen madres, Niels Bentzon. Unas madres que los consuelan y les dicen que han hecho lo correcto. Para ellos, somos el monstruo.

Suaves copos de nieve caían ligeramente a través del frío aire. Los policías ya se iban. Niels se volvió hacia el sacerdote y le dijo:

—Llámeme si me necesita.

Rosenberg asintió con la cabeza e iba a decirle algo cuando un agente se acercó a ellos y le entregó un paquete a Niels.

—¿Qué es?

—De Venecia. Vino con el correo de la embajada esta mañana.

Niels abrió el paquete. Una pequeña cinta de casete con caracteres chinos. Enarcó las cejas y se metió la cinta en el bolsillo.

—También hay otra posibilidad —dijo Rosenberg.

Niels lo miró. El sacerdote parecía que tenía frío.

—¿Otra posibilidad?

—Tal vez sea Dios quien esté eliminando a los treinta y seis Justos.

—¿Puede Dios ser un asesino?

—No lo veas de esa manera. Si aceptamos a Dios, aceptamos que la muerte no es el final. Míralo como si les llevara a casa.

—¿Dios se lleva a sus mejores hombres a casa?

—Algo por el estilo.

Las puertas del coche patrulla se cerraron. El motor ya estaba en marcha.

—Pero ¿por qué haría Dios algo así?

El sacerdote se encogió de hombros.

—Para probarnos, tal vez.

—¿Probarnos?

—Para ver cómo reaccionamos.

Niels se hizo a un lado para que el coche pudiera partir. Miró a Abdul Hadi en el asiento trasero. Parecía un animal herido, no un monstruo.

—Si es que reaccionamos.

48

Distrito de Nørrebro, Copenhague

El taller de electrónica no era muy llamativo, encajado entre una pizzería y una tienda de segunda mano. En varios de los televisores expuestos en el escaparate se hacían eco del mensaje del Bella Center: el fin del mundo se acercaba a pasos agigantados. Era la última advertencia.

Niels puso la cinta con los caracteres chinos en el mostrador y trató de llamar la atención de un adolescente perezoso.

—¿Qué desea? —preguntó éste.

—Necesito un magnetófono para oír esta cinta. ¿Tienes uno?

—No tengo ni puñetera idea.

Niels lo miró. Pero como el mozalbete parecía muy satisfecho con su respuesta, preguntó:

—¿Puedes averiguarlo?

—Un momento. —Se dio la vuelta y llamó—: ¡Padre!

Su hiriente voz chillona le recordó a Niels los hijos que él mismo hubiera tenido. Serían más o menos de la misma edad si Kathrine se hubiese quedado embarazada durante los años en que lo habían intentado.

Un hombre de mediana edad salió de la trastienda. Mostraba una actitud de particular resentimiento y un pelo grasiento.

—¿Sí? —dijo con cara de pocos amigos.

—Necesitaría un magnetófono para oír esta cinta.

El hombre estudió la cinta, respiró haciendo desagradables ruidos por la nariz y volvió a la trastienda. Niels se retiró un poco para contestar el móvil, que sonaba.

—¿Sí?

—¿No has escuchado mi mensaje? Creo que lo tengo, Niels.

—¿Qué tienes?

—El diseño. Es tan hermoso, Niels. Tan increíblemente hermoso... Si es...

—Empieza desde el principio, Hannah. Estoy un poco cansado.

—Te lo explicaré todo más tarde. Pero escucha esto: sé dónde se han cometido los asesinatos que faltan. Todos.

—¿Los asesinatos que faltan?

—¡Sí! Creo que se trata de un diseño en que la serie no debe ser interrumpida. El último fue el número treinta y cuatro. Se han encontrado veintiuno en total. Así que nos faltan trece por descubrir. Sé dónde se han cometido. Uno en Santiago, uno en Hanoi, uno en Belém, uno en Ciudad del Cabo, uno en Nuuk, uno en...

Niels la interrumpió:

—Un momento. No tengo ninguna posibilidad de confirmar tu teoría. ¿Qué crees que puedo hacer? —Hizo una pausa y luego preguntó—: ¿Has dicho Ciudad del Cabo?

—Yo digo... no, el diseño dice que el asesinato número catorce se cometió el viernes veinticuatro de julio, al atardecer, en Khayelitsha, un suburbio de Ciudad del Cabo. Puedo enviarte un sms con la longitud y latitud exactas.

—Hazlo. —Niels fue interrumpido por el técnico electrónico, que de repente descargó un antiguo magnetófono en el mostrador.

49

Ciudad del Cabo, Sudáfrica

Podría haber sido un lienzo al óleo: el golfo, el océano, las palmeras. Cuando Kathrine estaba sentada en su despacho del undécimo piso mirando por el ventanal, pensaba a menudo en la fotografía que, todos los años, tenían que hacerse ella y sus dos hermanas de niñas.

Iban desde el campo, donde vivían, hasta Roskilde. A lo lejos se veían las dos torres de la catedral, puntiagudas como punzones, apuntando al cielo, a Dios, tal como una severa advertencia: «No te acerques más.»

A Kathrine le gustaba la ciudad. Ropa nueva. Enormes centros comerciales donde siempre se perdían por pasillos sin fin. Comida enlatada y especias. Y la escalera mecánica. Kathrine le tenía un poco de miedo, pero aquella escalera llevaba a la familia hasta el estudio fotográfico. A ellas nunca les habían permitido elegir el fondo, pero el fotógrafo les mostraba las opciones: en primer lugar sacaba un tupido bosque, que le gustaba a su madre. En cambio, a Kathrine le resultaba un paisaje extraño: grandes árboles cubiertos de musgo y una exuberante vegetación, la luz solar filtrándose en finos rayos entre los árboles menos frondosos. Su hermanita tenía mal gusto y sólo quería algo chillón y colorido, preferiblemente rosa. Y luego estaba la playa. Kathrine estaba enamorada de ella, pero su madre se negaba a utilizarla como fondo. Por qué nunca la habían elegido seguía siendo un misterio para Kathrine. La foto había sido tomada ligeramente desde arriba, desde las altas dunas hacia el mar. Por lo general, su madre elegía un claro del bosque, con los árboles en segundo plano. Dios sabe qué tendencias sexuales subconscientes intervenían en esa elección. Qué pulsión reprimida había detrás. Kathrine a menudo se lo había preguntado a sí misma. Pensaba que, tal vez por eso, ella estaba ahora sentada en ese despacho, en ese lugar del mundo, porque el panorama era el mismo que le habían prohibido de niña. Ella quería mucha luz, su madre insistía en el crepúsculo. La penumbra se correspondía con el ambiente de su casa. El padre de Kathrine tenía «agujeros negros», como los llamaba su madre. Hoy en día se llama padecer «ciclotimia» o «psicosis maníaco-depresiva». Y no es que fuera un padre especialmente maníaco. Ella había leído en internet sobre casos de ciclotimia aguda. Padres que un momento estaban completamente deprimidos y al siguiente completamente excitados. Cuando estaban en el cielo todo podía suceder: viajar, comprar coches nuevos, ir al extranjero; pero no había sido así en su casa. O bien su padre estaba casi normal y tranquilo, o no decía ni una palabra y podía ser tan silencioso como una serpiente durante semanas. Aire acondicionado. Ventanas con aislamiento acústico. Marc rondaba alrededor de la oficina, donde las secretarias, los jóvenes arquitectos y los ingenieros trabajaban en equipo. Ella sabía que estaba buscando una razón para entrar en su despacho. ¿Debería acostarse con él? Habían estado coqueteando, sin duda. La idea de hacer el amor con Marc era más emocionante cuando creía que Niels iba a venir. Cuando no ocurrió así y de repente la infidelidad era una posibilidad real, ya no estaba tan segura. Marc trató de encontrar su mirada a través del tabique de cristal. Ella se volvió y miró por la ventana. Las vistas prohibidas de su madre. Mar. Luz.

—Hola, Kathrine.

Marc estaba en la puerta y adelantó la pelvis un centímetro, casi de forma imperceptible.

—Hola.

—¿No tenías días festivos? —preguntó él en el dialecto bóer, propio de Sudáfrica. No sólo la atraía por ser sexy.

—Estoy a punto de enviar los últimos planos.

—¿Tu marido vendrá?

Él sabía muy bien que Niels no quería venir. Marc no estaba

siendo muy agradable en ese momento. Kathrine notó que las lágrimas acudían a sus ojos.

—Por favor. Déjame sola.

Marc se fue. No era su estilo ser entrometido. Ella lo sabía muy bien. Era un hombre encantador, no era culpa suya que ella hubiera elegido casarse con un hombre que le recordaba mucho a su padre. Kathrine había pensado mucho en ello. Todavía no había encontrado la respuesta, pero había aprendido a aceptarlo como un hecho incontestable: los adultos a menudo escogen como pareja un clon de su madre o su padre, más aún si tienen problemas con sus padres. Al igual que ella los tenía con su padre y su carácter problemático.

Pero no había sido igual todo el tiempo. Al principio Niels no se parecía a su padre. Estaba tranquilo y no caía en agujeros negros. En esa época se reían mucho, a todas horas. Y a ella le parecía un hombre ambicioso. ¿O era algo que sólo había imaginado? Kathrine se preguntaba: ¿Tenemos instrumentos de sensibilidad desconocida capaces de seleccionar personas que, más adelante en la vida, se vayan pareciendo cada vez más a la madre o el padre problemático? ¿O somos nosotros quienes hacemos que se comporten así? Volvió a contemplar el paisaje marino. La espuma de las olas parecía champán burbujeante. Recibió un sms de Marc. «Lo siento.»

Ella se volvió y lo vio de pie, con aire contrito, en medio de la oficina. Tenía buena planta, qué duda cabía. En ese momento sonó el teléfono. «Niels», leyó en la pantalla.

—Estaba pensando en ti —contestó.

—¿En qué pensabas?

—Mejor no lo preguntes. —Ella sonrió a Marc. Le resultaba infinitamente más sexy cuando tenía a Niels al teléfono. Pero la idea de Marc como amante no acababa de cuajar en su cabeza.

—Escucha. La razón de que no haya ido...

Ella le interrumpió:

—Creo que lo he comprendido muy bien, cariñito.

—No, no lo has hecho. Estoy trabajando en un caso de asesinatos. Bastante complicado. —E hizo una pausa breve, dramática, antes de explicarle brevemente el asunto. Los crímenes, los lugares de los hechos, los misteriosos números en la espalda de los cadáveres.

Kathrine escuchó sin decir palabra. Incluso cuando le explicó la teoría de que había una muerte, un asesinato no declarado, en Khayelitsha, un suburbio a las afueras de Ciudad del Cabo. Al acabar su resumen, Niels guardó silencio, esperando algún comentario. No mencionó para nada a Hannah.

—¿Te han trasladado de departamento? —preguntó ella finalmente.

—No. No exactamente. Comenzó como una tarea rutinaria. Mi trabajo era informar a las posibles víctimas de un peligro potencial. Entonces me involucré.

—¿Por eso no has venido?

Niels quiso contestar «sí, exactamente por eso», que su ambición por cumplir con su deber le exigía quedarse. A ella le hubiera gustado. Kathrine había deseado a menudo más ambición en él. Eso y muchas cosas más.

—Creo que sí.

—¿Crees?

—No estoy seguro, Kathrine, pero intuyo que es un asunto importante y necesito tu ayuda.

—¿Quieres que vaya a Khayelitsha?

—Así es.

—Niels, no es seguro para una mujer blanca. Khayelitsha es un suburbio muy peligroso. Y eso es mucho decir en Sudáfrica.

Niels no replicó. Lo peor que podías hacer con Kathrine era tratar de convencerla de cualquier cosa. La única solución era que ella acabara convenciéndose a sí misma. El incómodo silencio se prolongó unos segundos, hasta que Kathrine dijo tranquilamente:

—Está bien, iré.

50

Calle Vesterbro, Copenhague

Un pequeño trocito de China se había alojado entre dos tiendas de ropa de la calle Vesterbro.

El restaurante El Bambú Dorado. Restaurante quizás era una palabra demasiado ostentosa para un par de mesas de plástico y una cocina pequeña y abierta. Niels había protegido la cinta contra lo más duro de la nevada y ahora necesitaba entrar en calor. Alguien le había dicho que los asiáticos eran personas amables. Lo habían olvidado, al parecer. En la cocina se estaba librando una guerra. Gritos de mando y probablemente improperios y recriminaciones. El jefe, el único vestido con traje, reprendía al personal de cocina.

Niels carraspeó: no surtió efecto. Así que se acercó a un pequeño mostrador frente a la caja registradora y dejó el magnetófono. Esperó y miró alrededor. Flores de plástico en macetas a lo largo de las ventanas. Un mapa de China en la pared. Un gran cartel de los Juegos Olímpicos de Pekín. El menú: fideos, brotes de bambú, rollitos de primavera, ternera Gong Bao. La televisión estaba encendida: la Cumbre sobre el Cambio climático. Un hombre espigado de las islas Vanuatu del Pacífico Sur, con lágrimas en los ojos, despotricaba contra los países industrializados, especialmente contra China, por la destrucción del medio ambiente. Al parecer, nadie lo escuchaba. En las sillas de delante algunos seguían charlando animadamente. Un par de delegados finlandeses se rieron un poco. A la mayoría de los asistentes no parecía que las islas Vanuatu y sus problemas fueran a quitarles el sueño.

—Ellos están pendientes de nosotros.

Niels se volvió y miró al chino, al que un traje demasiado grande le daba aspecto de viejo.

—Siempre somos nosotros. Siempre China. China tiene la culpa de todo. —Sonrió con amargura a Niels—. ¿Quiere una mesa?

—Policía. —Le mostró su placa y buscó pequeños tics faciales en el chino. Nada—. Necesito ayuda para traducir esto. —Y sin más pulsó el *play*.

—¿Qué es?

—¿Puede decirme qué dicen en la cinta?

El chino prestó atención. Fue tal vez un minuto. Se trataba de una llamada o, al menos, así lo entendía Niels. Un hombre telefoneaba a una mujer, probablemente en busca de ayuda. Había signos de pánico creciente en su voz. La cinta se terminó.

—¿Ha entendido?

—El hombre está dolorido.

—¿Qué dice?

—Él pregunta: «¿Qué está pasando?» ¿Sabe a qué se refiere?

—No. Y necesito saberlo.

—Póngala otra vez.

Niels rebobinó. El jefe llamó a un pinche de cocina. Un joven se acercó sumiso. Después de unas palabras en chino, el jefe le indicó a Niels que pulsara *play*.

—Más alto —pidió.

Niels subió el volumen. Era difícil sobreponerse al ruido de la cocina.

—¿Así le basta?

El jefe asintió y el joven se puso a traducir. Y el jefe lo pasaba a danés.

—El hombre dice: «¿Qué está pasando? Todo está muy silencioso. Mi buen Dios. ¿Qué me está pasando? De dónde sale este silencio. Venus y la Vía Láctea.»

—¿Venus y la Vía Láctea? —Niels rebobinó y reprodujo de nuevo. En la cinta no había ningún silencio, al contrario. Un reloj sonaba de fondo, voces altas, tráfico—. Hay mucho ruido. Ahí no hay silencio. ¿Está seguro que dice eso?

—Totalmente seguro. El hombre es de Pekín —respondió el

jefe, que ya daba a entender que no le interesaban las conversaciones no rentables.

—¿Y habla de silencio a pesar de que hay bastante ruido?

Niels miró al joven, que le contestó en un danés inseguro:

—Sí, decir eso. «¿Qué es pasando? Todo muy silencioso. Mi buen Dios. ¿Qué es pasando a mí? Dónde este silencio. Venus y Vía Láctea.»

Niels se preguntó por qué era tan importante para Tommaso que él escuchara esa cinta.

«Todo está muy silencioso.»

51

Entre Ciudad del Cabo y Khayelitsha, Sudáfrica

La mayoría de los que han estado en África hablan sobre su experiencia a posteriori, especialmente aquellos que han viajado al interior del continente. Lejos de los turistas masificados, la codicia y los inevitables equipos de televisión europeos ávidos por filmar la miseria. «Se trataba de llegar a un acuerdo con la muerte.» Tierra adentro, donde se siente el latido de la sangre, donde el hombre evolucionó paso a paso desde la ciénaga, donde están los orígenes de la humanidad. Aunque ya nuestro color original se ha ido, provenimos de ese lugar. Ella podía sentirlo. «La Tierra.» Allí, volver a casa tenía un nuevo significado.

La primera vez que Kathrine había estado en la sabana lloró. Lo hizo como el hijo pródigo que recibe un abrazo a su regreso. Allí ella podría morir en paz. Marc no lo sentía así. Él había crecido en África. Le encantaba su tierra, pero no estaba dispuesto a morir. Por eso contrató guardias para que les escoltaran. Tres zulúes aparecieron por la tarde con una ancha sonrisa de la que ya no se desprenderían. No importaba lo que Kathrine les dijera, siempre se echaban a reír.

Llevaban metralletas y rifles. Bobby, Michael y Andy. Todos los africanos tienen nombres para cada ocasión, igual que los artistas en Europa y Estados Unidos. Un nombre para los blancos y luego los nombres reales que nunca revelan. De hecho no les gusta que les pregunten.

—¿Khayelitsha?

—Sí, allí quiero ir.

—¿Para qué? —preguntó uno de ellos en inglés y se echó a reír de nuevo—. Allí no hay nada, menos que nada.

Más tarde, cuando Marc metió una pistola en la guantera de la polvorienta camioneta, Kathrine preguntó:

—¿No estás exagerando?

—Cathy. —Él se volvió y le sonrió. A ella no le gustaba que la llamaran Cathy—. No estamos en la apacible Escandinavia. Esto es Sudáfrica. Necesitas un arma. —Marc tal vez tenía los dientes más blancos del mundo.

—Pero... —Algo en su mirada la hizo enmudecer. No hacía falta decirlo en voz alta, ella lo leyó en su expresión: «Pero, claro, ¿cómo podría saberlo una frívola mujer de un país tan fabuloso como Dinamarca?»

Los nativos los seguían en otro coche y Marc tenía siempre la precaución de mirarlos por el retrovisor.

—Conque un asesinato, ¿eh? —comentó.

Kathrine sonrió y se encogió de hombros.

—Ya. Hay muchos asesinatos en Sudáfrica. —Ella encendió un cigarrillo. Otra cosa buena acerca de África: podía fumar hasta la muerte sin encontrar un muro de miradas recriminatorias. Allí la muerte era parte de la vida. La muerte estaba presente de una forma muy diferente que en su país, donde casi constituía una auténtica sorpresa para la gente cuando le llegaba. Como si nunca hubieran pensado que el baile se terminaría en algún momento.

Muchas vidas y muchas muertes. Así era África. En Dinamarca era todo lo contrario: no se vivía de verdad y la muerte no existía oficialmente. Lo que había era una especie de vida anodina, insustancial. Una vida en la que los días se sucedían sin que nadie se diera cuenta.

Ella tosió. Los cigarrillos locales se aferraban a la garganta. Había sido un día ajetreado. Reuniones. Llamadas de teléfono. Cuando encendió el ordenador esa mañana había 109 mensajes sin responder en su correo. Y sería lo mismo mañana.

—¿En qué parte de Khayelitsha? —La voz de Marc era firme

y masculina. Eso era lo bueno. Lo malo era el dialecto, la fea mezcla entre holandés y sonidos anglosajones.

Ella le entregó un papel con las coordenadas del GPS y una dirección aproximada. Había necesitado la ayuda de especialistas informáticos de la empresa para recrear las coordenadas de GPS de Niels en una dirección real.

—Muy bien. —Él la miró con una sonrisa insinuante.

Era todo lo que Niels no era. En Marc no había cambios de humor sin motivo aparente, ni arenas movedizas mentales. Sólo era Marc. Bastante apetecible y un poco irritante.

Iban por una autopista recién inaugurada, el asfalto de un negro reluciente. Marc sorbió su café. Kathrine miró hacia atrás. Andy la saludó con una ancha sonrisa desde el otro coche. La temperatura exterior no bajaba de treinta grados y corría un aire completamente seco, lleno de los humos del tráfico, polvo y partículas de arena arrastradas de las vastas sabanas. Por todas partes se veían edificios en construcción. Las grúas, altas como torres, se erguían en el horizonte, como si antes de la contaminación hubieran sido jirafas africanas que luego se habían metamorfoseado de forma monstruosa. Obras viales, sudorosos obreros en tierra y cemento, estruendosos martillos neumáticos, asfaltadoras, puentes y carreteras en proceso de renovación.

—¿Sabes quién es Bill Shankly? —preguntó Marc.

—No.

—Un agente de fútbol de Liverpool. Hizo una declaración muy peculiar: «Algunos creen que el fútbol es una cuestión de vida o muerte. Yo os puedo asegurar que es mucho más importante que eso.» —La miró y rio—. Si ves lo que está sucediendo en Sudáfrica en este momento por el campeonato del mundo de fútbol, en sólo siete meses, hay que admitir que Bill Shankly tenía razón. Quiero decir, por un balón de cuero todo el país está preparándose para cambiar. Pero sólo el exterior, claro —agregó.

Kathrine miró por la ventanilla.

Al cabo de unos momentos la moderna metrópoli occidental se convertiría, a través de una solapada transición, en una urbe africana. Algo que ella conocía muy bien por los medios de comunicación: barrios marginales, desesperación, basura, calor y polvo. Era imposible determinar dónde comenzaba Khayelitsha, tal vez era una cuestión de límite mental más que geográfico. Se cruzaba una línea invisible y ya no había retorno. Sólo quedaba luchar para sobrevivir: la lucha diaria para conseguir algo de comer y beber, y para evitar ser víctima de un crimen fortuito. En Sudáfrica hay cincuenta mil muertes al año. Cada treinta segundos una mujer es violada.

Khayelitsha, Sudáfrica

Marc paró y esperó unos segundos hasta que el coche con los guardias se puso detrás de ellos otra vez. Las calles se hicieron más estrechas; las casas, más pequeñas: chozas, chabolas de hojalata, toscas casas de barro, polvo, coches destrozados, perros por todas partes. Con las colas heridas, cojeando, ladrando, sedientos. En Khayelitsha, los niños no jugaban. Fue una de las primeras cosas que Kathrine percibió. Sólo estaban en las calles mirando y fumando cigarrillos. Un niño jugaba al fútbol con una camiseta del Barcelona confeccionada en su casa. MESSI se leía en su dorsal. Una mujer reprendía a sus hijos, pero a ellos les daba igual. No obstante, lo que más impresionaba a Kathrine era la basura, que estaba por todas partes: botellas de refrescos, latas, bolsas de plástico, neumáticos, envases de todo tipo. El olor del polvo, el calor, la orina y la desesperanza eran perceptibles también dentro del coche.

Marc seguía el GPS y giraba a veces a la derecha, a veces a la izquierda. Pronto el polvo se asentó en la ventanilla como una película que dio a todo un tono de irrealidad.

Kathrine siempre había podido evitar las zonas pobres, y eso era lo que hacía de Sudáfrica un lugar estimulante para quedarse. Los primeros meses, cuando ella estaba prácticamente todo el día en la oficina, en hoteles, en restaurantes y cafés del distrito financiero, casi había conseguido olvidarse de dónde estaba. Podría haber sido Nueva York o Londres en un verano muy caluroso.

Marc hablaba sobre un tipo de la oficina, que él creía que era un gilipollas. Kathrine escuchaba sin interés. Entonces Marc cambió de tema y advirtió su falta de atención.

—¿Cathy?

—Sí.

—¿Esta noche? —Detuvo el coche y la miró—. Conozco un restaurante indio muy agradable.

Kathrine le devolvió la mirada. Estaba invitándola a salir. Ella sabía que llegaría ese momento, lo había estado esperando, sin embargo ahora la descolocó. Él sonrió con su blanquísima dentadura. Y su sonrisa sugería que sería más que la visita a un restaurante. Kathrine estaba segura: si decía que sí terminarían en una cama. Tenía que ser el paquete completo: cena, baile y sexo. Y ella deseaba decir que sí, mejor dicho, su cuerpo lo deseaba. Sentía un creciente calor en el vientre.

—¿Por qué nos detenemos?

Ella esperaba que él exigiera una respuesta. La idea de que no pudiera hablar de otra cosa sin contestarle antes era estimulante. Su camisa abierta revelaba un torso bronceado, un pecho bien esculpido. Pero Kathrine sintió una pizca de decepción cuando él no le urgió una respuesta y se limitó a decir:

—Hemos llegado. —Y señaló el GPS.

Kathrine no sabía qué esperaba encontrar allí, pero en esa casa no había nada destacable. No sólo estaba lejos del resto de los barrios marginales, sino que era la única casa en muchos metros a la redonda. Y tenía una hilera de desperdicios donde la vegetación iba ganando terreno.

Pensó que Marc se había equivocado con el GPS. ¿Por qué querría Niels que ella fuese a esa choza humilde en medio de esa barriada sin fin, entre miles de otras chozas? Tal vez era Niels quien se había equivocado. De momento, si le hacía caso, lo único que sabía acerca de esa choza era que allí se había cometido un asesinato, en julio. Él no había dicho nada más, ¿y por qué no iba a ser posible?

Marc aguardaba sentado en el coche. Los tres guardias habían bajado y uno de ellos estaba todo el tiempo a pocos metros de Kathrine.

Ella cruzó la calle, que no era más que tierra reseca, calcinada. La puerta parecía una puerta de un armario viejo puesta allí para guardar las apariencias. Unos niños daban patadas a una pelota de trapo delante de la choza. Uno de ellos gritó:

—¿Quieres follar, mujer blanca? —Y se rio con los demás.

Andy, uno de los guardias, gritó algo en zulú pero no amedrentó a los rapaces.

Kathrine llamó a la puerta y esperó. Nada. Llamó de nuevo. Le daba miedo que la puerta se cayese. Una mujer desdentada abrió y miró a Kathrine como sin verla.

—Hola —dijo Kathrine, y en ese momento se dio cuenta de que no sabía qué decir—. ¿Vive aquí?

No obtuvo respuesta. Entonces reparó en que la mujer estaba casi ciega. Una película gris y mate velaba sus ojos. Había muchas personas ciegas en África.

—¿Entiende inglés? —Como no obtuvo respuesta, fue a volverse para llamar a Marc, pero de repente la mujer dijo en inglés:

—Mi hijo no está en casa.

—¿Su hijo?

—Le cuido la casa.

—Entiendo. —Kathrine esperaba que la mujer la invitara a pasar, pero no lo hizo—. He venido aquí para averiguar... Mi nombre es Kathrine. No soy de Sudáfrica —agregó. Esto solía impresionar a la gente local. Los europeos eran populares, al menos más que el resto de los blancos.

Sólo entonces el rostro de la anciana mostró signos de vida: un tic debajo de un ojo. Alzó la voz.

—¿Amnistía Internacional?

Antes de que Kathrine pudiera aclarar el malentendido, la vieja se asomó fuera.

—¿Cuántos sois?

—Mi colega que está sentado en el coche. Y tres guardias.

—¡Ya era hora de que vinierais!

La mujer dio media vuelta y entró en la choza. Si no hubiera sido casi ciega, habría leído el rótulo del Land Rover: «Arquitectos DBB.» Desde el interior la anciana llamó:

—¡Adelante, Amnistía, pasa!

Un par de sillas de madera derrengadas, una mesa y un camastro. Por encima de la cama colgaba un cartel del equipo de fútbol de Sudáfrica. BAFANA, BAFANA. DIOS ESTÁ CON NOSOTROS, habían escrito en la pared sobre el cartel.

La anciana invitó a Kathrine a tomar el té y le sirvió una taza sin esperar su respuesta.

—Rooibush. Es bueno —dijo—. Aclara la mente.

Kathrine miró la turbia infusión.

—¿Cómo pensáis sacarlo? —preguntó la anciana—. Él no la mató a golpes, ¿me entiendes? ¿Qué vais a hacer?

Kathrine tragó la saliva. «Tengo que decirle la verdad», pensó. En cambio, dijo:

—Tal vez, lo mejor es que me hable un poco sobre el caso.

—Él no la mató. Ella estaba en la fábrica. Él es inocente, lo dijo Mathijsen.

—¿Quién?

—Mathijsen. —E hizo un gesto apacible, las arrugas de la frente parecieron relajarse al recordar al tal Mathijsen—. Era un buen hombre. Nos ayudó mucho.

La mujer hablaba con rapidez y de forma bastante ininteligible, y Kathrine tenía dificultades para seguir el hilo de lo que decía.

—Mat...

—El abogado de mi hijo. Joris Mathijsen.

—¿Qué fue de él? —preguntó Kathrine—. ¿Es él quien sospechaba que su hijo había cometido un crimen?

—¡No! ¡No! —La anciana bajó la cabeza—. Mathijsen murió en esta casa. Él quería ayudarnos.

—¿Quiere decir que el abogado murió aquí? ¿Cuándo?

Antes de que la mujer contara la historia, Kathrine llamó a Marc.

—Cree que venimos de Amnistía —le susurró—. No me parece que debamos quitarle esa esperanza.

Dentro de la choza, Marc saludó con la cabeza a la mujer, pero dijo «hola» cuando descubrió que ella apenas veía. Aunque la anciana ya había contado antes la historia varias veces, todavía había vehemencia en su voz: Benny, su hijo, trabajaba en una fábrica de zapatos en Durbanville y fue despedido junto con otros trabajadores. A causa de ello se produjo una refriega en la fábrica y la hija del director resultó asesinada a puñaladas. Benny fue procesado. Durante el juicio alguien, cuyo nombre Kathrine no entendió, testificó que Benny estaba lejos del lugar de los hecho y que por tanto no podía ser el culpable. Era una situación desesperada para Benny. No tenía dinero para contratar un verdadero abogado defensor.

—Pero entonces apareció Joris Mathijsen.

Marc lo conocía de nombre. Mathijsen había sido uno de los promotores de la Comisión de la Verdad y la Reconciliación, que durante los años 1995-2000 había sacado a la luz pública las violaciones cometidas durante la época del *apartheid*. Era muy diferente a otros mediadores porque no hablaba de castigo para los culpables. La Comisión ofrecía amnistía a los criminales a cambio de que ofreciesen su testimonio completo. Si decían la verdad quedaban en libertad. De qué manera Mathijsen, que había estado mucho tiempo apartado de la vida pública, había encontrado a Benny era un misterio. La anciana no podía explicarlo. Lo único que sabía era que Benny y Mathijsen se habían visto varias veces en la cárcel, y que Benny tenía nuevas esperanzas al haber encontrado un abogado tan experimentado. El 24 de julio Mathijsen visitó la choza de Benny en Khayelitsha, esta en la que ahora estaban. Bebió té con la anciana y le prometió que sacaría a Benny de la cárcel.

—Él lo prometió. ¿Entiendes, Amnistía?

Pero cuando el abogado se marchaba, vio algo sospechoso en el patio, detrás de la casa. Así que decidió ir a investigar. La anciana se quedó dentro. Pasaron unos minutos y ella no se atrevía a salir, pero al final lo hizo y se encontró a Joris Mathijsen tumbado boca arriba con los brazos extendidos. Muerto. Benny fue sentenciado a veintidós años de prisión por asesinato, sin posibilidad de libertad condicional.

Kathrine tuvo ganas de llorar al ver la desesperación de la anciana. «Cuando salga de la cárcel yo ya habré muerto hace mucho tiempo», decía su expresión. Kathrine prometió ayudarla y, por unos segundos, se creyó verdaderamente miembro de Amnistía Internacional. En cualquier caso, estaría en contacto. Se lo prometió a sí misma.

La anciana se sentó un momento. Luego se levantó con dificultad y caminó unos metros hasta la puerta de atrás, que Kathrine no había advertido antes. Con un pequeño empujón la abrió y salió a un patio cercado. Lo cruzó hasta un sitio donde había muchas flores, marchitas bajo el sol abrasador. Allí había colgado un pequeño retrato del abogado. 26/4/1962 – 24/7/2009, rezaba una pequeña placa.

52

Instituto Niels Bohr, Copenhague

Una «noche Niels Bohr». Todos los empleados de la institución estaban familiarizados con la expresión. Significaba noches sin fin, cuando el único sonido que oían era el leve rumor de una de las numerosas máquinas de pruebas del sótano o el papel crepitante cuando los resultados estaban imprimiéndose. Era como si los pensamientos nunca salieran del edificio. Nadie se los llevaba, se quedaban allí. Y los investigadores tenían que volver aquí para ser parte de ellos de nuevo. Hannah había echado de menos el lugar, mientras buscaba la cocina para comer algo. Salchichas y salami, seguramente de supermercado. Había que acostumbrarse. Los físicos no son gourmets. En todas las mesas del comedor siempre había papel y bolígrafos, era una tradición de la casa: durante el desayuno siempre podía surgir una buena idea.

Hannah no había oído el teléfono. Un mensaje. Llamó al contestador automático. «Tienes un mensaje nuevo», dijo la voz. Era Niels. «Hannah... He hablado hace poco con Kathrine... Tenías razón respecto a Khayelitsha, no entiendo cómo lo has averiguado. Tanto el lugar como la fecha eran correctos. Joris Mathijsen, un abogado muy conocido. Todo encaja. Ahora... estoy cansado. Ha sido una semana difícil. Hablamos por la mañana. Eres una buena chica.»

Ella sonrió. Por supuesto que tenía razón: sí, era una buena chica.

53

El silo de Carlsberg, Copenhague

De todas las malas ideas que Niels había tenido en su vida, la peor había sido la última: enviar a Kathrine a uno de los barrios marginales más grandes del mundo durante las fiestas navideñas, que ellos además no iban a celebrar juntos. Había hablado con ella tres veces. Estaba molesta. Al parecer, la experiencia le había resultado bastante desagradable. Durante la última conversación había tenido ganas de espetarle que su gran problema era que no conocía la realidad, que el mundo estaba lleno de pobreza, muerte y miseria. Kathrine no se había enterado simplemente porque había pasado la mayor parte de su vida en edificios con muebles de diseño y aire acondicionado. Su mundo se componía exclusivamente de superficies relucientes: mármol, acero, cobre, aluminio, un mundo brillante que desconocía que alrededor todo era muy distinto. Pero se contuvo y sólo le dijo: «Lamento que ir allí te haya disgustado tanto.»

La imaginaria pelea le rondaba la cabeza cuando llegó al piso y de pronto percibió que alguien había estado allí.

Escudriñó la sala de estar. Nada raro. La gran sala que daba al oeste seguía exactamente igual. Igual que cuando Kathrine había interrumpido su vida en común hacía una eternidad. Niels tenía la molesta sensación de que su relación había terminado. Tal vez lo que percibía ahora era sólo la sombra de Kathrine, que siempre estaría allí. Se sentía cansado. Y le abrumaba especialmente que Hannah hubiera resuelto el puzle y puesto al descubierto el andamiaje de aquel complejo caso. Consideró llamarla de nuevo, pero al final prefirió antes dormir un poco.

La puerta de atrás estaba entreabierta.

Nunca olvidaba echar la llave de la puerta de atrás. Él la utilizaba sólo en contadas ocasiones. La examinó. No había señales de que la hubieran forzado. La jamba, el marco, la cerradura y las bisagras, todo estaba normal. Sin embargo, no se tranquilizó. Alguien podía haberse apoderado de las llaves y hacer una copia. ¿Por qué no? Pensó en quiénes tenían acceso a la vivienda. Sólo Kathrine y él. Y el vecino de abajo. ¿Tal vez el administrador? ¿Una llave universal? Niels se lo planteó por un momento, pero esperaba que no existiera tal llave. Su miedo podía estar justificado si le constara que alguien había cogido su llave o la de Kathrine por un tiempo y hubiera aprovechado para hacer una copia. Pero no le constaba.

El único lugar donde a veces dejaba Niels su llave era en su despacho. ¿Podría, y la idea era casi absurda, alguien de la comisaría haberla cogido para copiarla y luego devolverla a su sitio? ¿Quién? ¿Y con qué fin?

Niels salió a la escalera de incendios y encendió las luces. Oyó pasos en la escalera, una planta más abajo.

—¿Quién anda ahí?

No hubo respuesta.

—¿Oiga?

Pasos casi inaudibles bajando los peldaños. Niels se asomó por la barandilla y le pareció divisar una figura oscura que descendía rápida y sigilosamente. El silo de Carlsberg proyectaba largas sombras que impedían ver con claridad.

Entonces la luz de la escalera de incendios se apagó.

54

Aeropuerto de Kastrup, Copenhague

Era una mañana helada, bajo cero, y la sensación térmica se incrementaba por un viento cortante. El *Air Force One* aterrizó a las nueve, unos segundos después se abrió la compuerta al lado del sello presidencial estampado en el fuselaje. Obama apareció y bajó la escalerilla. Había cierta preocupación en su, por lo general, serena y firme mirada. Un residuo de duda. El hombre más poderoso del mundo no fue recibido con especial pompa y ceremonia. Tras un apretón de manos con el embajador de Estados Unidos, Laurie S. Fulton, subió a una cómoda limusina y se dirigió directamente al Bella Center. Era un hombre muy ocupado. Un hombre con una misión clara: salvar el mundo.

Viernes 18 de diciembre

Niels despertó sintiéndose pletórico. Una sensación familiar y, desde luego, preferible a la contraria: la languidez. No era depresión, como decía Kathrine. Ocurría que él tenía o mucha energía o muy poca.

Nørrebro, Copenhague

Niels lo advirtió nada más llegar a la cafetería y ver a Hannah en una mesa del fondo, bebiendo un café. Algo había cambiado en ella. No era sólo que se hubiera ocupado de su aspecto: el maquillaje, un poco de lápiz labial, el cabello arreglado. Lo revelador era su mirada. La forma en que escaneaba la sala y a los demás clientes. La curiosidad había revivido en ella. Un interés instintivo en lo que estaba sucediendo a su alrededor. Ella lo vio y agitó una mano con ademán infantil. Niels le sonrió. A su lado estaba la caja de cartón con todos los casos de asesinato.

—Debemos celebrar el diseño. —Miró la bandeja que había en el sitio de Niels. Pan, huevos, cruasanes, melón—. He pedido para dos.

—¿Cómo has averiguado que el asesinato en Ciudad del Cabo...?

—Porque he descubierto el diseño. —Hablaba rápidamente y con entusiasmo—. Empecé por la tradición bíblica y el número treinta y seis.

—Pero cómo, Hannah. Tú no eres religiosa.

—¿Estás seguro? —Ella sonrió—. Si vamos a eso, no sé lo que soy. Pero sé que la incompatibilidad entre religión y ciencia está muy sobredimensionada. ¿No quieres sentarte?

Niels se dio cuenta de que seguía en pie. Se sentó.

—La oposición se basa en una falsa premisa. La ciencia tuvo su origen en un deseo de demostrar la existencia de Dios. En el fondo, la ciencia y la religión han ido de la mano desde el principio. Durante algún tiempo, enamoradas la una de la otra, más que en otras épocas.

—Pero ¿por qué treinta y seis y no cualquier otro número? —Niels no quería desviarse del asunto principal. Se sirvió café—. ¿Tiene alguna importancia especial?

—En relación con el diseño, ¡sí! Y eso es lo que tenemos que utilizar. Escucha. Actualmente la ciencia tiene una percepción muy limitada de las cosas, ya que conoce sólo un cuatro por ciento de toda la materia del universo. ¡Cuatro por ciento, imagínate!

—¿Cuál es el otro noventa y seis?

—Eso. ¿Cuál es? Nosotros, los astrofísicos, lo llamamos «materia oscura» o «energía oscura». Pero tal vez debería llamarse más bien «lo acientífico». Hay tantas cosas que no sabemos, Niels... Asusta un poco. Sin embargo, nos comportamos como pequeños dioses que creen ejercer control sobre todas las cosas. Como niños pequeños con delirios de grandeza. ¿Acaso no nos hemos convertido en eso? Como si tratáramos de engañarnos a nosotros mismos, diciéndonos que el cuatro por ciento es todo lo que hay. Que el noventa y seis restante, lo desconocido, no existe. Pero sí existe. Sabemos que está ahí, simplemente no lo entendemos.

—Pero sólo hay registrados veintiún asesinatos, no treinta y seis.

—Hasta ahora. Porque los otros no se han encontrado o no se han hecho oficiales.

Niels vaciló. No sabía si sonaba curioso o escéptico cuando le preguntó:

—El asesinato en Ciudad del Cabo, Hannah. ¿Cómo lo averiguaste?

—¿Sabes quién fue Ole Rømer?

—Sí, un jefe de la policía en el siglo dieciocho, más o menos.

—Y astrónomo —completó ella—. Igual que yo. Él fue el primero que afirmó que la luz tiene una velocidad, y con bastante precisión.

—¿Qué tiene que ver con todo esto?

—En una ocasión el rey le preguntó cómo podía saber qué extensión de Copenhague estaba edificada. Claro, podrían haberse puesto a medir, pero habrían necesitado mucho tiempo. Rømer lo hizo en menos de diez minutos. ¿Cómo lo consiguió?

Una camarera pasaba por allí y Hannah la llamó.

—Perdón, ¿podrías conseguirme unas tijeras y un melón entero?

La camarera enarcó las cejas.

—Marchando —dijo, y se alejó.

Hannah continuó:

—Rømer tomó una balanza y un mapa del Registro de la Propiedad de Copenhague, y... Gracias. —La camarera le entregó las tijeras y el melón—. Y después recortó el mapa. —Ella empezó a recortar una hoja que sacó del bolso. Una joven pareja en la mesa de al lado la miraba con extrañeza—. Rømer simplemente recortó las áreas edificadas del mapa y las puso a un lado de la balanza y las parcelas sin edificar en el otro.

Niels sonrió.

—¿Y qué recortas tú?

—¿Se parece a África? —Ella levantó un trozo de papel.

—Poniéndole voluntad.

—Sí, Sudáfrica me ha quedado un poco estrecha, pero al menos puedes reconocer Australia, América del Sur y del Norte. —Levantó un par de piezas más.

—¿Has retirado los continentes?

—No, el agua. Los océanos. Sólo tienen que quedar los continentes. El resto se recorta. —Comenzó a reunir los recortes como si fueran piezas de rompecabezas.

—¿Hannah? —Niels insistía en el contacto visual con ella—. No he vuelto a leer nada de física ni matemáticas desde el colegio. Por favor, ve más despacio. Así que coges un mapa y recortas los continentes. Eso lo entiendo. ¿Y desechas los océanos?

—Sí.

—Pero ¿por qué? ¿De qué sirve?

—¿No te lo expliqué por teléfono? Retrocedemos en el tiempo, Niels, hacia un pasado remoto, el momento en que se formaron los continentes y se crearon los organismos multicelulares.

Él la miró alucinado.

—Se trata de las placas tectónicas. Las placas continentales, las placas de los océanos y la densidad del granito en comparación con la densidad del basalto. Pero no es necesario ahondar en eso ahora. Vamos a empezar por un lugar diferente.

—Buena idea.

—Bien, como sabes, los continentes se mueven alrededor del planeta. Están, por así decirlo, siempre en movimiento. Su explicación es larga y pesada, te la ahorraré.

—Muy amable.

—Pero debes entender que los continentes son de granito. ¿Has oído hablar de Minik Rosing?

Niels negó con la cabeza.

—Un geólogo de Groenlandia. Su teoría afirma que el granito de la Tierra se forma por la oxidación del basalto. El oxígeno para la oxidación proviene de las primeras bacterias fotosintéticas que se formaron hace poco menos de cuatro millones de años.

Niels levantó las manos en señal de absoluta rendición.

Hannah pensó por un momento.

—Vale. Nos saltamos la explicación y vamos directos a la conclusión. La conclusión parcial al menos: los continentes son una consecuencia de la vida en la Tierra.

—¿Eso es una conclusión?

—Más bien un punto de partida, ¿de acuerdo? Mira.

Niels miró cómo ella colocaba los continentes como piezas de un rompecabezas. La joven pareja de la mesa de al lado ya mostraba abierto interés y miraba sin tapujos.

—Durante un tiempo estuvieron como un bloque, juntos, cerca del Polo Sur. Los continentes estuvieron así. Espera, te lo dibujaré para que lo veas claro. —Encontró un rotulador negro en su bolso y comenzó a dibujar en el melón los continentes como una totalidad—. ¿Ves que estaban situados en el Polo Sur?

Niels la miró. Desde que la conocía había notado una cierta intranquilidad en ella, su modo de andar, sus movimientos. Pero ahora se la veía completamente serena y segura.

—Algo así podría haber sido la Tierra hace unos mil millones de años. —Levantó el melón.

—¿Cuando los continentes estaban juntos? —dijo Niels.

—Exactamente. Una teoría aceptada hoy en día, pero no hace un siglo. Un astrónomo alemán descubrió la distribución en que todos estaban fusionados, literalmente. Pasaron muchos años antes de que alguien le creyera.

Niels miró el melón.

—Hagamos un viaje al nuevo mundo. —Ella levantó la vista por un momento y miró a Niels.

—Ahora viajaremos a un mundo llamado Rodinia —anunció.

55

Niels se había quitado la chaqueta. La cafetería comenzaba a llenarse de estudiantes que querían desayunar.

—La palabra «Rodinia» proviene del ruso y significa «tierra materna». Y eso es exactamente lo que es el supercontinente Rodinia: la madre de todas las tierras.

—Muy bien. —Niels asintió con la cabeza.

—Fue a partir del desmembramiento de Rodinia cuando se puso en marcha realmente el desarrollo de la vida. Los períodos a partir de entonces se llaman Ediacárico y Cámbrico. Hay otros, pero yo no soy geóloga.

—¿Por qué estamos hablando de los continentes y...?

—Rodinia.

—Sí. ¿Qué tiene que ver con los asesinatos?

Hannah vaciló y miró fijamente la comida.

—El diseño está relacionado con personas. Con la vida. Según la tradición bíblica, los treinta y seis Justos protegen a la humanidad. Y la gente vive en la tierra, no en el agua. Por eso he quitado los océanos. Y entonces, con una precaria versión de Rodinia, descubrí algo muy interesante. —Levantó el melón.

Niels observó que la joven pareja de al lado había dejado de comer y se sentaba como si estuviera en una conferencia en el auditorio.

—Vi los puntos desde arriba y comprobé que formaban un diseño. Y lo comparé con las fechas de los asesinatos. Entonces concluí que hay un orden en los puntos. Acto seguido, le di sencillamente su número a cada uno. El asesinato diecisiete se cometió en Pekín. El catorce en Ciudad del Cabo.

—Khayelitsha. África del Sur.

—Así es. Y el nueve fue en La Meca. El decimoquinto, en Thunder Bay.

—Sarah Johnsson.

—Exactamente. Te lo dibujaré.

Quitó los vasos y platos de la mesa. La chica de al lado hizo sitio para que Hannah los pusiera en la suya. Luego Hannah dibujó un gran círculo en el mantel.

—Esto es la Tierra. Los continentes estaban situados más o menos así. —Dibujó los continentes agrupados alrededor del Polo Sur—. Así tenemos una visión general. Y los escenarios de los asesinatos, los puntos, se situarían más o menos así. —Colocó los 36 puntos a una velocidad asombrosa—. Y entonces les adjudiqué números, igual que su ubicación en la secuencia. ¿Ves algo ahora?

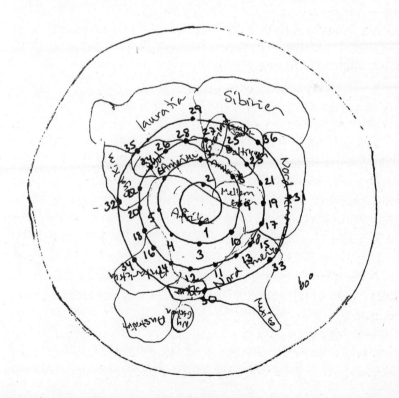

Niels observó el dibujo.

—¿Ves que los números forman círculos pequeños, estrechas capas?

—Tal vez.

—¿Y que van y vienen de una parte del círculo a otra, como formando un tejido que se estrecha como una pirámide hasta el veintinueve y luego baja recto hasta el treinta?

Niels no respondió. Miró el paquete de cigarrillos de Hannah y sintió un imperioso deseo de salir a fumar.

—Comprobé que los números se encontraban en las latitudes 12, 36, 24, y 48. Pero esto no es relevante por el momento.

—¿Y cuál es el factor determinante?

—El diseño forma un átomo. Y no cualquier átomo, sino el número atómico treinta y seis.

—Treinta y seis. Al igual que en...

—La tradición bíblica. Tal vez por casualidad, tal vez no. El Instituto Niels Bohr ha desempeñado un papel crucial en la identificación de los elementos conocidos. Puede ser que yo tenga los átomos metidos en el cerebro por mi profesión, pero es innegable que el diseño de estos crímenes, hasta el mínimo detalle, está estructurado exactamente igual que el número atómico treinta y seis. Kriptón.

—¿Kriptón? —Niels sonrió—. ¿Superman también participa en este embrollo?

—Por desgracia no. El Kriptón es el átomo de un gas noble. La palabra deriva del griego *kryptos*, «el oculto».

—¿«El oculto»? ¿Por qué?

—Probablemente porque el kriptón es un gas incoloro. Sin embargo, tiene la propiedad especial de que se ilumina en líneas espectrales verdes y naranjas cuando lo atraviesa la electricidad. Por tanto, se puede activar para emitir luz. Actualmente se utiliza también para definir la longitud de un metro en función de algo llamado isótopo Kr-86.

—¿Hay algo en el mundo que no sepas? —Niels no pudo contener la risa.

—El kriptón es uno de los pocos átomos completamente perfeccionado. Se apoya en sí mismo. No necesita otros átomos para unirse a ellos. No es como si el aire estuviese lleno de kriptón. En el aire atmosférico, sólo hay 0,0001 por ciento... —Hizo una pausa—. La tradición bíblica de los Justos... Creo que podría hallarse un contexto común.

«Se apoya en sí mismo. El oculto. Perfeccionado. Solo.» Hablaba tan rápido que Niels no lograba seguirla.

—Niels, el número treinta y seis es ya un milagro en sí mismo. Tres y seis son nueve. Y si se multiplica treinta y seis por otros números el resultado es una cifra cuyos componentes sumados dan nueve. Treinta y seis por doce es igual a cuatrocientos treinta y dos. Cuatro, más tres, más dos: nueve. Treinta y seis por siete, doscientos cincuenta y dos. Inténtalo tú mismo. Y cuando los números son grandes, sólo tienes que dividir entre dos.

—Hannah... ¿qué es exactamente lo que tratas de decirme? Ahórrame los detalles.

Ella lo miró dubitativa, tal vez buscando una explicación sencilla que fuera comprensible para él. Dijo:

—Mira, los lugares donde ocurrieron los asesinatos, en realidad se determinaron mil millones de años antes de que existieran personas. Siguiendo este diseño pude averiguar que ese abogado había muerto en África. Una fórmula exacta nos permite saber cómo eran los continentes al principio de los tiempos. —Y señalando a su obra de arte en el mantel, Hannah continuó—: Y yo digo que si el diseño es como creo que es, sabremos exactamente dónde y cuándo se han producido los demás asesinatos. Y dónde y cuándo se producirán los dos últimos.

—¿Lo sabremos? —musitó Niels. Lo repitió más alto—: ¿Lo sabremos?

—Lo he escrito todo. Míralo aquí. —Sacó una hoja y se la entregó.

Niels leyó.

1. Oldupai Gorge (Tanzania) – viernes 24/4/2009
   (CHAMA KIWETE)
2. Santiago (Chile) – viernes 1/5/2009
   (VICTOR HUELVA)

3. Bangüí (República Centroafricana) – viernes 8/5/2009
4. Monrovia (Liberia) – viernes 15/5/2009
5. Dakar (Senegal) – viernes 22/5/2009
6. Cuzco (Perú) – viernes 29/5/2009 (MARÍA SAYWA)
7. Río de Janeiro (Brasil) – viernes 5/6/2009
8. Samarcanda (Uzbekistán) – viernes 12/6/2009
9. La Meca (Arabia Saudí) – viernes 19/6/2009
10. Tel Aviv (Israel) – viernes 26/6/2009
    (LUDWIG GOLDBERG)
11. Nairobi (Kenia) – viernes 3/7/2009
    (NANCY MUTTENDANGO)
12. Johannesburgo (Sudáfrica) – viernes 10/7/2009
    (HELEN LUTULI)
13. Chicago (Estados Unidos) – viernes 17/7/2009
    (ANDREW HITCHENS)
14. Ciudad del Cabo (Sudáfrica) – viernes 24/7/2009
    (JORIS MATHIJSEN)
15. Thunder Bay (Canadá) – viernes 31/7/2009
    (SARAH JOHNSSON)
16. McMurdo (Antártida) – viernes 7/8/2009
17. Pekín (China) – viernes 14/7/2009
    (LING CEDONG)
18. Bangalore (India) – viernes 21/8/2009
19. Babilonia (Irak) – viernes 28/8/2009
    (SAMIA AL-ASSADI)
20. Madrás (India) – viernes 4/9/2009
21. Katmandú (Nepal) – viernes 11/9/2009
22. Hanoi (Vietnam) – viernes 18/9/2009
    (TROUNG THO)
23. Kaliningrado (Rusia) – viernes 25/9/2009
    (MASHA LIONOV)
24. Caracas (Venezuela) – viernes 2/10/2009
25. Helsinki (Finlandia) – viernes 9/10/2009
26. Belem (Brasil) – viernes 16/10/2009
    (JORGE ALMEIDA)
27. Nuuk (Groenlandia) – viernes 23/10/2009
28. Atenas (Grecia) – viernes 30/10/2009

29. París (Francia) – viernes 6/11/2009
    (MAURICE DELEUZE)
30. Seattle (Estados Unidos) – viernes 13/11/2009
    (AMY ANISTON)
31. Moscú (Rusia) – viernes 20/11/2009
    (VLADIMIR ZJIRKOV)
32. Shanghái (China) – viernes 27/11/2009
33. Washington DC (Estados Unidos) – viernes 4/12/2009
    (RUSSEL YOUNG)
34. Bombay (India) – viernes 11/12/2009
    (RAJ BAIROLIYA)
35.
36.

Niels releyó la lista. Los de la mesa de al lado se levantaron para pagar e irse. La muchacha estiró el cuello para fisgar el papel. Hannah continuó su conferencia:

—Sabemos que la capa más externa del átomo treinta y seis es simétrica. Es decir, una vez puestos los números treinta y tres y treinta y cuatro, y colocados ahí... —señaló— sabremos exactamente dónde están los números treinta y cinco y treinta y seis.

—¿Y dónde están?

—Probablemente nuestro amigo veneciano atisbó algo de este diseño, ya que algunos continentes están donde siempre han estado y, por tanto, había una distancia exacta entre algunas escenas del crimen. Y por eso creo que él te envió una advertencia a...

Niels la interrumpió:

—Hannah. ¿Dónde?

Ella cogió la lista y escribió.

—Mira, así el diseño queda completo.

Niels leyó:

35. Venecia o Copenhague – viernes 18/12/2009
36. Venecia o Copenhague – viernes 25/12/2009

Se quedó mirando el papel. Tal vez lo había sabido todo el tiempo. Tal vez lo hubiera adivinado cuando recibió el caso. Sin embargo, se sentía como si la sangre bajara de su cabeza y su corazón se hubiera detenido.

—Sabemos la fecha y el lugar de los dos últimos asesinatos —dijo Hannah—. Pero no sabemos su ubicación exacta.

—O sea que ¿estás diciendo que...?

—Que hoy mismo, al atardecer, se cometerá un asesinato, en Venecia o en Copenhague.

—¿De verdad lo crees?

—¿Creer? No se trata de fe, Niels. ¿De qué otro modo podría haber conseguido localizar el de Sudáfrica? La probabilidad estadística de que fuera una coincidencia es...

Niels había dejado de escuchar. Su cuerpo parecía alterado, casi menguado, como si la fuerza de la gravedad de pronto hubiera duplicado su intensidad. Miró a Hannah, sus pequeños labios moviéndose. Argumentaba, daba una conferencia. Se obligó a escuchar de nuevo:

—Te aseguro que hay un sistema, Niels. Un sistema de... digamos de dimensiones divinas, que nos dice que el próximo asesinato se cometerá hoy al caer el sol, en Venecia o en Copenhague.

—Pero ¿dónde en Copenhague?

Hannah arrancó un pedazo del mantel de papel, ya bastante baqueteado, y escribió un número. La joven pareja ya se iba; la chica asentía con la cabeza, impresionada con el discurso de Hannah. Ajena a todo eso, Hannah acercó los números a Niels.

—¿Qué es esto?

—La longitud y la latitud aquí en Copenhague. Y recuerda: hoy se cometerá uno, y el otro el próximo viernes.

—¿Estás segura?

—No me preguntes, Niels. Te explico sólo cómo encaja el diseño. Las matemáticas nunca mienten. Copenhague, por la noche, cuando el sol se ponga, o en algún lugar de Venecia.

Niels señaló los números.

—Pero ¿dónde?

—¿A qué te refieres? Acabo de darte la longitud y la latitud.

—Pero, Hannah, ¡¿dónde?!

56

Distrito de Nørrebro, Copenhague

Niels salió de la cafetería. El contraste entre la iluminación interior y la luz natural era apenas perceptible. Enseguida repararon en que pronto sería el día más corto y oscuro del año. Las antiguas farolas que colgaban lánguidas sobre las calles no podrían maquillarlo con su débil luz amarillenta.

—El sol se pone con rapidez —dijo Hannah—. Como mucho tenemos unas horas. —Se detuvo un momento detrás de él para meter el cambio de la cuenta en la cartera.

Niels se volvió y la miró.

—¿Sabes cuándo se pondrá exactamente?

—Poco antes de las cuatro. ¿Por qué?

—¿Por qué? —Niels la miró sorprendido. ¿Todo eso era sólo teoría para ella, un juego de mesa?

—Hannah. Has dicho que los asesinatos se cometen durante la puesta de sol, ¿no?

—Sí. Precisamente al atardecer.

—Eso significa que tenemos cinco o seis horas para averiguar el lugar y la siguiente víctima.

Hannah enarcó las cejas.

—¿Has traído coche? —preguntó Niels.

—Sí.

—¿Dónde está?

—Es el pequeño Audi. Ahí.

—¿Lleva GPS?

—Sí. De serie. Nunca lo he usado. Ni siquiera sé si funciona.

Niels se sentó al volante y ella en el asiento del acompañante con la caja en el regazo. Estaba desconcertada con el enfoque práctico de Niels. Él lo notaba. Ella se había ceñido a su tarea y ya había dictado su conferencia. Para Hannah, el mundo era básicamente una cuestión teórica. A Niels lo rondaba un presentimiento: ¿había coqueteado con él en la cafetería? ¿Era ésa la manera en que flirteaba una mente privilegiada como Hannah, dibujando átomos en el mantel e imaginando el estado de la Tierra hace mil millones de años? De repente recordó que todo en la vida de Hannah era difícil.

—Oye, Hannah, fuiste tú quien lo dijo: «Tal vez podamos evitar el próximo asesinato.» Tú me llamaste.

—Así es —asintió con rotundidad.

—Bien, estoy preparado. —Niels cogió la caja y la puso en el asiento trasero—. Enciende el GPS. ¿Puede navegar por coordenadas de latitud y longitud?

—Tal vez.

Niels puso la llave en el contacto. El pequeño coche se puso en marcha a la primera. Hannah había puesto el GPS y miraba a Niels para recibir instrucciones. «No será fácil», pensó antes de incorporarse bruscamente a la carretera y casi chocar contra un camión.

La calle Jagt. Uno de los muchos lugares que cualquier policía de Copenhague asociaría con tumultos y disturbios callejeros. El tipo de altercados que, en los viejos tiempos, solían extenderse, incitando a elementos descontentos de la población a una rebelión, a derrocar reyes y gobiernos. Pero no ahora. El tiempo de las revoluciones había terminado. Hoy en Copenhague, ningún manifestante contra el cambio climático tendría más expectativas que coger un mal resfriado. En la radio, un comentarista dijo que, en ese momento, había más de cien mil personas en las calles de Copenhague manifestándose y asistiendo a actuaciones contestatarias.

Niels movió la cabeza. Un millón de personas en las calles de Londres no habían sido capaces de influir en la decisión de Tony

Blair de enviar tropas a Irak. ¿Cómo podrían cien mil manifestantes lograr que bajara la temperatura del planeta?

—¿Funciona? —Niels miraba mientras Hannah, inexperta, pulsaba en la pantalla táctil—. ¿Es muy difícil?

Ella le miró con ceño.

—¡Niels! Cuando tenía cuatro años era capaz de resolver ecuaciones de segundo grado. Eso hizo que mi profesor de matemáticas me llevara al Instituto Niels Bohr. Allí midieron mi coeficiente intelectual, que es de casi ciento cincuenta.

—Sólo preguntaba.

Silencio. Ella estudió la pantalla.

—Listo —anunció—. Pon rumbo al sur.

—¿Hacia el sur?

—Bueno, en realidad al suroeste.

El tráfico se había detenido, como si fuera una fotografía. Así era la calle Jagt. En un tiempo reservada a la corte para que la comitiva real fuera del castillo al coto de caza sin problemas, cuando se abrió al uso público se convirtió de la noche a la mañana en una calle constantemente congestionada. En una capital cuya planificación urbana era como mínimo improvisada y caótica, la calle Jagt debería ser al menos un desahogo: una línea recta de un extremo a otro de la ciudad, desde Nordhavn hasta Carlsberg. Niels veía el tráfico de la calle Jagt todos los días y lo odiaba. Además, era poco saludable. Numerosos aparatos de moderna tecnología medían la contaminación generada por los motores de gasolina, contra los que los activistas se manifestaban ahora. El aire en esa calle era casi tan irrespirable como en Ciudad de México. De haber estado en Japón, la gente iría con mascarillas antipolución, pero estaban en Copenhague y allí a la gente no le preocupaba demasiado el aire que respiraba. Niels encendió un cigarrillo.

—¿Puedo fumar en tu coche?

En ese momento los conductores se pusieron a tocar los cláxones.

—Fuma. Y dame uno.

Niels lo hizo y luego también se puso a tocar el claxon.

—Podemos atajar por ahí —dijo.

—No creo.

Niels cambió de carril. Un idiota trajeado, escondido en un gran BMW, aceleró para evitar que le adelantaran. Niels le pegó su placa a la ventanilla y le gritó:

—¿Eres tonto o qué?

—¿No es una calle de sentido único? —preguntó Hannah cuando el BMW dio marcha atrás y Niels se metió por la calleja lateral.

—Sólo un trecho. Coge mi teléfono.

—¿Para qué?

—Llama a Tommaso. He olvidado su apellido.

—Di Barbara.

—Eso. Bien, llámalo y le cuentas que hay dos lugares donde podría cometerse el próximo asesinato. Resúmele tus hallazgos y dale las coordenadas.

Una Hannah desganada cogió el teléfono y llamó. Esperó.

—Salta el contestador automático —anunció.

—Déjale un mensaje.

—Diciendo qué.

Niels notó que estaba irritada. Tras haber sido la docta estrella en aquella cafetería con sus agudos razonamientos y cálculos, ahora se veía reducida a un papel secundario, y eso la incomodaba. En ese momento era una turista en la realidad, y deseaba regresar a casa, es decir, a la fortaleza de teoría y tristeza en que había convertido su casa de verano.

—Pues que has averiguado que se va a cometer un asesinato, en Venecia o bien en Copenhague, por la tarde, cuando el sol se ponga.

Hannah lo hizo.

—*Bon jour, Di Barbara* —empezó.

Su francés empolvado seguía el mismo trazado que llevaba Niels en aquella calle de dirección única: incierto y tortuoso. Niels maniobró con brusquedad entre un camión de basura y un ciclista, que manifestó su enfado golpeando con la mano el techo del coche. Hannah se estremeció. En Copenhague pugnaban los ciclistas contra los automovilistas, y podías cambiar de bando en cualquier momento.

—Dile que le enviarás un sms con la longitud y la latitud. Así podrá fijar el lugar con un GPS.

Hannah se aventuró con su francés otra vez.

Niels escuchaba. Aunque Hannah trastabillaba en cada frase, a él el francés nunca le había sonado más hermoso.

57

Venecia

El motor de la embarcación, que navegaba por aguas turbias, impedía oír el teléfono. La motora Yamaha de Tommaso había estado en reparación desde octubre y acababan de entregársela. Ahora el motor emitía un sonido regular y ningún ruido raro. En aquel momento apareció el sol sobre Venecia, prometiendo una mejora del tiempo. Tommaso miró al perro salchicha que temblaba en la proa, echado sobre una pila de cuerdas. Pertenecía a su madre y Tommaso lo llevaba a un refugio para perros.

—¿Estás mareado? —le preguntó y esbozó una sonrisa. El chucho apenas movió los asustadizos ojos, como si supiera dónde lo llevaba Tommaso.

La isla apareció a la vista. «La isla de Lazareto», como algunos llamaban a Santa Maria di Nazareth. Allí habían vivido los enfermos de peste. Hace cuatro siglos, todos los inmigrantes debían pasar por allí antes de ser admitidos en Venecia, situada en la parte más meridional del mar Adriático. Entonces la peste asolaba el continente y era obligatorio permanecer cuarenta días en aquella pequeña isla. *Quaranta*, «cuarenta» en italiano: de ahí proviene el término «cuarentena». Cuarenta días para comprobar que no se les formaban pústulas en la piel. Cuarenta días en los que no podían saber si esa isla sería su última residencia en esta tierra. Tal vez por sugestionarse con aquella plaga, Tommaso sintió que los síntomas de la gripe de los últimos días se habían recrudecido.

—La gripe porcina —murmuró, y aceleró la marcha.

Respiraba con dificultad. Cerró los ojos y disfrutó del sol durante un rato. Si no hubiera estado suspendido, habría tenido que estar en la comisaría junto con el resto de los policías. La visita de políticos y del ministro de Justicia a la ciudad había determinado que el comisario Morante exigiera que todo el cuerpo estuviera presente y en formación. Pero Tommaso había podido escaquearse. Sonrió.

Los edificios que daban a la laguna se veían levemente torcidos. Las tierras pantanosas de la isla deformaban los cimientos de las casas, que estaban estropeándose. El óxido de las rejas de hierro de las ventanas chorreaba a lo largo de los muros. Después de la peste, la isla se había utilizado como prisión para enfermos mentales, y actualmente sólo servía como refugio para perros. Los perros recogidos en las calles, tanto de la parte continental como de las islas, se llevaban allí. A muchos los sacrificaban, otros esperaban por un nuevo dueño.

Tommaso aminoró la marcha a unos metros del muelle. En ese momento oyó su teléfono y lo cogió. Diez llamadas perdidas. Una de Dinamarca, de Niels Bentzon, y nueve del hospital. Mal asunto.

58

Copenhague

«Salvemos el planeta», «El Apocalipsis llegará si no actuamos ahora», «Exigimos hechos, no sólo palabras».

Sentados en el coche, Niels y Hannah observaban la manifestación. Algunos bailaban, otros se mostraban sumamente airados ante la injusticia del mundo.

—¿Aún está muy lejos? —preguntó Niels.

—Depende del medio de transporte.

—¿Cuántas cifras decimales hay en la latitud y la longitud?

—¿Decimales? —Ella sonrió—. Los grados se dividen en minutos, y éstos en segundos. De ese modo, los grados...

Niels la interrumpió:

—¡Venga, Hannah! ¿Cuánta distancia?

—Aproximadamente dos kilómetros y medio.

Niels acercó el coche al bordillo, echó el freno de mano y arrancó el GPS del enchufe.

—¿Qué haces?

—Vamos.

En la lejanía se veía a los manifestantes casi estáticos. Una imagen que había visto cientos de veces, una gran cadena humana que seguía los movimientos de la calle. No era lo mismo cuando se caminaba entre ellos. Niels tocó el brazo de Hannah cuando se abrieron paso a empujones entre la multitud. Allí, en el centro de la acción, la energía era frenética y caótica. El olor a alcohol pendía en el aire. Niels se encontró con la mirada de una mujer decorada con numerosos *piercings* y las pupilas ligeramente dilatadas, una mirada ausente. Ni se enteraría cuando los policías le dieran un par de porrazos. Era lo que la gente en casa, delante de las pantallas planas, no sabía: que los jóvenes iban drogados, y que a menudo se necesitaban dos o tres policías para reducir a un activista desatado por un cóctel de cerveza y drogas de diseño. Esa gente no reaccionaba al dolor.

¿Dónde había ido Hannah? Un momento antes la tenía cogida del brazo. El desfile era agorero como el Día del Juicio Final. Un bombo trataba de mantener el ritmo. De pronto la vio. Un cabrón, demasiado viejo para esos numeritos, le había rodeado la cintura y trataba de bailar con ella, como si se tratara de un carnaval.

—¡Niels! —llamó ella, muerta de miedo.

Él se abrió paso entre la multitud con decisión.

—¡Eh! —Uno de los jóvenes lo agarró por la chaqueta. Te conozco. ¡Eres un madero! ¡Madero de mierda! —gritó, e iba a repetirlo más fuerte, pero Niels lo apartó de un empujón. El muchacho perdió el equilibrio y cayó al suelo como un muñeco de trapo.

Niels logró rescatar a Hannah antes de que más gente se fijara en ellos. La cogió de la mano, que estaba caliente a pesar del frío.

—¿Estás bien?

—Sácame de aquí.

—Descuida —dijo Niels y miró alrededor.

El joven ya se había incorporado y lo buscaba con la mirada. Gritó de nuevo, pero sus palabras se ahogaron en el fragor del bombo:

—¡Madero hijoputa! ¡Cacho cabrón!

Copenhague se había convertido en una ciudad exaltada. Incluso en el muro amarillento que rodeaba el cementerio de Assistens, la población había dejado constancia escrita de sus frustraciones. ¡A LA MIERDA!, ilustraba bastante bien la crisis existencial de la ciudad. LA TIERRA PONE SU IMPRONTA, se leía encima de la entrada al cementerio. Y sobre un arco, otro mensaje contra el cambio climático o la simple verdad del enterrador: DEJAREMOS HUELLA DE NUESTRA VIDA CUANDO NOS ENTIERREN.

Entraron un momento en el camposanto para recobrar el aliento.

—Cruzamos. ¿De acuerdo? —preguntó Niels.

Hannah miró hacia fuera del cementerio, a la manifestación, como considerando volver.

—Tomamos el camino más corto. ¿Algo va mal?

—No, nada.

Él tenía ganas de cogerle la mano de nuevo. Había encajado tan bien en la suya.

—¿Qué dice el GPS ahora?

Ella lo sacó del bolsillo.

—Batería baja.

—Vamos.

Niels le tocó el codo y ella se estremeció ligeramente, como si quisiera que él la sostuviera. Un súbito pensamiento surgió en la mente de Niels: ¿estaría allí enterrado el hijo de Hannah?

Hacía algunos años, Kathrine lo había llevado hasta allí por la noche, durante la tradicional visita conmemorativa al cementerio. La gente llevaba antorchas e iba de tumba en tumba mientras dos sacerdotes, un hombre y una mujer, se turnaban para contar la historia del camposanto. «El sudor inglés.» Un virus, hacía trescientos años, había matado a miles de ciudadanos de Copenhague, así que tuvieron que construir un nuevo cementerio. Desde entonces, todos los famosos eran enterrados allí.

—¿Y qué pone?

—Todo recto —dijo Hannah con sequedad.

La nieve había dejado en blanco y negro el cementerio. El manto blanco era interrumpido sólo por lápidas oscuras. Se veía como un tablero de ajedrez. Las losas de las tumbas más pequeñas eran de los peones: los muertos desconocidos. El musgo muy antiguo, el viento y la lluvia habían desgastado los nombres. Por encima de ellos se elevaban los tres reyes: H. C. Andersen, Søren

Kierkegaard y Niels Bohr. Y alrededor los alfiles y las torres: personajes famosos en su tiempo, pero ya olvidados por el gran público. Al final, los que habían alcanzado la inmortalidad mediante una truculenta salida de este mundo. Por ejemplo, una joven viuda que había sido enterrada viva doscientos años antes. Niels aún recordaba la historia que el sacerdote había contado. En otros tiempos, los sepultureros eran pluriempleados: por el día enterraban a los fallecidos y por la noche trabajaban como ladrones de tumbas. Una vez, uno de ellos abrió el ataúd de una joven viuda y ella de pronto abrió los ojos y gritó: «¡Sácame de este terrible lugar!» Aterrado, el enterrador le dio con la pala en la cabeza, cogió sus joyas y cubrió de nuevo la tumba. Muchos años más tarde, en su lecho de muerte, él mismo confesó el hecho. En nuestros días habían exhumado a la pobre viuda y la habían encontrado en una postura retorcida, sin joyas y claramente mortificada en el ataúd. Su tumba era ahora tan popular como la de H. C. Andersen.

Hannah pareció aliviada al salir del cementerio y andar otra vez por la calle. Cruzaron Nørrebro y fueron por Mølle. Pasaron por la Casa de Cultura y el cementerio de Mosaisk. La nieve crujía bajo sus pies, el aire era fuerte y cortante. Caminaban en silencio. Hannah miró el GPS. De repente se detuvo.

—¡Aquí!

—¿Aquí? —Niels miró alrededor. ¿Qué esperaba encontrarse? En cualquier caso, no un viejo y sucio piso de propiedad cooperativa. Dos cochecitos de bebé competían con un remolque para bicicletas en medio de la acera.

—¿Estás segura?

Ella parecía dudar del GPS.

—Casi —contestó ella—. La batería está en las últimas.

—Pero ¿era aquí?

—Sí, aquí. Sólo era una ligera duda. Faltan unos pocos metros.

Niels avanzaba unos pasos y retrocedía. La cooperativa estaba aislada. A ambos lados hubo una vez edificios adosados, pero los habían derribado. Había un parque con juegos abandonado, parecía triste.

—No lo sé. —Hannah se movía insegura alrededor.

—¿Qué no sabes?

—Tengo una pequeña duda. Tal vez sean unos cientos de metros y no sólo unos pocos.

—No puede estar aquí.

Ella lo miró.

—¿Qué esperabas encontrar?

Niels movió la cabeza.

—No lo sé. Un maníaco religioso, tal vez. Vamos a suponer que tus hallazgos son ciertos. ¿Quién podría imaginar algo así?

—Sería mejor buscar a la víctima.

Niels se encogió de hombros.

—Podría ser cualquiera. Alguien que pasara caminando por casualidad. —Miró los nombres de los timbres.

—Si lo piensas, Niels, tendrías que asombrarte de la precisión matemática de todo esto. —Hannah sonrió.

—¿Qué quieres decir?

—Digamos que es algo único —sugirió.

—¿Algo único? —A Niels no le interesaban los comentarios teóricos de Hannah. Tenía que llamar a Casper—. ¿Casper? Niels Bentzon. Tengo una serie de nombres para que les eches un vistazo.

Hannah lo miró con asombro cuando empezó a leer los nombres que figuraban en el intercomunicador de la puerta.

—Carl Petersen, segundo derecha. Lisa O. Jensen, segundo izquierda.

El portal se abrió de repente y Niels dio un paso atrás. El anciano que salió los miró con desconfianza.

—¿Qué estáis haciendo?

Niels ni siquiera se molestó en sacar su placa.

—Policía. Siga su camino.

El viejo fue a replicar, pero Niels añadió:

—No hay nada de qué preocuparse. Vamos, muévase.

El hombre echó a andar calle abajo, no sin echar miradas recelosas por encima del hombro.

Mientras, Casper había hecho progresos en el ordenador.

—Tengo a uno —dijo al teléfono.

—¿Quién?

—Carl Petersen.

—¿Qué tenemos?

—Violó y estranguló a una niña en 1972. La enterró cerca del lago Damhus. Fecha de liberación: 1993. Nacido en 1951.

59

Casa Hospicio Hermanos Fatebene, Venecia

Tommaso amarró al perro salchicha, junto con la embarcación, al lado de la ambulancia que oscilaba en calma bajo el amarradero techado de la Casa Hospicio. El perro ladró y meneó la cola, encantado de haber llegado a tierra firme. Tommaso se apresuró por las resbaladizas losas de mármol, como si dándose prisa pudiese cambiar las cosas. Su madre había muerto, se lo habían dicho. Había recibido el mensaje cuando atracaba en la isla de Lazareto. Él se había estado preparando para eso desde hacía meses; sin embargo, el remordimiento le golpeó más fuerte de lo que habría imaginado. «Tendría que haber estado a su lado.»

El monje más anciano estaba sentado en la habitación, pero no junto a la cama, sino cerca de la ventana, inclinado con su rosario. Miró a Tommaso. ¿Había un destello de acusación en sus ojos? A Tommaso no le gustó, pero aquel hombre no era la hermana Magdalena, no perdonaba ni amaba al prójimo.

—Me alegro de que haya venido —dijo el monje.

Tommaso se acercó a la cama. Su madre parecía dormida.

—¿Cuándo ocurrió?

—Hace más o menos una hora.

—¿Estaba sola?

—Sor Magdalena acababa de visitarla antes de irse a su casa. La siguiente vez que la vimos...

Todo estaba dicho. La señora Di Barbara había muerto sola. Las lágrimas llegaron inesperadamente. Tommaso pensó que sería un alivio. No lo fue. Sollozó un momento en silencio y luego respiró hondo y emitió un gemido sordo. El monje estaba detrás de él y le puso una mano en el hombro. Tomasso se sintió agradecido, en ese momento necesitaba calor humano.

—Me hubiera gustado estar aquí —balbuceó.

—Se fue mientras dormía, tranquila y en paz. La mejor muerte.

«La mejor muerte.» La mente aturdida de Tommaso trató de entender estas palabras.

—La mejor muerte —repitió el monje.

—Sí.

Tommaso tomó la mano de su madre. Estaba fría. Aquella mano que había trabajado tan duro toda su vida formaba un puño. Una moneda cayó de él sobre la manta. Diez céntimos, una moneda pequeña y brillante. Tommaso miró al monje, que también la había visto. Tommaso hizo girar la mano y abrió los dedos suavemente. Había dos monedas más, una de cincuenta céntimos y otra de veinte.

—¿Por qué tiene dinero en la mano?

El monje se encogió de hombros.

—Le preguntaremos a Magdalena. Hemos tratado de llamarla. Responderá enseguida, descuide.

Tommaso se sentó un momento con las tres monedas en la mano y no supo que hacer con ellas. Era como si aquel hecho inesperado aplacara su pena. Aportaba algo de misterio. ¿Por qué su madre muerta tenía ochenta céntimos en la mano? Se metió las monedas en el bolsillo y giró la mano de su madre, la palma hacia abajo, igual que la otra.

60

Distrito de Nørrebro, Copenhague

Antes de llamar a la puerta, Niels levantó el cuello de la chaqueta a Hannah.

—¿Así parezco una poli? —bromeó ella.

Él sonrió.

—Deja que hable yo.

Llamó a la puerta. No había ningún rótulo con el nombre. Carl había escrito su nombre con rotulador directamente sobre la madera. Se oía ruido en el interior, pero nadie acudía a abrir. Niels se desabrochó la chaqueta para tener más a mano su pistola.

—¡Policía! ¡Abra la puerta!

Esta vez llamó con más fuerza. Hannah parecía asustada. Ella no debería estar allí. No era profesional por parte de él haber dejado que lo acompañara. Estaba a punto de pedirle que bajara al vestíbulo cuando abrió la puerta un hombre desaliñado, con ojos enrojecidos

—¿Carl Petersen?

—¿Qué pasa?

Niels le mostró su placa. Carl la examinó. Niels era mucho más joven en la fotografía.

—¿Podemos entrar un momento?

Carl miró por encima de su hombro. Tal vez una última constatación de su miseria, antes de que la pasma entrase allí. Se encogió de hombros y abrió del todo la puerta. Ellos se lo habían buscado.

—Daos prisa o los pájaros se escaparán.

En el interior del apartamento había un hedor insoportable. Comida, orina, animales y deterioro. Dos habitaciones y una cocina. Por alguna razón había una cama de matrimonio en cada una de las pequeñas habitaciones.

—¿Vive solo?

—¿Quién demonios querría vivir conmigo? Soy un asesino.

Hannah lo miró con los ojos como platos.

—¿Por qué aparentáis sorpresa? Por eso habéis venido, ¿no? Venís cada vez que una mujer es violada en el barrio y no tenéis ningún sospechoso. ¿Quién es esta vez?

Niels le ignoró y fue a la cocina. Carl insistió:

—¡Dígame qué está pasando! He pagado mi jodida deuda con la sociedad.

En el frigorífico colgaban recortes de prensa. Ridículos recortes xenófobos de periódicos gratuitos: «20.000 obreros polacos en Dinamarca», «Los alumnos bilingües obtienen peores resultados que los daneses», «Una de cada dos mujeres musulmanas está sin trabajo». Y en el centro del refrigerador colgaba una tarjeta de Pia Kjærsgaard, sonriente. «Necesitamos tu voto.» Niels miró la pequeña galería de fotos en la nevera y luego a Carl. El odio era una mercancía. Podía vender su odio y recibir algo a cambio. Carl tenía un poco de ayuda extra en casa y una comida barata al día. A cambio, había vendido su odio, tal vez su odio a sí mismo, a la mujer del frigorífico. Ahora ella tenía total libertad para disponer de él.

—¿Qué queréis de mí? —Su voz se ahogó en un acceso de tos—. Bronquitis —logró farfullar antes que el siguiente ataque le retorciera los pulmones. Usó un plato hondo para el exceso de mucosidad. ¿Luego lo utilizaría para comer?, se preguntó Hannah con cara de asco, y notó cómo le subía la náusea. Dio dos pasos rápidos hacia la ventana e iba a abrirla, cuando Carl gritó:

—¡No! —La miró aterrado—. Los pájaros están fuera de la jaula. —Señaló el cacharro vacío.

Un par de periquitos seguían los movimientos de Carl desde un estante con vasos. En ese momento Hannah vio los excrementos de las aves. Manchas pequeñas, circulares, blancas y grises por todas partes, no más grandes que un centavo.

—¿Cuándo pensáis decirme de qué va todo esto?

Hannah miró a Niels. No podía ser ese hombre. Imposible. En ese momento se oyó el helicóptero. El gran Sikorsky volaba muy bajo, por encima de los tejados.

—Jo, ya está aquí el maldito helicóptero. Molestando a todo el barrio día y noche —masculló Carl.

Niels y Hannah se asomaron a la ventana de la cocina para mirar al helicóptero. Iba a tomar tierra. Carl seguía refunfuñando:

—Todavía no he tenido una noche de sueño seguido desde que pusieron el jodido helipuerto en la azotea del hospital.

Se miraron el uno al otro. Hannah fue la primera en decir:

—El Hospital General.

61

Casa Hospicio Hermanos Fatebene, Venecia

Tommaso di Barbara se apoyó contra la pared. El sol había desaparecido otra vez. Estaba solo en el balcón del hospicio, aunque otros fumadores habían estado allí antes. Había dos ceniceros decorados con escenas bíblicas y repletos de colillas sobre una mesa blanca de plástico, testigos de la lluvia en diciembre. El agua había llegado hasta el borde y las colillas flotaban apretujadas.

El monje quería conseguir que Tommaso pasara una hora sin pronunciar palabra. Tommaso pensaba en el perro. El monje se había comprometido a velar por él, pero insistía en que Tommaso debía estar solo por un tiempo. Como le dijo: cuando uno se encuentra con la muerte tiene que quedarse un tiempo solo, antes de salir al mundo otra vez.

La familia. ¿Debía Tommaso llamarles ahora? Sus tíos y tías. La hermana menor de su madre no la había visitado ni una sola vez. Cogió el móvil del bolsillo. Había un mensaje. Pero no tuvo oportunidad de escucharlo.

—Siento lo de su madre, señor Di Barbara.

Tommaso se sobresaltó, aunque la voz sonó suave y amortiguada, como si el sonido hubiera viajado muchos kilómetros para llegar allí. No era así, el anciano estaba al lado de Tommaso. El señor Salvatore. Tommaso le conocía ligeramente; tenía unos kioscos turísticos alrededor de la plaza de San Marcos. No era tan mayor como la madre de Tommaso, pero igualmente estaba enfermo terminal.

—Me apenan todas las muertes —añadió. Sus piernas desnudas sobresalían bajo su bata. Tenía venas varicosas y el pelo gris.

—Gracias.

—¿Tienes un cigarrillo?

No era buena idea, pensó Tommaso, pero qué más daba. La carrera ya había terminado para el señor Salvatore.

—Gracias.

Fumaron en silencio. Tommaso pensaba en lo que debería hacer, llamar a la hermana de su madre y limpiar su mala conciencia, y escuchar aquel mensaje de voz de un número danés. Llamó al contestador.

—Hablaba con su madre de vez en cuando, señor Di Barbara.

—Gracias por hacerlo.

Tommaso escuchó el mensaje: «Soy Hannah. Llamo de parte de Niels Bentzon, de la policía danesa. Sobre los casos de asesinato...» —Y luego algo en un francés que no entendía.

—También conocí a su padre.

—Un momento.

Tommaso se levantó y anduvo unos pasos. «... He quitado los océanos, toda el agua. Espero que lo entienda, es difícil de explicar por teléfono.»

—No era tan tonto como se decía, su padre.

Tommaso lo miró sin comprender. ¿Qué diablos murmuraba? La voz de Hannah en el contestador automático peleaba con un vocabulario limitado para un tema bastante complejo: «... En otras palabras, cuando se retira toda el agua y las masas de tierra fusionadas, como continentes, se reúnen igual que al comienzo de los tiempos...»

—Claro, la suya no era una postura popular después de la guerra.

Tommaso ignoró al anciano Salvatore. Escuchó a Hannah. «Puede tratar de verlo en un mapa. Sólo tiene que recortar el agua. Lo verá de inmediato. Junte los continentes alrededor del Polo Sur.»

—Pero ahora... ahora por fin podemos decirlo de nuevo. Maldita sea, no estaba tan loco, él, Benito.

Tommaso no entendió sobre quién fantaseaba el anciano. El padre de Tommaso no se llamaba Benito. Entonces el anciano pronunció con cierto regocijo secreto, como si estuviese tomándose una revancha largamente postergada:

—Il Duce.

En el contestador, Hannah terminaba: «... Las coordenadas, aquí en Copenhague y en Venecia, del próximo asesinato. Se las enviaré con un sms. *Au revoir.*»

Tommaso entró rápidamente. Algunas enfermeras le expresaron su afecto.

—Gracias. Y muchas gracias por sus cariñosos cuidados —contestó, y apretó el paso.

Él sabía que estaba allí, en alguna parte. Seguramente en la biblioteca. La había visto la primera vez, cuando le enseñaron el hospicio. Fue hace tres meses, justo antes de que su madre fuera admitida. Lo habían llevado a un exhaustivo recorrido por la Casa Hospicio, incluso sabiendo que su madre casi nunca saldría de la cama.

Olor a cloro. Tommaso se paró frente a la piscina que utilizaban para rehabilitación. No era allí.

—Disculpe. ¿La biblioteca?

El fisioterapeuta alzó la vista de la piscina. Tenía los dos brazos debajo de un paciente, que avergonzado, clavaba la mirada en el techo.

—¿Biblioteca? ¿Se refiere a la sala de lectura?

—Sí.

—Primer piso. Al fondo de la segunda ala.

Tommaso echó a correr mientras trataba, en vano, de entender el extraño mensaje de la mujer danesa. Bajó por las escaleras, atravesando una dependencia donde, por una vez, no olía a muerte; sólo a enfermedad.

La sala de lectura estaba en la parte del hospicio que no se había renovado, ya que había sido un monasterio. Allí había una anciana sentada, aunque sin leer, y al ver a Tommaso se puso muy nerviosa. Aferró el bolso con las dos manos por si él intentaba robárselo.

—Buenos días, señora.

Tommaso fue directo a las estanterías. Libros polvorientos. Novelas. Material de lectura para los pacientes. Hoy en día preferían ver la televisión. Debería haber un atlas en alguna parte.

Miró a la anciana.

—¿Me puede ayudar?

Ella se sorprendió, pero enseguida se le iluminó el semblante.

—Sí, por supuesto.

—Tenemos que encontrar un atlas. ¿Puede usted comenzar por el final?

Algo novedoso en la monotonía cotidiana. Ella lo tomó como un deber y dejó su bolso en el suelo. El dedo índice de Tommaso pasó por encima de los títulos. ¿Por qué había tantos libros de cocina, que era lo último que necesitaban en un hospicio?

—Aquí. —La anciana había cogido un libro para niños. *Nuestro mundo*, se llamaba. Indios y vaqueros en la portada.

—Gracias. Le agradezco su ayuda.

Las hojas centrales formaban un mapamundi a color. Tommaso la miró. La sonrisa de la mujer se congeló cuando, con un rápido movimiento, Tommaso arrancó las páginas.

62

Hospital General, Copenhague

La conexión directa entre la teoría y la demostración empírica era algo desconocido para Hannah. Ella estaba acostumbrada a discutir teorías con sus colegas durante años. Cuando los físicos, por fin, encontraban una teoría razonablemente satisfactoria, empezaban a buscar pruebas, sin ninguna seguridad de encontrarlas alguna vez. El físico británico Peter Higgs era uno de los pocos que tenía posibilidades de alcanzar el éxito a nivel práctico. En 1964 presentó su teoría de la partícula, que ahora se intentaba probar a toda costa en una instalación especial: un largo túnel subterráneo de unos veintisiete kilómetros en Suiza. Higgs ahora tenía ochenta años. Si encontraban la partícula sobre la que él teorizaba desde hacía más de cuatro décadas, se convertiría en uno de los pocos físicos que experimentarían un encuentro directo entre la teoría y la práctica. Él, y también Hannah.

Ella miró a la gente en el vestíbulo del Hospital General. Hombres y mujeres de batas blancas. Ella había encontrado la lógica de un patrón para los asesinatos. Con precisión geográfica había calculado esas coordenadas, sin imaginar que se encontrarían en el hospital más grande del país. Niels se acercó después de dar una vuelta por el vestíbulo.

—Por supuesto. Por supuesto —repitió.

Hannah no sabía a qué se refería. Se sentía mal. Sacó el GPS. ¿Tal vez diera datos erróneos? Lo encendió.

—¿Funciona la batería otra vez?

—Tal vez.

La pequeña máquina localizadora se reinició. Respondió de

inmediato a las señales de los satélites de ciclos constantes que circundaban el planeta.

—¿Y bien? —preguntó Niels con impaciencia.

—Pues nada: es aquí.

Parecía abatido cuando le miró. Niels movió la cabeza.

—Los médicos. Las matronas. Todos ellos son buenas personas.

Hannah amplió la lista:

—Investigadores oncológicos, técnicos de laboratorio, enfermeras. Básicamente, en cualquier hospital sólo hay personas que trabajan para salvar a la gente. Personas que entrarían en el concepto de gente bondadosa.

—¿Puedes precisar el punto exacto? —pidió Niels.

—Esto es lo máximo. El sitio es por aquí, en un radio pequeño. Tenemos poco tiempo.

Niels maldijo en silencio y reanudó su recorrido por el vestíbulo. Tuvo un pensamiento fugaz: si no hubiera sido por la maldita fobia a viajar ahora estaría tumbado al lado de una piscina con un martini. Podría estar allí y olvidarse de todo, y beber hasta que se le secara el cerebro. En lugar de eso estaba en el restaurante para empleados del Hospital General mirando a decenas de personas en batas blancas. Blanco como una demostración de lo que representaban. Las tropas de confianza de Hitler vestían de negro, las SS. Los médicos utilizaban el blanco. Hannah le cogió la mano, sabía lo que él estaba pensando.

—Son demasiados.

—Sí —admitió ella—. Demasiados.

Recepción del Hospital General – Copenhague

El recepcionista no levantó la vista de su ordenador. Tal vez pensaría que la pregunta era una broma: ¿Cuántos empleados tenéis aquí?

—Las consultas generales deben hacerse en la oficina de información.

Niels sacó su placa:

—Te he preguntado cuántos empleados.

—Ah, pues...

—Incluyendo a todos. Médicos, enfermeras, celadores, limpiadores. Todos.

—¿Quiere visitar a algún paciente en particular?

—Sí, también los pacientes y sus acompañantes. Te lo preguntaré de otra manera: ¿cuántas personas crees que hay aquí en el hospital en este momento?

El recepcionista lo miró con desconcierto. Hannah tiró de su brazo.

—Niels.

—¿Cuántos de ellos tienen entre cuarenta y cuatro y cincuenta años?

—Niels. Esto no tiene sentido.

—¿Por qué?

Ella pidió disculpas al recepcionista con la mirada; el joven se encogió de hombros.

—Niels.

—¡Es posible que lo logremos! Hoy en día todo el mundo queda registrado. Y por supuesto, se puede averiguar qué empleados en esa franja de edad están trabajando ahora.

—¿Y luego qué?

—Averiguar cuáles de ellos podrían definirse como «hombres justos». Para evitar un asesinato. ¿No es por eso que acudiste a mí?

—No sé... es demasiado desproporcionado.

—¿Por qué? Mira la lista de las víctimas. Los pediatras, sacerdotes, abogados, profesores, la mayoría de ellos son personas que tienen mucho contacto con otras personas. La gente que ayuda.

Hannah suspiró profundamente. Al igual que Niels, ella anhelaba estar en otro lugar en ese momento. En el lago: la silla plegable, cigarrillos y café. Su propio mundo.

Había una maqueta del Hospital General acristalada. Niels se inclinó con las manos apoyadas sobre el cristal. Estaba sudando. Sus manos dejaron huellas sobre el cristal. Hannah estaba cerca de él. En silencio, observaron el modelo en miniatura del edificio en que estaban, como si todo resultara más claro de esa manera. El edificio principal tenía dieciséis pisos, tal como ponía la información de la maqueta. La parte vieja del nosocomio se distribuía en un área lo suficientemente grande para albergar un pueblo. De repente Niels miró a Hannah.

—No; tienes razón. Lo haremos de otro modo.

63

Amager, Copenhague

«La Isla de la Suciedad.» Niels odiaba esa expresión. Sin embargo, dos manifestantes estaban al lado de la autovía poniendo un cartel, torpemente escrito a mano: BIENVENIDOS A LA ISLA DE LA SUCIEDAD, DONDE LOS SUCIOS GOBERNANTES DEL MUNDO SE REÚNEN. Hannah les vio también, pero no comentó nada. La nieve escarchada se había pegado en la barba de uno de los hombres. Parecía lo que sin duda era: un chalado. Uno de los que siempre eran atraídos por ese tipo de eventos, una Cumbre sobre el Cambio climático. El COP 15 (Decimoquinta Conferencia de las Partes) era propicio para conspiraciones, un nutriente para las mentalidades paranoides que siempre están buscando signos apocalípticos. Todos los líderes mundiales reunidos en un único lugar. Un lugar donde los ciudadanos de Copenhague, en los viejos tiempos, dejaban su legado de desperdicios humanos. Era demasiado simbólico. El pantano se había cubierto con una capa de asfalto y encima se había construido un barrio futurista. Recordaba a las películas francesas de ciencia ficción de los sesenta. Carreteras elevadas para trenes automatizados y torres blancas gemelas. Arquitectura clínica concebida porque se pensaba que el futuro borraría al individuo en beneficio de la colectividad. Lo que no había sido así. En aquella época, cuarenta años antes, nadie imaginaba que el mundo sería un termostato que la actividad humana podría regular hacia arriba o hacia abajo. Por lo visto, hacia arriba. Otros dos activistas avanzaban por el nevado arcén de la carretera, hacia el Bella Center.

—El manicomio parece que ha abierto sus puertas —murmuró Niels.

Hannah intentó esbozar una sonrisa, pero le costó.

—¿Seguro que tengo que hacer esto?

—Sí. Lo vas a explicar claramente.

Hannah miró por la ventanilla. Se estaba arrepintiendo. Se sentía incapaz de explicar nada.

El Bella Center. Un nombre elegante para un edificio de hormigón gris construido en el pantano más plano de Europa. Niels aparcó a cierta distancia. Se requería un permiso especial para llegar hasta la entrada. El Bella Center no estaba bajo jurisdicción danesa durante la Cumbre, sino de la ONU. De lo contrario, ese puñado de dictadores no podría llegar hasta allí. Líderes políticos que normalmente, según los estándares occidentales, deberían cumplir treinta y ocho cadenas perpetuas por crímenes contra la humanidad. Pero ahora estaban allí. Mugabe, Ahmadinejad y toda la panda. Para mitigar el calentamiento del planeta. Era casi conmovedor.

—¿Sabes dónde está Sommersted? —preguntó Niels a uno de los policías de guardia.

—Dentro. Ahora mismo todo es caótico. Obama está allí.

Niels sonrió y le dio unas palmaditas en la espalda. El policía movió la cabeza.

—No sé si somos nosotros o el servicio secreto el que está montando este espectáculo —masculló.

«Espectáculo», pensó Niels. Quizás el agente se había expresado con más exactitud de la que él mismo comprendía. Los manifestantes habían quedado fuera del recinto tras una valla de tres metros de alto. Ahora parecían refugiados de la Revolución Rusa: vestidos de negro, congelados e inofensivos. Los potencialmente más peligrosos habían sido encarcelados mientras Obama estuviera allí, los que tenían una capacidad real para forzar la valla.

Sommersted estaba delante de las cámaras de televisión y de los periodistas con una sonrisa relajada, pese a que le llovía un aluvión de preguntas: ¿Por qué necesitaban los manifestantes sentarse tanto tiempo en el asfalto para hacerse oír? ¿Por qué la policía no se había preparado mejor? «Manifestantes en el hospital igual a brutalidad policial.» La sonrisa de Sommersted se ensanchaba con cada acusación que se lanzaba contra la policía de Copenhague. Finalmente levantó la palma de la mano como si quisiera detener a un conductor a la fuga.

—Ahora mismo tengo cinco agentes en Urgencias. Tres de ellos con conmoción cerebral grave. Uno con fractura de nariz y mandíbula rota. Fueron golpeados con barras de hierro. Pero lamento mucho, por supuesto, si algún manifestante ha tenido una leve infección urinaria por permanecer sentado en el asfalto helado. —Una pausa estudiada. De repente, todos los periodistas parecían niños y Sommersted, el único adulto. Sonrió compasivo hacia las cámaras—. La policía de Copenhague tiene la responsabilidad de que los mandatarios del mundo puedan reunirse sin problemas y en condiciones de seguridad en el Bella Center. Y en segundo lugar, tenemos la obligación de proteger a los pocos manifestantes que puedan resultar lastimados, incluso si se nos acercan con adoquines o cosas peores. Pero la prioridad de seguridad tiene un orden. ¿Más preguntas?

Murmullos aislados, los periodistas habían sido vencidos. Sommersted era un zorro viejo, sabía bien cómo pacificar a los medios. Cuando las últimas preguntas se desvanecieron, Niels se abrió paso entre la multitud.

—¿Sommersted?

El jefe de policía lo miró sorprendido.

—¿Bentzon? Un buen trabajo con Abdul Hadi.

—Gracias.

—¿No te vas de vacaciones?

—Sé que tienes mucho trabajo. Seré breve. —Niels acercó a Hannah—. Ésta es Hannah Lund, investigadora del Instituto Niels Bohr.

Sommersted miró a Hannah con una fugaz expresión de perplejidad.

—¿Del Niels Bohr?

—Ex investigadora, de hecho —logró balbucear ella antes de que Niels continuara.

—Se trata del caso de los asesinatos internacionales, la gente buena. ¿Recuerdas? Parece que están relacionados por un complejo patrón basado en una antigua tradición bíblica.

Oyéndose a sí mismo, Niels pensó lo extraño y fuera de lugar que sonaba. Se interrumpió cuando una delegación de chinos con traje pasó por su lado, empujándolo. Lo que les faltaba de altura lo compensaban en número. Niels continuó:

—¿Tal vez haya otro lugar donde podamos hablar? Sólo será un minuto.

Sommersted miró alrededor; consumió diez segundos para considerar si le concedía sesenta a Niels.

—Habla —dijo por fin.

—Gracias. ¿Hannah?

Ella se aclaró la garganta y pasó los cinco primeros segundos mirando a Sommersted a los ojos.

—Bueno, al principio pensamos que había cerca de tres mil kilómetros entre cada asesinato. Pero el caso es más complicado que eso. Es decir, el diseño. ¿Comprende? Los números no encajaban, pero entonces quité los mares y océanos, y deslicé la masa de tierra. Imagínese un mundo con una superficie total compuesta únicamente de tierra firme...

—Alrededor del Polo Sur —precisó Niels.

—¿El Polo Sur?

—Así es. La disposición de los continentes hace millones de años. El supercontinente Rodinia. Es difícil de explicar en un minuto pero lo intentaré. Si ponemos los treinta y cuatro lugares en los que se cometieron los asesinatos en las latitudes doce, veinticuatro, treinta y seis y cuarenta y ocho, de manera que... —Hannah miró a Niels, vacilante— que formen pequeños círculos, una suerte de entretejido, y...

Niels tomó el relevo:

—Conclusión: hay dos puntos que nos faltan. Copenhague y Venecia.

Silencio. Los segundos transcurrían.

—¿Venecia? —Sommersted miraba alternativamente a uno y otra—. ¿Venecia, has dicho? Yo estuve allí en mi luna de miel. —Miró a Hannah con sarcasmo.

—¿A qué viene eso? —preguntó ella.

Niels tomó las riendas de nuevo. Carraspeó y habló más alto, para ahogar un mensaje en inglés emitido por la megafonía en la sala de congresos.

—Esta noche —dijo—, o más bien esta tarde, cuando el sol se ponga, justo antes de las cuatro...

—A las quince y cuarenta y ocho —informó Hannah.

Niels continuó:

—A las quince y cuarenta y ocho se cometerá un asesinato, aquí o en Venecia. —Las personas que rondaban por allí los miraban. Al parecer, periodistas daneses, sus tarjetas de prensa colgaban de correas negras de Nokia alrededor de su cuello—. En Venecia, el sol se pone en cinco horas. Aquí se pondrá dentro de tres. No disponemos de mucho tiempo.

64

Casa Hospicio Hermanos Fatebene, Venecia

Tommaso recordaba cada escena del crimen. Incluso las primeras. Tanzania, Perú, Brasil. Las había señalado con un rotulador en el mapa arrancado del atlas para niños. Con un bisturí había recortado mares y océanos para unir los continentes en un fragmento. Incluso de un simple vistazo, vio que todo coincidía.

Había cerrado la puerta de la sala de lectura, pero oía las voces en el pasillo. Se quedó mirando los infantiles recortes dispuestos en la mesa. Un mundo fragmentado al que acababa de unir de nuevo. Fuera, la sirena comenzaba su letanía. Pasaron unos momentos antes de darse cuenta de lo que avisaba. Sólo cuando se asomó a la pequeña ventana y vio a los venecianos que se apresuraban hacia sus casas, reparó en que la ciudad se inundaría en pocos minutos. Los canales crecerían silenciosamente. Miró el mapa seccionado, los océanos recortados. Era como si el agua de la laguna pretendiera vengarse de Tommaso por haberla borrado del mapa.

Tonterías.

Era temporada alta de inundaciones en la laguna. Varias veces a la semana los venecianos tenían que enfundarse pantalones de pescador y botas de goma. Ponían placas en las puertas y sellaban las grietas. También él debía llegar a su casa. Tal vez bastaría con que llamara al vecino de abajo para pedirle que pusiera sus tablones. Pensar en el teléfono le recordó la llamada de Dinamarca. Una vez más trató de llamar a la mujer danesa que le había dejado aquel extraño mensaje. Nadie respondió.

Su madre seguía en la cama tal como él la había dejado. Sola. Tommaso sintió dolor de cabeza y de espalda. Pasó una enfermera.

—Disculpe. ¿Podría darme un analgésico?

La enfermera le miró y sonrió.

—Voy a buscar al médico. —Y se fue.

El hospicio ya estaba vacío de visitantes. Sólo quedaba el personal imprescindible y, por supuesto, los pacientes. El resto se había ido a casa, antes de que el agua empezara a subir. Algunos para ir a tierra firme, otros para proteger sus viviendas.

—No lo encuentro. —La enfermera asomó la cabeza—. Pero hablará con usted tan pronto lo localice.

—Gracias.

Ella le miró con tristeza.

—He hablado con sor Magdalena hace un rato.

—La hermana ha dedicado mucho tiempo a mi madre. Estoy profundamente agradecido por sus desvelos.

—Sor Magdalena ya venía de camino hacia aquí. —La enfermera sonrió—. A pesar de la inundación. Dijo que se trataba de algo importante. Que usted no debería marcharse antes de hablar con ella.

Para Tommaso era difícil imaginar qué podría ser tan importante.

—¿Va a venir familia? —preguntó la enfermera.

—No lo creo.

—Tal vez quiera ir a la iglesia y encender un cirio votivo por su madre.

—Sí, de acuerdo.

—Avisaré a la hermana Magdalena de que usted volverá enseguida.

Tommaso sonrió, y su conciencia católica le llevó en volandas. Y, por supuesto, encendió la luz que iluminaría el camino de su madre por el purgatorio.

Salió por la puerta principal. El león de Venecia, tallado en piedra, estaba al lado de los pilares de mármol que soportaban el antiguo hospital. El león parecía enojado. La plaza enfrente del hospicio ya estaba cubierta con un centímetro de agua. La iglesia no se encontraba muy lejos. Tommaso se mojaría los pies, pero había que aguantarse: el cirio debía estar encendido. La hermana Magdalena había dejado dicho que no saliera del hospicio sin haber hablado con ella, pero seguro que entendería lo importante que era encender velas para los muertos. El purgatorio no esperaría por una pequeña inundación.

—Señor Di Barbara.

Tommaso estaba a punto de echar a andar cuando vio al viejo monje.

—¿Se va?

—No. Sólo voy a encender un cirio por mi madre. ¿Y usted?

—Me voy un momento. Nuestro cardenal y el ministro de Justicia están a punto de llegar —dijo el monje, y se regocijó con la idea.

—¿A la estación de tren?

—Sí. Estaré de vuelta en unos minutos.

El monje se puso la capucha y se alejó, iba bien preparado con botas de goma altas que desaparecían debajo del hábito. Por un momento Tommaso se sintió libre. Completamente libre. Libre de no tener que estar en posición de firme, en uniforme de gala, y escuchar las ceremonias del jefe de policía en una aburrida recepción. Sin tener que volver a ese hospicio. Él era un hombre libre. Con el dinero de la casa si la vendiera... No. Era demasiado pronto para pensar en eso. Ni siquiera se le había ocurrido lo del cirio por su madre. La sensación de libertad fue sustituida por la culpa, y se apresuró hacia la iglesia.

65

Bella Center, Copenhague

—¿Estamos arrestados? —preguntó Hannah, después de pasar un rato sentados en un caseta normalmente utilizada por los obreros.

—Claro que no.

Niels vio a Sommersted a través de una ventana que no se podía abrir. Cruzaba la plaza por delante de los manifestantes y pasó por la fila donde los activistas de las ONG y los medios de comunicación hacían cola para conseguir su acreditación. Cuando llegó a la caseta, abrió la puerta y entró resoplando de mal humor.

—Gracias por esperar.

—Vale —dijo Niels—. Sé muy bien que suena a disparate.

Sommersted se sentó frente a ellos. Se abrió un poco el chaleco antibalas y descubrió su vello gris, que ascendía desde el pecho hacia el cuello.

Niels continuó:

—Lo que estamos tratando de explicarte es que esos asesinatos, al parecer, se basan en una antigua tradición bíblica que habla de treinta y seis personas justas que garantizan la continuidad del mundo. ¿Has oído hablar de ello? Incluso lo hemos calculado exactamente. Sabemos las coordenadas exactas. Y señalan al Hospital General.

—¿El Hospital General?

—Las matemáticas no mienten. En resumen, es necesario evacuar a todo el hospital.

De pronto Leon abrió la puerta y se asomó.

—Está en camino —informó.

—¿Han terminado?

—Creo que sólo es un receso.

—Gracias, Leon.

Leon cruzó la mirada con Niels antes de cerrar la puerta.

—Tú me diste una tarea —comenzó Niels. Se enderezó en la silla e intentó una nueva táctica—. Me entrevisté con una serie de daneses, catalogados como justos y bondadosos, y les advertí del peligro. Uno de ellos me llevó a contactar con Hannah Lund, aquí presente. —Miró a Hannah y de nuevo a Sommersted—. Tienes que entenderlo, Sommersted, esta mujer es un genio.

Sommersted movió la cabeza tristemente.

—No podré volver a echarte una mano, Niels. En tu tiempo libre te dedicas a hablar con delincuentes en las prisiones, y ahora me vienes con esto.

—Pero los hechos son incontestables. Tenemos el momento, la hora en que va a ocurrir el crimen. Por la tarde, cuando el sol se ponga, a las quince y cuarenta y ocho. Tenemos el escenario: el Hospital General. Y tenemos el perfil de la próxima víctima: un buen hombre sin hijos y de entre cuarenta y cuatro y cincuenta años de edad. Son hechos, no conjeturas.

Sommersted dio un fuerte manotazo sobre la mesa. Tal vez fue la palabra «hechos» la que acabó de encolerizarlo.

—¡¿Hechos?! —gritó—. ¡El único hecho es que te di la oportunidad de resolver una tarea sencilla! Como te dije, era un ejercicio de confianza. —De pronto, Sommersted pareció arrepentirse de su repentino arrebato—. Basta por hoy, Bentzon. Hay cosas más importantes. Nos vemos la semana próxima en mi despacho.

—Pero por lo menos escucha lo que ella tiene que decir.

—Para, Niels. Tendrías que haber revisado los antecedentes penales de tu nueva amiga.

Hannah lo miró con los ojos como platos, y luego a Niels.

—Tal vez deberías haberlo hecho, antes de liarte con ella —añadió Sommersted—. Ya ves las consecuencias. Y precisamente hoy. Rompes tan campante el cerco de seguridad y casi llegas con ella hasta Obama y los demás.

—¿Qué quieres decir?

Sommersted hizo ademán de irse.

—¿Qué tipo de revisión de antecedentes? —terció.

Hannah se levantó.

Niels les miró confuso, como si de repente compartieran un secreto.

—¿De qué está hablando? —le preguntó a ella.

Sommersted miró con ceño a Hannah, que exclamó:

—¡No tiene nada que ver con este caso!

Niels la interrumpió:

—¿De qué estáis hablando, por el amor de Dios?

Hannah empezó a respirar hondo. Sommersted se apoyó contra la puerta y la miró expectante.

—Puede decirle lo que haya comprobado —dijo Hannah sin levantar la vista.

—Yo no pensaba hacerlo, es usted quien me lo pide. —Sommersted sonaba casi humano—. Bien, averiguamos que ha estado encerrada en una institución psiquiátrica. ¿Y sabes lo que eso significa, Niels, precisamente en un día como hoy y en este lugar? Seguro que lo sabes.

Hannah trató de contener las lágrimas.

—Había perdido a mi hijo...

—Usted es una irresponsable. Y las personas irresponsables son una amenaza para la seguridad.

—Cabrón —musitó Hannah con rabia.

—Y es algo que yo no necesito ahora, cuando tengo bajo mi responsabilidad la seguridad del hombre más poderoso del mundo... —Sommersted se volvió y señaló a través de la ventana a Obama, que se alejaba de la entrada hacia su limusina—. Los locos irresponsables. Ésos son los verdaderamente peligrosos.

Hannah tenía lágrimas en los ojos.

Obama saludó a los manifestantes. Parecía más bajo que en televisión. ARREGLA EL MUNDO, leyó Niels en una pancarta antes de que Sommersted abriera la puerta.

—Ahora voy a salir para hacer mi trabajo.

Hannah lloraba. Sommersted se detuvo en la puerta y Niels lo miró. Sabía que todo estaba perdido. Ya no tenía trabajo, al menos en la policía danesa y probablemente tampoco en la europea. Aun así, no debía derrumbarse, debía conservar su dignidad.

—Como quieras, Sommersted. Adiós.

El trayecto de vuelta a Copenhague fue sosegado. Niels conducía y Hannah miraba por la ventanilla. Permanecía tan silenciosa que uno podía dudar de su estado.

—¿Respiras?

—Sí.

—Ya es algo.

—¿Por qué? No lo sé.

¿Por qué respiramos? Él no supo responder. No en ese momento.

—Te dejaré donde me digas. ¿Dónde está tu coche?

Ella lo miró por primera vez desde que subieran al coche.

—En la cafetería.

—Vale.

La cafetería. ¿Cómo todo podía cambiar de ese modo? Esa mañana Hannah tenía rímel en los ojos. Ahora se le había corrido. Esa mañana era una investigadora en su mundo. Ahora, un caso de psiquiátrico.

—Niels... No debería haber descubierto el diseño. Hemos ido demasiado lejos. Estoy cansada de esto.

El teléfono de Niels sonó.

—Es el italiano. —Niels le pasó el aparato a Hannah.

—¿Qué debo decir?

—Que el próximo asesinato se cometerá allí con él o aquí con nosotros.

Niels paró el coche a un lado de la carretera. El teléfono dejó de sonar. Apagó el motor y la miró.

—No sé qué te pasó ni qué hiciste en aquella época. Pero sé que no estás loca.

Ella reprimió una sonrisa y se encogió de hombros.

—No pasa un día que no me mida en la escala de la locura. Lo anoto en mi diario. Cada vez que veo una conexión, la escribo.

—¿Conexión?

—Mi cerebro. Busca diseños y patrones en todas partes. Siempre lo ha hecho. Es un superordenador que funciona desde que yo era pequeña. Es una maldición. En determinado momento mi cerebro se rompió, cuando di a luz, y luego empecé a ver diseños y patrones que no existían.

—¿Por ejemplo?

—Números de matrículas, por ejemplo. Busco contextos numéricos. Todavía lo hago. Los escribo y se los muestro a mi psiquiatra. ¿Sabes qué?

—Dime.

—La matrícula de tu coche. Me di cuenta cuando me visitaste. 12 041 II.

—¿Y qué?

—Contiene un doce de abril, doce cero cuatro. El cumpleaños de mi hijo. Y el último número: un uno y luego un dos: dos veces ii.

—No entiendo.

—La i es la novena letra. Entonces, de repente, tienes ciento noventa y nueve. Y a continuación, pon sólo el siguiente número de nuevo, el del principio, como si fuera un círculo. Luego tienes...

—Mil novecientos noventa y uno. ¿El año en que él nació?

—Exactamente. ¿Lo comprendes, Niels? Veo patrones todo el tiempo. El de tu matrícula lo advertí en menos de un segundo, cuando me visitaste la primera vez. ¿Entiendes? Es una maldición. Vivo presa de una máquina de calcular que ni siquiera puedo apagar.

Niels pensó un momento.

—Mira la carretera —dijo.

—¿Para qué?

—Sólo mírala. ¿Existe un patrón para conducir?

Ella sonrió.

—Eres un encanto.

—Respóndeme, por favor. Supón que soy un idiota.

—Pues sí. Hay un patrón.

—Exactamente. Hay que conducir por el lado derecho de la carretera. Así que, incluso si ves patrones irreales, también ves los reales. Me han tildado de maníaco-depresivo y han dicho que padezco estrés, depresión y psicosis. Todo eso. Todo el mundo tiene problemas y lo más fácil es dar un diagnóstico, explicar con una enfermedad nuestros cambios de humor.

Ella pensó.

—Sí, puede ser. Pero ahora prefiero volver a casa.

Niels la miró.

—Probablemente es lo mejor. Porque el problema no es que veas demasiados patrones. —Y arrancó de nuevo.

—¿De qué estás hablando?

—Ahora se trata de personas, Hannah. Mientras eran teorías sobre diseños y patrones, algo meramente teórico, era bueno para ti, pero ahora se trata de personas reales. ¿Por eso no quieres participar?

Ella lo miró sorprendida.

—No es eso lo que te estoy diciendo.

—Hay sistemas, diseños, agujeros negros y materia oscura. Tú lo sabes mejor que nadie, Hannah, es tu terreno. Pero también hay personas reales. Yo... La gente a tu alrededor. La próxima víctima. Tu hijo.

—Maldito... —Hannah perdió súbitamente el control. Fue tan inesperado para ella como para Niels, aunque fue él quien recibió un puñetazo en la cabeza.

—¡Hannah, tranquila!

Ella emitió un grito ahogado que resonó en el coche y a continuación empezó a golpear a Niels.

—¡Cálmate! —exclamó él mientras se protegía la cara con el antebrazo. Hubiera podido sujetarle las muñecas, pero no lo hizo.

—Maldito cabrón —repetía ella sin dejar de atizarlo con fuerza, y no podía parar.

De repente se detuvo. Como si el castigo de Niels ya hubiera sido suficiente. Él sintió el sabor de la sangre en su boca. No le importó. Los segundos pasaban y se convirtieron en un minuto. Tal vez más.

—Estás sangrando... —balbuceó ella.

—No es nada.

Hannah respiraba agitadamente. Le limpió la poca sangre que tenía alrededor del labio. Niels le tomó la mano. El beso fue como lo más natural del mundo: ella se volvió en el asiento, se sentó sobre una rodilla y se inclinó sobre él, y lo besó. Él lo aceptó. La lengua de Hannah se deslizó suavemente sobre la pequeña magulladura del labio inferior antes de que su lengua encontrara la de Niels. Así estuvieron sentados unos minutos.

Hannah se incorporó y miró por la ventanilla. Como si no hubiera sucedido nada, ni el beso, ni su arrebato de ira. Ella rompió el silencio.

—Tienes razón —dijo.

66

Iglesia dei Santi Geremia e Lucia, Venecia

La llamada llegó cuando cesó la sirena. Un número +45 de Dinamarca. No podía hablar por teléfono en la iglesia, pero ya había encendido dos cirios para su madre, se había persignado y había sido un buen chico. Dos por razones de seguridad. Las luces del árbol de Navidad eran tenues. Salió al pasillo para no molestar a nadie. Habló en voz baja.

—Tommaso di Barbara.

Era la mujer danesa. ¿Si había escuchado su mensaje?

—*Oui*.

Su acento danés se percibía cuando hablaba francés, pero era muy clara en su dicción.

—El patrón es correcto, hasta el último decimal —aseguró ella tras explicarle sucintamente sus hallazgos.

—Parece increíble.

—Si el número es correcto, en el caso de la cifra treinta y seis...

Había interferencias. Tommaso miró la pintura por encima de él. Jesús inmóvil con las manos extendidas hacia los lados, mientras el incrédulo Tomás metía un dedo en la herida de su costado, donde la lanza romana había hecho una hendidura en el Salvador.

—¿Sigue ahí?

—Sí —respondió Hannah—. Escuche: los dos últimos asesinatos se llevarán a cabo ahí en Venecia y aquí en Copenhague, aunque no sabemos dónde será el primero.

—¿Está segura?

—Absolutamente segura. —Su respuesta llegó sin titubeos a aquel recinto lleno de fe.

—Pero... —Cerca del altar había una figura en un ataúd de cristal, vestida de rojo. Un turista tomó una fotografía. Tommaso se alejó de la escena—: ¿Cuándo?

—Todos los asesinatos, según parece, se produjeron al atardecer.

Tommaso repasó mentalmente la lista de víctimas. ¿Cómo no se había dado cuenta antes? Tal vez porque eran relativamente pocos los asesinatos perpetrados a una hora exacta. Pero aun así... Había dedicado días enteros, durante más de medio año, a ese caso y ahora aparecía esa mujer y lo resolvía de un plumazo.

—¿Señor Di Barbara?

—*Oui?*

—Le estoy enviando un sms con las coordenadas aproximadas del lugar donde se cometerá el asesinato.

—Pero ¿qué puedo hacer?

Hannah vaciló unos segundos y luego dijo:

—Supongo que ir al lugar y buscar alguna pista.

Tommaso miró alrededor.

—¿Cuándo se pone el sol en Venecia? —preguntó Hannah.

—Dentro de muy poco.

—Coja las coordenadas que le envío y busque el lugar. Y trate de evitar el asesinato.

—Sí. Por supuesto. Es sólo que mi madre está... —¿Debía mencionar su situación personal? Su madre acababa de fallecer y él debía volver a su lado. Estaría muy mal abandonarla tan pronto. Pero no dijo nada.

—El margen de error es de pocos metros —añadió Hannah—. Ahora tengo que colgar.

Luciano estaba sentado en la escalinata exterior de la iglesia. Era uno de los pocos sin techo de Venecia, pues no se toleraban debido a los turistas. En la infancia de Tommaso había muchos más. Ahora prácticamente sólo quedaba Luciano. Por eso le ayudaba todo el vecindario. Como si él fuera la mascota de todos.

—Tommaso. Dame algo.

El policía busco en sus bolsillos.

—Sólo tengo ochenta céntimos.

—Anda ya. —El viejo los rechazó con un gesto y un suspiro de exasperación.

Tommaso encontró cinco euros en el bolsillo de atrás y se los dio.

Entonces se apresuró por la plaza, el agua ya había subido un centímetro más. Excepto Luciano en los escalones, las calles estaban desiertas.

—¡Feliz Navidad! —Tommaso oyó el grito de Luciano mientras doblaba la esquina.

67

Hospital General, Copenhague

Hannah estaba sentada en el vestíbulo del Hospital General mientras Niels iba y venía con impaciencia. Entonces lo vio por la ventana. Casper estacionó su bicicleta, quitó las luces y entró.

—He venido lo antes posible. —Casper estaba sin aliento.

—¿Has dicho a alguien adónde venías? —preguntó Niels.

—Nadie me lo preguntó.

—Bien. Ésa es Hannah. Vais a trabajar juntos en las próximas dos horas.

—¿Qué quieres que haga? —repuso tenso.

Hannah se acercó. Niels les presentó:

—Hannah Lund, profesora del Instituto Niels Bohr.

Ella no aclaró nada. Cualquier otra explicación sería demasiado complicada. La presentación de Casper era más fácil y tal vez incluso, más cercana a la verdad: el genio informático de la policía.

Departamento de Recursos Humanos,
Hospital General

Pareció transcurrir una eternidad antes de que los tubos fluorescentes se encendieran. La fría luz reveló un rótulo en el panel de vidrio de la oficina: «Recursos Humanos.»

—Ya estaba de camino a casa —dijo Thor, el gerente de Información Tecnológica, un hombre de mediana edad que les había abierto la puerta.

Dios sabía si sus padres no se arrepentían de haberle puesto Thor a un hombre tan menudo, pensó Niels. ¿Tal vez habían intuido que iba a ser casi enano y así pretendieron compensarlo? Thor Jensen, de poco más de metro y medio de estatura.

—Muy bien. Un ordenador del Parque Jurásico —dijo Casper, y deslizó una mano por la pantalla de un viejo ordenador.

Thor frunció el ceño ante la ironía de Casper.

—Es viernes. La gente se va a casa temprano —respondió.

—¿Sabe cómo se enciende este sistema?

—Claro.

—Adelante, pues —dijo Niels.

Con un suspiro, Thor dejó su bolso en la mesa y encendió el aparato. Un zumbido eléctrico llenó la estancia.

Casper sonrió alegremente:

—Es como retroceder en el tiempo.

—Funciona muy bien. Mejor que el antiguo sistema.

—¿El antiguo? ¿Funcionaba con manivela? —bromeó Casper.

Thor parecía inmune a las ironías y se encogió de hombros.

—¿Algo más?

Casper miró a Niels. Hannah dijo:

—¿Puede imprimir una lista completa de todos los empleados de este lugar?

—En principio sí.

—¿Y de todos los pacientes? —añadió Niels.

—Mi turno terminó hace cinco minutos.

—¿Qué he de hacer? —terció Casper.

Niels miró a ambos informáticos. Sabía que era inevitable. Debía explicárselo de manera breve y precisa:

—Tenemos que encontrar a la gente más bondadosa que esté trabajando ahora mismo en el hospital.

Silencio. Thor los miró con cara de no entender nada.

Casper abrió su bolso y sacó el portátil con el logotipo de la policía danesa grabado sobre el aluminio brillante: dos leones erguidos, y entre ellos una mano abierta que sostenía un ojo adicional. El ojo de la policía.

—¿El mismo procedimiento que la última vez? —preguntó Casper.

—No —dijo Niels—. Esta vez tenemos que afinar más. Ya no buscamos sólo a los conocidos por los medios de comunicación.

Casper levantó la vista.

—Entonces ¿qué?

—Estamos buscando un hombre entre cuarenta y cuatro y cincuenta años.

Hannah añadió:

—Un hombre que no tenga hijos.

—Podría ser yo —intervino Thor. Todos le miraron un momento.

—Un hombre que tenga amplios contactos con muchas personas —añadió Niels—. Que salve vidas.

—Probablemente haya más de uno por aquí que salven vidas.

—Por eso estás aquí, Casper.

—¿Qué quieres decir?

—Tienes que seleccionar.

Hannah se sentó frente a uno de los viejos ordenadores.

Thor se aclaró la garganta:

—Perdón por la interrupción.

Niels lo miró con impaciencia.

—¿Sí?

—¿De qué va todo esto?

—Queremos evitar un asesinato que se cometerá en el hospital a las quince y cuarenta y ocho. Ocurrirá en menos de una hora.

Casper se levantó inquieto.

—Tal vez deberíais llamar a alguien más capacitado.

Niels le llevó con firmeza del brazo.

—Relájate. Siéntate, Casper. —Casper se quedó de pie—. Tenemos la oportunidad de evitarlo. Vamos a utilizar tu cerebro. Lo que sólo tú puedes hacer, Casper.

—Pero ¿y si fallo?

—No. Fallaremos sólo si no lo intentamos. Siéntate.

Finalmente se sentó. Niels advirtió que sus manos temblaban ligeramente. Hannah le puso una mano tranquilizadora sobre el hombro.

—Bien, Hannah y Thor buscarán a los candidatos en el ordenador del Hospital General.

—Pero yo no soy policía.

—¿Alguna vez ha probado la comida de la cárcel de Vestre? —replicó Niels—. Gulash en lata.

Silencio. El pequeño hombre del departamento de Informática se desabrochó la camisa y se sentó junto a los otros.

—Estamos buscando un hombre entre cuarenta y cuatro y cincuenta años.

—Debería ser posible —dijo Thor.

—Tú, Casper, averiguarás si presentan el perfil buscado o no.

—¿Cuál es el criterio para descartarlos? —preguntó Hannah.

Niels pensó.

—Si ha tenido problemas con la justicia seguro que no se trata de un hombre justo. Podemos comprobar sus antecedentes penales.

Casper asintió con la cabeza.

—¿Qué pasa con el ruso? —objetó Hannah—. Él estuvo en la cárcel.

—Sí, en la cárcel por oponerse al régimen. Eso no es ningún delito, sino todo lo contrario.

—Y el de Israel, que había liberado a los prisioneros.

—Igual. Fue declarado culpable de una buena acción que sin embargo era contraria a la ley.

Casper inició sesión.

—¿Por dónde empiezo? ¿Médicos? ¿Enfermeras?

—¿Y los celadores? —preguntó Hannah—. También ellos pueden ser hombres justos.

—Claro. Pero mejor empezar por la parte de arriba de la lista.

Hannah negó con la cabeza.

—No me convence, Niels. También podría ser un paciente.

—Thor, ¿puede buscar entre los pacientes también?

—Sí.

—Muy bien. Pero empecemos con los empleados. Médicos, comadronas e investigadores. Entre cuarenta y cuatro y cincuenta años. Sin hijos.

—Ya tengo la lista de asistencia —anunció Casper—. No es muy extensa.

—Tenemos suerte. Es viernes por la tarde. Viernes antes de Navidad, muchos ya se han ido de vacaciones. Y otros muchos habrán salido antes. ¿Es correcto, Thor?

—Sí.

—Bien. Me proporcionaréis los nombres y departamentos y luego me pondré en contacto con los candidatos.

—¿Qué harás? —preguntó Hannah—. ¿Preguntarles si son buenos y justos?

Él la miró brevemente.

—Exacto.

—Niels... es ridículo. ¿Cómo saber si te dicen la verdad o si siquiera se lo toman en serio?

Él se quedó pensando. Luego asintió con la cabeza.

—Ya —admitió—. Normalmente buscamos un asesino, pero en este caso no sabemos nada sobre el asesino. Lo más lógico sería evacuar el hospital, sin embargo no es posible. —Hizo una pausa—. En cambio, sabemos mucho acerca de la víctima. Su edad aproximada, que no tiene hijos, que posee una extraña habilidad, casi sin proponérselo, de estar justo donde se le necesita. Y que es una persona muy relacionada, que se mueve en un amplio círculo social. —Miró a Hannah y sonrió—. Es como si los justos dispusieran de una telaraña emocional que les avisa si alguien necesita ayuda, y entonces acuden a ayudar.

Los tres le miraban expectantes. Niels continuó:

—¿Por qué es tan imposible? He dedicado veinte años a la investigación de la maldad. De eso nadie se sorprende. ¿Por qué no iba a ser capaz de encontrar a una buena persona en sólo una hora? ¿Es la bondad más difícil de detectar que la maldad?

Señaló la puesta de sol de diciembre. Descendía justo por encima de la copa de los árboles desnudos, en el Parque del Amor.

—Falta una hora para el anochecer. Admito que parece casi imposible, casi ridículo, intentarlo. Pero ¿no vale la pena sacrificarse un poco durante esta hora? ¿A pesar de la improbabilidad de éxito?

Todos reflexionaron unos segundos con el zumbido de fondo de los ordenadores. Thor respondió el primero:

—Sí, vale la pena.

—De acuerdo —dijo Casper, que había recuperado la confianza en sí mismo.

—Muy bien. Ve por delante. Casper, comprueba los registros de asistencia. Comienza por los empleados. —Y se volvió hacia Thor—: También puede ver en su ficha personal si tienen hijos, ¿verdad?

Thor asintió y dijo:

—Tengo uno. Tanja Munck. Es una matrona. Tiene el turno de noche, así que está trabajando ahora mismo.

—¿Número de la Seguridad Social? —preguntó Casper.

Thor lo leyó. Los dedos de Casper bailaban sobre el teclado.

—Tanja Munck tiene tres hijos —informó—. Se divorció en 1993 en el tribunal de Lyngby.

Niels lo interrumpió:

—Descartada. El siguiente.

Hannah había encontrado otro:

—Thomas Jacobsen. Cuarenta y ocho años. ¿Cómo se ve en qué trabaja? —Se volvió hacia Thor.

—¿Número de la Seguridad Social? —pidió Niels.

—Aquí. —Casper lo encontró en el Registro de Empadronamiento—. No tiene hijos. Empadronado con otro hombre como pareja de hecho.

Hannah sonrió.

—¿Entonces? ¿Descartado?

—Por supuesto que no. Averigua dónde está.

—¿Está en su puesto de trabajo?

Thor se puso a llamar. Niels miró el reloj antes de desaparecer por la puerta. Lo último que oyó fue la voz apremiante de Thor, llena de entusiasmo y emoción.

—¿El supervisor? Llamo de Recursos Humanos. ¿Thomas Jacobsen ha comenzado su turno?

Pasillo del sótano, Hospital General, 14.48 h

En aproximadamente una hora una persona morirá.

La gente moría todo el tiempo, sobre todo en ese lugar. Un

promedio de veinte personas al día decidían abandonar sus cuerpos aquí. A cambio, llegaban tantos como se iban. El móvil de Niels empezó a sonar.

—¿Sí?

Era Hannah.

—Thomas Jacobsen no encaja en el perfil buscado.

—¿Cuál es el siguiente?

—Ve a los quirófanos.

Una enfermera pasó por delante de Niels.

—¿Los quirófanos? —le preguntó.

—Coja el ascensor hasta el quinto. A mano izquierda.

—Gracias.

Oyó la voz de Hannah al teléfono.

—¿Quieres escuchar algunos números mientras vas de camino?

—Adelante.

—Hay más de siete mil quinientos empleados. La mitad cumple el turno de día. Pero estamos buscando gente entre cuarenta y cuatro y cincuenta años. Tenemos mil cien en esa franja de edad.

—¿Y cuántos están en su puesto de trabajo ahora?

—Alrededor de la mitad.

—¿Quinientas personas? —dijo Niels con optimismo.

—Podemos identificar rápidamente a los que no tienen hijos. Tal vez un tercio. Unas ciento ochenta personas.

—¿Y Casper ha rastreado a las que tienen antecedentes penales? ¿Otro tercio a su vez?

—Exacto. Quedan ciento veinte.

—¿A quién tengo que buscar ahora? —preguntó Niels.

—A un médico interino. Peter Winther.

Todo estaba tranquilo en los quirófanos. La televisión estaba encendida sin audio y sin espectadores. Una enfermera levantó la vista de sus papeles. Niels mostró su placa de policía.

—¿Peter Winther?

—Está haciendo la ronda de visitas.

—¿Dónde?

Ella señaló hacia al fondo del pasillo. Niels vio un médico que salía de una habitación seguido por un pequeño séquito.

—¡Peter Winther!

Niels fue a su encuentro mostrando su placa. El médico palideció.

—Esperadme en la siguiente habitación —les susurró a las enfermeras.

—Policía. —Niels podía ver que el médico estaba muy nervioso. Se quedó mirando a Niels mientras se sonrojaba hasta el cuello—. Sabes muy bien por qué he venido.

El médico miró hacia atrás y se acercó un paso.

—¿Me va a detener ahora?

Niels se quedó desconcertado pero no lo demostró.

—No. Sólo queremos escuchar su versión de la historia antes de tomar una decisión.

—¿Mi versión? —Soltó un bufido—. Mi versión de la historia es que ella está como una cabra. —Niels se dio cuenta de la saliva que se acumulaba en las comisuras de su boca—. Eso lo dictaminaría cualquier psiquiatra y ella no tendría ninguna oportunidad en un tribunal. ¿Me comprende? Y por otra parte, fue en defensa propia. Tengo las cicatrices para demostrarlo. —Peter Winther se desabrochó el botón superior y mostró largos arañazos en su cuello—. Tendría que haber sido yo quien acudiera a vosotros. Qué haría usted si tuviera una esposa así... —Se acercó más; estaba frenético—. Sí, lo admito, le di una bofetada. ¡Sólo una! Y debería haberlo hecho hace tres años.

Niels miró el teléfono. Había recibido un sms: «Ida Hansen. departamento de Obstetricia. Matrona.»

—No me puedo creer que ella me haya denunciado. Es totalmente injusto. ¿Tengo que conseguirme un abogado?

Niels negó con la cabeza.

—No, gracias por su tiempo.

Y dejó a Peter Winther con su matrimonio deshecho y su desesperación.

—Dime, Hannah. —Niels iba corriendo por los pasillos.

—Es una matrona, pero ahora ha ido al restaurante. Está situado junto a la sala de urgencias.

Niels llamó al ascensor.

—¿No puedes ubicarlos por zonas?

—¿Qué quieres decir?

—Para que yo no tenga que ir de un extremo al otro del hospital. Así pierdo demasiado tiempo.

Hannah se quedó en silencio. El ascensor tardaba en llegar y Niels miró por la ventana del pasillo. El sol ya no estaba rojo e iba bajando rápidamente. En el móvil, podía oír como Hannah respiraba hondo. Un cartel señalaba el departamento de Obstetricia. Una madre cansada empujaba un carrito con su niño, que comía una barra de chocolate. Tanto Niels como el niño miraban al sol. A saber qué estaba pensando el niño, quizá que las hayas del parque llevaban al sol sobre sus hombros. Parecía un funeral. Un sol que moría yendo hacia el oeste.

Un *plin* con una frecuencia que oían las personas sordas avisó de la llegada del ascensor.

—Estoy en el ascensor. Voy hacia abajo.

—Muy bien. Ida Hansen. Cuarenta y ocho años. Matrona. Date prisa.

Y colgó.

68

Cannaregio, Venecia

El color de las botas de agua de sor Magdalena podría describirse como rosa chillón.

Tommaso sonrió cuando la vio andando deprisa por la calle Madonna Dell'Orto. La parte norte de la ciudad era un poco más baja que el resto y se inundaba más rápido que el resto.

Él la llamó:

—¡Hermana! Quería hablar conmigo, ¿no? Un mensaje de mi madre, según tengo entendido.

Pero la estridente alarma sofocó sus palabras. Ella entró en el hospicio sin mirar atrás. Si Tommaso no quería pasar por el puente Dell'Orto y mojarse hasta las rodillas, tenía que volver para ir por el muelle norte. No se inundaba muy a menudo. Miró su reloj. El paseo por la Fondamenta Nove le llevaría unos quince minutos más. Faltaba una hora, quizá menos, para el anochecer. Las coordenadas GPS que había recibido de la mujer danesa eran: 46.26'30 y 12.19'15. No sabía mucho acerca de coordenadas GPS, pero el móvil le mostraba la longitud y la latitud. En ese momento, él se hallaba en 45.25'45 y 12.19'56. Cuánto se tardaría en llegar allí, dónde sería. Tommaso no lo sabía. Así que debía darse prisa. La inundación camparía a sus anchas en la ciudad unas horas, y no creía que la hermana Magdalena se fuera a marchar mientras tanto. Y además, ¿qué podía ser tan importante?

Tenía los calcetines empapados mientras corría hacia el sur a lo largo de la Fondamenta dei Mori. Los zapatos chapoteaban en el agua. Estaba solo en la calle. ¿Sería allí? Se detuvo frente a la casa de Tintoretto, un pintor que a Tommaso le gustaba. No tanto por su magnífica pintura sobre el funeral y traslado del legendario san Marcos el Evangelista, sino porque Tintoretto básicamente nunca había dejado Venecia. Sólo una vez en su vida se alejó de la laguna, y según se contaba estuvo abatido durante todo el viaje. Tampoco Tommaso había ido mucho más allá.

La señal del GPS se volvió loca de repente y las cifras empezaron a bailar. Era difícil captar la señal en aquellas calles tan estrechas.

Avanzó un poco más, hasta el casino y el Gran Canal, con la esperanza de coger mejor señal. Sus pensamientos aún estaban con Tintoretto. No. Con san Marcos. Tal vez era más fácil pensar en el Evangelista muerto que en su madre recién fallecida. Pensó en el cadáver de san Marcos: la primera pintura que todos los niños en Venecia conocen. Era el ángel protector de la ciudad, el que había dado su nombre a la plaza. En Alejandría se decía que dos mercaderes venecianos habían robado su cuerpo allí, menos la cabeza, si es que uno se podía fiar de aquella gente. La cabeza sigue todavía en Egipto.

Cadáveres sin cabeza, la mano ajada de su madre y los colores de la muerte castigaban a Tommaso cuando llegó a la Strada Nova. El GPS bailó de nuevo. En el canal se notaba ya la luz mortecina del sol. Nunca encontraría el lugar, pensó abatido. Venecia no había sido construida para recibir señales de GPS ni coches. Debía buscar un ordenador.

Su portal se había inundado. Los zapatos negros de su madre, folletos publicitarios y comida para perros se movían en un diminuto lago. Una fina película de aceite de motor de barco flotaba en la superficie del agua y trataba de formar un arco iris. Le dio al interruptor de la luz, en vano. El fusible principal había saltado. El portátil tenía batería, recordó mientras subía rápidamente de tres en tres los escalones. Meneó la cabeza. La casa donde estaba había sobrevivido cuatrocientos años de inundaciones mensuales, en cambio el portátil IBM, con sólo medio año, ya señalaba que la batería estaba agonizando. Google Earth. Buscó un lugar donde pudieran encajar las coordenadas, pero no lo encontraba. «Batería baja.» Logró localizar la laguna y pulsó con vehemencia para hacer un zoom de Venecia. Deslizó el ratón por toda la ciudad y se dirigió al Gueto. Más al oeste. Se acercaba al punto exacto. «Batería baja. Guarde los documentos ahora.» Comprobó los números en el móvil y dirigió el ratón un poco más al norte. Por fin llegó al punto correcto. Se echó hacia atrás y observó la pantalla. En ese momento el portátil se apagó.

69

Departamento de Recursos Humanos, Hospital General, 14.56 h

Hannah lo sabía por sí misma: los engranajes del cerebro de Casper estaban bien engrasados. Y tenía muchos. Diversas informaciones podían pasar al mismo tiempo por su cabeza y serían consideradas, valoradas y catalogadas. En cambio, Thor estudiaba sólo una cosa por vez.

—¡He encontrado otra! —exclamó Casper—. Creo que está en su puesto de trabajo

—¿No lo sabes seguro?

—Voy a llamar al supervisor, que sabe quién está en el trabajo y quién libra —dijo Thor.

Hannah se sentó junto a Casper.

—Escucha, los otros asesinatos...

—Sí. Necesitamos más denominadores comunes. De lo contrario nos llevará horas. Días. Y no los tenemos —dijo Casper.

—Ya.

—Entonces, ¿algo más que la ausencia de hijos y la edad?

—Se trata de personas destacadas. Uno de ellos fue encarcelado por hablar contra Putin. Otro estuvo en una prisión militar israelí. Una mujer canadiense utilizó medicamentos no aprobados y fue despedida.

—¿Quieres decir que son especiales? —preguntó Casper.

—Sí. De una forma u otra, son excepcionales.

—Si se han creado una reputación en Dinamarca puedes comprobarlo en Google. Todo queda registrado. El mínimo anuncio en un periódico local. Si has trabajado como voluntario, aunque sea sólo una hora, para cualquier organización caritativa, estarás en una lista. Una lista que se encontrará en una página web. Incluso si trabajas en una cooperativa.

—Eso es lo que quiero decir.

—Pues vamos a buscar... —dijo mirando a Hannah.

Y ella terminó su frase:

—... los candidatos adecuados.

—Exactamente. Necesitamos sólo dos segundos para buscar a la gente en Google. Vamos por todos los candidatos y escogemos a los que mejor se adapten a ese perfil.

Thor colgó el auricular.

—Por lo menos no se ha marchado del hospital.

—¡Dame un nombre rápido, Thor! —dijo Casper.

—Maria Deleuran.

Thor deletreó en voz alta su nombre, pero antes de que él terminara Casper ya la había encontrado. Maria Deleuran.

—Enfermera —anunció.

Estudiaron la foto en su perfil de Facebook: rubia, guapa. Pequeñas arrugas que acababan de hacerla más hermosa. Parecía la chica con quien Gustav se habría ido, pensó Hannah.

—Muy bien. Aquí tenemos algo. —Casper se enderezó en su silla—. Es una voluntaria de IBIS. —A través de un enlace, entró en la página web de IBIS—. Trabajó de cooperante en África y América Latina. Y hay fotos de ella. «Ruanda. VIH/SIDA. Educación y prevención» —leyó.

—Ha sido jefa de departamento allí —dijo Hannah.

—En dos ocasiones.

Casper dejó la Red por un momento y regresó a la base de datos de la policía.

—Pura como la nieve. Aprobó el examen práctico de conducir a la tercera. Es lo único que tenemos sobre ella.

15.03 h

La mujer hablaba con amabilidad y paciencia al anciano, a pesar de que él le estaba dando órdenes. Niels podía oírle regañar a distancia:

—No, ya no quiero levantarme.

—Pero eso es lo que hemos prometido al médico. ¿No lo recuerda?

—Al infierno con el médico.

La enfermera sonrió y dio unas palmaditas al anciano en el hombro, quitó los frenos de la silla de ruedas y comenzó a retroceder.

Niels la detuvo.

—Perdón. ¿El restaurante de los empleados?

—Tiene que retroceder. A la derecha de la capilla.

El anciano soltó un bufido.

—Bah, la capilla.

—Gracias —dijo Niels—. Otra cosa, y tal vez sea una pregunta tonta. Pero ¿tiene usted hijos?

—Así es. —La enfermera enarcó las cejas—. ¿Por qué lo pregunta?

Restaurante de empleados, 15.08 h

Niels tenía la sensación de que aquello no terminaría bien. Allí, en los pisos inferiores, no podía ver el sol. Miró su reloj: quedaban cuarenta minutos, como máximo. Y no mejoró cuando abrió la puerta del restaurante. Decenas de hombres y mujeres con batas blancas. Era una misión imposible. Pero ya no tenía nada que perder, así que se subió a una silla.

—¡Policía! —se anunció.

Se hizo un silencio casi absoluto. Sólo dentro de la cocina continuaban los ruidos mecanizados. Todos miraron a Niels. Rostros acostumbrados a las malas noticias.

—Estoy buscando a Ida Hansen.

Nadie respondió. Una sola mano se alzó lentamente. Niels saltó desde la silla y caminó a lo largo de las hileras de mesas de madera laminada. El plato del día al parecer era pollo, puré de patatas y guisantes cocidos. Todos le observaban, especialmente los médicos. Rostros con autoridad.

—¿Ida?

Ella bajó el brazo. Sin embargo, no podía ser ella: era demasiado joven.

—No soy yo. Sólo quería decirle que ella ya se ha ido. ¿Ha pasado algo?

—¿Ido? ¿Adónde?

Su móvil sonó. Era la tercera vez que Hannah llamaba.

—La llamaron para un parto de urgencia. Se fue deprisa.

—¿Cuánto tiempo se tarda? —Niels se dio cuenta de que su pregunta sonaba tonta. Hannah seguía llamando.

—Un momento. —Cogió el teléfono y se alejó unos pasos—. ¿Hannah?

—Niels, hemos hecho un nuevo esquema. En lugar de... —Hizo una pausa—. Te ahorraré los detalles. Tenemos tres candidatos muy apropiados. Sin duda serán más, pero empieza por Maria Deleuran. Se encuentra en el Área de Pediatría. Ha sido trabajadora voluntaria en Ruanda.

Niels oyó a Casper débilmente al fondo:

—Y ha escrito artículos sobre los insuficientes esfuerzos contra el sida en África por parte de Occidente.

—Muy bien. Voy a buscarla. —Colgó y se volvió hacia la joven colega de Ida Hansen—. ¿Dónde ha dicho que se encontraba ella?

—En el paritorio.

Niels vaciló. Acababa de llegar de allí. Necesitaría al menos cinco minutos para volver de nuevo.

—¿Qué opinión tiene de ella?

La joven enfermera lo miró boquiabierta.

—¿Acerca de Ida? —Una risita embarazosa.

—¿Le cae bien? ¿Es una persona bondadosa?

—¿Por qué me pregunta eso? ¿No puede esperar a hablar con ella?

—¿Qué opinión tiene de ella, por favor? —insistió Niels.

—¿Ha hecho algo?

—Responda, por favor. ¿Es una mujer agradable? ¿Es buena? ¿Es dura? ¿Es buena persona?

La enfermera miró a sus colegas, alucinada.

—Pues no sé qué decirle... Ida es buena, pero...

—¿Pero? —Niels la miró. Todo estaba en silencio.

Entonces la mujer se levantó, cogió su menú a medio comer y se fue.

71

Cannaregio, el Gueto, Venecia

Tommaso había encontrado gran cantidad de analgésicos en el cuarto de baño de su madre. Se los había llevado consigo. Cuando llegó a casa y sin leer en profundidad el prospecto del fármaco, se tragó un cóctel de comprimidos y cápsulas con un vaso de agua. Se acordó de la prueba para la fiebre que le había enseñado su padre: «¿Te duele cuando miras hacia arriba? Si la respuesta es sí, tienes fiebre.» Tommaso probó. Sí, le dolía. Se sentía mareado.

Recordó que el jefe de policía había informado sobre quiénes los visitarían además del ministro de Justicia. Algunos políticos, aunque no recordaba quiénes. Un juez. Un cardenal. Podría ser cualquiera. La próxima víctima podría ser cualquiera, pero quienquiera que fuese vendría en el tren que llegaba a la estación en unos minutos. No tenía duda de esto, si las coordenadas eran correctas.

No podía ver el sol, sólo un resplandor detrás de las casas de la Santa Croce. No quedaba mucho tiempo. Si la mujer danesa tenía razón y el asesinato iba a cometerse durante la puesta de sol, el tiempo se agotaba rápidamente. Por un instante perdió la fe. Miró la lista con los asesinatos. El caso se había convertido en la maldición de su vida. ¿O en una bendición? Pensó en su madre; todavía tenía sus monedas en el bolsillo. Y en el perro, la mirada de ligero reproche que éste le había dirigido cuando lo entregó 1a un destino incierto. Apartó esos pensamientos. Necesitaba ir a la estación de ferrocarril.

La espalda le dolió cuando se agachó para ponerse las botas

de agua. Al final de la escalera estuvo a punto de resbalar en un escalón mojado. Se sentó. Debería descansar un rato. ¿Tal vez lo mejor sería llamar a Flavio y explicarle la situación, que debían estar en guardia? No, ya era demasiado tarde. Tendría que hacerlo por sí mismo.

72

Hospital General, 15.15 h

Un nuevo sector en aquel mundo aparentemente infinito de zonas blancas, puertas cerradas y gente vestida con batas.

—Perdone, ¿dónde queda Pediatría? —preguntó a una enfermera.

—Por ahí, a la derecha.

—Gracias.

Departamento de Pediatría, 15.18 h

En una sala común, unos niños estaban sentados en semicírculo. Dos de ellos se habían acercado en sus camas, demasiado enfermos para andar. Un joven de camisa roja a cuadros estaba sentado en una silla pequeña, con un libro en la mano. Por encima de él colgaba un cartel: VEN A CONOCER A UN ESCRITOR DE NOVELAS DE MIEDO PARA NIÑOS.

—¿Cómo puedes imaginar todo eso de los monstruos y luego escribirlo? —preguntó uno de los pequeños, justo antes de que Niels les interrumpiera.

Una enfermera sentada en el suelo con una niña de cinco años en el regazo lo miró con ceño.

—¿Maria Deleuran?

—Ahora estoy con los niños. Como ve, tienen la visita de un escritor.

—Es un asunto urgente. Policía.

La atención de los niños se centró en Niels.

—Seguro que allí encontrará a alguien que pueda atenderlo.
—Y señaló hacia la sala de enfermeras.

Niels miró el reloj. Menos de media hora para las 15.48. Se enjugó la frente y de pronto el ánimo le flaqueó, se vino abajo. ¿Quizás a causa de ver a aquellos niños y la sensación de injusticia que le provocaban? Unos niños tan pequeños no deberían estar enfermos. Algo debió de ir mal en la Creación, un error de esos que te hacen exigir explicaciones a Dios. ¿O a causa de su empeño en evitar un nuevo asesinato?: Hannah tenía razón, era imposible, sería un fracaso. ¿O en realidad era sólo una manifestación de su ciclotimia, su carácter maníaco-depresivo? ¿Estaba en medio de uno de sus episodios agudos? Se apoyó contra la pared y respiró hondo. Tal vez Hannah estaba loca, como había sugerido Sommersted. Pero por otra parte, los asesinatos eran reales y de momento no tenían explicación.

La puerta de la sala de enfermeras se abrió y salió una mujer rubia que se alejó por el pasillo con pasos ligeros. Él sólo vio su espalda. ¿Sería ella la siguiente víctima? «Tengo que concentrarme», se ordenó. Los niños se rieron de algo y Niels alcanzó a ver un postrero rayo del sol por la ventana. La risa espontánea de los niños le devolvió la esperanza de nuevo. En cualquier caso, se dirigía a la sala de enfermeras. Tres de ellas estaban parloteando y tomando café.

—¿Maria Deleuran? —preguntó.

Las enfermeras continuaron hablando como si tal cosa. Niels sacó su placa.

—Policía. Estoy buscando a Maria Deleuran.

El parloteo se interrumpió en seco y todas lo miraron.

—¿Ha pasado algo?

—¿Usted es Maria Deleuran?

—No. Ella no está aquí.

Niels miró a las otras dos. Le pareció que la de mayor edad sabía algo más, pues preguntó con un punto de recelo:

—¿Para qué la busca?

—¿Está segura de que no está aquí? —replicó él.

La enfermera parpadeó. Niels lo notó.

—¿Puede llamarla?

—Puedo intentarlo. —Y se puso de pie lentamente; su trasero había dejado huella en el sofá de polipiel.

—¿Puede darse prisa, por favor?

Ella lo miró con ceño. Una matrona entrada en años. Autoritaria. Las otras enfermeras la temían.

—No nos permiten dar los números de móvil —explicó.

—No se preocupe, me basta con que la llame y le diga que la policía está aquí y necesita hablar con ella.

—Ya ha terminado su turno y se ha marchado.

—¿Es que ella no ficha a la salida?

—A veces nos olvidamos. ¿Por qué todo esto?

—Llámela. Ahora.

«Espero que no estés casada», pensó Niels mientras la matrona llamaba. Pobre del hombre que fuese su marido. Miró alrededor. Un tablón de anuncios. Cartas, postales. Listas. Fotografías. Mensajes breves. Una bella muchacha rubia en medio de una aldea africana, rodeada de niños.

—¿Puedo ayudarlo en algo? —dijo una enfermera.

Niels la ignoró y cogió la postal.

—¿Ésta es Maria?

Nadie respondió. Las enfermeras se miraron. «Éstos son mis hijos. Espero que tengas un buen tiempo con el frío del Norte. Echo de menos nuestras conversaciones en la sala del café.» Y luego una carita sonriente, seguido de «Con cariño, Maria».

—¿Ésta es Maria Deleuran?

—Sí.

—¿Tiene hijos?

—¿Por qué lo pregunta?

—¿Ha tenido niños Maria Deleuran?

Todas guardaron un extraño silencio.

—No —dijo la matrona finalmente.

—¿Está segura de que ella no está aquí? Allí hay colgada una chaqueta. —Niels señaló una silla vacía con una chaqueta—. ¿Es suya?

Una enfermera se levantó y sonrió afablemente.

—Escuche. Maria terminó su turno a las dos de la tarde. Estaba en el turno de la mañana. Puede verlo en la lista de servicios.

—Señaló con la cabeza hacia el tablón de anuncios—. Tal vez trabajó un poco más, pero ya no está aquí. Si quiere, puedo darle su mensaje.

—Su teléfono no contesta —anunció la matrona.

—¿Tiene alguna amiga especial por aquí? —preguntó Niels—. ¿Suele quedar con alguien después del trabajo?

—Yo soy su amiga —dijo la única enfermera que hasta el momento no había abierto la boca

Niels se dio la vuelta y miró su placa: «Tove Fanø, enfermera.»

—¿Suele quedar con alguien por aquí, Tove? Es un gran hospital.

—No lo creo.

—Amigos, amantes, tal vez alguien de su etapa como voluntaria.

Tove lo pensó y sacudió la cabeza. Niels miró a la matrona, que se encogió de hombros con gesto enfurruñado.

—¿Ella os cae bien?

—¿Qué...?

—¿Tenéis hijos? ¿Las tres tenéis hijos?

Miradas confusas.

—Os he hecho una pregunta.

Asintieron con la cabeza, menos la amiga de Maria. Tove. Aparentaba más de cuarenta años. Niels la observó. Entonces ella levantó las manos revelando una gran barriga de embarazada.

73

Departamento de Recursos Humanos,
Hospital General, 15.27 h

Normalmente a Hannah le gustaban las horas después del atardecer. Al haberse quedado suspendida en medio de la vida, a Hannah las horas de una jornada normal se le hacían insoportables. Ver a la gente en plena actividad, personas que iban y venían del trabajo, las escuelas y los jardines de infancia. Durante el día la gente cumplía con todas esas cosas que hacían que su vida tuviera sentido. En cambio, ella no tenía nada. Ni trabajo, ni hombre, ni siquiera un hijo para criar. En cambio, cuando se ponía el sol la gente desaparecía y todo se hacía un poco más fácil para ser Hannah Lund. Pero ese día no.

Se acercó a la ventana y vio el sol escondiéndose detrás de los árboles. Sólo un pálido disco plano que se negaba a compartir su calor con esta parte del mundo. Pero estaría visible un poco más. Al otro lado del pasillo había otra oficina, donde el personal todavía trabajaba. La televisión estaba encendida. Hannah no pudo evitar ser atraída por las imágenes de nerviosismo y confusión que aparecían en la pantalla. Había sucedido algo en la Cumbre. Al parecer, alguien se había caído al suelo, quizá desvanecido. Varios guardias de seguridad y hombres de traje acudían en su ayuda, mientras otros corrían probablemente en busca de un médico. Hannah contempló el Bella Center: un nido de estrés. Ambiente viciado, demasiada gente, tiempo escaso. ¿Quién no se caería allí?

Casper parecía feliz frente a la pantalla.

—He encontrado otro ángel.

Hannah se volvió hacia él y Thor, sentados ante sendos ordenadores.

—Dímelo —pidió.

—Centro de Parasitología Médica. El profesor Samuel Hviid. Cuarenta y nueve años. Ningún hijo, según el registro. Pero ahora escucha. —Casper la miró antes de continuar—: Hviid realizó investigaciones sobre el control de la malaria hace quince años. Es una de las autoridades mundiales en todo lo referente a esa enfermedad. Se estima que su trabajo podría haber salvado medio millón de vidas en las zonas ecuatoriales.

—¿Está en su puesto de trabajo?

—Investiga en la universidad. Obviamente, mantiene contacto con varios departamentos del hospital.

—Si no está en el edificio, no corre peligro —dijo Hannah, mirando la foto del investigador que luchaba contra la malaria. «Alejandro Magno murió de malaria. Se considera uno de los tres retos más grandes del mundo. Más de tres millones de muertes cada año», leyó en el pie de foto, antes de que le viniera una idea—: Llama al Centro de Parasitología, para saber si está en el edificio.

—De acuerdo. —Thor llamó.

Casper seguía buscando mientras murmuraba.

—Gry Libak. No está mal tampoco.

—Está aquí —confirmó Thor—. Se encuentra en el hospital en la planta de Dirección, sección 5222. Está en una reunión.

15.30 h

Maria Deleuran estaba en el hospital. Niels estaba seguro de ello. ¿Por qué mentían sus colegas? Veía que Hannah seguía llamando, pero él no respondía. Las enfermeras ya se marchaban de la sala. Niels esperó hasta que la matrona anciana y gruñona se hubiera ido. Sin embargo, Tove había ido al servicio y tardaba en salir. Niels sospechó algo y abrió la puerta con fuerza.

—¡Eh! Pero ¿qué hace? —protestó ella, pero Niels entró y cerró la puerta tras él—. ¿Debo ponerme a gritar?

—Necesito que me diga dónde está Maria.

—¿Qué diablos pasa? ¿Por qué es tan importante? ¿Por qué no espera hasta...?

—Probablemente su vida está en peligro —espetó Niels.

Tove abrió la boca y lo miró, incrédula.

—¿Qué...? Pero si Maria es un ángel. Nadie querría hacerle daño. No me lo creo.

—Confíe en mí.

Tove reflexionó un momento y vaciló. Niels lo percibió: tenía la misma mirada que tienen los delincuentes un momento antes de confesar cual pecador cristiano ante la cruz.

—Maria se ha ido —dijo finalmente—. No sé nada más. —Y salió del servicio con ímpetu.

El móvil volvió a sonar.

—¿Hannah?

—Samuel Hviid. Debes ir a la sección 5222. Es un investigador. El perfil es perfecto. En este momento asiste a una reunión con directivos.

La secretaria se mantuvo sorprendentemente tranquila ante la placa de Niels. Ella estaba acostumbrada a que las autoridades pasaran por su escritorio: el ministro de Sanidad, altos funcionarios gubernamentales, profesores e investigadores de toda Europa. Era un obstáculo en el camino hacia el director, y nadie pasaba por allí sin su permiso.

—El profesor Hviid está reunido con la junta directiva. ¿No lo puede dejar para más tarde?

—Lo siento, pero no es posible.

—¿Puedo preguntar de qué se trata?

—Tengo que hablar con Samuel Hviid. Ahora.

La mujer se levantó muy despacio, a propósito. Realmente, los daneses sabían cómo lograr que la policía se sintiera como un incordio o una molestia, pensó Niels. En cambio, ella trataba a los directivos como si fueran el oráculo de Delfos. Dio unos discretos golpecitos en la puerta de la sala y luego, pidiendo disculpas, abrió y se asomó inclinándose. En el monitor que había junto al escritorio de la secretaria, Niels vio lo mismo que había visto Hannah. La Cumbre estaba en su última fase y al parecer uno de los dirigentes había tenido un accidente, se había caído al suelo. La sangre brotaba de su cabeza y boqueaba como un bacalao sacado de su hábitat natural. Y la prensa mundial estaba presente para presenciarlo.

La secretaria seguía hablando con los directivos. La sala de reuniones tenía tabiques de cristal. Transparencia. Como si quisieran subrayar que allí no se tomaban decisiones en la sombra. Niels les miró. Y ellos a él. No podía oír lo que decían. Sólo el ligero murmullo de la televisión rompía el silencio: «No sabemos si se trata de un síntoma de alguna enfermedad... o de algo más serio. Posiblemente un derrame cerebral. Una ambulancia está en camino en este momento.»

La secretaria volvió.

—Espere aquí. El profesor saldrá enseguida.

—Gracias.

Samuel Hviid se subió los pantalones y carraspeó cuando salió por la puerta. El resto de los directivos trataba de ocultar su curiosidad.

—¿Samuel Hviid?

—¿En qué puedo ayudarle?

—Niels Bentzon. Policía de Copenhague. —En ese momento le sonó el móvil: un sms de Hannah. «Tenemos otro: Gry Libak.»

—¿Y bien? —El profesor lo miró con ojos apacibles y perspicaces.

El sol desaparecería en unos minutos. Niels podía ver el cielo rosáceo al otro lado de la sala de reuniones, a través de los grandes ventanales.

—Tenemos razones para creer que su vida corre peligro.

Samuel Hviid se mantuvo imperturbable.

—Tengo que pedirle que abandone el hospital. Sólo durante una media hora.

—¿Dejar el hospital? ¿Por qué?

—No puedo decir más por ahora. Sólo que no es seguro para usted quedarse aquí.

Hviid sacudió ligeramente la cabeza y miró hacia atrás.

—No voy a ocultarme. El asunto viene de hace casi veinte años. —Miró a Niels. ¿Había un rastro de tristeza en sus ojos?

—Sólo será media hora, incluso menos.

—¿Y después?

—Enseguida tendremos la situación bajo control.

—Me niego. Es mi vida y tengo que aprender a vivir con esto. No puedo ceder al miedo. No puedo huir cada vez que suceda algo así. ¿Cuándo ha salido?

Niels ocultó su perplejidad e improvisó:

—De momento no puedo revelarlo.

—Pero ¡qué dice! ¡Vamos! Soy médico y los médicos cometemos errores, pero he estado amenazado por este hombre la mitad de mi vida por algo de lo que no fui responsable. Es verdad que fui el joven médico que atendió por última vez a su esposa antes de su trágica muerte, pero los medicamentos que... Fue el anestesista. Estas cosas suceden. —Samuel Hviid miró a los directivos, que a su vez le echaban miradas discretas.

Niels comprendió que aquel hombre había recorrido un largo camino para estar donde estaba, y no consentiría en que nadie lo arruinara. Los directivos no sabían nada de esto. Si él se marchaba ahora con un policía provocaría suspicacias y preguntas.

Otro mensaje de texto de Hannah: «Deja a Hviid. Concéntrate en Gry Libak. Sección C. Sólo quedan unos minutos.»

74

Cannaregio, el Gueto, Venecia

Sor Magdalena había entrado en la Orden del Sagrado Corazón porque creía en Dios. Por la misma razón, un poco de agua en las calles no podría detenerla. El señor Tommaso debía recibir el mensaje. Magdalena se lo había prometido a una mujer moribunda. Una mujer que había recibido un último mensaje desde el otro mundo, y esos mensajes deben escucharse. Magdalena lo sabía mejor que nadie. Si ella no lo hubiera escuchado, hoy no estaría viva, habría muerto en la calle Shaw Station en Manila, junto con aquellas diecinueve personas. Pero Dios la había salvado. En su bolso guardaba el recibo de la tienda de bicicletas, que había conservado todos esos años. Para ella era una especie de prueba. Una prueba concreta de Dios, que quizá le sirviera, además, si alguna vez llegaba a dudar de su memoria. Llamó a la puerta. Estaba entreabierta y la entrada inundada.

—¿Señor Di Barbara? ¿Tommaso? Tengo un mensaje de su madre.

Nada. Sor Magdalena entró en la casa. Llamó de nuevo. Iba contra su naturaleza meterse en casa ajena, pero debía hacerlo. Era importante.

Arriba en las escaleras llamó de nuevo, pero tampoco obtuvo respuesta. En la sala vio la pared con las fotografías de las víctimas. Artículos de asesinatos en distintas partes del mundo se extendían del suelo al techo. Al principio ella no entendió qué era. Se acercó más y distinguió las espantosas imágenes. La boca se le secó y por un momento tuvo miedo. Sor Magdalena no comprendía qué era aquello, pero tenía la sensación de haber llegado demasiado tarde.

75

Hospital General, 15.32 h

—Poul Spreckelsen, Área de Medicina Cardiovascular —dijo Casper, mirando hacia arriba.

—Tal vez no es tan espectacular como Samuel Hviid y la malaria. Pero Spreckelsen ha desarrollado un...

Hannah no estaba escuchando. Miraba la pantalla de televisión que había en la oficina de enfrente. Imágenes desde un helicóptero de dos ambulancias que llegaban al Bella Center. Los paramédicos y el personal de emergencias que saltaban a tierra. En la parte de abajo de la pantalla pasaban la noticia como texto: «Última hora. Un negociador de la Cumbre se ha desplomado repentinamente.»

—¿Me oyes?

Hannah no escuchaba. Salió del departamento de Recursos Humanos y fue a la otra oficina.

—¿Puedo ayudarte? —La mujer miró a Hannah.

—¿Puedes subir el volumen?

La mujer remoloneó.

—Por favor, sólo un par de... —insistió Hannah.

La mujer suspiró, pero cogió el mando a distancia y lo hizo.

«Ahora se lo están llevando del Bella Center, tal como podemos ver en las imágenes», dijo el locutor.

Casper se acercó a Hannah por detrás.

—¿Estás pensando lo mismo que yo?

—Tal vez.

El locutor pasó a describir lo que mostraban las imágenes: «Ahora lo están trayendo, pasando por el gabinete de prensa. Hay dos médicos a su lado y parece que ha recibido una transfusión.»

—Que digan su nombre —murmuró Hannah con ansiedad.

Y en ese momento, como si hubiera sido una orden, una reportera resumió la situación:

«Por lo que sabemos, en un momento muy crítico de las negociaciones, el representante de los activistas de las ONG, Yves Devort, perdió el conocimiento y cayó al suelo, literalmente desplomado. Ahora mismo el personal de emergencias se lo lleva al Hospital General.»

Casper y Hannah volvieron inmediatamente a Recursos Humanos.

Google: «ONG Copenhague» y... Casper tecleó el nombre: «Yves Devort.»

—Sólo tenemos unos quince minutos —dijo Hannah—. ¿La ambulancia puede llegar aquí en quince minutos?

—Por supuesto que no. —Casper ya había encontrado a Yves Devort. Un hombre guapo, tan francés como las *baguettes*—. Cincuenta años. No pone si tiene hijos. Y tampoco si la policía francesa tiene algo sobre él.

Miraron la pantalla de televisión: la confusión, el caos. Las personas, los manifestantes, las ambulancias, el personal de seguridad y los policías.

Niels llamó por teléfono.

—¿Niels? —dijo Hannah.

Él parecía casi sin aliento.

—He ido por mal camino —jadeó.

—¿Dónde estás? Léeme algún letrero que tengas cerca.

—Servicio de Cirugía Ortopédica. Sección 2162.

Hannah miró a Thor.

—¿Cómo puede ir, de la mejor manera posible, de la sección 2162 al departamento de Medicina Cardiovascular?

—Dile que busque el ascensor más cercano.

—¿Has oído, Niels? Son las quince y treinta y tres. Tienes exactamente quince minutos.

—Hannah...

—Sí, Niels.

—No puedo. No lo vamos a conseguir.

Hannah vaciló. Miró la televisión. La ambulancia aún no había salido del Bella Center. Iban a sacar a Yves Devort en camilla. No sabía si debería hablar a Niels sobre el negociador de la Cumbre inconsciente.

Hannah rompió el silencio. Su voz, rotunda, se había vuelto ronca.

—Niels, lo que haces... es tan maravilloso. —Su voz se quebró en la última palabra, el llanto adherido a las sílabas.

—Es demasiado complicado, Hannah. Tengo ganas de darme por vencido.

—No, Niels. Intenta encontrar un buen hombre, un hombre justo. Sólo uno.

—Pero lo único que encuentro son sus culpas. Viene siendo así desde el comienzo: estoy buscando el bien, pero les resulta... malo. Los errores.

Ella oía la respiración agitada de Niels en el otro extremo. De nuevo miró la televisión. Tenía la misma sensación desagradable que había sentido el día en que ella y Gustav se salieron de la carretera, una náusea incipiente. Era ella quien conducía. Así era mejor, según le parecía a Gustav. Ella iba al volante y él podía dirigir. «Cuidado con la carretera, Hannah. Prepárate para la curva, Hannah.» Aquel día se habían peleado, como tantas veces antes. Hannah conducía por la autovía demasiado rápido, y cuando cogió el desvío a la carretera se le fue el coche a la cuneta. El bonito Volvo de Gustav quedó todo manchado de barro y con algún rasguño. Pero justo antes de perder el control del coche, momentos antes de su error, en ese segundo había sido consciente de que aquello no terminaría bien. De la misma manera se sentía ahora.

—¿Sigues ahí? —preguntó Niels.

—Sí.

—¿Quién viene en ambulancia hacia aquí?

—Eso es lo que estamos investigando. ¿Has logrado situarte?

—Sí.

—Vale. Ve corriendo a la sección 2142. El Área de Medicina Cardiovascular. Su nombre es Poul Spreckelsen.

Niels colgó.

Casper apartó la vista de la pantalla e informó:

—Ahora voy a empezar con los pacientes.

Ella asintió con la cabeza y siguió a la ambulancia en la televisión. Iba por la autopista, en dirección al Hospital General, custodiada por coches de policía que le abrían camino.

El teléfono volvió a sonar.

—¿Niels?

—Necesito tu ayuda. No creo que yo tenga tiempo. Tú estás más cerca que yo. —Y se quedó sin respiración. ¿Tal vez estaba llorando?

—Tranquilo, Niels.

—Gry... es ella. Creo que sí. Abajo, en el Área de Quirófanos.

—De acuerdo. Voy enseguida.

—Date prisa.

Hannah colgó.

—Voy a ayudar a Niels —dijo a Carter.

—¿Debo llamar si encuentro algún candidato entre los pacientes?

Hannah miró por la ventana. Sólo quedaba visible una pequeña parte de la esfera solar.

—No. El tiempo se ha acabado.

76

Santa Croce, Venecia

La Venecia oficial era una tienda abierta las veinticuatro horas del día todo el año. Princesas y jeques, políticos y celebridades del país y el extranjero la visitaban a raudales. La policía utilizaba casi todos sus medios para recibirlos y escoltarlos desde el hotel hasta la plaza de San Marcos y viceversa. Tommaso ni siquiera recordaba de dónde era la última princesa que había venido. Él la había llevado con un velero por el Gran Canal. Los turistas se paraban en el puente Rialto para saludarles. En esas ocasiones, Venecia no era más que una Disneylandia con abolengo y buena comida. A pesar de todo, Tommaso se consideraba afortunado, esa noche habría ido a jugar al fútbol si se hubiera sentido un poco mejor. El estadio quedaba muy lejos, cerca del nuevo edificio del Arsenal y el astillero. No había Disneylandia allí. Sólo un completo y turbio manto verde, el hedor a podrido de la laguna, la luz intensa de los focos y un muro de edificios rodeándolo todo.

Tommaso lo sabía: debería haberse quedado en casa, acostado en su cama. En lugar de eso se dirigía a la estación. En esta ocasión, con botas de agua. ¿Qué recibimiento habría preparado la laguna para el ministro de Justicia? Él no podía ser la próxima víctima, estaba seguro. El ministro Angelino Alfano no era más que un lacayo de Berlusconi. El corrupto ex secretario del primer ministro se había convertido en ministro de Justicia para crear una red opaca a las leyes, para mantener a Berlusconi lejos de la cárcel.

Cruzó el puente de Guglie hasta la estación de tren. Los vendedores habían empaquetado todo, las calles estaban desiertas. Los turistas sentados, con los pies mojados, en sus habitaciones de hotel, estudiaban su seguro de viaje para averiguar si por una inundación les correspondía la devolución del dinero.

Por fin vio la estación. Santa Lucia. Una escalera muy amplia, alas de águila y líneas rectas, huellas de otros tiempos que el padre de Tommaso había secundado. Un pasado que estaba siempre activo, listo para entrar en el presente. Los carabinieri estaban de pie en la escalera. Uno de ellos detuvo a Tommaso.

—Soy policía —dijo Tommaso.

—¿Identificación?

Buscó en los bolsillos, pero en vano. Había olvidado su placa.

—No la encuentro...

—Entonces espere aquí —dijo el carabinieri—. Se irán en diez minutos.

¡Al infierno con esos policías militarizados! Los policías regulares no soportaban a los carabinieri, con sus uniformes brillantes y sus botas lustrosas y su arrogancia. Siguió andando y cogió el sendero paralelo a la iglesia, que llevaba a la oficina de transporte de mercancías. No estaba vigilada. Se paró un momento y aguzó el oído. Un pitido lejano anunciaba la inminente llegada del tren. Quedaba muy poco tiempo. Si él no lo impedía, dentro de unos momentos se cometería un asesinato en aquella estación.

77

Hospital General, 15.37 h

Hannah no corrió como Niels hubiera querido. Ella todavía tenía esa sensación: el sabor de la muerte inminente.

—Perdón —le preguntó a un celador que empujaba una camilla con un paciente hacia el ascensor—, ¿el Área de Quirófanos?

—Un piso más abajo. Es más largo por el otro lado —dijo el hombre, y mantuvo abierta la puerta del ascensor—. Ven, sube.

—Gracias.

Hannah se quedó en el ascensor junto al celador. Trató de sonreír al paciente de la camilla, pero no tuvo mucho éxito. Tampoco había ningún motivo para la sonrisa. Hannah sabía que el diseño era muy preciso, que la probabilidad de que sus cálculos fueran erróneos era de uno entre varios millones. Treinta y cuatro coordenadas colocadas con tanta precisión no eran un accidente.

—Baja aquí —le dijo el celador—. Y camina hasta el fondo del pasillo.

—Gracias.

Hannah echó a correr y poco a poco su elevado ritmo cardíaco alimentó sus pensamientos: 34 asesinatos dispuestos con precisión divina a lo largo y ancho del mundo. Faltaban sólo dos, y Hannah estaba segura de que no se podrían evitar. Era como si el diseño los hiciese inevitables. Se sentía como si estuvieran luchando para que dos más dos no fueran cuatro; o para que el coche no acabara en la cuneta, aquella vez con Gustav, contra las leyes de la naturaleza y el orden de las cosas.

Niels dobló una esquina. La *Tercera sinfonía* de Mahler le mostraba el camino. El Área de Quirófanos, además de estar desierta, rezumaba un ambiente de extremada pulcritud e higiene clínicas. Cuando aceleró el paso, las imágenes de todas las personas que había visto en los últimos dos días pasaron por su cabeza, en especial Amundsen, de Amnistía Internacional: las vidas que había salvado y la que estaba a punto de destruir, la de su esposa. Niels recordaba su cara inocente y sus ojos brillantes, feliz cuando él la saludaba desde la entrada. Ella no sospechaba nada. Perfecta confianza y devoción a su marido. Y también Rosenberg. ¿Era justo sacrificar a uno para salvar a doce? Rosenberg era consciente de que había hecho mal, pero a Niels le caía bien. Sólo Thorvaldsen le caía mal: estaba demasiado convencido de su propia bondad y era un verdadero infierno para sus colaboradores.

Las puertas de los quirófanos estaban cerradas. En el pasado los sitios que evocaban esa sensación de contacto con el más allá eran las iglesias, ahora eran los quirófanos, esos nuevos recintos sagrados. Por eso una bella música no era sorprendente. El quirófano 5. Una luz roja brillaba encima de la entrada: paso prohibido.

Niels entreabrió la puerta y vio el atisbo de una operación. Un equipo de médicos, enfermeras y cirujanos trajinaban sin pausa. Una enfermera se dirigió hacia Niels.

—¿No sabe leer? No puede estar aquí —le espetó.

—Soy policía. Busco a Gry Libak.

—Tiene que esperar a que acabe la operación.

—Lo siento, no puedo esperar.

—Por amor de Dios, estamos en plena intervención.

—Soy de la policía.

—Nadie puede entrar durante una operación. Ni la policía. ¿Entendido? Y ahora salga, márchese.

—¿Está aquí? ¿Es usted? ¿Es Gry Libak?

—Gry se ha ido. Y ahora usted también se irá. De lo contrario llamaré a seguridad y mañana presentaremos una queja a sus superiores.

—¿Va a volver? ¿Se ha marchado a casa?

Ella intentó cerrar la puerta.

—Una última pregunta. —Niels metió el pie para que no pudiera cerrar.

—Voy a llamar a seguridad ahora mismo.

—Su vida está en peligro. De lo contrario en este momento yo no estaría aquí.

Los médicos no habían levantado la vista de su trabajo, ni por un segundo. Sólo ahora, uno de ellos miró hacia Niels. En ese momento se escuchaba sólo a Mahler y los monótonos pitidos de los monitores que indicaban que el paciente estaba vivo. El ritmo es la esperanza, un tono monocorde es la muerte. Por fin, el médico respondió detrás de la mascarilla blanca:

—Es posible que la encuentre en el vestuario. Hemos estado aquí muchas horas seguidas, probablemente se esté dando una ducha.

—Gracias. ¿Dónde está el vestuario?

Niels salió del quirófano mientras la enfermera respondía «Sección 2141» antes de cerrarle la puerta en las narices.

En ese momento apareció Hannah por el pasillo y corrió a su encuentro.

—¡Niels!

—Con Spreckelsen tampoco hubo suerte. Pero tal vez Gry Libak...

—¿Dónde?

—En el vestuario.

Niels miró el reloj. Siete minutos.

Sección 2141, 15.41 h

El vestuario de mujeres. Largas hileras de taquillas metálicas y bancos. No se veía un alma por allí.

—¿Gry Libak? —llamó Niels.

Sólo el eco respondió. Y él sonaba desesperado.

—Los nombres están por orden alfabético.

Niels pensó. Deberían haber empezado por ahí. La gente esconde todos sus secretos y pecados en su lugar de trabajo, donde sus seres queridos no pueden encontrarlos.

—Busca su taquilla. La de Gry Libak.

—¿Y cuando la encuentre?

—Fuérzala.

—Pero Niels...

—¡Sólo hazlo!

Hannah fue leyendo los nombres: Jakobsen, Signe. Jensen, Puk. Klarlund, Bente. Kristoffersen, Bolette. Lewis, Beth... Libak, Gry. Estaba cerrada, y los candados en las puertas de las taquillas eran más que de carácter simbólico.

Niels caminó en dirección opuesta al alfabeto: Fiola. Finsen. Ejersen. Egilsdottir... Deleuran, Maria.

Intentó abrirla con los dedos. No fue posible. Se volvió. Debía encontrar un utensilio, cualquier cosa para... ¡El palo de la escoba! Sacó la escoba del carro de la limpieza y comenzó a hacer palanca en el candado, que cedió y cayó al suelo con un sonido metálico. Hannah se acercó.

—No puedo abrirlo —informó.

—Haz saltar el candado con esto.

Hannah frunció el ceño y cogió el palo de escoba. No era su estilo, desde luego.

—¡Está aquí! —exclamó Niels.

—¿Quién?

—Maria. La que nunca encontrábamos. Su ropa está aquí. Abrigo, bufanda, zapatos. Sí, Maria estaba allí.

En el interior de la taquilla colgaban fotografías y postales. En el estante había un bolso de cuero africano, hecho a mano. En una postal se leía: «Eres un ángel, Maria. Dios te bendiga. Hospital Rinkuavu. Ruanda.» Niels examinó la imagen. Una hermosa mujer rubia de pie y de perfil.

—Yo te he visto —susurró—. Sí. —Se volvió hacia Hannah—. ¡Es ella! Todo encaja.

—Pero el tiempo se acaba. Sólo quedan cinco minutos.

Niels no oyó el resto de protestas de Hannah. Él ya había echado a correr.

Hannah se quedó quieta y le miró. «¿Qué me había dicho? Que lo llamaban maníaco-depresivo.» Maníaco era, sin duda, visto sus reacciones, pero depresivo...

78

Estación Santa Lucia, Venecia

Lo primero que vio Tommaso fue a los devotos. Hombres y mujeres con sus indumentarias religiosas. Vestidos todo de blanco o todo de negro. Los monjes y monjas de los monasterios de Venecia.

—¿Quién viene? —preguntó Tommaso dirigiéndose a una monja.

Se había quedado medio afónico. La estación de tren estaba acordonada para los viajeros normales y el tráfico estaría cortado durante los pocos minutos que durara el trayecto de la comitiva desde el tren hasta el Gran Canal.

—Perdón, ¿a quién estáis esperando?

La monja lo miró con enojo.

—Tenga la bondad de soltarme.

Él descubrió que le estaba sujetando el brazo.

—Disculpe, hermana.

La soltó. La monja suspiró y dijo:

—Esperamos a nuestro cardenal. —Y dijo un nombre que se desvaneció con el ruido, pues en ese momento el bullicioso tren arribaba al andén.

Tommaso se apoyó contra la pared. La próxima víctima podría venir en el tren. Y así debe ser. Si sólo pudiera encontrar al jefe de policía, avisar a alguien, a cualquier persona. Las puertas se abrieron. El ministro de Justicia, casi calvo, fue el primero que apareció. Saludó aparatosamente con la mano a los espectadores. Detrás de él venía el cardenal. Tommaso lo reconoció por la televisión. ¿No era él quien, a pesar de la opinión jerárquica, fomentaba la idea de que la Iglesia católica debía abogar por el control de la natalidad en África, algo que podría ahorrar diez millones de vidas al año?

Alguien aplaudió. ¿O fue la lluvia en el techo? Entonces Tommaso vio al jefe de policía.

79

Departamento de Pediatría, Hospital General, 15.43 h

—¡Disculpe!

Niels no tenía tiempo de ayudar a esa madre. Había chocado contra ella cuando dobló la esquina abruptamente en el Área de Pediatría. Miró en las habitaciones. Las caras, las enfermeras. La encontró en el pasillo. Tove Fanø. La amiga de Maria. La agarró por el brazo y la arrastró a un depósito de material.

—¡Suélteme!

Niels cerró la puerta detrás de ellos. Guantes desechables, palanganas, sábanas. Buscó un pestillo que no había.

—¿Dónde está Maria?

—Ya le he dicho que ella no...

—¡Sé que Maria todavía está en el hospital!

La enfermera vaciló. Él se aproximó a ella aún más.

—¿Conoces la pena por obstaculizar el trabajo policial? ¿Quieres ser la causante de su muerte?

Ella no se decidía. Niels sacó las esposas.

—Tove Fanø, queda bajo arresto por desacato...

—Vaya al sótano, debajo de la sección A —soltó ella por fin—. Hay habitaciones de descanso para los cirujanos. Ellos nunca las utilizan.

15.45 h

Niels encontró a Hannah por el camino, en las escaleras.

—Maria está aquí. Abajo, en el sótano.

Hannah se detuvo en seco. Niels parecía poseído. Ella intentó tranquilizarlo, hacer que se sentara. En ese momento ella ya no creía en nada.

—¿Cuánto tiempo nos queda? —preguntó él sin aliento.

Hannah miró abatida el reloj.

—Tres minutos.

—¡Vamos!

—Niels... esto es una completa locura.

Él la miró. Sonrió y movió la cabeza.

—¿Tú también?

—¿Qué?

—Crees que estoy mal de la cabeza, ¿no? ¿Es eso? —La agarró por el brazo y la llevó hasta el ascensor—. Tú irás a la izquierda y buscarás SALA DE DESCANSO.

El ascensor llegó al subsuelo del hospital. Las puertas se abrieron.

El subsuelo, 15.46 h

—¿Qué debo hacer si encuentro la puerta?

Niels no oyó la pregunta, pues ya había corrido un largo trecho por el pasillo. El sonido de sus pasos frenéticos se mezclaba con el leve murmullo de los aparatos de ventilación.

Hannah respiró hondo. Estaba confundida porque en ese momento carecía de un marco teórico. Lo suyo era calcular el universo sin tener que ir más lejos que al kiosco por cigarrillos.

No había nada escrito en la mayoría de las puertas. Algunas parecían almacenes: «Almacenamiento B2», «departamento de Radiología/Reserva». Ninguna «Sala de descanso». Pensó en Kierkegaard. También él había pasado en un metro cuadrado toda su vida, yendo y viniendo por el mismo suelo. Tal vez un pequeño paseo por la calle, pero siempre absorto en sus pensamientos. No se necesitaba espacio para calcular el mundo entero, en realidad podías hacerlo en un barril. «Almacenamiento», «Depósito/Anestesia». Se acercaba a una esquina con la mente llena de filósofos en barriles. El griego Diógenes, el teórico del cinismo. El cinismo viene de una palabra griega equivalente a perro. Diógenes dijo que podríamos aprender mucho del perro. El perro instintivamente distingue al amigo del enemigo. La gente no lo hace. Podemos vivir con nuestro peor enemigo sin saberlo. ¿Por qué pensaba eso ahora? «A veces temo que voy a quedarme completamente tarumba con mis propias asociaciones.» No, ahora sabía por qué Diógenes había aparecido en su cabeza: porque de vez en cuando salía del barril y caminaba por las calles de Atenas. En busca de un «hombre real». Un buen hombre. Así pues, Diógenes acudía al rescate de Hannah. Como él, ella también había abandonado su barril para encontrar a una persona íntegra y fiable.

Ambos doblaron la esquina al mismo tiempo.

—¿Has encontrado el sitio? —preguntó ella—. Es ahora. La puesta del sol. Son las quince y cuarenta y ocho.

—Está precisamente aquí —musitó él con cara de sorpresa. Hannah abrió la boca—. «Sala de descanso.»

Desenfundó su arma de la pistolera del hombro. La miró un momento y luego la enfundó de nuevo.

—¿Qué crees que vamos a encontrar? —tuvo tiempo de preguntar Hannah antes de que Niels abriera la puerta de una patada.

Sala de descanso, 15.48 h

Niels se encontró con la oscuridad, una oscuridad sólo perturbada por una débil señal de televisión y un gritito de terror.

—¿Maria Deleuran? —llamó a gritos.

¿Había una chica sentada en la cama? Niels avanzó un poco más y buscó un interruptor por la pared.

—¿Maria?

—¿Sí?

—¿Estás sola?

—Sí...

Niels aguzó la vista. Los contornos de la habitación poco a poco comenzaron a definirse. La mujer estaba tumbada en la cama. Niels se acercó un paso más antes de descubrir a otra persona. Una sombra que se acercaba a él.

—¡Alto!

—¿Qué está pasando? —gritó Maria.

Niels quitó el seguro a su arma.

—¿Qué diablos está pasando? —repitió Maria.

Él alargó la mano en la oscuridad y agarró el cuello de alguien, que se soltó y le golpeó en la cara. Maria rompió a llorar. Niels le dio en las piernas con su brazo izquierdo mientras caía. La sombra se abalanzó sobre él y trató de aferrarle la cabeza.

—¡Enciende la luz! —Niels agarró la muñeca de su atacante, se revolvió y trató de levantarse. Una vez más, recibió un puñetazo en la cabeza antes de poder hacerlo.

—¡Llama al guardia de seguridad! —gritó una voz de hombre. Mantenía una férrea presa sobre el brazo de Niels.

—¡Hannah! ¡Enciende la luz!

Niels logró liberarse de un tirón y sacó las esposas. Con un movimiento rápido atrapó la mano del hombre. Un giro decidido, un grito de dolor y Niels lo derribó con contundencia. En ese momento, Hannah encendió la luz. Un hombre semidesnudo era arrastrado por el suelo: Niels lo estaba llevando hasta la cama, donde cerró la otra esposa alrededor de un barrote de hierro.

Sólo entonces Niels vio a Maria, muerta de miedo, tratando de ocultar su desnudez con una sábana.

—¿Qué... qué significa esto? —preguntó ella.

Niels respiró hondo. La nariz le sangraba y le manchaba la camisa. Dejó vagar la mirada. Miró a Maria, y al intrépido hombre medio desnudo, de unos cuarenta años, que se había quedado derrengado. Su bata, que colgaba sobre una silla, su placa de identificación: «Max Rothstein – Médico jefe.» La botella de vino blanco abierta en una mesita. Y otra vez Maria, que sollozaba abiertamente.

—¡Que alguien me lo explique! —gimió—. ¿Qué está pasando?

—No es ella —murmuró Niels.

—¿Que no soy qué?

Agotado, Niels mostró su placa, mientras jadeaba para recuperar el aliento. Hannah dio un paso atrás y salió al pasillo.

—¿Qué hora es? —preguntó Niels.

—Esto es demencial —musitó Hannah.

—¿Qué diablos significa todo esto? —Ahora era el doctor quien exigía una explicación.

Niels miró el pequeño televisor que había en la sala de descanso. «En directo», se leía encima de las imágenes, tomadas desde un helicóptero: una ambulancia trasladaba una emergencia por la ciudad.

—Suba el sonido.

El médico iba a protestar, pero Niels lo atajó:

—¡He dicho que suba el sonido!

Nadie se movió. Niels llegó a duras penas hasta el aparato y le dio al audio.

«Uno de los negociadores de las ONG de la Cumbre tuvo un ataque de náuseas durante las reuniones finales. Fuentes fidedignas aseguran que la causa ha sido la presión inhumana a la que han sido sometidos durante catorce días para llegar a un acuerdo... Podemos verlo en las imágenes. Aquí está, llegando al Hospital General.»

—¡Oh, Dios mío! —exclamó Hannah.

El helicóptero de TV2 Noticias ofrecía la hermosa puesta de sol sobre la ciudad. Los últimos rayos.

—¿Tiempo?

—Es ahora, Niels. O...

—¿Dónde está la llegada de ambulancias?

—Quiero saber qué está pasando —exigió el médico.

—¡¡Dónde!!

—En la sala de urgencias —dijo Maria—. Suban en ascensor a la planta baja.

15.51 h

Niels cojeaba. Hannah trató de seguirle. Él llegó al ascensor antes que ella. Oprimió el botón de llamada con impaciencia, lo que no aceleraba las cosas. Hannah se acercó a él.

Ni una palabra en el ascensor. Ella no se atrevía a mirarlo. Cuando bajaron, la gente los miró asombrada. Niels cojeaba pistola en mano, y no hizo ningún intento por ocultar la sangre que le goteaba por la nariz.

—¡Policía! ¿Urgencias?

Todos señalaron en la misma dirección. Niels apretó el paso. Hannah caminaba detrás de él. Apenas pudo ver cuándo llegó la ambulancia. Un equipo médico estaba preparado. Los dos motoristas de la policía que habían custodiado la ambulancia se alejaron. El personal del hospital se hizo cargo de todo. Un cristal impedía el paso a Niels.

—¿Cómo se entra a este sitio?

—¡Niels! —Hannah trató de retenerlo. Él se soltó. El paciente era trasladado en camilla fuera de la ambulancia y los médicos lo acompañaban.

—¡No!

No podían oír el grito de Niels. Gruesos vidrios les separaban. Niels golpeó un cristal.

—¿Dónde está la puerta?

—Niels. —Hannah tiró de él.

—¡Por aquí! —gritó alguien.

Niels estaba preparado para correr de nuevo, pero Hannah lo detuvo.

—¡Niels!

Él la miró.

—El tiempo. Han pasado varios minutos de más. Se ha sobrepasado el límite. El sol ha bajado.

Niels miró al estadista en la camilla. Se había sentado, sonreía a los médicos y parecía recuperado. Niels conocía muy bien ese síndrome: cuando llega la ambulancia uno se siente del todo restablecido. Desafortunadamente, Sommersted estaba allí al lado y sus ojos de halcón se fijaron en Niels.

80

Estación Santa Lucia, Venecia

Los carabinieri estaban por todas partes. Los invitados oficiales pasaban lentamente por delante de las filas de funcionarios y policías.

—¡Comisario! —gritó Tommaso, pero su voz quedó ahogada por el ruido. Vio a Flavio y le gritó—: ¡El cardenal está en peligro!

Pero Flavio tampoco lo oyó. Estaba en posición de firmes en la fila. Mientras, el ministro de Justicia estrechaba la mano al jefe de policía y presentaba a sus acompañantes. Varios apretones de manos nerviosos, besos en la mejilla y el intercambio de frases hechas. El cardenal estaba en el centro. Tommaso miró alrededor. Nadie sospechoso. Aparte de un hombre que se escondía detrás de unas gafas de sol. Ya estaba cayendo el anochecer: ¿por qué aquellas gafas?

—¡Flavio!

Finalmente Flavio reaccionó. Salió de la fila y fue al encuentro de Tommaso.

—¿Qué estás haciendo aquí? —preguntó.

—La vida de alguien está en peligro —dijo Tommaso.

—¿De qué estás hablando?

—Tienes que creerme...

Flavio no le dejó terminar:

—Pareces un indigente. Estás enfermo. No deberías estar aquí. Ve con tu madre.

Tommaso lo empujó. El hombre de las gafas del sol había desaparecido entre la multitud. De pronto lo vio cerca del cardenal. Tenía una mano metida en un bolso.

—¡Allí, Flavio! —gritó Tommaso y señaló.

El comisario vio a Tommaso.

Flavio lo sujetó.

—Debes irte. Estás arruinándolo todo. ¿Me oyes?

La comitiva comenzó a salir de la estación. El hombre de las gafas la seguía.

81

Subsuelo del Hospital General, Copenhague

Una gota de sangre de Niels cayó al suelo. El médico Max Rothstein lo miró mientras el policía le abría las esposas.

—La policía comete errores, y vosotros también —murmuró Niels, en un intento de aplacar las muchas preguntas y acusaciones de Maria Deleuran y su amante secreto, el doctor Max Rothstein.

—¡Ya lo creo!

—Lo siento.

Maria se había vestido hacía rato.

—¿Qué pasa con...?

El médico miró indeciso a Maria.

—¿Piensas dar parte de lo ocurrido?

Niels lo vio desorientado. ¿Qué respuesta le gustaría escuchar?

—¿Dar parte?

El médico carraspeó.

—Escucha: tengo familia. Cometí un error, pero mi familia no debe sufrir también enterándose de lo ocurrido aquí.

—No te preocupes. No diré ni una palabra.

Rothstein trató de que Maria lo mirase, pero su afán sobreprotector respecto a su familia la había enfadado. Hannah se preguntaba si Maria debía ser descartada, o si todavía podía ser la persona «justa» a pesar de mantener una relación con el marido de otra. Rothstein se volvió hacia ella.

—¿Quién eres tú?

—Hannah Lund.

—¿La esposa de Gustav?

—Sí. —Ella se sorprendió de que conociera a su ex.

—Fuimos compañeros en el Colegio Mayor Regensen.

—Entiendo.

Rothstein se frotó las muñecas. Estaban enrojecidas y levemente inflamadas.

—¿No debería examinar su nariz? —sugirió Hannah.

Rothstein se acercó a Niels. Le levantó un poco la cabeza para examinarle las fosas nasales. La jerarquía de poder entre ambos había cambiado. Tal vez era eso lo que el médico quería: restaurar una parte de su dignidad mancillada.

Maria preparó un tampón de algodón y se lo entregó a Rothstein, que lo introdujo en la fosa nasal de Niels y dijo:

—Bien, asunto arreglado.

Y asintió ligeramente hacia Hannah.

Vestíbulo del Hospital General

Niels insistió en sentarse a esperar un rato. Tal vez acabara de producirse alguna muerte inesperada en alguna parte del hospital. Esperaron media hora, en silencio. Y en vano.

82

Estación Santa Lucia, Venecia

El sol casi se había puesto en Venecia. En la estación, Tommaso observó la flor y nata de la judicatura italiana que se alejaba en la embarcación de la policía. Nadie había muerto. El de las gafas de sol se las había quitado, por fin, y se había marchado en dirección al Gueto.

Tommaso no se sentía bien. La congestión asomaba a su nariz. Cuando se sonó, descubrió que había sangre.

Tenía problemas para mantener el equilibrio. Debía beber algo, pero ante todo sentarse a descansar unos minutos, solo. Flavio había vuelto y saludó a Tommaso, que se alejó. Tropezó con una joven pareja que se besaba.

—Perdonad —murmuró.

Cola en el aseo de mujeres. Fue al de los hombres. Una barra de metal bloqueaba la entrada.

—Hay que pagar —oyó decir a alguien detrás de él.

Tommaso estaba mareado. Buscó monedas en los bolsillos. El hombre a su espalda se impacientaba. Tommaso finalmente metió una moneda de 50. La barra de metal no se movió. El hombre de detrás ya no aguantaba más.

—¡Son ochenta céntimos!

Tommaso metió las dos últimas monedas. «80 C», apareció en el visor y la barra de metal se deslizó a un lado.

Plaza Kongens Nytorv, Copenhague

Un árbol de Navidad en un trineo tirado por un padre y un hijo sobre la fina capa de nieve. Niels miró por el parabrisas empañado del coche. En ese momento podría haber estado en África, celebrar la Navidad en una piscina, ver un león el día de Navidad y sentir el océano acariciando sus pies. Ahora sólo sentía el silbido del viento en el coche de Hannah.

—¿Quieres que conduzca yo? —se ofreció ella.

—No; estoy bien.

Puso la primera, soltó despacio el embrague y el coche arrancó. Los neumáticos resbalaron y Niels perdió el control durante unos segundos, pero lo recuperó y siguió conduciendo. Control. En ese momento pensó que podía pasar cualquier cosa y que él no podría controlarlo; que sus manos temblarían nerviosas si soltaba el volante, y que iba a llorar si Hannah lo tocaba.

En silencio, se dirigieron al puente de Los Lagos. Recorriendo todo el parque Kongens Have llegaron a la plaza Kongens Nytorv. Contemplaron al Papá Noel que pasaba con una comitiva de niños pequeños detrás.

En la plaza habían colgado grandes carteles sobre los muchos de lugares de la Tierra que se perderían debido al cambio climático. Desde el interior del coche, apenas distinguían al hombre que sostenía un megáfono y hablaba a una modesta audiencia:

—Más de setecientos mil trabajadores viven de la producción de té en Sri Lanka. La sequía devastará toda la producción.

El tráfico se detuvo. La gente cruzaba la plaza llevando bolsas y paquetes con sus regalos navideños, sin prestar atención al cartel de las islas Salomón, cuyos habitantes vivían de coco y pescado a sólo dos metros sobre el nivel del mar. Más allá se veía la calle Bredgade con sus tiendas de anticuarios. Allí estaban las imágenes iluminadas del lago Chad, que estaba a punto de desaparecer para convertirse en un trozo de África más, de polvo y arena. Al final, el tráfico se movió. Vacilante, incierto, como si todos los coches que pasaban por la plaza estuvieran considerando ponerse a la vanguardia de la lucha: apagar el motor, tirar las llaves y tratar de salvar las islas Salomón. Pero no, en el último minuto el tráfico cambió de opinión y avanzó como siempre. Se hizo un silencio absoluto, tanto, que tal vez se hubiera podido oír la caída lenta del último coco desde su rama hasta el mar. El mar que estaba a punto de devorarlo todo. Fue Hannah quien rompió el silencio y, mirando por la ventanilla, preguntó como si se dirigiera no sólo a Niels sino a toda la humanidad:

—¿Hacia dónde vamos?

—No lo sé.

Ella lo miró y sonrió.

—Este día tan terrible... Debes perdonarme, Hannah.

—No tienes que pedir perdón.

—Una última cosa que quiero preguntarte.

—Adelante.

Él vaciló.

—Bueno, es que... no creo que pueda estar solo esta noche —dijo, y se aclaró la garganta. Había sonado fatal, como un burdo intento de seducción—. Perdón, no me malinterpretes, no es... —se apresuró a aclarar.

—Tranquilo. Te entiendo muy bien.

Él la miró, agradecido. Al menos ella lo entendía.

—¿Te parece bien? —añadió—. Tengo un sofá para dormir. Podríamos abrir una botella de vino. No sé si te apetece.

Ella sonrió.

—¿Sabes qué? Ya lo he comprendido. Hay tres cosas que Gustav nunca me dijo: «no sé», «perdón» y «¿te parece bien?».

El silo de Carlsberg, Copenhague

—Mi esposa es arquitecto —dijo Niels cuando las puertas del ascensor se abrieron y apareció el piso.

Hannah no hizo ningún comentario sobre el tamaño de la vivienda y se sentó en el sofá como si viviera allí. Todos los demás se asombraban por la panorámica de 360 grados, pero Hannah no. Tal vez ella hubiera contemplado vistas mucho más interesantes, pensó Niels mientras descorchaba una botella de vino tinto. Como astrónoma, probablemente se habría tumbado bajo el cielo de los Andes para ver soles explotando en el cinturón de Orión y maravillas por el estilo. Así que Carlsberg, seguramente, no tenía ni punto de comparación. Niels le entregó una copa.

—Por cierto, aquí puedes fumar —le dijo, y lo invadió una ligera sensación de culpa, como si estuviera siendo infiel.

Hannah estaba de pie junto a la ventana.

—Siempre me ha llamado la atención...

—¿Qué cosa? —Él se acercó.

—Ver la ciudad desde arriba, como ahora. O cuando vuelas sobre Europa por la noche. Todas las luces. ¿Lo has visto?

—Qué va. No soy bueno para volar ni para viajar.

Ella se sorprendió un poco.

—¿De veras?

—Prosigue.

—Decía que las luces de la ciudad son muy similares a la manera en que se recoge la luz en el espacio. Cuando miramos las galaxias, lo que vemos se parece a esto. —Señaló las lejanas luces en el horizonte—. Grandes zonas de nada. Y de repente un grupo de luces. Vida. Casi como una ciudad.

Niels no sabía qué decir. Llenó las copas.

—Tal vez deberíamos llamar a Tommaso —sugirió—. Saber si ha encontrado algo.

—¿Llamar? Estoy casi al límite de mis fuerzas.

—Entonces le llamo yo. Sólo quiero saber si lo ha averiguado. ¿Puedes traducir si él responde?

Niels llamó por el móvil. No hubo respuesta. Lo intentó de nuevo.

—¿Sí? ¿Habla inglés? ¿Es éste el teléfono de Tommaso di Barbara?

Hannah se sirvió más vino. Oía a Niels en el dormitorio. ¿Qué significaba eso que acababa de decir? Hannah le daba vueltas en la cabeza. «No soy bueno para volar ni para viajar.»

Él subió la voz en el dormitorio:

—¿Qué? ¿Puedo hablar con él? No entiendo.

Niels pasó del dormitorio al cuarto de baño. Ella se encontró con su desconcertada mirada.

—Tratan de encontrarle, creo. No entiendo muy bien qué está pasando.

Hannah lo siguió a cierta distancia. En el cuarto de baño, él tiró la camisa al suelo. Ella lo observaba. Había sangre en su camisa. Niels le volvió la espalda. Hannah sabía lo que iba a ver, pero aun así fue una sorpresa.

—¿Qué? Pero ¿cómo...? ¿Tommaso? —Niels trataba de obtener información, pero su interlocutor colgó. Se quedó con las dos manos sobre el lavabo. Hannah esperaba, expectante. Finalmente él se volvió—. Él está... Tommaso ha... —balbuceó.

—Muerto —dijo ella.

—¿Cómo lo sabes?

—La pregunta es por qué no lo comprendí antes.

—¿Qué quieres decir?

—Niels, él era el número treinta y cinco. —Se acercó a él y le cogió la mano—. Trata de darte la vuelta.

Lo empujó suavemente frente al espejo. Tomó un pequeño espejo del lavabo y se lo dio.

—Mírate la espalda —le dijo.

Al principio él no advirtió nada, pero enseguida la vio: le había aparecido una marca. Todavía no estaba clara, era como una erupción, pero la forma no dejaba lugar a dudas. Dejó caer el espejo, que se estrelló contra el suelo. Vale, siete años de mala suerte. Salió del cuarto de baño.

—¡Niels!

Pero él se encerró en el dormitorio. Ella le llamó.

—Habéis descubierto que se trata de vosotros mismos. Es obvio: sólo estáis escuchando vosotros. —Lo oyó revolviendo cosas al otro lado—. Sólo estáis escuchando vosotros —repitió en voz baja para sí misma.

Entonces Niels abrió de golpe la puerta. Camisa nueva. Bolsa de viaje en la mano. Un equipaje hecho mucho tiempo atrás, a la espera de que su dueño se decidiese a viajar. Lo haría ahora.

85

Hospital dell'Angelo, Venecia

El comisario Morante tenía el móvil de Tommaso en la mano. Era pesado. Exactamente como él sentía la responsabilidad: pesada. La responsabilidad que no había asumido. Tenía algo en los pulmones que reducía su capacidad para respirar. Responsabilidad que podría pesarse en una balanza real, se dijo el jefe de policía antes de que Flavio interrumpiera sus amargos pensamientos.

—Yo le habría escuchado.

El jefe miró a Flavio, que estaba sentado en una silla del hospital. Esperaban que el médico saliese. Un turista sueco había encontrado a Tommaso muerto en los lavabos. Los gritos del turista, según se comentaba, se habían oído en toda la estación.

—Él aseguraba que estábamos en peligro. Que alguien estaba en peligro —insistió Flavio.

—¿Cuándo?

—En la estación. Pensé que estaba enfermo. Usted me dijo que había sido suspendido.

—¡¿Yo?! Entonces, ¿ha sido por mi culpa? Joder, ¿es eso lo que quieres decir?

Flavio lo miró sorprendido. Nunca lo había visto perder los papeles.

El jefe intentó recuperar la compostura y parecer comedido, a pesar de su arrebato. Habría una investigación, y él lo sabía. Le iban a interrogar: por qué había suspendido a Tommaso. Sí, debería haberle escuchado. Los paramédicos habían tratado de reanimarlo en el lavabo. Fue allí donde vieron su espalda. Cortaron su chaqueta con intención de darle una descarga eléctrica y vieron una extraña marca en la espalda que se extendía de hombro a otro. Piel hinchada, un diseño. «Estaba caliente, como si la hubieran quemado», dijo un paramédico.

El doctor asomó la cabeza por la puerta y dijo:

—Pueden pasar.

Ninguno dirigía la palabra al jefe de policía de Venecia. Tal vez fuera sólo un anticipo de lo que le esperaba: degradación, humillación, incluso artículos despectivos en la prensa.

El comisario Morante, incluso cuando un subordinado suyo moría, antes que nada pensaba en su propia posición.

Depósito de cadáveres

Una sola guirnalda adornaba la entrada. Era Navidad, incluso para el médico forense.

El cuerpo de Tommaso di Barbara estaba tumbado de espaldas sobre la fría mesa de acero, pero no era un cadáver cualquiera: era un cadáver decorado.

El jefe se acercó y le miró la espalda.

—¿Qué es esto?

—Esperaba que me lo dijera usted. —El médico le dirigió una mirada acusadora desde la ventana, como si toda la culpa fuera de Morante.

—¿Cómo voy a saberlo?

El médico se encogió de hombros.

—Era de lo que hablaba Tommaso —musitó Flavio. Bajó la mirada al suelo y prosiguió—: Hablaba de personas asesinadas con marcas en la espalda. El caso del que siempre murmuraba. El paquete de China. Todos sus recortes. Nosotros simplemente no le creímos.

Se hizo un silencio en la sala pulcramente limpia.

—¿Cuál es la causa de la muerte? —preguntó Morante.

El médico se encogió de hombros.

—Yo diría que asesinato.

—¿Asesinato?

—Asesinato por envenenamiento. De lo contrario no sé qué puede haberlo provocado.

Un profundo suspiro. Flavio se había retirado al fondo de la sala.

—Flavio —lo llamó el comisario.

—¿Señor?

—Busca a la secretaria de Tommaso. Ella sabe todo sobre el caso. Era la encargada de traducirlo.

—Muy bien.

—Y vamos a llamar a la Interpol. —El jefe miró al médico y luego a Flavio—. Es importante actuar a tiempo. Y el momento es ahora.

SEGUNDA PARTE

EL LIBRO DE LOS JUSTOS

Abraham se acercó y le dijo:

—¿Vas a destruir al justo juntamente con el pecador?

Quizás haya cincuenta justos en la ciudad.

El Señor respondió:

—Si encuentro en Sodoma cincuenta justos dentro de la ciudad, perdonaré a toda la ciudad en consideración a ellos.

GÉNESIS 18, 23-24 y 26

1

Vesterbro, Copenhague

La nieve crujía bajo los zapatos de Niels, que trotaba por el aparcamiento. No podía oír a Hannah pero sabía que ella estaba allí.

—¡Niels!

Él renunció a arrastrar la bolsa por la nieve, así que la cargó en brazos. Esa pesada bolsa era algo que le protegía, como un chaleco antibalas.

—Lo he sabido todo el tiempo, Niels. —Ella le dio alcance.

—No sé de qué estás hablando.

—Eres tú, Niels.

—¿No puedes darte cuenta de lo ridículo que suena?

—¿Ridículo?

—Sí. Todo esto es ridículo. —Él aminoró la marcha.

—¿Es porque ahora se trata de personas reales? ¿Por eso es ridículo? —Lo agarró del brazo—. ¿No fue eso lo que me dijiste?

Niels no respondió. Llegaron al coche.

—¿Cuándo fue la última vez que viajaste?

Niels no la miraba. Se negaba a responder. Hannah levantó la voz:

—¡Respóndeme! Si es tan ridículo, al menos responde.

Niels rebuscaba en los bolsillos.

—¿Esto es lo que buscas? —Ella alzó las llaves del coche.

—Maldita sea. Vale, es tu coche.

—Exactamente. ¿Vamos?

Ella abrió la puerta. Niels se puso al volante y Hannah, a su lado. Él cerró la puerta y tiró la bolsa al asiento trasero, junto a la pequeña caja de cartón con los archivos del caso.

—Bien, Niels Bentzon —dijo—. ¿Adónde vamos? —Hannah le miró. Esperaba una respuesta. Al final la tuvo:

—No soy médico —dijo Niels—. Pero he oído hablar de las reacciones psicosomáticas. Percepciones extrasensoriales desequilibradas. Estados de conciencia anormales. Piensa en la estigmatización. —La mente le iba a cien. El recuerdo de un programa en televisión acudió en su rescate—. San Francisco de Asís.

—¿Qué pasa con él?

—Los últimos años de su vida caminó con las manos y los pies constantemente ensangrentados. Provenía de sí mismo. Y aquel religioso... ¿cómo se llamaba? —Se tapó la cara con las manos mientras hacía memoria sobre el programa de televisión—. Un monje de pequeña estatura, corpulento. Italiano, creo. Incluso le hicieron una escultura en una fuente. ¡El padre Pío! ¿Has oído hablar de él? Es de nuestra época. Durante más de cincuenta años sufrió heridas en sus manos. El cuerpo puede producir los fenómenos más inexplicables. Eso es lo que es esto. De lo contrario no tiene sentido.

—¿Por qué hablas de sentido? —Niels no respondió. Ella continuó—: ¿Quién dice que hay un sentido? ¿Tiene sentido que los planetas se muevan en una elipse alrededor del Sol? ¿O que...?

—Tampoco soy religioso, Hannah. Para mí hay una explicación natural para esto.

—Sí. Hemos encontrado la explicación natural. Y es que simplemente no lo comprendemos. Eso sucede con todos los descubrimientos.

Él negó con la cabeza.

—Piensa en ello como si este fenómeno se comportara como una ley física.

—¿Una ley física?

—Su definición sería algo así como la conexión demostrada entre cantidades físicas. En pocas palabras, una ley física no se puede cambiar. Puedes chillar y gritar, Niels, pero no puedes hacer nada al respecto. Mírame.

Él obedeció. No dijo nada.

—¿Por qué es tan inconcebible que el fenómeno siga un patrón preestablecido? —preguntó ella.

—¿Y de qué forma lo haría?

—Es como en las matemáticas. En el primer lugar reina el caos. Nada tiene pies ni cabeza. Pero de repente, cuando se avanza, cuando se descifra el código, el sistema surge. El sistema crece del caos. El azar desaparece ante tus ojos. Las cosas... las cifras se acumulan y se puede hacer una fórmula. Esto lo sabe cualquier matemático.

—Hannah.

Ella no cejó:

—Todo parece fruto del azar, Niels. La forma en que tú averiguaste el caso. Tommaso. El que nosotros nos encontráramos. Pero todo encaja. Todo está subordinado al diseño o patrón. A la ley física.

—Es más complicado —se dijo Niels en voz alta. Y negó con la cabeza.

—Ninguno de vosotros dos podíais viajar —continuó ella—. Erais como mástiles a la espera de ser activados. Y de repente hacéis algo. Actuáis. Emprendéis una acción vinculada a algo más grande.

—¿Algo más grande?

—Al igual que el soldado que liberó al prisionero, y de ese modo despertó la fe del mismo en la...

—Es sólo un caso particular —objetó Niels.

—¿Y qué pasa con el ruso? Salvó a la madre y los niños en aquel teatro. ¿Quién sabe lo que harán en el futuro? O el niño que recibió el medicamento prohibido y sobrevivió.

Niels se quedó en silencio. Hannah continuó:

—Sois como pequeñas islas, Niels. Estáis atados a una ubicación específica. Allí estáis, y entonces protegéis a los demás.

—¡Proteger! —Niels la miró con desprecio—. Ni siquiera puedo protegerme a mí mismo.

—No sería lo adecuado. Tú mismo lo has dicho: es a ti a quien llaman cuando la gente ha agotado todas las posibilidades y quiere suicidarse. Al igual que los otros treinta y cinco. Los médicos, los defensores de los derechos humanos. Piensa en el ruso del teatro, que se levantó para recibir un disparo en lugar de la joven madre y sus hijos. Esto es exactamente lo mismo que tú haces.

Desde el principio te has tomado en serio la amenaza. Sólo tú.

Él se percató de que ella sostenía firmemente su mano. Aflojó la presión, pero no le soltó.

—Hay un viejo refrán: el mayor acto de genialidad del Diablo ha sido...

Niels completó la frase:

—... convencer a la gente de que él no existe.

—El mayor error que podemos cometer es pensar que hemos descubierto todo. Las personas más dudosas que conozco, las más inseguras sobre el modo en que el mundo y el universo están interconectados, son a la vez las que más talento tienen. Los mayores genios.

Él la miró de nuevo.

—«Dios no existe. Todo comenzó con el Big Bang. Podemos subir y bajar la temperatura como en un termostato»...

Ella sacudió la cabeza y le sonrió como si fuera un escolar obtuso.

—La certeza es para los tontos. Se requiere un talento lúcido para entender lo poco que sabemos.

—Por eso, no sabemos lo que está pasando conmigo.

—No. Pero podemos encontrar el patrón. Lo mismo ocurre con la gravedad. No sabemos por qué funciona, cómo lo hace, pero sabemos que la pelota caerá de nuevo cuando la lancemos al aire. No importa lo que hagas, Niels. No importa qué, volverás a estar en el Hospital General en seis días. El viernes.

Niels no dijo nada. Puso en marcha el motor. Se sentía liberado de poder hacer algo para terminar con aquella conversación.

—¿Adónde vamos? —Ella le soltó la mano.

Niels por fin la miró:

—De vacaciones. Lo necesito.

Hacia el oeste

Estaba empezando una tormenta de nieve cuando se alejaron de Copenhague. Al principio se dirigían hacia el norte. Los pisos de alquiler se convirtieron en casas. Las casas se convirtieron en chalés, los cuales a su vez se convirtieron en palacios antes de que la naturaleza, al final, se hiciera cargo de todo.

—No, mejor nos dirigiremos al oeste.

Niels tomó la salida hacia Odense. Debían huir lo más lejos posible. En la radio comentaban con voces alteradas el fiasco de la Cumbre sobre el Cambio climático. Obama se había ido. Y la Tierra iba a morir, en eso estaban de acuerdo la mayoría de los que eran encuestados. «Tal vez, simplemente no merecemos estar aquí», «La gente es destructiva.» Las opiniones negativas se desgranaban en la radio, como la nieve fuera del coche.

—Mira —dijo Hannah con calma, casi como hablando consigo misma. Contemplaba encantada los miles de copos de nieve que se disponían a atravesar—. ¿Es así como se flota en el espacio exterior?

Las luces del coche iluminaban la tierra cubierta de nieve.

—Vamos a escuchar música. —Niels rebuscó en una pila de CD. Milli Vanilli y Nina Hagen en un estuche roto.

—Mantén tus ojos en la carretera.

—¿No tienes a los Beatles? ¿O a Dylan? Algo que ocurriera antes de 1975.

—Sólo tengo música que no escuchaba cuando Johannes estaba vivo.

Él la miró.

El coche patinó. Por un momento, un breve momento, Niels perdió todo control sobre el vehículo.

—Te he dicho que mires la carretera.

Niels sonrió. Hannah encendió dos cigarrillos a la vez y le dio uno. Luego bajó apenas la ventanilla.

—Gracias. —Él puso música. Un ritmo de pop monótono que, de un modo u otro, encajaba con el momento, sólo un mero fondo acústico.

—No hubiera importado.

—¿Qué?

—Si el coche hubiese derrapado. O si tomo un giro equivocado. Tú dices que es una ley de la naturaleza que acabe en el Hospital General el viernes. Por tanto, no importa lo que haga hasta entonces.

—No es que yo lo diga. Es el diseño. Son las matemáticas. Sin embargo, no dice nada acerca de mí. Y no es cierto que esté lista para... —Hizo una pausa.

Niels la miró.

—Yo tampoco lo estoy.

Se dirigían a través de pequeñas comunidades que eran confusamente iguales. Una y otra vez se encontraban con el mismo paisaje: farolas, una estación de tren, un supermercado Brugsen, una pizzería, un kiosco, diseñados por el mismo arquitecto que había trazado todos los pueblos del país. El pobre hombre debía de haber trabajado duro.

Se detuvieron en un semáforo en rojo. Ni un alma a la vista. Ni siquiera luz en las ventanas. Ni en la tienda de mascotas o en la clínica, ni en la farmacia ni en el bar del centro.

—Ya está en verde.

Niels acercó el coche a la acera.

—¿Qué pasa?

Él apagó el motor.

—¿Qué haces? ¿Dónde estamos?

—En alguna parte.

—¿En alguna parte?

—Buen nombre para este pueblo, ¿verdad?

—Niels, ¿por qué nos paramos aquí?

Él la miró.

—Para ganarle a tus matemáticas.

2

En algún lugar de Sjælland

Kathrine solía decir que hay dos clases de personas. Las que se sienten seguras cuando van al médico y las que se sienten aterrorizadas. Niels pertenecía a la última categoría. Hacía todo lo posible por evitar a los médicos y sus guaridas: centros de salud, hospitales y clínicas. Aplazaba las citas al máximo. Seis años atrás había estado a punto de acabar muy mal. Una neumonía inofensiva, que podría haber sido curada en pocos días con un poco de penicilina, casi le había costado la vida. Al no ponerle remedio, la infección llegó a la pleura y al tejido pulmonar. Cuando Niels finalmente accedió a que lo ingresaran en un hospital, estaba tan débil que los médicos pensaron que se trataba de un cáncer de pulmón virulento. Kathrine se había enfurecido con él. ¿Por qué no había ido al médico antes? «Yo pertenezco a la segunda categoría», se limitó a responder Niels.

La alarma se detuvo un segundo cuando Niels dio un codazo a la ventana. Entonces empezó de nuevo. Algo enloquecedor que sonaba fuerte y penetrante. Estaba sangrando por la mano y dudó por un momento. Acto seguido comenzó a buscar en los cajones y armarios. Trató de leer las etiquetas en la oscuridad. Prednisolona, Buventol, Aspirina, Terbasmin. ¿Cómo se llamaba la morfina? Rápidamente leyó las descripciones de los productos: «Astenia», «Somnífero», «Laxante», «Antihistamínico». La mayoría acababa en el suelo, pero todo lo que prometía el menor efecto anestésico terminaba en su bolsillo. ¿Cuánto tiempo había pasado? Probablemente la policía necesitaría diez minutos para llegar. Por lo menos. Robos de esa clase tenían prioridad baja. Niels casi podía oírles allá en la comisaría, recibiendo el mensaje enviado por la alarma. «¡Otra vez esos puñeteros yonquis!», dirían. Y entonces, tal vez se tomaran media taza de café más. ¿A quién podía agradarle, qué policía querría lidiar con un enfermo de sida, un drogadicto desesperado en medio de la oscuridad y una tormenta de nieve? Siempre habría un pobre diablo dispuesto a tragarse un puñado de píldoras, de una u otra variedad, lo que fuera, con la esperanza de aliviar los síntomas de abstinencia. Cortisona, baclofeno, bromhexina, algo en el suelo, algo en su bolsillo. Finalmente encontró un poco de lo bueno: Contalgin, Malfin.

—¿Qué coño estás haciendo aquí?

La luz se encendió, una luz hiriente que por un momento deslumbró a Niels.

—He dicho qué coño estás haciendo aquí.

El conserje era más joven que Niels, pero también más grande y corpulento. Y estaba furioso.

Niels no pudo decir ni palabra. Así que hizo lo que a menudo ocurría en las detenciones: mutis por el foro. Se creía que un detenido caía en estado de *shock*. No siempre era así. A veces simplemente no tenía nada que decir.

—No te muevas, cabrón. He llamado a la policía.

El hombre permanecía en la puerta, bloqueando la salida. Niels miró alrededor. No había ninguna otra vía de escape. Tendría que hacerle frente. Niels se acercó.

—¡Alto ahí! No te me acerques, mamonazo.

Niels ya estaba frente a él. De repente, el conserje alzó su mano contra él. Niels reaccionó instintivamente y le sujetó el brazo. Esto enfureció al hombre, que empezó a golpearlo, pero sólo daba puñetazos timoratos. Niels no quería lastimarlo, sólo quería pasar. Trató de escurrirse por un lado, pero el otro lo agarró y durante unos segundos forcejearon como dos luchadores *amateurs*. El tipo era más fuerte que Niels, pero no tenía la desesperación de su lado. Con un rugido y un violento empellón Niels se lo quitó de encima. No obstante, el hombre logró empujarlo contra una estantería de libros. Por un momento —¿o sólo ocurrió en la cabeza de Niels?—fue como si la alarma se detuviera para dar paso al estrépito de la estantería derrumbándose. Luego la alarma regresó de nuevo.

Niels fue el primero en levantarse. Empujó de nuevo al conserje y vio un fragmento de cristal clavado en su mejilla, justo debajo del ojo. Sangre en la cara. Sangre en el pelo.

Niels huyó.

Corrió hacia el coche. Casi estuvo a punto de perder el equilibrio en la acera, resbaladiza por la nieve. Hannah ya había abierto la puerta. Las sirenas de la policía se oían en la distancia.

—¡Niels, qué demonios!

Él puso en marcha el coche.

—¿Qué está pasando, Niels?

Y se largaron de aquel pueblo. En alguna parte.

Se detuvieron a un lado de la carretera. La nieve había sido retirada, pero probablemente volvería con fuerzas renovadas. No se oía ni el vuelo de una mosca.

Niels miró por el parabrisas. Fuera sólo había oscuridad. El reloj del coche señalaba las tres pasadas. Plena noche.

—Nunca había hecho nada parecido —dijo él.

—Si sigues así es posible que puedas escaparte el viernes.

—¿Qué quieres decir? —Niels volvió la cabeza y la miró.

—Tal vez es lo que debes hacer. Algo malo. Así dejarías de ser una buena persona.

Niels no respondió. Rebuscó en los bolsillos y leyó los prospectos de los productos robados.

—Creo que lo tengo todo.

—¿Para qué te servirán?

—Tengo jeringuillas, alcohol y morfina suficiente para aturdir a un elefante. —Aunque advirtió que ella no le estaba escuchando con demasiado interés, prosiguió—: Tenemos una semana. Poco menos de una semana. Entonces...

—¿Entonces qué, Niels?

—Después tomaré la morfina, me colaré de polizón en un barco y navegaré lejos.

—¿Navegarás lejos?

—Exacto.

—¿Adónde?

Él se encogió de hombros.

—¿Adónde te gustaría navegar, Niels?

—A Argentina, creo.

—¿Argentina? —Ella sonrió—. No es un viaje corto que pueda hacerse en un frágil velero.

—A Buenos Aires.

Hannah no respondió.

—Tengo una amiga allí. Ella me ha hablado de los verdes lagos de la Patagonia. Verdes como esmeraldas.

—¿Quién es ella?

Él vaciló.

—No lo sé. Nunca la he visto. —Miró a Hannah. Ella era hermosa en cualquiera de sus facetas: feliz, asustada, desconsolada, enfadada. Tal vez una lágrima afloraba en la comisura de su ojo izquierdo—. Quiero viajar contigo, Hannah.

—¿No era que no puedes viajar?

—Quizá sí. Si duermo lo bastante profundo.

—No entiendes, Niels. No lo entiendes realmente. —Sí había una lágrima. Ella se apresuró a enjugarla—. A la ley natural no le importa si duermes.

3

El puente del Gran Belt

Niels recordaba cuando la conexión del puente del Gran Belt había sido inaugurada en 1998. Kathrine, envidiosa, se había sentado diligentemente frente a la pantalla del televisor, fascinada por aquel monstruo de dieciocho kilómetros de largo. Un puente colgante que se alargaba tanto como el ojo podía abarcar. Ella conocía las dimensiones: setenta metros sobre el nivel del mar. Casi un kilómetro entre los dos pilones de alta tensión, que alcanzaban los 250 metros de altura. Los diecinueve pilares del puente pesaban seis mil toneladas cada uno. Niels no entendía su entusiasmo. Pensaba que el puente era un despilfarro de dinero. Y aún peor: la ruina de los ferrys. O sea, la pérdida de la oportunidad de conocer gente, charlar con los camioneros, los políticos y toda clase de personas de todas las partes del país. Kathrine quería diseñar un puente algún día. Ella solía navegar por internet todas las noches entre el Golden Gate, el Ponte Vecchio, Karlsbroen, el Akashi Kaikyo y el South Congress Bridge en Austin, desde donde medio millón de murciélagos cada anochecer salían volando en busca de alimento. Un día, en el puente del Gran Belt ella le había dicho que estaba equivocado, que, al contrario, el puente reunía a la gente. Lograba que se comunicasen entre sí.

Niels miró el tráfico que se acumulaba en torno a las máquinas de peaje, al pie del puente. Allí no había nadie que hablara. La gente pasaba zumbando, un vehículo tras otro, más rápido que nunca. El sol comenzaba a elevarse sobre el mar.

Sábado 19 de diciembre

Los rayos de la mañana coloreaban el agua de naranja. La cola de vehículos frente a la taquilla no se había movido en diez minutos. Hannah dormía. Niels la miraba. Un rostro apacible, distendido. Un temblor casi invisible en sus finos párpados. Soñaba.

Llegó a la taquilla.

—Buenos días. —Niels tendió su tarjeta danesa de descuento al empleado uniformado.

—Tenga cuidado. La calzada puede estar resbaladiza.

—Gracias.

Niels se dirigía a la isla de Fionia.

—¿Niels? —Hannah acababa de despertar. Su voz era pastosa.

—Duerme un poco más.

Encendió la radio. Música de Navidad. Sintonizó las noticias. La mayoría hablaba de los temas abordados en la Cumbre del Clima. El gobierno lo presentaba como un gran éxito; la oposición, como un fracaso rotundo. Los chinos habían sido los chicos malos, todos estaban de acuerdo en eso. Un político dijo que era «como si los chinos creyeran que estaban en un planeta distinto al resto de nosotros. De lo contrario, no se mostrarían tan indiferentes al clima». Otros asuntos: un político que pedía reformas fiscales, otro que se quejaba del fraude alimentario, la situación en la frontera de Gaza, un vertido de petróleo frente a las costas de Canadá. Niels quería buscar algo diferente, cualquier otra cosa, cuando lo escuchó. Tardó un momento en darse cuenta. «Apariencia de danés, alrededor de un metro ochenta y cinco, vaqueros, chaqueta oscura, peligroso.» La última palabra le impresionó: «peligroso». Lo habían tildado de muchas cosas en su vida —ingenuo, diplomático, inseguro, ensimismado, sensato, estúpido, maníaco-depresivo—, pero nunca de «peligroso».

«Peligroso.» La palabra lo persiguió varios kilómetros por la autopista. Aumentó la velocidad. Comenzó a lanzar miradas paranoicas al espejo retrovisor. ¿Habría visto alguien el coche cuando escapó de la clínica pisando el acelerador? Hizo un repaso mental de todo lo que había sucedido. Al principio estaba seguro de que no había más testigos que el hombre de la clínica. Y él no había visto el coche. Sin embargo, de eso no estaba seguro. ¿Y si el hombre se había levantado y había corrido hacia la ventana? ¿Y si hubiera reaccionado con rapidez y anotado el número de matrícula del coche? Niels no estaba seguro. No estaba seguro de nada, excepto que se sentía molesto físicamente por la situación. Y entonces, justo cuando salió de la autopista para entrar en una carretera secundaria, se convenció de que el hombre había estado en la ventana. Niels había podido percibir su silueta. Si él hubiera anotado el número todo se habría terminado rápidamente. Un coche cuya matrícula es conocida por la policía se encuentra en poco tiempo. Horas. Especialmente cuando Niels estaba reconocido como «peligroso». Un hormigueo en las piernas. Tenía que estirarlas. Pensó que todo le importaba una mierda y decidió parar allí mismo. También decidió otra cosa: no dejar que Hannah supiera que les buscaban.

Llegaron hasta la orilla. Un pequeño puerto. Kerteminde Havn, tal vez.

—Niels —Hannah despertó cuando se detuvo el coche—, ¿dónde estamos?

—Buenos días. Vamos a tomar una taza de café. Y a pensar un poco.

Hannah se estiró con cierto regocijo. Podía ser la perspectiva del café lo que la hacía feliz o el hecho de que fueran a «pensar», que era su especialidad.

Una pequeña oficina de puerto con una tienda. Hannah esperó fuera mientras Niels fue por el café. La chica de la barra le miraba con recelo. Tal vez sólo eran imaginaciones suyas, pensó Niels. Aunque era normal que se informara a las gasolineras sobre personas buscadas, ¿acaso aquel kiosco estaba al corriente de la más rabiosa actualidad? ¿Tenía ya la joven una descripción suya debajo del mostrador? ¿O en el pequeño ordenador frente a la ventana? Niels se encontró con su mirada. ¿Estaba calculando su estatura con los ojos? ¿Su peso? Niels trató de relajar los hombros y la expresión, lo que le hizo acabar con aspecto de robot con agotamiento nervioso. Cuando salió de la tienda alcanzó a ver cómo la chica corría al teléfono, para llamar a la comisaría más cercana, se dijo. Se acercó a Hannah.

—¿Esto es lo más lejos que podemos llegar? —Parecía cansada.

—¿Has dormido bien? —Le tendió el vaso de plástico.

—Un poco. —Ella movió la cabeza para desentumecer el cuello.

—¿Tienes frío?

—No; estoy bien.

Contemplaron el agua. Pronto la bruma de la superficie se transformaría en pequeños cristales de hielo y la bahía se congelaría. Niels encendió su teléfono. No había mensajes.

—En el instituto tenía un compañero que no podía decir que no —dijo Hannah mientras miraba un par de pescadores que se preparaban para navegar. Uno de ellos la saludó. Ella lo correspondió—. El «no» no existía en su vocabulario. Cuando alguien le preguntaba sobre algo, siempre respondía «sí». —Hizo una pausa—. Eso era un problema para él. No pudo aguantar. No podía cumplir con todo a lo que había dicho «sí». Comités, reuniones, conferencias, la planificación. Y al final... —lo miró a los ojos— al final el ambiente se volvió en su contra.

—¿Qué quieres decir?

—La bondad puede ser un problema, Niels. Eso quiero decir. Su bondad era un problema para todo el instituto. Pronto empezamos a reunirnos sin él, básicamente para protegerle. Para que no tuviera que decepcionarnos a nosotros o a sí mismo. ¿Entiendes?

—Creo que no.

—¿Qué es la bondad, Niels?

Él movió la cabeza y observó la grava.

—La filósofa Hannah Arendt hablaba sobre la banalidad de la maldad. *The banality of evil*. Ella decía que la mayoría de las personas poseen un mal latente. Y sólo las circunstancias correctas, o más bien las incorrectas, lo activan. Pero ¿qué hay acerca de la bondad? La banalidad del bien. Cuando pienso en mi colega y en ti, casi se puede decir que no tenéis voluntad propia. No tenéis elección. Sois buenos. ¿Es la bondad constantemente buena?

—Bueno...

—No, espera. De hecho, esto es esencial. No lo has elegido. En nuestra comprensión de «la bondad» y «la buena obra» pensamos que, existencialmente hablando, tenemos una opción. Pero tú no la tienes. ¡Recuerda la historia de Job! Eres un peón en un enorme juego en el que alguien, o más bien algo, ha impuesto las normas. La paradoja en la historia de Job es, precisamente, que no hay nadie en quien Dios piense más que en Job, incluso cuando le quita todo. Lo mismo sucede con vosotros. Contigo, Niels. También has sido privado del libre albedrío, de la capacidad de moverte con independencia.

—¡Basta!

—Se dice que la mayoría de los presidiarios sufren de DAMP o TDAH. Grados de autismo. Alteraciones neuropsicológicas que apenas estamos empezando a entender. ¿Y si somos menos dueños en nuestras propias casas de lo que creemos y lo que estamos es dando vueltas a algo que sólo imaginamos? ¿Qué pasa si la mayoría de nuestras acciones están biológicamente dirigidas?

—¡Basta, Hannah! —Niels la cortó y miró alrededor.

—Vale.

—Es muy difícil olvidar el asunto si continúas hablando de ello. Estamos de vacaciones, ¿de acuerdo?

—Muy bien —sonrió ella.

—Vamos a seguir un poco más.

Volvieron al coche y se sentaron. Se quedaron un momento disfrutando a resguardo del viento helado. Niels estaba a punto de encender el motor, cuando Hannah dijo:

—Tenemos visita. —Miraba hacia atrás.

—¿Qué?

—Detrás. Vienen hacia aquí.

Niels se dio la vuelta. Dos policías. Uno de ellos se inclinó y golpeó la ventanilla.

4

Nyborg

Ese lugar tenía un potencial real, Niels no había sido capaz de verlo al principio, pero ahora lo entendía.

La celda parecía un club social. No había casi nada de Alcatraz en ella. No había puertas con rejas, ni manojo de llaves chirriantes ni ruido de botas militares de crueles funcionarios de prisiones. No había compañeros de celda psicópatas con tatuajes en la cara, que estuvieran en chirona por cuádruple asesinato y robo, esperando para lanzarse sobre ti cuando te durmieras. Nadie murmuraba angustiado en el corredor de la muerte, a la espera de recorrer el último trayecto hasta la silla eléctrica. Sólo la habitación de un club, bastante normal, aunque apestaba a vómito. Niels miró alrededor. La cárcel parecía limpia. No obstante, por más que la hubieran limpiado con potentes productos químicos, el hedor a vómito persistía. Probablemente un borracho del pueblo había dejado su apestosa tarjeta de visita, o los asistentes a una despedida de soltero desmadrada. Estar detenido allí era como estar en un hotel. La gente llegaba, se registraba, vivía allí un tiempo y luego se iba. El huésped del día era Niels Bentzon.

Niels miró alrededor: una litera, una silla, una mesa, un armario y cuatro paredes desnudas. Alguien había escrito LOS POLIS APESTAN en la pared con rotulador, con faltas ortográficas y todo. A pesar de los esfuerzos que habían hecho al respecto, no habían conseguido borrarlo. Pero el lugar tenía potencial para alguien que estuviese encerrado. Sólo tenían que añadir una bolsa de comida en conserva y tirar la llave durante una semana.

¿Dónde estaba Hannah? ¿En otra celda? ¿En una sala de interrogatorios? Tal vez la habían dejado en libertad. Los pensamientos de Niels discurrían en torno a su detención. Le sorprendió lo rápido que lo habían encontrado. Tal vez había sido por obra de la chica de la tienda. Si la memoria no le fallaba, por lo general no había vigilancia en los puentes. Renunció a intentar averiguarlo, eran demasiados años ayudando a cazar gente, y la tecnología había avanzado mucho en los últimos años. Tal vez los había rastreado un satélite, pensó por último.

Hacía frío en la celda. La comisaría local ahorraba en calefacción. O era parte de otra táctica más amplia. Ahora, como no se podía hacer la vida más difícil a los presos haciéndolos pasar hambre o dándoles una paliza, siempre se podía bajar la calefacción durante los meses de invierno. Niels conocía esos pequeños trucos.

Oyó la puerta abriéndose. Entró una mujer y se presentó como Lisa Larsson. Podría ser el nombre de una modelo porno, pensó Niels, o de una escritora sueca de novela negra. Ella sonrió brevemente, pero no había nada agradable en su voz cuando le pidió que la acompañara.

—¿De verdad eres policía? —Lisa Larsson, joven, guapa y de mirada fría, parecía sinceramente sorprendida.

La mirada de Niels se alejó hasta los Papá Noel pegados al marco de la ventana.

—Sí. Soy negociador de la policía en casos de secuestro o intentos de suicidio.

—¿Por qué no lo has dicho antes? —El otro policía, Hans, un hombre mayor que le recordaba a un maestro de su época escolar, parecía confundido. Mientras miraba unos papeles se rascaba su bien recortada barba, que tenía por objeto darle la autoridad que no poseía por naturaleza.

Niels se encogió de hombros.

—¿Cómo me habéis encontrado con tanta rapidez?

Ignoraron la pregunta.

—¿Trabajas en Copenhague?

—Sí.

Se miraron entre ellos. Pasaron unos segundos bochornosos.

Niels no se hubiera sorprendido si le hubiesen liberado en ese momento. Debía de ser un error. Era evidente que sufrían la percepción generalizada de que los policías no violan la ley. Era desagradable para ellos estar interrogando a un colega en esas circunstancias. Niels podía verlo en las miradas que se enviaban unos a otros. Y él les comprendía bien. Tenían un sentimiento de estar siendo desleales, traidores. Sabiendo que a la mayoría de la gente no le caía bien la policía, ¿dónde iríamos a parar si se detenían unos a otros?

—Ajá, en Copenhague. —Hans se puso las gafas—. ¿Con Sommersted?

—Sí. ¿Lo conoces?

—Un poco. No somos amigos íntimos, pero hemos hablado en varias ocasiones.

—Sommersted no tiene ningún amigo. —Niels trató de sonreír.

—Bien, cuéntanos qué ocurrió en la clínica —terció Lisa, que no estaba impresionada por el estatus de Niels.

Éste la miró. Recién graduada, respetaba escrupulosamente las normas y el reglamento. Todavía significaban algo casi sagrado para ella. Niels decidió que sólo iba a mirarla a ella durante el interrogatorio. Él quería seguir las reglas. Por otra parte, no le apetecía charlar con Hans.

—¿Qué ha dicho el conserje?

—Allan... —Ella leía rápido el documento. Era eficiente y estaba capacitada. Quería ascender en su carrera. No tenía pensado acabar allí, en la isla de Fionia. No quería estar dentro de veinte años a la salida del bar haciendo pruebas de alcoholemia a la gente del lugar cuando se tambaleasen saliendo de la cena de Navidad—. Allan dijo que cerca de la una y media de la madrugada entraste por la fuerza en la clínica, le derribaste y huiste. Con eso. —Señaló la mesa donde estaba la morfina, junto con un par de jeringuillas desechables y los comprimidos que Niels había cogido.

Les habló con su propio lenguaje: que era un drogadicto el que estaba sentado delante de ellos. Niels no tenía intención de corregir sus percepciones. La realidad era demasiado complicada, casi siempre era así.

Silencio. Hans se levantó.

—Voy a llamar a Sommersted.

Y fue al despacho de al lado. Volvió enseguida.

—Tu jefe quiere hablar contigo.

El policía señaló con la cabeza la puerta del despacho.

Niels lo supo nada más coger el auricular: Sommersted intentaría parecer gentil y comprensivo, pero no tuvo éxito. Su respiración agitada le delataba.

—¿Bentzon?

—Sí. —A Niels le molestó que su propia voz sonara tan débil.

—¿Qué está pasando ahí?

—Lo sé muy bien.

—¿Qué sabes?

—Sé que fui arrestado por robo en un centro médico.

—¿Qué demonios está pasando ahí, Niels? —El último intento de mostrarse comprensivo había desaparecido. Y ahora volvía el Sommersted furioso—. ¿Qué coño haces en Fionia?

Niels no respondió. De repente sintió como si el silencio fuese preferible a explicaciones imposibles. ¿Qué diría?

—Estoy esperando, Bentzon. —Sommersted bajó la voz amenazadoramente.

—El caso de los buenos que son asesinados.

—¿Otra vez con eso? —Un suspiro teatral y resignado. Silencio. Sommersted iba a decir algo, Niels podía sentirlo. Y efectivamente, así fue—: Así que es verdad lo que dicen ellos, ¿eh?

—¿Ellos?

—Que eran para tu consumo personal. Para ti mismo. No estás bien, Niels.

—No.

—No creo que no lo estés. —Sommersted estaba pensando. Niels le oía a través del auricular—. Debes volver a Copenhague ahora mismo. Voy a decir a Rishøj que te lleve al puente. Leon te irá a buscar allí.

—¿Quién es Rishøj? —Niels miró hacia Hans, que sonrió. Niels entendió.

—Vas a ir en coche con él y nos vemos en la comisaría a las...

Llama cuando estéis cerca. Tenemos que cumplir con los trámites que la ley exige en estos casos.

Niels no escuchaba. Sólo tenía una frase en la cabeza: «Debes volver a Copenhague ahora mismo.»

—No voy a volver a Copenhague.

—¿Qué quieres decir? —Sommersted sonaba amenazador.

—Que no volveré a Copenhague. —Y colgó.

Se detuvo un momento y miró alrededor. Una comisaría de policía local, al más puro estilo de *La casa de la pradera*. Había un par de ordenadores. Las paredes estaban decoradas con fotos de hijos y nietos. Un recorte de un periódico local: «La lucha de la policía contra la obesidad.» Niels se sorprendió, pero no se molestó en leer el artículo. ¿Qué estaba pasando? ¿Ahora ponían multas a las personas que no cumplieran con sus ejercicios semanales?

—Tenemos que irnos —dijo Rishøj, y sonó casi como una disculpa.

Niels permaneció inmóvil.

—¿Niels? Tu esposa está esperándote fuera, en el coche.

—No es mi esposa.

Rishøj se puso un abrigo.

—Hans, quizá te sorprenda, pero ¿y si te pido que me encarceles hasta el sábado por la mañana?

5

Fionia

La unión del manto nevado con la comarca de Nordfyn no era un espectáculo agradable. Alrededor de la comisaría se había mezclado la limpia masa blanca con remolinos polvorientos de tierra. En lugar de blanca, esa parte del mundo se volvía de un marrón claro.

El coche patrulla estaba manchado de nieve sucia y fango. Hannah estaba sentada en el asiento delantero. Niels se sorprendió: era una clara violación de los reglamentos. Tal vez sería por Rishøj, que los consideraba colegas. Hannah no dijo nada cuando Niels y Rishøj subieron. Niels se sentó en el asiento trasero. Las puertas no se podían abrir desde el interior.

La llave en el contacto. Lisa permanecía en la oficina. Si no les acompañaba sería antirreglamentario: un solo agente no podía ir con dos prisioneros. «Prisioneros.» La palabra parecía totalmente incorrecta.

Hans Rishøj era un veterano oficial de policía. Se volvió para mirar a Hannah y Niels como un maestro que hubiese recogido a unos niños para ir de excursión y fuera a darles algunas recomendaciones. Niels casi esperaba que dijera: «Llegaremos a la casa de Hans Christian Andersen en una hora. Recordad que los bocadillos debéis comerlos antes de entrar.» En cambio, dijo:

—Voy a ser honesto: nunca me he visto en algo similar.

Niels y Hannah esperaron que el otro respondiera, pero su silencio no disuadió a Rishøj de continuar.

—No ocurren muchas cosas por aquí. Gamberros que causan pequeños altercados, peleas en la calle principal. Ese tipo de cosas. De vez en cuando, hemos estado en Vollsmose cuando los chavales árabes dan problemas. ¿Y sabéis qué?

—Pues no —dijo Hannah.

—Son condenadamente buenos, la mayoría de ellos. Sí, algunos están chalados, pero la mayoría sólo están aburridos. Por eso habría que darles una Casa de la Juventud o un campo de fútbol. Bueno, eso ahora no importa.

Niels lo miró y Rishøj sonrió. Parecía un hombre que había perdido contacto con el mundo actual hacía mucho tiempo. Un hombre confuso, un poco distraído y envejecido. Ya era hora de que colgara su uniforme y asumiese que las próximas batallas debería librarlas en la parcela de su casa de verano, donde el enemigo no serían ya los delincuentes sino las malas hierbas.

Cuando Rishøj dejó de hablar viajaron en silencio. La nevada se intensificó, caía en remolinos. El tráfico se movía lentamente. Rishøj empezó a parlotear de nuevo, de su hija que era peluquera. Hannah asentía con la cabeza de vez en cuando. Niels no escuchaba. Pensaba en lo que sucedería cuando llegaran a Copenhague. Podía imaginarlo: la ira de Sommersted, el desprecio de Leon. Y lo peor: el examen psicológico en el departamento de Psiquiatría del Hospital General. «¡No quiero morir!», deseaba gritar. Pero era como si alguien o algo tirara de él hacia su fatídico destino.

—Uno de tus colegas estará esperando al otro lado del puente —dijo Rishøj—. Él os llevará el resto del camino.

Hannah se volvió y miró a Niels.

—¿Lo ves, Niels? No importa lo que hagas. Ahora ya estamos de regreso.

—Tal como vaticinaste.

—Piénsalo de esta manera: hay algo más grande que nosotros. Algo que no conocemos. Y sin embargo ahora puedes sentirlo.

—¿Tratas de consolarme?

—Pues sí.

—Bien.

Rishøj les echó un vistazo inquisitivo.

Niels tenía ganas de acurrucarse en posición fetal. En menos de dos horas estaría de nuevo en Copenhague. Podía visualizar la cola para el puente del Gran Belt. «No voy a cruzar ese puente —se prometió—. Si paso al otro lado, todo habrá terminado.»

En efecto, una descomunal larga fila de coches esperaba turno.

—No es normal —murmuró Rishøj.

—¿Cerrado por mal tiempo? —sugirió Hannah.

El policía asintió con la cabeza y tamborileó impaciente sobre el volante.

—La pipa me llama —dijo luego y abrió la puerta—. ¿Alguien quiere estirar las piernas? —preguntó.

Niels asintió con la cabeza.

Hannah tenía razón: el puente estaba cerrado temporalmente debido a la mala visibilidad. Niels la miró cuando ella bajó también.

—Voy a llamar a tus colegas del otro lado. Sólo para que no crean que les hemos olvidado. —Rishøj caminó unos metros y llamó.

—¿Preparada? —susurró Niels a Hannah.

—¿Qué quieres decir?

—No voy a cruzar ese puente.

—Niels, no importa lo que... —Hannah no llegó a decir más porque Rishøj ya volvía.

—El viento está a punto de amainar, dicen. —Sacó su pipa y trató de encenderla. Pero el encendedor le gastó una mala pasada. Niels no desaprovechó la oportunidad.

—Tengo un encendedor en mi bolsa de viaje, en el maletero —se ofreció.

Rishøj asintió con la cabeza y sacó sus llaves. El maletero se abrió con un suave chasquido. Niels abrió la bolsa.

—Se prepara una buena nevada. Mire allí —dijo Hannah, y el envejecido policía miró ceñudo hacia el norte.

Cuando se volvió, se encontró encañonado por la Heckler & Koch de Niels. Pero no lo advirtió y continuó hablando. Hacía tiempo que había perdido la percepción del peligro. Era una suerte que la policía nacional le hubiese encontrado un sitio en una comisaría local.

—Es siempre el estrecho el que sufre lo más duro —comentó—. Tengo un barco en Kerteminde que...

Niels tuvo que levantar la pistola un poco y tocarle en el hombro para que se diese cuenta. Rishøj no sintió miedo, ni siquiera sorpresa. Simplemente no entendía nada.

—Sube al coche. —Niels cogió la bolsa de viaje y se la dio a Hannah.

—Pero ¿qué...?

—He dicho que subas al asiento trasero.

—¿Por qué haces esto, muchacho? —musitó Rishøj.

Niels no contestó y abrió la puerta.

—Dame la llave.

—Acabarás mal...

—¡Vamos! —Niels alzó ligeramente la voz. Era necesario para penetrar en la vetusta y gruesa armadura antirrealidad de Rishøj.

El seco chasquido que se oyó cuando Niels abrió la puerta trasera hizo cambiar la expresión de Rishøj. Niels lo percibió. De repente se daba cuenta. Y de pronto, Niels supo que le estaba haciendo un favor a Rishøj, que ese momento era crucial para la percepción del viejo policía. La convicción de que el mundo era una Disneylandia donde todos en el fondo eran buenos, una convicción consolidada durante décadas se hizo añicos ante los ojos de Niels y Hannah. La siguió una profunda decepción. «Creía que estábamos del mismo lado», decía su mirada.

—Siéntate —ordenó Niels.

—Piénsatelo mejor, chaval.

—No pienso volver a Copenhague —le informó Niels, y se inclinó en el asiento delantero para inutilizar la radio a culatazos. Un par de cables quedaron colgando—. Tengo que coger tu móvil, lo siento.

De pronto, Rishøj le soltó un inesperado puñetazo a la cabeza. Dolor agudo y un zumbido en su oreja izquierda.

—¿Qué intentas hacer? —rugió Rishøj—. ¿Pretendes dejarme aquí encerrado?

Otro puñetazo, éste aún más fuerte. Niels se tambaleó y dejó caer el arma. Rishøj se abalanzó sobre ella, pero Niels se rehízo y le dio un mamporro en la cara.

—¡Niels! —El grito de Hannah sonó muy lejano, a pesar de que estaba de pie a su lado.

Niels dedicó un momento a ordenar sus pensamientos. «La morfina. Las jeringuillas.» Estaban en la guantera. Rishøj gemía de dolor y desesperación. Niels encontró la morfina en una esterilizada bolsa de plástico para pruebas de la policía.

—¡Coge la bolsa! —ordenó a Hannah.

—¿Qué? —Ella estaba confundida.

Él cogió la bolsa de viaje con una mano y a Hannah con la otra y echó a correr.

Saltaron por encima del guardarraíl, pasaron por encima de un charco helado y se precipitaron por el frío suelo. Por encima del hombro, Niels vio al viejo policía apuntándoles con su arma.

—Hannah, creo que él...

Se oyó una leve detonación y una bala que se incrustaba en el suelo helado. Otro disparo. Sonaban como petardos.

—¡El muy malnacido nos dispara! —exclamó Niels jadeando, mientras corrían y se perdían en un remolino de nieve.

Los zapatos se hundían en la nieve fresca, entre los árboles.

—¿Nos sigue? —Hannah se dio la vuelta.

—Hay un camino un poco más allá.

Ella rompió a sollozar.

—¿Dónde?

Niels estaba sin resuello. En Dinamarca siempre había un camino un poco más allá.

—Sigue. Más adelante.

Dejaron los árboles atrás y subieron por el digno intento de un paisajista de crear una zona de descanso en armonía con la naturaleza.

—¿Qué hacemos ahora? ¿Hacia dónde? —preguntó ella, jadeando, cuando enfilaron la carretera—. Tal vez podamos conseguir que nos lleve algún coche o...

Un autobús surgido de la nada la interrumpió.

—Justo a tiempo —susurró Niels entre dientes y extendió el brazo.

El autobús se detuvo, como sólo sucede en las zonas rurales.

—¿Su coche perdió la batalla contra el frío? —sonrió el conductor con su cantarín dialecto de Fionia—. Voy a la estación. Allí podéis tomar el tren a Odense.

—Gracias. —Niels subió primero y trató de evitar los ojos del conductor.

Se sentaron en un asiento de atrás y miraron por la ventanilla. La carretera helada obligaba a ir lentamente, todo lo contrario que el pulso de Niels, que martilleaba furiosamente. El conductor mantenía una velocidad constante y cautelosa. Bien. Se trataba de mantener la calma, conducir como los demás y no creerse un Schumacher.

Niels había conocido delincuentes profesionales que perpetraban los robos más elaborados, a bancos, coches blindados y joyerías, y luego, cuando el golpe había terminado con éxito, eran presas del pánico. Era una pulsión ineludible del inconsciente: cuando cometes una atrocidad quieres escapar rápidamente. Lo más lejos posible.

El autobús se detuvo en una pequeña estación y el conductor bajó junto con los pasajeros.

Hannah y Niels entraron en una pequeña sala de espera. La máquina de café no funcionaba. Había olor a orín rancio.

—Ahí está la taquilla. —Niels señaló con el dedo—. Vamos a comprar los billetes. ¿Adónde iremos?

Ella le tocó el labio superior.

—Has sangrado.

Él asintió con la cabeza. Se sentía mareado, Hans le había golpeado con dureza.

—Hannah, no estás obligada a... —Se interrumpió.

—¿A qué? ¿A huir contigo?

—Sí. No es a ti a quien está buscando ese alguien.

—Algo —lo corrigió ella, sonriendo—. Si se tratara de «alguien» yo no estaría aquí contigo. Sé que es «algo», y por tanto resulta más interesante.

—¿Vale la pena que te arriesgues a ir a la cárcel? Las cosas pueden complicarse de verdad. ¿Eres consciente de ello?

—Diré que me has secuestrado.

El tren se detenía cada vez que tres casas estaban lo suficientemente próximas entre sí para poder calificarse como población. A ellos no les importaba. Iban sentados uno frente al otro. Niels le robaba miradas cuando podía, pero ella le descubría y la situación se ponía incómoda. Así que, en lugar de eso, Niels se centró en mirar el paisaje por la ventanilla. Cuando pasaron bajo un viaducto, en el reflejo de la cara de Hannah vio una expresión reflexiva. Ella lo miró. En cierta manera le gustaba.

—Mírame —pidió.

Él obedeció. Siguieron así y el viaducto de repente pareció muy largo. Justo antes de salir a la luz diurna otra vez, él pensó en Kathrine. Era su conciencia que despertaba. Trató de imaginar que era Kathrine la que iba sentada enfrente, pero sólo veía a Hannah.

Una experiencia de la infancia acudió a su rescate en esa incómoda situación. Y se apresuró a contársela a Hannah, como si ella se hubiese lanzado sobre él para rasgarle la ropa si continuaba en silencio.

—Yo tenía seis años. Yo y madre íbamos de vacaciones a la Costa Brava, en España. Viajábamos en autobús. A media tarde, en Flensburgo, me sentí indispuesto. La mayoría de los pasajeros iba durmiendo. Me desperté con náuseas y una sensación de asfixia. Mi madre se alarmó y pidió al conductor que parase. Los demás pasajeros protestaron. Iban de vacaciones y se negaban a que un niño enfermo retrasara el viaje. Pero cuando me vieron tumbado en el pasillo, jadeando y con espasmos, entonces se callaron. —Miró a Hannah antes de continuar—. El conductor llamó al servicio de ambulancias. Todo era muy confuso ya que, en primer lugar, una ambulancia danesa no podía entrar en Alemania así como así. Se decidió que el autobús volviera a la frontera, donde me esperaría la ambulancia. Y allá fuimos. No creo que estuviese consciente, al menos no puedo recordarlo. Me desperté un par de horas más tarde, en el hospital de Aabenraa, sintiéndome bien de nuevo.

—O sea que vivimos como enjaulados, no podemos movernos de nuestro sitio sin provocar un problema. Es intolerable.

—Pero Hannah se corrigió de inmediato, temiendo que él la malinterpretara—: Quiero decir, es... fascinante. Como un fenómeno extraño.

—Es posible. —Niels no sabía si le resultaba fascinante ser un fenómeno extraño.

—¿Y cómo fueron las vacaciones? —se apresuró a preguntar Hannah para pasar página y atender al lado divertido de la cosa.

Niels se encogió de hombros.

—Nos olvidamos de España y pasamos una semana en una casa de vacaciones en un fiordo recogiendo cangrejos. Hice una masacre total. —Se rio de sólo recordarlo—. Parece que con el tiempo he mejorado —añadió—. Tal vez sea la edad, pero ahora puedo obligarme a ir hasta Berlín. Por entonces me resultaba imposible cualquier viaje.

Cambiaron de tren en Odense y se dirigieron a Esbjerg. Niels se sentó junto a Hannah, no frente a ella, en dirección contraria al recorrido.

—Imagina un tren muy largo sin compartimentos —dijo ella de pronto—. Y luego un lugar donde puedas estar parado en el medio y ver de un extremo a otro.

—¿Dentro de ese tren muy largo?

—No, tú estás de pie en un andén. Yo soy la que está en el tren.

Se puso de pie. Los otros tres pasajeros la miraron, pero ella los ignoró.

—Imagina que tengo una linterna en cada mano. —En medio del pasillo, agitó dos linternas imaginarias—. ¿Me sigues? Las luces apuntan en direcciones opuestas. Una a la parte delantera del tren y la otra, a la trasera. Recuerda que es un tren muy largo.

Los otros pasajeros, intrigados, dejaron sus revistas y ordenadores a un lado y se dispusieron a contemplar el inesperado espectáculo. Ella los miró.

—Imaginad que estáis de pie en un andén. Y que se aproxima un tren muy largo a toda velocidad. ¿Me seguís?

—Sí —contestaron.

—El tren pasa haciendo sonar el silbato por delante de vosotros. Durante un instante, yo, que voy en el tren, paso a vuestro lado y enciendo las linternas a la vez.

Hannah les dio un momento para que visualizaran la imagen.

—Bien, ¿cuál de las luces os llega antes?

Ellos pensaron. Niels iba a responder cuando un joven, cerca de la salida del vagón, se le adelantó:

—El haz que ilumina la parte trasera del vagón.

—Exactamente. ¿Por qué?

—Debido a que el resto del tren avanza hacia él. Y la parte delantera del tren viaja alejándose de él —respondió.

—¡Exacto!

Hannah estaba en su hábitat natural: el aula de enseñanza. Las teorías y los pensamientos, la transmisión de conocimientos.

—Ahora imaginad que sois vosotros quienes vais en ese tren. Tenéis las dos linternas. El tren avanza a toda velocidad y encendéis las linternas al mismo tiempo. ¿Cuál de los haces veis en primer lugar? ¿El que apunta a la parte trasera o el que lo hace a la delantera?

Silencio durante unos segundos. Fue Niels quien lo rompió:

—Se ven al mismo tiempo.

—Exactamente. Al mismo tiempo.

—¿Ilusión óptica? —sugirió una voz detrás de Niels.

—No, no es una ilusión óptica. Ambos resultados son igualmente correctos. Depende desde dónde se mire. Por tanto, es un fenómeno «relativo». —Sonrió.

La teoría de la relatividad se convirtió en su puente hacia Jutlandia. Hannah trató de enseñarle que olvidamos lo poco que realmente entendemos. Einstein desarrolló la teoría hace cien años. Volvió del revés nuestra visión del mundo, aunque sólo unas pocas personas lo entienden verdaderamente. Niels se dijo que era imposible hacerla callar. Y ella estaba segura de que su misión era convencerlo de lo inexplicablemente poco que comprendemos.

Se olvidaron del tiempo y la siguiente vez que miraron por la ventanilla vieron vallas blancas, muy altas al más puro estilo ranchero. Jutlandia.

Era imposible saber cuándo los encontrarían, pero Niels esperaba que les llevara varios días, incluso semanas. Él apenas era una prioridad en el universo policial y el tiempo corría a su favor. Pronto los nuevos casos se acumularían, habría investigaciones más urgentes, y poco a poco les pondrían la prioridad más baja. Pero, por supuesto que les encontrarían. Era sólo cuestión de tiempo.

6

Jutlandia

Madres y padres de mediana edad se habían reunido en la estación para recibir a sus hijos mayores que volvían a casa para celebrar la Navidad. ¿La gente les miraba? Niels notó que su paranoia se agudizaba cuando bajaron al andén. Podrían haber sido vistos cientos de veces entre Odense y Esbjerg.

Vio al individuo antes de que él le viera. Ojos fríos, una foto en la mano, mirando a todos los viajeros. Niels llevó a Hannah a los aseos de la estación.

—¿Qué pasa? —preguntó ella.

Él no respondió. Trató de ordenar sus pensamientos. ¿Cómo lo habían encontrado tan rápidamente? También en el puerto los habían descubierto demasiado rápido. Alguien los seguía de cerca y telefoneaba a la policía para dar el soplo. Se le ocurrió una idea descabellada: ¿Acaso era la propia Hannah? ¿Podía ser? Niels la miró y pensó. En el puerto, cuando él había entrado en la tienda, ella podría haber llamado entonces. Y en el tren, ella había ido a los lavabos.

—¿Por qué me miras así?

Niels desvió la mirada y dijo:

—Hay un policía de paisano ahí fuera. Nos busca.

—¿Cómo lo sabes?

—Soy policía, ¿recuerdas? —Niels pensó un poco más. Sí, sólo podía ser ella la que le había denunciado. ¿O era que...? Tocó su móvil en el bolsillo. Encendido—. Hannah, será mejor que nos separemos.

—¿Qué pasa?

—Nada.

—¿Te han rastreado a través del teléfono?

—Creo que sí.

Niels esperó unos instantes antes de mirar por la ventana de los lavabos. Los pasajeros seguían subiendo y bajando. La cantidad de equipaje era enorme, la gente lo cargaba con esfuerzo. El mundo pesaba mucho más en Navidad, pensó. Entonces vio al individuo otra vez.

—Ahora está al final del andén —anunció.

—¿Qué hace?

Niels vaciló y miró de nuevo. No era tanto que la actitud del hombre resultase sospechosa, sino que tenía una foto en la mano y cada vez que un hombre de mediana edad se le cruzaba, lo observaba y a continuación comprobaba la foto.

Niels oyó que alguien se acercaba a los aseos y se metió con Hannah en uno de los cubículos. Buena chica: no se quejó del hedor a orina rancia. Alguien entró en el aseo y utilizó el urinario. Hannah sonrió y contuvo la respiración. Los tabiques exhibían mensajes ansiosos: «Chico busca chico», «Joven busca hombre maduro».

—Probablemente no sea fácil tener una tendencia distinta del patrón heterosexual —observó Niels cuando estuvieron a solas de nuevo.

—No. Desde luego que no es fácil. —Pareció hablar desde la propia experiencia.

—Tú vas la primera. Mantente alerta. Hombre de mediana edad. Uno ochenta, chaqueta de ante clara. Si todavía está allí, tose varias veces.

—¿Y después?

—Te diriges al aseo de las mujeres, como si te hubieras equivocado de puerta.

Ella salió. Tras un momento, luego Niels oyó toses sorprendentemente naturales. Y acto seguido la puerta del servicio de señoras que se cerraba. Esperó cinco minutos largos y luego miró de nuevo. El hombre se dirigía a las escaleras del andén. Se había dado por vencido.

Fuera de la estación de tren, antes de subir al autobús, Niels se maldijo a sí mismo. Hacía muchos años que no participaba en una cacería humana. Era negociador, había perdido práctica en los casos de seguimiento, los satélites, las señales GPS y los teléfonos móviles. Quitó la tarjeta SIM de su móvil y luego pisó con fuerza el teléfono. Nunca había hecho algo así.

—¿Me das tu teléfono también? —pidió.

Hannah lo hizo sin rechistar. Una pareja mayor los estaba mirando desde la acera de enfrente, y menearon la cabeza con desaprobación cuando vieron a Niels aplastar un segundo teléfono. Estos jóvenes de hoy en día.

Al principio fueron por la autopista, hasta que el autobús giró y enfiló carreteras comarcales.

—Creo que lograré ubicarme. —Hannah miró los alrededores—. No he estado aquí en treinta años. Era verano.

—¿Y hay hotel?

—Claro; tampoco es que estemos en el Polo Norte.

Se dirigieron al pueblo. Como la mayoría de los pueblos daneses, empezaba sin imaginación: supermercado, ladrillos rojos y casas de planta baja, pero terminaba convirtiéndose en un antiguo y encantador pueblo pesquero. El autobús se detuvo.

Hannah se puso de pie.

—Es aquí.

En la acera había dos viejos aldeanos con sus bicicletas.

—Hola. —Niels se acercó a ellos—. ¿Sabéis si el hotel está abierto?

Miradas suspicaces y la clase de silencio que sólo practican en comunidades muy pequeñas. Niels iba a preguntar de nuevo cuando el más anciano, que sin embargo conservaba más dientes que el otro, escupió restos de tabaco y contestó:

—Está cerrado para los turistas. Ven en verano.

—¿Cerrado del todo o sólo cerrado para los turistas?

No respondieron. Hannah intervino:

—¿No hay ningún sitio donde pasar la noche en el pueblo?

El desdentado dijo:

—Bajad a la playa e id hacia el norte hasta que veáis la calle principal. Pero cuidado con los trenes de mercancías. La barrera del paso a nivel no funciona.

—Gracias.

Avanzaron por la arena, que aumentaba a cada metro que se acercaban al mar. El fragor del mar era incesante. Niels nunca había entendido por qué las personas estaban tan locas de vivir en la costa. Allí nunca se tenía tranquilidad.

La extensa playa hacia el oeste era agreste, en la arena se formaban pequeñas corrientes de agua y charcos. Se vieron obligados a saltar por encima, mientras el viento arreciaba. Hannah se echó a reír.

—¿De qué te ríes?

Hannah se tapaba la boca con una mano cuando se echaba a reír. Continuaron y ella siguió carcajeándose para sí misma.

Tal vez se reía de él, que parecía un tonto dando saltitos.

Cuando finalmente abandonaron la playa y enfilaron la calle principal del pueblo, Niels de pronto gritó:

—¡Cuidado!

Agarró a Hannah y tiró de ella hacia atrás. El tren pasó veloz por delante de ellos y sólo entonces el maquinista hizo sonar el claxon, como una recriminación en vez de una advertencia.

—Idiota —dijo Niels.

—Nos avisaron que la barrera estaba rota —suspiró ella tras reponerse del susto.

—Ya, pero ¿qué pasa con los que no avisan?

Los raíles estaban cubiertos casi totalmente por arena y nieve, y el ruido del mar impedía que uno oyera acercarse los trenes. La barrera todavía intentaba bajar pero se atascaba apenas iniciar su recorrido. Se quedaron en silencio y avanzaron por la calle, Niels sintiendo la aversión innata del policía al tráfico problemático. Un día, alguno de sus colegas tendría que ir allí para consolar a las familias, coordinar las ambulancias y los bomberos, y tratar de averiguar quién era el responsable.

Poco después pasaron por un pequeño supermercado, enfrente del cual había una cabina telefónica.

El mar del Norte

En el hotel había olor a campamento infantil de verano: comida empaquetada y ropa húmeda. El suelo y las paredes eran de madera y estaban adornadas por motivos marineros, aunque el mar estuviera al otro lado de la puerta. La recepción estaba vacía y Niels buscó un timbre para llamar con su mano helada. La recepcionista se acercó por detrás.

—Buenas tardes —dijo.

—Buenas tardes. —La cara de Niels estaba entumecida por el frío—. ¿Estáis abiertos?

—Todo el año. ¿Cuántas noches?

Ella pasó detrás del mostrador.

—De momento cinco —dijo—. Más adelante tal vez más. —Y se puso a mirar la pantalla de ordenador.

—¿Una habitación doble?

—Pues... —Niels se encontró con la mirada de Hannah—. Dos individuales.

La ventana daba al mar. Una silla, una tosca mesa, un armario y una gruesa alfombra roja. Niels se tumbó en la cama. Crujía y era suave, casi como una hamaca. Cerró los ojos. Se volvió de costado, encogió las piernas un poco y usó las manos de almohada. Imaginó que alguien le miraba desde arriba. Él mismo tal vez, o un pájaro. Debería ir al baño y examinar la marca de la espalda, pero lo dejó para después. Otros pensamientos ocupaban su mente: su madre, la Cumbre sobre el Clima, Abdul Hadi. Y la historia del sacerdote: «Pero madre, ¿qué pasa si el monstruo también tiene una madre?»

—¿Niels?

Él oyó una voz muy lejana. ¿Estaría dormido?

—Niels.

Era Hannah, en el pasillo.

—Venga, vamos a comer. ¿Nos encontramos en el restaurante en diez minutos? Arriba en el segundo piso.

—De acuerdo. —Se apoyó sobre los codos—. Diez minutos.

El restaurante era todo de madera pintada de blanco. Flores secas del mar del Norte decoraban las paredes. Adornos navideños en las ventanas. No había otros huéspedes. Hannah se acercó por el extremo más alejado del salón. Niels tuvo el presentimiento de que estaba allí desde hacía un buen rato, pero había esperado entre bambalinas para hacer una buena entrada. Notó un cambio en ella.

—¿Has pedido? —preguntó ella.

—No. Mira, la recepcionista es también la camarera. Probablemente también la cocinera.

—Y la gerente del hotel.

Se rieron. La mujer se acercó a ellos.

—¿Habéis decidido?

—Antes que nada, algo para beber.

—Vino blanco —precisó Hannah.

—¿Alguna marca en especial?

—El mejor que tengáis. —Niels le sonrió—. Si la Tierra va a extinguirse el fin de semana, al menos que podamos tomar lo mejor.

—Entiendo. —La recepcionista le miró con ceño.

—¿De veras?

Dos sonrisas dudosas y una sola risa. La recepcionista se alejó.

—No hay motivo para que la pongas nerviosa —dijo Hannah.

—Sin embargo, ella tal vez deba saberlo. Es muy posible que necesite tiempo para arreglar sus cosas.

—En el Instituto también hablamos de esto.

—¿Del fin del mundo?

—Claro. Nos sentamos a contemplar el espacio y vemos todo el tiempo soles extinguiéndose, o galaxias que colisionan.

—¿Y los meteoritos?

—Son difíciles de detectar, pero en cualquier caso siempre tenemos presente la posibilidad de un súbito final. Aunque también, afortunadamente, el nacimiento de nuevos lugares.

La recepcionista regresó con el vino y les llenó los vasos. Ambos guardaron silencio hasta que se fue.

—Tu hijo —comentó entonces.

—Sí. Mi hijo. Mi querido hijo.

Tal vez Niels no había hecho bien en mencionárselo, pero ya era demasiado tarde. Ella se sumió en sus recuerdos y de pronto dijo:

—Se quitó la vida.

Niels bajó la mirada.

—Johannes era un niño prodigio —añadió ella—. Un talento excepcional. —Bebió un sorbo de vino.

—¿Qué edad tenía?

Ella pasó por alto la pregunta y prosiguió.

—Comenzó a mostrar signos de trastorno de la personalidad. Era esquizofrénico.

—Lo siento.

—El día que nos dieron el diagnóstico en el hospital Bispebjerg, fue como si el mundo cayera sobre Johannes y sobre mí.

—¿Y tu marido?

—Gustav estaba en otra parte, siempre tenía que participar en alguna conferencia cuando las cosas se complicaban emocionalmente. ¿Sabes lo que me dijo cuando lo llamé para comunicarle el diagnóstico? «Por lo menos ya tenemos una explicación, Hannah. Ahora debo irme corriendo. Me esperan en una reunión.»

—...

—Tal vez fue bueno que lo dijera. Su manera de abordar el problema era continuar como si nada. Y de esa manera siempre había algo que todavía se mantenía como antes: Gustav nunca cambiaba.

—¿Entonces el muchacho fue ingresado en un centro de salud?

Ella asintió con la cabeza. La pausa fue tan larga que Niels pensó que el tema estaba agotado.

—Yo lo ingresé y le visitaba los domingos. Y allí estaba él, sentado.

Otra pausa, más larga que la anterior, incómoda.

—¿Sabes qué día se ahorcó?

Niels bajó la mirada.

—El mismo día que Gustav recibió el Premio Nobel. El mensaje más claro que un hijo ha enviado a sus padres alguna vez: «¡Buena suerte!, me habéis fallado.» Pero, claro, esta historia no se puede encontrar en Wikipedia.

—No deberías verlo de esa manera. —Niels notó lo escurridizo que sonaba, una frase de circunstancia.

—Al principio sólo pensaba en irme también.

—Cometer... ¿suicidio?

—Yo no merecía vivir. Incluso conseguí las pastillas. Lo planifiqué todo.

—¿Qué te hizo cambiar de opinión?

—No sé. Sólo sé que no lo hice. Tal vez porque así podría...

—¿Qué, Hannah?

—Tener tiempo para conocerte, Niels. —Lo miró a los ojos—. Y hacer algo a derechas.

Niels se sintió en la obligación de responder algo, pero Hannah puso sus manos sobre las suyas e hizo que todas las palabras fueran innecesarias.

8

El viento del mar del Norte soplaba sobre el viejo hotel. Cuando Niels y Hannah iban por el pasillo hacia sus habitaciones, él imaginó que el viento empujaba el hotel tan violentamente que terminaban en Copenhague. Tal vez lo dijo en voz alta, porque Hannah se rio y observó:

—Es mejor que seamos silenciosos, creo que es tarde.

—¿Por qué? —Sólo ahora Niels se dio cuenta de lo mucho que había bebido—. Somos los únicos huéspedes.

Hannah se detuvo y sacó su llave.

—Gracias por una velada maravillosa.

—Soy yo quien debe estar agradecido.

Hubo algo casi ostentoso en la forma en que ella, aun dándole la espalda, le preguntó:

—¿Quieres entrar?

—¿El último deseo de un condenado a muerte?

Ella se volvió para mirarlo:

—Será sólo algo inocente y agradable. Ya me entiendes.

Niels la acarició en la mejilla. Fue un poco tonto. Si lo hubiera pensado sólo unos segundos, habría sido capaz de encontrar, al menos, diez cosas mejores que hacer.

—Es imposible. Duerme bien.

Pero no se movió. Él quería irse a su habitación, pero no sus pies.

—Deberías hacer algo malo de vez en cuando. —La voz de ella le detuvo.

—¿Qué quieres decir?

—Que deberías hacer algo malo.

—Tal vez. Pero no hay nada de malo en entrar en tu habitación.

Niels cruzó a su habitación y entró. Al cerrar la puerta detrás de él, aún pudo oír a Hannah decir en el pasillo:

—Hacer algo malo. —Y lo repitió otra vez antes de entrar en su habitación.

La marca se había vuelto más clara. Niels se estudió la espalda en el espejo del baño. Volvió la cabeza todo lo que pudo y observó la piel, roja e inflamada. Sólo una erupción. Una erupción con voluntad propia. No podía ver los números todavía. ¿Aún no?

Se sentó a la mesa. No podía dormir. Medio borracho y medio cansado, la suma no resultaba igual a tranquilo. Hizo caso omiso al letrero de NO FUMAR que colgaba de la puerta y encendió un cigarrillo. Contó los últimos del paquete. Miró alrededor. Pensó en Hannah, en su pena. Y en Kathrine, en todo lo que sentía por ella cuando estaba a miles de kilómetros, más que cuando la tenía delante. Intentó desechar esa sensación pero ya se había instalado. Dos cigarrillos más tarde se lanzó a la última pelea de su mente, réplica contra réplica, en el centro de la habitación. Podía ver frente a sí a dos actores aficionados gritándose. Y él estaba en medio, como el árbitro de un combate de boxeo, para intervenir y gritar «tiempo» y mandarlos a sus rincones otra vez. Él a orillas del mar del Norte, ella en Ciudad del Cabo.

Algo le hizo abrir el cajón de la mesita de noche. Allí encontró una guía telefónica local y una postal sin remitente dirigida a la abuela de alguien en Gudhjem. Y una Biblia. Tomó el libro oscuro. Lo hojeó. «Abraham. Isaac. Rebeca.» Hacía una eternidad que no tenía un libro sagrado en las manos. Colgó la pistolera en la silla. Le parecía mal tener los dos elementos tan cerca el uno del otro: la pistola y la Biblia. Entonces los Beatles acudieron a su rescate, como sólo la música pop puede hacerlo cuando las emociones en conflicto se presentan. Estaba medio borracho, quizá más de medio, o no habría empezado a canturrear con voz ronca:

Rocky Racoon checked into his room,
Only to find Gideons Bible,
Rocky had come equipped with a gun

(Rocky Racoon buscó por toda la habitación,
sólo encontró la Biblia de Gedeón,
Rocky había traído una pistola)

Entonces cerró los ojos y se quedó dormido.

9

Niels abrió el armario del baño. Alguien había dejado un *spray* antimosquitos y un bote de protector solar factor 25. Se echó un poco de crema en la mano y olió el viejo *spray*. El olor del verano. «Eres tonto», se dijo. Era de hacía cinco inviernos, de fabricación polaca, y aún rezumaba recuerdos: sol y mosquitos, agua, helados y flor de saúco.

Se sentó en el borde de la bañera. Un sentimiento se estaba asentando en su pecho. Él quería vivir. No quería morir. Pensó en todo lo que no había tenido tiempo de hacer.

Domingo 20 de diciembre

Por supuesto, podía funcionar, pensó cuando entró en la ducha. El plan estaba decidido. Las cápsulas de morfina estaban preparadas en la cómoda y había muchas. Subiría a un barco, se aturdiría con los comprimidos y desaparecería por mucho tiempo.

—¿Niels?

Hannah había entrado en la habitación.

—¿Niels?

—Enseguida voy. —Cerró el grifo, se secó, se rodeó la cintura con una toalla y asomó la cabeza.

—¿Bajamos a desayunar? Sólo sirven hasta las nueve.

Él vio que ella tenía el arma en la mano.

—¡Hannah, está cargada!

—Lo siento, estaba en el suelo y... ten. —Le tendió la pistola.

Él le sacó el cargador y se la dio de nuevo.

—Ahora es inofensiva.

—¿De verdad?

—De verdad. Pero si haces esto... —Le mostró cómo poner el cargador—. Así podrías disparar.

—Me gustaba más antes. ¿Alguna vez has tenido que matar a alguien?

Él sacudió la cabeza y sonrió.

—¿Has olvidado que soy de los buenos?

—¿Por eso la estás leyendo? —Señaló la Biblia tirada en la cama sin hacer.

—Tal vez.

Ella sonrió.

—Nos vemos abajo.

Cuando se fue, Niels se vistió. Hizo la cama y metió la Biblia en el cajón. Fue al cuarto de baño y, antes de ponerse la camisa, se miró en el espejo. La marca seguía ahí, de hombro a hombro y casi hasta la mitad de la espalda. Finas líneas que se abrían paso debajo de la piel. Se acercó más al espejo. ¿Podría ver los números? Tal vez se desvanecerían si dejaba de pensar en ellos.

Más tarde decidieron dar un paseo por la playa. Allí el viento nunca amainaba, pero la tormenta se había tomado un breve descanso.

—Recuerdo que estábamos en un búnker —dijo Hannah.

—¿Cuando eras niña?

—Sí

—¿Crees que podríamos encontrar uno?

Niels miró a lo largo de la costa: la niebla del mar, coches que iban por la playa. Luego observó a Hannah: la forma en que su pelo ondeaba al viento, le rozaba la cara, le tapaba los ojos.

—¿Qué pasa?

—Nada —dijo él—. ¿Por qué lo preguntas?

—Es que me miras tan así... —Ella lo empujó—. Vamos, abuelete. Subamos las dunas.

Hannah echó a correr. Niels la siguió. Arena en los zapatos, en el pelo, en los ojos. Tropezó por el camino y oyó la risa de Hannah.

—¿Acaso te ríes de mí?

—Eres muy torpe.

Él puso más empeño en su ascenso a las dunas y luchó por llegar el primero a la cima. Llegaron al mismo tiempo. Sin aliento y llenos de arena, se dejaron caer en el brezo y la áspera hierba de invierno. Allí se encontraban a sotavento.

Estuvieron tendidos un momento sin decir nada.

—Dijiste que leías la Biblia —recordó ella.

Él volvió la cabeza y la miró.

—Un poco.

—¿Qué has leído?

—La historia de Abraham e Isaac.

—Dios le pide a Abraham que lleve a su único hijo, Isaac, hasta la montaña y lo sacrifique —resumió ella.

—La había oído contada por un sacerdote en la radio. Decía que esta historia debería estar prohibida en la Iglesia del pueblo danés.

—Pero contiene un mensaje importante —dijo ella—. Algo que hemos olvidado.

—Y tú me lo explicarás ahora, ¿verdad?

Ella sonrió.

—Llevo una profesora dentro. Lo siento. —Ella se sentó—. Creo que la historia de Abraham nos dice que debemos escuchar. Al menos de vez en cuando.

Niels no dijo nada.

—Pero tienes razón: es una historia desagradable. Sin embargo, ¿podría contarse de otra manera?

—¿Crees en Él?

—¿Él?

—Sí... ya sabes.

—Ni siquiera puedes pronunciar la palabra.

—¿Crees en Dios?

Hannah se tumbó de nuevo y miró el cielo.

—Creo en lo que no sabemos todavía. Y que es infinitamente más, mucho más de lo que sabemos.

—¿Más o menos un cuatro por ciento?

—Exactamente. El cuatro por ciento. Sabemos de lo que está hecho el cuatro por ciento del universo. Pero trata de decírselo a un político y pedirle dinero para investigación. Es mejor gritar que sin lugar a dudas los mares se elevarán dos metros y medio en los próximos... —Se interrumpió. Se sentó y lo miró con seriedad—. Polícrates. ¿Te acuerdas de su historia?

—Nunca la he oído, creo.

—Era un rey griego. Alcanzaba el éxito sin importar lo que hiciera. Se regodeaba en el triunfo: mujeres, riqueza, victorias militares. Tenía un amigo, un gobernante egipcio, que le escribió que debía sacrificar algo, lo más valioso que tuviera, o de lo contrario los dioses le tendrían envidia. Polícrates pensó y pensó y finalmente remó hacia el mar y lanzó al agua su anillo más querido y precioso. Unos días después, un pescador acudió con un gran pescado para agasajar a su rey Polícrates. Cuando lo abrieron para comerlo, ¿qué crees que encontraron?

—El anillo.

—Exactamente. El anillo. Polícrates escribió a su amigo en Egipto, que le respondió que abjuraba de su amistad. No se atrevía a estar cerca de él en el momento que le golpeara la ira de los dioses.

Hannah se arrodilló en la arena y el viento comenzó a alborotarle el pelo.

—Es el mismo tema que el de Abraham e Isaac. El tema de sacrificar algo.

—¿Y qué sacrificaremos nosotros, Hannah?

Ella reflexionó.

—Nuestra creencia frenética en nosotros. ¿Hay una palabra para esto? —Sonrió—. Quiero decir, una cosa es creer en ti mismo y algo diferente idolatrarnos como si fuéramos dioses menores.

Una risita vergonzosa. Como si hubiera dicho algo estúpido. Lo miró. Entonces se inclinó muy rápido, como la última vez, y le besó.

Se llevaron consigo el beso, después, cuando regresaron a lo largo de la costa teniendo la playa para ellos solos. Niels disfrutaba del frío en la cara, del aire fresco con sabor salado. Algo más tarde, él iría al puerto y buscaría a un pescador que saliera antes de Navidad. No debería ser difícil, razonó. Tienen que pescar miles de bacalaos para la noche de Año Nuevo. Le ofrecería miles de coronas por una hamaca y se drogaría hasta quedarse inconsciente.

—¿En qué piensas? —preguntó Hannah.

—En nada.

—Tenemos que tomar unas copas —exclamó ella—. Estamos de vacaciones. He olvidado qué se hace, pero beber seguro que sí.

—¿Gin tonic?

—Y luego una siesta antes de la cena. ¿O es al revés?

—No creo que haya reglas para eso.

—No deberías decir eso —sonrió ella—. Vamos hasta el pueblo.

Niels se detuvo en la vieja cabina telefónica que había frente al pequeño supermercado.

—Voy a llamar.

—¿Tienes monedas?

Él asintió con la cabeza. Hannah cruzó a la tienda y él entró en la cabina, insertó las monedas y empezó a marcar el interminable número: Sudáfrica. Se detuvo en el último dígito. Podía ver a Hannah en la tienda. Ella lo saludaba con la mano. Él la correspondió y se volvió. La luz invernal confería al mar un blanco suave. La tierra bajo sus pies tembló ligeramente. ¿O se lo imaginaba? Los temblores le subían por las piernas, como una ligera descarga eléctrica. ¿O era un pequeño terremoto? Sacudió la cabeza y se dijo que debía sosegarse. Volvió a llamar. A Kathrine, creía. Pero fue Rosenberg quien respondió:

—¿Sí?

Niels se sorprendió. ¿Recordaba el número del sacerdote de memoria?

—¿Sí? ¿Quién es? —La voz del sacerdote era más grave de lo que recordaba.

Niels vaciló. Quería decir algo, pero no encontraba las palabras.

—Hable. ¿Quién llama?

Hannah lo saludó de nuevo. Estaba delante del mostrador, comprando cigarrillos. Niels desvió la mirada y sus ojos distinguieron a lo lejos un coche que se acercaba por la carretera. Miró la barrera y le pareció ver sus vanos intentos por bajarse, igual que la última vez. ¿O era sólo el viento que la zarandeaba un poco?

—No sé quién eres, pero creo que llamas porque estás dispuesto a escuchar —dijo el sacerdote.

De pronto Niels atisbó un tren que se acercaba. ¿Lo habría visto el del coche?

El sacerdote no cejaba, su voz casi salmodiando:

—Es posible que hayas experimentado algo que te ha hecho dudar. Algo que te hace estar preparado para escuchar. —Hizo una pausa: quería que su interlocutor dijera algo, pero Niels guardó silencio.

—Está bien, no tienes que hablar si no quieres.

Dos niñas salieron en ese momento de la tienda, riéndose con sus bolsas de golosinas. Mejillas enrojecidas por el frío, gorros con borlas hechas a mano. Se dirigieron alegremente hacia sus bicicletas, aparcadas a un lado del pequeño supermercado.

Rosenberg carraspeó y dijo:

—Basta con que estés listo para escuchar. Basta con que demuestres que estás escuchando.

Niels oía su tensa respiración.

—¿Sigues ahí?

Niels colgó y salió de la cabina. El coche se acercaba. Era un Volvo, un modelo antiguo y cuadrado. No había reducido la velocidad y se acercaba al paso a nivel. Las niñas estaban con las bicicletas delante de la tienda. Una de ellas intentaba anudarse la bufanda. Niels dio un par de pasos e hizo señas al coche.

—¡Eh, cuidado! —Movió el brazo en señal de advertencia—. ¡Pare! —El mar y el viento gélido amortiguaban todos los sonidos. Ellas tampoco parecían oírle. Volvió a gritar—: ¡Aminore! ¡¡Pare!!

Una de las chicas de pronto oyó los gritos y se volvió asustada hacia Niels, pero resbaló en la escarcha, perdió el apoyo de su bicicleta y se cayó contra la puerta de la tienda. Niels miró a Hannah, todavía en el mostrador. Ella no se había dado cuenta de nada. Miró hacia atrás: el tren, el Volvo, la barrera rota, las niñas, las bicicletas, Hannah en la tienda, la puerta bloqueada. Corrió hacia el coche y agitó los brazos para que se detuviera. Podía oír el tren en alguna parte, detrás de las dunas de arena.

—¡Pare el coche!

Por un momento pensó que el conductor había oído sus gritos, pues redujo la velocidad. Niels se paró y se quedó a media distancia entre la tienda y las vías. Por un segundo, tuvo la misma sensación que en el asiento trasero del coche de policía, de regreso a Copenhague. Sintió como si algo tirara de él.

Cuando el conductor vio el tren y pisó el freno a fondo, ya era demasiado tarde. Los frenos se bloquearon y el coche patinó chirriando sobre las vías. La nieve vieja funcionó como una pista de patinaje y lo impulsó aún más. El tren alcanzó a darle en la parte trasera con un sonido sordo y amenazante, diferente de cualquier otro sonido que Niels hubiera oído antes. Miró hacia la tienda. Hannah empujaba la puerta para salir, y a las niñas. El Volvo podría atropellarlas.

—¡Niñas, cuidado! ¡Apartaos!

Hicieron lo contrario: se quedaron estáticas, mirando asustadas a Niels, que corrió hacia ellas... oyendo el coche que se abalanzaba a su espalda, sin control.

—¡Corred! ¡Moveos!

Finalmente una de las chicas advirtió lo que estaba sucediendo. Si sólo pudiera llegar hasta ellas... Gritó a las chicas, agitando los brazos:

—¡Fuera de la calzada! ¡Corred! —Y volvió la cabeza para ver dónde estaba el coche.

Incluso llegó a captar los ojos aterrados del conductor antes de que lo atropellara. Antes de que el coche aplastara a Hannah, la tienda y a él mismo.

10

Oscuridad

El sonido de algo que goteaba lejos. O muy cerca. No importaba. Una maravillosa paz. La oscuridad le protegía. Como una manta de la que se podía desprender si quería, pero no iba a hacerlo. Era tan agradable estar acostado en la oscuridad...

Voces. Alguien que chillaba. Llanto. Un grito. Su nariz encontró olor a gasolina. Y a alcohol, ginebra. Sabor de sangre en la boca. Quería negarlo sin más. Deseaba que todo desapareciera de nuevo. Pero alguien le quitó la manta. Y unos ojos extraños lo miraron.

—¿Está bien? —Le temblaba la voz. Niels apenas podía oírle.

—La barrera no estaba bajada...

—He llamado a una ambulancia.

Niels movió la boca. ¿O no?

—No lo sé —dijo el hombre, y rompió a llorar.

—¿Qué no...?

—¿Las niñas? ¿No es eso lo que me ha preguntado?

De nuevo la oscuridad.

Esta vez fue una eternidad. ¿O tan sólo unos segundos? Él estaba bajo el agua, a punto de desvanecerse. Se sumergió en la oscuridad. Quería alejarse, dejarse absorber, desaparecer. No. Tenía que salir de allí. Buscar un barco de pesca. Pensó en el bacalao de Año Nuevo.

Voces de nuevo. Esta vez una voz más grave. ¿No podían simplemente dejarlo solo?

—No se mueva y no intente decir nada.

¿A él se dirigía la voz?

—Y respire con calma. Tranquilo y calmado. Nosotros nos ocuparemos del resto.

Otra voz, ésta alta y clara:

—¿Han enviado un helicóptero?

Y una respuesta que él no oyó. Pero escuchó su propia voz:

—No... no quiero. Yo no quiero...

—Sólo quédese tumbado, tranquilo. Nosotros le ayudamos.

Todavía no había dolor, pues Niels no sentía su propio cuerpo. ¿Qué había sucedido? Visualizó a Hannah delante de él. Y el mar. Y las playas extensas, duras por la helada. Y dos niñas con bolsas de golosinas y gorros. Dos pequeñas...

—¿Y las niñas? —Era su propia voz otra vez. Tenía vida propia.

—¿Qué dice?

El sonido de aspas giratorias. ¿Era algo que soñaba?

—Había dos niñas.

La voz del segundo hombre intervino:

—Vamos, llevémoslo al helicóptero.

—Las niñas...

Alguien lo cogió suavemente, como en un sueño de la más tierna infancia. Era su madre, que lo acercó a su pecho. Kathrine. Ahora la veía frente a él. Ella salió de la oscuridad, se inclinó sobre él y le susurró: «Niels, ¿no estarás en el aeropuerto ahora?»

—Uno, dos... tres.

¿Era él quien contaba?

—La morfina. Hay que inyectársela ahora —dijo una voz lejana.

Sí, la morfina. Y luego marcharse en un barco. Tumbado en una hamaca, muy lejos de Copenhague. Hasta una isla deshabitada, pensó. O incluso más lejos.

—Le vamos a poner una mascarilla de oxígeno. —Oyó la voz con claridad, casi desagradablemente alta—. Sus pulmones...

Alguien más comentó:

—Se ha dañado los pulmones.

Calor. Giró la cabeza.

—Hay que cortarle la camisa.

El sonido de la tela al rasgarse.

—¿Hannah?

Ella estaba tendida a su lado, con los ojos cerrados, un gotero y mascarilla de oxígeno. Se veía muy cómica. Por un momento Niels estuvo a punto de reír y preguntar: «¿Qué haces ahí tumbada con esos cacharros?» Pero en cambio, notó un ruido en su cabeza que sólo podía significar que el mundo se derrumbaba, seguido de un silencio fatídico.

—¿Puede oírme? —Una nueva voz—. Soy médico.

—Hannah...

—Su mujer está inconsciente. Os llevamos en helicóptero a Skejby. Allí os atenderán mejor...

Fue interrumpido por alguien que le corrigió. Una breve discusión. «Tiene quemaduras en la espalda.» Luego el médico volvió:

—Iremos al Hospital General. Sólo se tardan unos minutos más. Allí está la única Unidad de Quemados disponible.

—Hospital General...

—A Copenhague. ¿Entiende lo que le digo? ¿Puede oírme? Parece que ha sufrido quemaduras graves en la espalda.

—Hospital General...

El médico habló en voz baja con otra persona. Voces que se acercaban y se alejaban.

—¿El coche se incendió?

—No lo parece.

—No lo entiendo.

Una cara cerca de la suya. Unos ojos grises y graves.

—Se ha desvanecido por completo.

Otra voz:

—¿Lo estamos perdiendo?

—Ha vuelto.

—No Hospi... Hospital Gene... no... —Niels era incapaz de mover la boca. Hablaba, pero no producía sonido alguno.

Luego alguien le puso una manta encima.

TERCERA PARTE

EL LIBRO DE ABRAHAM

Isaac dijo: «Llevamos el fuego y la leña, pero ¿dónde está el cordero para el sacrificio?»

Abraham respondió: «Dios nos proveerá del cordero para el sacrificio, hijo mío.»

Y continuaron juntos el camino.

GÉNESIS 22, 7-8

1

Hospital General, Copenhague

Si hubiera estado consciente, Niels habría visto el aterrizaje en el helipuerto del tejado del Hospital General. Habría visto los médicos y celadores que le recibían. Habría percibido cómo era transportado en camilla, por el techo, y un corto pasillo que conducía al ascensor.

Lo llevaban presurosos al lado de Hannah. Tal vez se hubiera despertado, en cualquier caso oyó voces dispersas, frases a medias, palabras dispersas: «Atropellado por un tren», «No, atropellado por un coche en un cruce de ferrocarril», «¿Por qué no lo llevaron a Skejby?», «Mal tiempo...», «Unidad de Quemados...», «departamento de Traumatología».
Y una frase evidente, incluso para él:
—No tiene pulso.
Alguien respondió y parecieron discutir, Niels no estaba seguro. Vio cómo él mismo extendía su mano hasta ella. Se oyó susurrar:
—Hannah.
—Ya estamos casi llegando.
—Hannah...
—Estamos perdiéndola. Tenemos que...
Se detuvieron, o eso creyó Niels hasta que, entre la bruma de la morfina, vio que era Hannah la que se quedaba. Él continuaba, y ése fue sin duda el peor momento. Peor incluso que el accidente. Peor que el instante en que el coche lo atropelló. Niels tuvo la

sensación de estar desgarrado por la mitad y vio con el rabillo del ojo, o simplemente lo sintió, que los médicos estaban inclinados sobre ella y...

Niels se desvaneció otra vez.

Indiferencia. El fin. Estuvo bien mientras duró.

Ese estado le duró sólo un momento. Y a continuación...

Miércoles 23 de diciembre

... la luz vino a su encuentro. Niels pensó: ya está. No tenía miedo, sólo un resignado encogimiento de hombros ante la luz que se acercaba desde la oscuridad. La vida que se escapaba poco a poco, un rostro que se inclinaba sobre él, una mujer hermosa, tal vez un ángel que...

—¿Estás despierto? —El ángel le habló.

—Sí. Está recobrando el conocimiento.

Dos enfermeras lo miraban. La más joven, el ángel, con sincera curiosidad, la otra simplemente contemplando con interés neutro.

—Hannah —susurró Niels.

—Voy a buscar a un médico.

Para Niels fue imposible determinar cuál de ellas lo había dicho. Incluso le resultaba difícil distinguir las palabras de las enfermeras de sus propios pensamientos. Volvió la cabeza y miró por la ventana: una tormenta de nieve iluminada por las luces del hospital. Trató de unir los trozos dispersos de su memoria para tener una imagen de lo que había sucedido.

—¿Niels Bentzon?

Él volvió la cabeza y forzó una sonrisa inapropiada, la cual, probablemente, podría ser atribuida a algo tan banal como la alegría de descubrir que todavía recordaba su propio nombre.

—Ha despertado. Me alegro. Soy Asger Gammeltoft, jefe médico. Intervine en su operación, que duró casi ocho horas.

—¿Y Hannah? —musitó Niels y no oyó su propia voz—. ¿Y las niñas?

—¿Puede hablar un poco más alto? —El doctor inclinó la cabeza sobre él.

—¿Están bien?

—¿Pregunta por las niñas? —El doctor se enderezó y habló brevemente con las enfermeras en voz baja. Luego se volvió—. Las niñas están bien. Completamente bien. Usted las salvó. —Se colocó sus gafas. Mirada amable, aunque un poco arrogante. Un hombre que hacía un verdadero esfuerzo por estar presente pero que tenía otras cosas en la cabeza—. No voy a ocultarle que tiene algunas contusiones. Muchas de ellas propias de los accidentados de tráfico: heridas en la cadera y espalda, lesiones en la cavidad abdominal, rotura de costillas y cervicales y acumulación de sangre en la pleura. Le ahorraré los detalles por ahora. Lo importante es que lo ha superado. —Se limpió el sudor de la frente y volvió a guardarse el pañuelo—. Durante las primeras horas de la operación no estábamos seguros de si sobreviviría. —Suspiró y miró a Niels—. ¿Tiene sed?

Antes de que Niels pudiera responder, una enfermera le acercó una pajita a la boca.

—Beba. Es zumo. Debe tomar mucho líquido.

Fresa y frambuesa. Algo dulce. La pajita en la boca le despertó un recuerdo olvidado: su infancia. Las plantas silvestres, ruibarbo detrás del campo de fútbol. Y las tomateras. Troncos vellosos como patas de araña.

—Está bien. Mañana quizá podamos ofrecerle algo sólido.

Tal vez fue la idea de un buen plato de comida lo que le hizo mirar su cuerpo. Sus brazos salían de la manta. Transfusiones y vendajes.

—¿Qué me ha sucedido?

—Después lo hablaremos, descuide.

—¡No! Quiero saber qué ha sucedido.

La enfermera le habló al oído al médico. Asger Gammeltoft asintió con la cabeza.

—Niels, ha perdido mucha sangre, pero hemos conseguido estabilizarle y ahora somos optimistas. —Se corrigió—: O sea, muy optimistas. Eso sí, hemos encontrado unos coágulos de sangre muy extraños en su espalda. Los médicos en el accidente creían que era una quemadura. De hecho, por eso fue trasladado aquí. El Hospital General es el único que tiene Unidad de Quemados. Pero no es una quemadura. —Gammeltoft carraspeó—. Al principio pensamos que era un viejo tatuaje que de alguna manera se había transformado en una erupción, pero es más como si los vasos sanguíneos de la piel, o más bien de debajo de la piel, se hubieran extendido o... Bueno, lo examinará un dermatólogo y él dirá la última palabra. Por lo demás, es muy común el desarrollo de hongos después de una operación. Es el sistema inmunológico que se defiende. —Y volvió a aclararse la garganta—. De momento necesita reposo. Probablemente tendrá que volver a operarse, pero ahora lo más importante para usted es la paz y la tranquilidad. Como solemos decir: el mejor médico es el propio cuerpo. —Y asintió con la cabeza, dando por terminada su explicación.

Pero Niels le susurró:

—¿Y Hannah?

—¿Cómo? Perdón, pero no le he entendido...

Niels recurrió a las últimas fuerzas de su faringe.

—Hannah...

Asger Gammeltoft todavía seguía sin entenderle. Su nombre se componía de sonidos oscuros, muchos casi como el aire.

—Han...

—Tiene que descansar. —El doctor ya se iba, pero en la puerta se volvió para añadir—: Recuerde: ha estado inconsciente casi tres días y está gravemente herido. Ahora sólo necesita tranquilidad y reposo.

¿Tres días? Niels miró por la ventana. La mención al tiempo pareció despertar su cerebro dormido. Tres días.

—¿Hoy es miércoles?

—Sí, miércoles veintitrés de diciembre. Ha estado sin conocimiento durante tres días.

—Viernes.

—¿Qué? ¿Qué pasará el viernes?

El médico miró a la enfermera y se enfrascaron en un diálogo que Niels no entendía. Tampoco le importaba. Tenía que salir de allí. E irse lo más lejos posible. Miró por la ventana, considerando cómo iba a escaparse. No podía caminar. ¿O podría? Miró alrededor. El médico ya se había ido.

La joven enfermera se acercó.

—No se preocupe. Es habitual tener lagunas de memoria después de un accidente grave, pero poco a poco su memoria volverá. No hay evidencia de daño cerebral importante, así que pronto estará como nuevo otra vez.

—¿Cómo está Hannah?

La enfermera mayor intervino. Niels la escuchó un poco distorsionada:

—Se refiere a su amiga —le explicó a la otra.

—¡Hannah!

—Tranquilo. Debes relajar el cuerpo.

—Dígamelo.

Ella miró hacia abajo y frunció el ceño. Con gran esfuerzo, Niels logró mirar y pudo ver que estaba aferrando la muñeca de la enfermera, hincándole las uñas.

—Ahora suélteme, poco a poco... Así, muy bien. Bien, ahora respire hondo y serénese...

—¡Necesito saberlo!

—Voy a buscar a un doctor, Niels. Un momento —dijo la enfermera mayor y se marchó presurosa.

Niels luchaba para no rendirse al sueño. Esperaba que de un momento a otro, una nueva bata vendría para hablarle con dulzura y tal vez darle un sedante. Después notó cómo la enfermera le tomaba la mano y la apretaba con sincera compasión, mientras el médico le comunicaba lo que Niels ya había adivinado, lo que ya había leído en los ojos nerviosos de la joven enfermera hacía un rato: mensajera confirmación de que Hannah estaba muerta.

2

Departamento de Traumatología, Hospital General

Nunca se había sentido tan bien. Una sensación insólita de libertad, de ser capaz de pensar con absoluta claridad y de manera ilimitada. Allí sus pensamientos tenían margen de maniobra.

Jueves 24 de diciembre

Un trozo de oscuridad en una luz intensa. Hannah se volvió. Le era indiferente. Hasta que empezó a pensar en Niels. Entonces se abrió a la oscuridad y ella no pudo hacer nada más, sólo sumirse en ella.

«Estoy experimentando algo increíble.»

Figuras vagas, como en un sueño, en una habitación blanca. Una figura se acercó y se inclinó sobre ella. Alumbró en sus ojos con...

—¡Ha vuelto!

—¿Cómo es posible?

—Ven y mira.

Murmullos a su alrededor. «Fantástico.» Alguien reía aliviado. «Desde luego, una mujer tenaz.»

Las voces se fueron aclarando. Especialmente una, una voz de mujer. Las otras figuras pasaban más cerca. Ensamblaban cosas en su cuerpo, manipulaban aparatos, hablaban en voz baja y concentrada.

—Increíble —dijo una.

Otra comentó que «ella» tenía que estar estabilizada. ¿Quién sería «ella»?

Iluminaron sus ojos. Introdujeron agujas en sus antebrazos; oyó un suave *blip* en algún lugar de la habitación.

—¿Dónde...?

Tal vez fue Hannah quien susurró. No hubo reacción. Ella trató de despejar su garganta y empezó a notar su propio cuerpo. Fue un despertar de los sentidos desagradable: dolor punzante en el pecho y el cuello, sensación de estrangulamiento en las piernas. Logró pronunciar unas palabras, lentas y alto:

—¿Dónde está...?

El sonido de un helicóptero la interrumpió. Miró por la ventana y lo vio pasar por el cielo. HOSPITAL GENERAL, rezaba su distintivo. Por supuesto.

Ella trató de decir algo. Todos la miraban fijamente. Se quedó quieta un momento y reunió fuerzas para concentrarse en las piernas. Debía encontrar a Niels y advertirle, pero era imposible: no podía moverse. El dolor había remitido un poco, pero su cuerpo seguía entumecido.

—¿Puede oírme? —le preguntó una estresada voz de hombre que trataba de sonar amable—. ¿Hannah Lund? ¿Puede oírme?

—Sí...

—Ha estado inconsciente varios días. Ha estado... más que inconsciente. ¿Sabe dónde se encuentra?

«Hospital General.» Las palabras no querían pasar de pensamiento a verbo. Se quedaban dentro de su boca.

—Se encuentra en el Hospital General de Copenhague. Ha tenido un grave accidente en Jutlandia y la han trasladado aquí en helicóptero. —El médico, o quien fuese, le hablaba como si fuera una niña—. ¿Puede oír todo lo que digo?

—Sí.

—Bien, porque es importante que usted...

—¿Qué día... es... hoy?

—Jueves veinticuatro de diciembre. Feliz Navidad. —El rostro se hizo más claro y Hannah pudo distinguir una pequeña sonrisa. Un hombre joven con gafas negras.

—Mañana...

—¿Qué?

—¿Dónde... está... Niels?

—Habla de su amigo. El hombre que también estuvo en el accidente —explicó una voz.

—¿Dónde... Niels?

El soporte del gotero se cayó y Hannah se dio cuenta de que había tenido éxito en su intento de sacar las piernas de la cama. Un súbito dolor en la cabeza. Se había golpeado con algo. Probablemente en el suelo o con el soporte. La puerta se abrió. Batas blancas entraron corriendo. Varios rostros anónimos con buenas intenciones. Una voz dijo:

—Ha caído en estado de *shock*. Hay que ponerle...

Hannah no entendió el nombre del sedante que le administrarían, pero se dio cuenta de que la voz tenía razón. Estaba en estado de *shock*. Su cerebro era un revoltijo de pensamientos incongruentes. Por un momento sintió cada arteria y cada vena del cuerpo, la sangre fluyendo a través del corazón. Se oyó decir:

—No estoy en estado de *shock*.

La pusieron de nuevo en la cama. No podía resistirse a ellos. Una voz suave le dijo lentamente:

—Ha tenido un accidente automovilístico grave. Fue atropellada por un coche a gran velocidad.

—Mañana...

—Tiene que descansar, Hannah.

—Cuando se ponga... el sol... Niels.

—Escuche, Hannah: su esposo o su amigo también ha sobrevivido. Tienen que descansar, los dos.

—¿Qué día es... hoy?

La voz susurró de nuevo:

—¿Podemos incrementarle la dosis?

—No os... lo permitiré. —Una sensación de calor en la mano—. ¿Qué día es hoy?

—Jueves por la mañana. Nochebuena. Ahora sólo debe pensar en descansar. Los dos han tenido mucha, mucha suerte. Ahora le hemos puesto algo para que pueda relajarse.

Aquella voz molestaba a Hannah. Ella oía, pero las palabras ya no tenían sentido. La medicina había invadido su cuerpo. Ella reintentó defenderse, pero era una batalla desigual y la oscuridad volvió. Redentora.

3

Unidad de Cuidados Intensivos, Hospital General

Cada despertar parecía un ascenso sin fin de la muerte a la vida. La luz hacía que le dolieran los ojos. Era como si su cuerpo soportara la gravedad del infierno, que era mucho más pesada que la de la Tierra. Así debió de haberse sentido Lázaro cuando Jesús lo resucitó, pensó Niels. Entornó los ojos y sintió que su cuerpo estaba haciendo presión hacia abajo, sobre el colchón, el suelo, la Tierra.

Respiró pesadamente y miró alrededor. El hospital. Siempre el hospital. Cerró los ojos. Se dejó caer.

Jueves 24 de diciembre

—¿Niels?

Reconoció la voz.

—Niels.

La cabeza calva. Ojos amables que le recordaban a los de su padre.

—¿Puedes oírme? Soy tu tío Willy.

—¿Tío Willy?

—He estado aquí un par de veces. Estabas desvanecido por completo, muchacho. Me alegro de que tus padres no hayan tenido que verte en este estado. No habrían sobrevivido.

Niels sonrió. Willy era la familia más cercana que le quedaba. El único soportable de los que quedaban.

—¿Puedes decirme dónde trabaja Kathrine? ¿En el extranjero? Podría llamarla.

Niels negó con la cabeza.

—No. Ya la llamaré yo cuando me sienta mejor.

—Está bien, muchacho, como prefieras. Lo superarás. Lo dicen los médicos, ¿sabes? Eres fuerte. Siempre has sido un muchacho fuerte. Digno hijo de tu padre.

Niels quería estar de nuevo en la oscuridad y la pesadez. Desaparecer. Willy seguía parloteando cuando se dejó ir. Algo acerca de flores y chocolate, de los miembros de la familia ya fallecidos. Era una voz agradable que lo acompañó en su descenso a la oscuridad.

—Feliz Navidad —dijo alguien. O cantó. Quizá ya soñaba.

—¿Niels Bentzon?

Un hombre de bata. Otro desconocido. Muchos pasaban por allí. ¿Dónde estaba el tío Willy? ¿Había estado allí? Un ramo de flores tristonas estaba sobre la mesa como prueba. Sólo su tío Willy se presentaría en un hospital con un ramo funerario.

—¿Puede oírme? —preguntó el hombre de la bata.

—Sí.

—Traigo buenas noticias.

Niels trató de concentrarse. Tenía como una película delante de los ojos y le parecía estar viendo bajo el agua.

—¿Buenas noticias?

—Su amiga.

—¿Hannah?

—No ha fallecido.

—¿No ha...?

—Se va a recuperar, Niels. —El hombre sonrió—. Es casi un milagro, porque necesitó reanimación en dos ocasiones. Soy médico y rara vez utilizo la palabra milagro, pero si alguna vez he visto uno ha sido cuando su amiga abrió los ojos hace un par de horas. Tal vez ni siquiera tenga incapacidad permanente.

«Amiga.» La palabra irritaba a Niels. El médico dijo algo más, pero él ya no le escuchaba.

—Quiero verla —dijo fuerte y claro.

—Lo arreglaremos. Tan pronto como sea posible.

—Tengo que verla.

—Debe permanecer un poco más. —El médico buscó la mirada de la enfermera. No lo dijo en voz alta, pero Niels supo que esa mirada decía: «No puedo entretenerme más. Tengo otras cosas que hacer. Explícale que aún no puede moverse de aquí.»

La enfermera se acercó:

—Lo siento, Niels, por ahora es imposible. Estáis en departamentos diferentes. Tu amiga fue llevada a Cardiología. Queda muy lejos de aquí. —Y señaló por la ventana.

El hospital formaba una H incompleta, lo que implicaba que en efecto podían estar a bastante distancia el uno del otro, incluso hallándose en el mismo edificio. Tan lejos que ni siquiera se veía a la gente en las ventanas del otro lado.

—Cada vez que un paciente es transportado aumenta el riesgo de estrés y de complicaciones. Debes esperar un poco, Niels. Es por tu propio bien. Hemos contactado ya con vuestras familias.

—Es importante.

—Lo sé. Tal vez podáis hablar por teléfono. ¿Qué te parece? —Ella sonrió y le tocó el vendaje de la cabeza.

—Gracias.

Ella ensanchó la sonrisa y se fue.

Niels miró por la ventana otra vez, al otro lado. Por un momento dejó que los recuerdos le embargaran: el mar del Norte, el transporte de mercancías, la tienda, el accidente. «Hagas lo que hagas, Niels, estarás en el Hospital General en una semana», había dicho Hannah. «El diseño no falla.»

—¿Niels Bentzon?

La voz lo sacó de sus pensamientos. ¿Cuánto tiempo había pasado? Un médico se presentó:

—Soy Jørgen Wass, dermatólogo. Y este joven es un alumno en prácticas.

Sólo entonces Niels se percató del joven con gafas que flanqueaba al doctor.

—Me han pedido que le examine la espalda.

—¿Ahora?

—Para eso he venido. —Sonrió—. No trabajo aquí, ya no hay departamento de Dermatología en el Hospital General. Pero como usted aún no puede moverse... No voy a hacer un estudio detallado ahora, sólo echarle un vistazo para evaluar el caso, ver si es necesario un tratamiento. ¿Puede tenderse boca abajo?

Sin esperar respuesta, y en un tono que hizo a Niels sentarse como un niño, el dermatólogo miró a la enfermera y le preguntó:

—¿Le ayudamos?

Jørgen Wass se puso guantes quirúrgicos. Niels apretó los dientes para no quejarse cuando lo volvieron. La enfermera le levantó la camisa de hospital. El dermatólogo se sentó y se lo tomó con calma. El tiempo pasaba y Niels se inquietó.

—¿Necesita algo, doctor? —El estudiante se acercó.

—No, gracias. Sólo será un momento más. Espero que no se sienta incómodo —añadió para Niels.

Él no dijo nada y dejó que el dermatólogo siguiera palpándole la espalda.

—¿Le duele? ¿Escuece?

—No especialmente.

—¿Cuánto hace de esto?

—¿De qué?

—Del tatuaje o... —El dermatólogo se interrumpió—. ¿Es un tatuaje?

—Yo no estoy tatuado. —Niels se dio cuenta de que el dermatólogo no escuchaba.

—¿Está seguro? ¿Tal vez sea un tatuaje con henna? ¿Ha estado de viaje por Marruecos?

—Ya quisiera.

—Debe de ser eso, doctor —terció el alumno en voz baja.

—Podría ser una mancha de nacimiento.

—No tengo ningún tatuaje ni mancha en la espalda. —Niels intentó hablar más alto, pero era difícil en esa incómoda postura de cara a la almohada.

—¿Tiene problemas de hongos? —preguntó el dermatólogo.

—No.

Niels no supo si el dermatólogo estaba hablando con el estudiante, la enfermera o consigo mismo cuando murmuró:

—Leve hinchazón en la epidermis, marcada por una variación del pigmento e inflamación.

—Quiero verlo. —Niels trató de darse la vuelta.

—Si espera sólo un momento... —Jørgen Wass raspó la piel con un instrumento afilado—. Voy a tomar una muestra. ¿Duele?

—Sí.

—No hay mucho que ver, ¿sabe? ¿No quiere volverse boca arriba?

—¡No! Quiero verlo.

Silencio. El médico estaba contrariado. Niels lo notaba.

—Bien, entonces lo haremos con un par de espejos.

Niels esperó mientras las enfermeras iban por dos espejos. Necesitaron un momento para colocarlos adecuadamente.

—No se asuste —advirtió el dermatólogo—. Ahora no vaya a tener un *shock*. Con el tratamiento adecuado y un poco de cortisona pronto estará recuperado.

Niels se miró la espalda. La marca ya tenía la misma forma que las demás. De hombro a hombro. El diseño no se apartaba de su camino. No distinguía los números, pero sabía que estaban allí. Tres y seis. Treinta y seis.

El doctor se enderezó y miró al alumno.

—He visto uno parecido antes —dijo.

—¿Dónde? —preguntó el estudiante.

—¿Qué quiere decir? —Niels lo miró—. ¿Dónde lo ha visto antes?

—Hace mucho tiempo. Pero...

—¿Pero?

El médico se puso de pie.

—Voy a buscarlo y vuelvo. —Asintió con la cabeza al alumno y, sin siquiera una palabra para Niels, salieron de la habitación.

4

Unidad de Cardiología, Hospital General

Los padres de Hannah se alegraron cuando la enfermera les llevó una bandeja de comida. Hannah estuvo percibiendo el olor durante horas. Cerdo asado en salsa. Su padre se había puesto a comer sin más, mientras su madre sollozaba un poco más y no decía nada. Al final él se comió también la ración de ella. «Que nada se desperdicie», era el lema de su vida respecto a la comida. Y cuando mirabas su barriga, confirmabas que lo había cumplido a rajatabla.

A Hannah siempre le había resultado embarazoso que la vieran en compañía de su padre. Recordó con disgusto cómo se habían presentado durante la presentación de su tesina para el doctorado en Ciencias y se sentaron en el banco de atrás. Su padre resoplaba y estaba tan gordo que ocupaba un asiento y medio. Su madre no decía ni palabra. Ahora tampoco.

Fue una visita larga y de poca conversación. Hannah tenía la impresión de que la habían abandonado desde mucho tiempo atrás. La enfermedad de Johannes y su muerte, Gustav que se había ido... Aquello era demasiado extraño para sus padres. Y ella siempre se había sentido muy distinta de ellos.

Por fin se fueron. Una última pregunta desde la puerta:

—¿Quieres que nos quedemos un rato más?

—No, gracias. Ahora quiero descansar.

Su padre tenía problemas de espalda y no podía dormir en cualquier lugar, sólo en su propia cama, por eso durante su visita se había dormido en una silla. Mañana volverían a casa.

«Mi niña», le había susurrado su madre antes de irse. Pero Hannah ya no era una niña. Ni la de Gustav ni la de sus padres.

—¿Seguro que no quieres nada? —preguntó la enfermera mientras recogía los restos de la visita de sus padres.

—Quiero hablar con Niels.

La enfermera la miró sin comprender.

—Niels Bentzon. El hombre que también estuvo en el accidente.

—¿Está aquí en el hospital?

Hannah movió la cabeza, incrédula. Debía de ser por la Navidad, pensó. El personal habitual libraba y los sustitutos, con menos experiencia, no se enteraban de nada. Por suerte apareció una enfermera conocida. Mejillas carnosas, ojos risueños. ¿Randi? Sí, creía que sí. Lo intentó:

—¿Randi?

—Hola, cielo. ¿Aún estás despierta?

—Necesito hablar con Niels.

—Lo sé. Pero como tú, él permanece en una duermevela inducida. Le administran muchos analgésicos y sedantes. Está despierto diez minutos y luego duerme tres o cuatro horas seguidas.

—¿Puedo llamarlo por teléfono? Es muy importante.

Randi sonrió.

—Lo más importante es que os recuperéis bien. ¿De acuerdo? —Tomó la mano de Hannah.

—De acuerdo.

—Bien, me pasaré por su habitación y veré qué puedo hacer. ¿Te parece bien?

—Sí, por favor.

Randi se fue y Hannah miró por la ventana. Ya estaba oscureciendo. Víspera de Navidad en el Hospital General.

Sus ojos empezaban a cerrarse cuando oyó pasos sigilosos a su alrededor. Al principio creyó que era una viejecita que se había perdido. No llevaba bata blanca y sus ojos inquietos tenían algo desconcertante, cierta ausencia.

—¿Hannah Lund? —preguntó la mujer y se acercó—. ¿Eres tú?

Hannah no dijo nada. Se sentía débil e impotente.

—Mi nombre es Agnes Davidsen. —La mujer le tendió una

mano huesuda como para que se la estrechara, pero se corrigió y se limitó a rozarle suavemente la mano—. ¿Podemos hablar un momento?

Tenía más de setenta años. Piel apergaminada y pelo marchito, pero los ojos eran vivaces e inteligentes.

—¿Has sufrido un accidente de coche?

—Sí.

—¿Ibas en un coche que fue aplastado por otro vehículo?

—Yo no estaba en ningún coche. Fui atropellada por un coche.

—¿Hace cinco días?

—¿De qué se trata?

—He venido para preguntarte por tu experiencia cercana a la muerte.

Hannah sonrió y negó con la cabeza.

—¿No debería pararse el corazón para que uno pueda experimentar algo así?

Agnes la miró asombrada.

—¿No te han dicho nada?

—¿De qué?

—Hannah... —Agnes se acercó—. Estuviste clínicamente muerta dos veces.

—Se equivoca.

—No puedo entender que no te lo hayan dicho. Muy típico del Hospital General. La comunicación con los pacientes es un desastre. Lo sé muy bien: he trabajado aquí toda mi vida. Confía en mí.

—No entiendo.

La enfermera llegó justo cuando Hannah ya había bajado de la cama y estaba a punto de intentar dar unos pasos. Se le cayó la aguja del gotero y la enfermera protestó.

—¿Qué me ha sucedido? —le espetó Hannah. Quería gritar, pero sonó como un ronco graznido—. ¡Y dime la verdad!

—Neumotórax espontáneo.

El médico ya se había enterado de que Hannah no sólo era una investigadora, sino una investigadora de renombre. Astrofísica. Por eso no dudó en darle la explicación en jerga científica:

—Se produjo una ruptura de las pequeñas vesículas encima del pulmón. En ese momento se filtró el aire a la pleura y el pulmón se comprimió. Habitualmente esta ruptura se cierra de forma espontánea y el pulmón vuelve a su estado normal. —La miró—. ¿Quieres descansar un momento?

—Cuéntame el resto.

—En tu caso, a causa de la colisión, se produjo un escape en la función ventricular y entonces el aire sólo pudo salir a la pleura, pero no de vuelta al pulmón. Esto provocó presión en el neumotórax debido a que el aire, cada vez más, quedaba retenido en la pleura. Es un estado grave y potencialmente mortal, pero... —Sonrió—. En fin, que hemos recuperado tus pulmones y estabilizado tu corazón.

—Una mujer mayor me dijo que estuve muerta.

—Deberían habértelo dicho, lo sé. Ocurre que durante las fiestas todo se complica un poco y viene personal interino.

—¿Es cierto? —lo interrumpió Hannah—. ¿Estuve clínicamente muerta?

Él respiró hondo, como si fuera culpa suya que su corazón hubiera dejado de latir por unos momentos:

—Pues sí. Lamento que no te lo hayan dicho. Tu corazón dejó de latir en dos ocasiones. La primera vez logramos reanimarlo en unos minutos, pero cuando te pusimos sobre la mesa...

—¿La mesa?

—El quirófano. Allí el corazón se paró otra vez. La verdad... —Él sonrió con tristeza y sacudió la cabeza—. La verdad, creímos que habías muerto.

—¿Cuánto tiempo?

—Casi nueve minutos. Fue muy raro.

Un silencio.

—¿Quieres decir que estuve muerta nueve minutos?

Él carraspeó y miró su reloj.

—Agnes es una buena doctora. ¿Quieres hablar con ella? Si

no, sólo debes pedirle que se vaya. Ha estado sentada ahí todo el tiempo, en el pasillo, esperando que despertaras.

—¿Qué día es hoy?

—Víspera de Navidad. —Enarcó las cejas—. Probablemente no sea mucho para una Nochebuena, pero sé que preparan algo especial en la cocina.

—¿Cuánto tiempo voy a estar aquí?

—Hay que ver cómo evolucionas.

Él se levantó e hizo una extraña mueca, probablemente una sonrisa fallida.

5

Unidad de Cuidados Intensivos, Hospital General

—Niels.

Él despertó sobresaltado y miró alrededor. No había visto a esa enfermera antes.

—¿Cómo te encuentras? —preguntó ella.

—¿Quién eres? ¿Qué día es hoy?

—Me llamo Randi, de Cardiología, donde está tu amiga. Hannah.

—¿Cómo está?

—Se recuperará, creo. Pregunta por ti. ¿Tal vez quieras llamarla?

—¿Qué día es hoy?

Randi intentó esbozar una sonrisa afable.

—Me lo preguntáis mucho los dos. ¿Hay algo que tengáis que hacer?

Niels trató de sentarse en la cama, pero le dolía demasiado la cadera y el pecho.

—Debes permanecer acostado —le recordó la enfermera—. Voy a traer un teléfono. —Y salió de la habitación.

Niels trató de levantarse de nuevo. Debía recuperar el dominio de su cuerpo, el movimiento de las extremidades, si quería escapar del hospital. Pensó en los participantes de los Juegos Paralímpicos: algunos carecían de brazos o de piernas, y aun así realizaban las cosas más increíbles. Él también podría, al menos llegar hasta un taxi.

Randi regresó con un teléfono.

—Bien. ¿Preparado? —Sonrió mientras marcaba un número—. Soy Randi. Estoy con el amigo de Hannah. ¿Está despierta?... ¿Que se la han llevado? ¿Quién? —Randi escuchó con preocupación—. Vale.

Colgó y miró a Niels.

—Alguien se la ha llevado.

—No entiendo.

—Yo tampoco. A menos que haya empeorado...

—¿Cómo empeorado?

Randi se marchó con la misión de enterarse de lo sucedido y volver para contarle.

Niels oyó una voz conocida en el pasillo. Seguro de sí mismo, brusco, cordial cuando le convenía. Niels cerró los ojos y fingió estar dormido. Oyó pasos que se acercaban a su cama. Hugo Boss, *aftershave* y un ligero aroma a perfume de mujer impregnado en la chaqueta.

—¿Bentzon? —susurró Sommersted—. Bentzon, ¿puedes oírme? Vaya, no parece que estés muy bien.

Sommersted guardó silencio unos minutos, sentado allí. Niels no abrió los ojos.

—Bueno. Vuelvo mañana, Niels. Espero que te mejores. Yo... —Se interrumpió y de pronto se inclinó sobre Niels—. Maldita sea, tenías razón —susurró—. Con lo de Venecia. No sé cómo lo sabías, pero tenías razón.

Se incorporó y murmuró algo acerca de lo que Niels le había dicho, que el Hospital General era el próximo lugar. Luego todo quedó en silencio. Niels estuvo seguro de que su jefe se había ido, eso o se había quedado dormido.

6

Un pasillo del sótano, Hospital General

¿Aquella mujer no tendría otro lugar adonde ir en Navidad?, se preguntó Hannah mientras Agnes llevaba su cama al ascensor.

—Hasta ahora, todo bien. Dime si te sientes mal —dijo la anciana y emitió una risita afónica, casi inaudible, que revelaba una larga vida como fumadora—. Soy matrona retirada y he trabajado aquí en el departamento de Obstetricia hasta que, hace una década, me diagnosticaron cáncer. Los médicos me dieron dos años y los usé para centrarme en mi principal interés, que es la razón por la que estoy aquí contigo.

—¿Los accidentes de coche?

—No. Las experiencias cercanas a la muerte.

—Cercanas... ¿a la muerte?

La anciana asintió con la cabeza.

—Tal vez sea porque me he ocupado tanto de la muerte por lo que todavía estoy aquí. También podría decir que la muerte ha ahuyentado mi cáncer. —Sonrió—. En cualquier caso, aún no me lo han erradicado del todo. ¿Sueno morbosa? Puedes decirlo si estás pensando que soy una bruja loca.

—Nada de eso.

—Si lo fuera no me importaría. Pero para mí hay cierta lógica en continuar el trabajo de matrona con el estudio de las experiencias cercanas a la muerte. En la primera parte de mi vida ayudé a la gente a venir al mundo, la segunda parte la utilizo para tratar de entender qué sucede cuando nos vamos. La vida y la muerte.

Hannah miró a la mujer, que carraspeó. Tal vez esperaba algún comentario de Hannah.

—Yo no he tenido una experiencia cercana a la muerte.

—Aun así me gustaría mostrarte dónde ocurrió. Dónde moriste. Tal vez te ayude a recordar.

El ascensor llegó a la sala y Agnes sacó la cama. Con ambas manos en el cabecero la empujó fuera. Hannah miró hacia arriba y vio su barbilla, hasta que Agnes la miró, sonrió y dijo:

—Vamos a empezar con el fenómeno de las experiencias cercanas a la muerte. ¿Qué es? ¿Qué es una experiencia cercana a la muerte? —Respiró hondo y explicó—: Siempre se ha tenido constancia de este fenómeno. Las personas que mueren y regresan han contado su experiencia.

—¿Las últimas contracciones espasmódicas del cerebro?

—Quizá. Sólo unos pocos las han tomado en serio. La mayoría de las personas se han reído de ellos. Sin embargo, cuando la ciencia médica vaya progresando y se reanime cada vez a más personas, sabremos más. Los médicos e investigadores han comenzado a tomar en serio el fenómeno. ¿Has oído hablar de Elisabeth Kübler-Ross y Raymond Moody?

—Tal vez.

—Son dos médicos que hicieron una investigación pionera sobre este fenómeno en los años setenta. Ambos creían que la clave eran nueve elementos que se repetían en las experiencias cercanas a la muerte. ¿Hablo demasiado rápido?

—Soy astrofísica.

Agnes soltó una risita y continuó:

—Los nueve elementos son: un zumbido o un tintineo; el dolor que desaparece; la experiencia extracorpórea cuando el moribundo, por así decirlo, flota fuera de su propio cuerpo; la sensación de ser llevado a través de un túnel oscuro a alta velocidad; la impresión de estar siendo elevado sobre la Tierra y observar el mundo como si lo vieras desde otro planeta; el reencuentro con personas que emanan luz interior, a menudo amigos y familiares ya fallecidos; el encuentro con una fuerza espiritual...

—¿Dios?

—Tal vez. A este encuentro le sigue una breve recapitulación de toda la vida del moribundo. Pasar revista a la vida, lo llamamos. Y por último, y quizá lo más extraño, la propuesta de volver a la vida o permanecer en ese nuevo lugar.

—¿Si quieren vivir o morir?

—También puede decirse así.

—¿Y la mayoría de la gente elige el nuevo lugar?

—Aparentemente.

—¡Ya, vale! La vida después de la muerte.

—Según Ross y Moody, sí. Para ellos no hay duda. Dijeron que tenían la demostración de su existencia, ya que muchos pacientes han hablado exactamente de las mismas experiencias. Los escépticos estaban, por supuesto, haciendo cola para negarlo. Uno de ellos fue el renombrado cardiólogo doctor Michael Sabom. Éste hizo sus propias investigaciones sobre el fenómeno y demostró, sorprendentemente, que hasta un sesenta por ciento de los pacientes reanimados en el departamento de Cardiología, donde él trabajaba, habían hablado sobre experiencias cercanas a la muerte. En algunos casos, muy detalladamente.

Miró a Hannah antes de continuar:

—Pero también hay una explicación más biológica, según la cual las pupilas se dilatan considerablemente cuando el cuerpo está muriendo y, por tanto, la experiencia podría definirse como una forma de ilusión óptica sofisticada. Otra explicación física apunta a que el cuerpo experimenta una intoxicación por dióxido de carbono en el momento de la muerte, y que eso provoca la sensación de ser llevado a través de un túnel. Finalmente, otros creen que son sólo alucinaciones, una especie de mecanismo de defensa psicológica. —Agnes Davidsen encogió sus delgados hombros—. O sea, que el subconsciente intentaría ocultar un hecho casi insoportable: que uno se está muriendo. Y por tanto, trata de crear una experiencia menos terrible: que uno va a un lugar de luz, calor y amor. Pero eso no lo explica todo.

—Obviamente.

—Hay ejemplos de personas clínicamente muertas que, al volver a la vida, aseguran haber visto a personas de las que desconocían su fallecimiento. ¿No es fascinante? Actualmente, estos informes incluso llegan a la ONU.

—¿Qué quieres decir?

Agnes la llevó por una puerta, giró la cama y tiró del freno.

—En 2008 se celebró una importante conferencia de la ONU sobre experiencias cercanas a la muerte. Últimamente los científicos han sido capaces de hablar en público sobre sus dudas sobre la consciencia y acerca de las muchas experiencias que no podemos explicar racionalmente.

—La ciencia es implacable.

—Sí. Por la misma razón, un año después, unos médicos iniciaron un estudio científico. Un estudio sobre la muerte de cerca.

—Supongo que no es fácil conseguir datos fiables.

—No y sí. Un médico inglés encontró un método muy simple, casi tonto de tan obvio.

—¿Cuál es?

—En varios países, en los servicios de Urgencias y los departamentos de Traumatología pusieron pequeños soportes colgados del techo. En lo alto, donde nadie pudiera ver lo que había en ellos. Luego colocaron allí imágenes, por lo general fotos.

Hannah empezó a entender por qué estaba allí. Levantó la vista. Al principio no lo vio, pero miró al otro extremo de la habitación y allí estaba: a diez centímetros del techo colgaba un pequeño estante negro.

Agnes la miró.

—Nadie conoce el motivo de la foto. Ni siquiera yo. Llegó en sobre cerrado de la sede en Londres.

Hannah notaba la boca seca. Y su corazón latía con fuerza. De pronto quería irse de aquella habitación.

7

Unidad de Cuidados Intensivos, Hospital General

La enfermera entró en la habitación.

—Mira, Niels. —Traía un libro en la mano—. Ese dermatólogo... ¿recuerdas su nombre?

—¿Jørgen Wass?

Ella sonrió.

—Retienes bien los nombres.

—Soy policía.

Ella le entregó el libro.

—Te lo envía Jørgen Wass. Incluso te ha puesto una marca. Dijo que volverá a verte después de Navidad.

Niels miró el libro. No tenía portada, sólo una cubierta de cuero negro.

—Creo que trata sobre enfermedades de la piel.

Él lo abrió por la página que tenía pegado un pósit amarillo y se quedó mirando una vieja fotografía en blanco y negro de una espalda.

—¿Qué es? —preguntó ella—. ¿Un tatuaje?

Niels no respondió. Por un momento tuvo problemas para respirar. La espalda de la fotografía se parecía asombrosamente a la suya. Y tenía el número 36 en numerosas variaciones de diseño, con un virtuosismo tal que sintió una punzada en el estómago cuando la miró.

—¿Sucede algo malo?

Él no respondió.

—¿Niels?

—¿Quién es el hombre de la foto? —Niels se sosegó y logró

leer el pie de foto: «Paciente. Hospital General. 1943. *Síndrome de Worning*»—. ¿Es un danés?

Niels hojeó el grueso libro. Worning. ¿Era un nombre? Buscó otro tipo de información. Al final tuvo que rendirse a la evidencia: no había nada más que pudiera resultarle útil. Miró a la enfermera.

—¿De dónde sale este libro?

—Del dermatólogo que te visitó. No sé de dónde lo sacó.

—Tengo que saber de dónde proviene. Necesito saber quién es ese paciente. Necesito saberlo todo. Tienes que llamar al dermatólogo y preguntarle.

—Pero hoy es víspera de Navidad...

—¡Ahora!

—Está bien, cálmate. —Ella cogió el libro de las manos de Niels y se marchó de nuevo. Al salir apagó la luz sin preguntar y cerró la puerta.

En la oscuridad, Niels pensó en Hannah.

De pronto se encendió la luz. La enfermera había regresado.

—Qué tonta, he apagado la luz sin darme cuenta. Perdón. —Se acercó a la cama.

Niels trató de serenarse.

—¿Te sientes mal? ¿Quieres un poco de agua?

—¿Has hablado con el doctor?

—Sí. Ha dicho que te lo tomes con calma, que no vas a morirte de esto. —Y sonrió. Niels dudó que hubiera hablado con el dermatólogo—. Él vendrá después de Navidad. —Y le entregó el libro de nuevo—. ¿Quieres leer más?

Niels volvió a estudiar la fotografía y esperó que le revelara algo más esta vez. Cuerpo delgado. Brazos extendidos a los costados. De pie en el momento de la fotografía. Blanco y negro. *Síndrome de Worning*. Tal vez Worning fuese el nombre del paciente.

Niels se sentía fatigado.

—¿Hay un archivo en el hospital?

—Por supuesto. Uno muy grande.

—¿Has estado allí?

—Dos veces en quince años. Pero ahora no vamos a ir allí abajo. Ahora vamos a dormir. Y a disfrutar de la Navidad. ¿O qué, Niels?

Ella le arrebató el libro. Niels continuó:

—El hombre de la foto fue paciente de Dermatología aquí. Paciente del Hospital General. Ahí lo pone.

—Pero no tenemos ni siquiera un nombre.

—Worning. *Síndrome de Worning.*

—Worning también puede ser el primer médico que lo descubrió.

Y le puso una manta sobre los hombros, como una madre preocupada.

Centro de Traumatología, Hospital General

Agnes sacó un grueso cuaderno de notas y leyó. Contenía anotaciones sobre diversas experiencias cercanas a la muerte.

—Vamos a tomar este ejemplo. Ésta es una edición abreviada de una experiencia estadounidense bien documentada. La traducción es mía. Si el lenguaje es un poco torpe, no debes culpar necesariamente a Kimberly Clark Sharp.

—Kimberly...

—Kimberly Clark Sharp. En los años noventa, ella de repente se desplomó en medio de la acera afectada de una parada cardiorrespiratoria aguda. Sin pulso. Escucha: «Lo primero que recuerdo fue el grito de pánico de una mujer: "¡No tiene pulso!" Pero yo me sentía bien. Muy bien. Incluso pensé que nunca en mi vida me había sentido tan bien. Tenía una sensación de paz y comunión que nunca había experimentado antes. No podía ver, pero oía todo. Las voces de las personas que estaban inclinadas sobre mí. Entonces tuve la sensación de llegar a un nuevo lugar. Un lugar donde sabía que no estaba sola, pero que todavía no podía ver con claridad debido a una niebla oscura que me rodeaba.»

Agnes levantó la mirada.

—¿Quieres que continúe?

Y continuó antes de que Hannah pudiera responder. Hannah sospechaba que la anciana la sometía a un sencillo truco psicológico: al relatarle experiencias de otras personas, tendría la sensación de que no era extraño percibir esas cosas y tal vez consiguiera hablar de su propia experiencia. Y funcionó.

—«De repente se produjo una especie de gran estallido debajo de mí. Un estallido de luz que cubrió toda mi perspectiva. Yo estaba en el centro de la luz y todas las nieblas se disiparon. Entonces vi todo el universo reflejado en capas hasta el infinito. Era la eternidad, que se mostraba ante mí. La luz era más fuerte que cien soles, pero no me quemaba. Nunca he visto a Dios, pero volvería a reconocer esa luz como la luz de Dios. Comprendí el significado de la luz pero no tengo palabras para describirla. Nosotros no nos comunicábamos en inglés o en cualquier otro idioma. La comunicación era a un nivel diferente de lo que denominamos lenguaje oral. Era como la música o las matemáticas.»

Hannah levantó con dificultad la cabeza de la almohada.

—¿De veras?

—Sí. —Agnes la miró. Esperando. Luego continuó leyendo—: «Un lenguaje no verbal. Y sentí las respuestas a todas las grandes preguntas, las cuestiones que rozan el tópico puro: ¿Por qué estamos aquí? Para que podamos aprender. ¿Cuál es el significado de la vida? Amar. Era como si recordara algo que ya sabía, pero que había olvidado. Entonces me di cuenta de que era el momento de regresar.»

Agnes hizo una pequeña pausa para tomar aliento.

—Kimberly Clark Sharp termina así: «Casi no pude soportar la idea. ¿Podía realmente, después de ver todo eso, después de reunirme con Dios, volver a este mundo? Pero tenía que volver. Entonces fue como si viera mi cuerpo por primera vez y comprendiera que no era parte de él. No tenía ninguna relación con mi cuerpo. Descubrí que mi «yo» no era parte del cuerpo. Mi conciencia, mi personalidad y mis recuerdos estaban en un lugar completamente diferente, y no en esa prisión de carne que era el cuerpo.»

Agnes levantó la cabeza.

—¿Hay más? —preguntó Hannah.

—Ésa fue su historia. Puedes ver una foto de ella aquí.

Y le entregó el cuaderno. Hannah vio la imagen de una típica ama de casa estadounidense, como las que salen en el programa de Oprah Winfrey.

—El cuerpo como cárcel. —Hannah estaba pensando en voz alta.

—Se trata de un sentimiento común en el contexto de las experiencias cercanas a la muerte. El cuerpo y el alma están separados. ¿Quieres venir a la India?

—¿Perdón?

—Las experiencias cercanas a la muerte se encuentran en todas las religiones y culturas. Recuerdo el caso de Vasudev Pandey de la India. A la edad de diez años tuvo una misteriosa enfermedad que acabó con su vida.

—Suelo desconfiar de las historias que empiezan con «una misteriosa enfermedad».

—Él lo describió como una enfermedad *paratyphoid*. No sé cómo se traduce. En cualquier caso, murió. Su cuerpo fue trasladado al crematorio. Pero, repentinamente, mostró ligeras señales de vida. Hubo un gran revuelo. Imagina un niño muerto que, de pronto, muestra signos de vida. Pandey fue llevado al hospital rápidamente y lo examinaron varios médicos. Trataron de reanimarlo, entre otras cosas con inyecciones. Finalmente consiguieron que su corazón comenzara a latir de nuevo, pero él siguió inconsciente. Sólo al cabo de tres días de coma profundo se despertó.

—¿Qué había experimentado? —la interrumpió Hannah.

La anciana sonrió.

—Se te ha despertado la curiosidad, ¿eh? Cuando dicto conferencias sobre el tema, suelo decir que las experiencias cercanas a la muerte se meten bajo la piel. Puede sonar ridículo, pero es verdad. Vasudev Pandey lo describió como una «sensación». La sensación de que dos personas lo recogían y se lo llevaban. Pandey era un niño debilucho que se cansaba enseguida y esas dos personas tuvieron que arrastrarlo. Pronto se encontraron con un hombre horrible.

Hannah sonrió:

—¿Un hombre horrible?

—Suena infantil, lo sé, pero así lo describió él. Y el hombre horrible estaba furioso y regañó a los dos hombres que habían traído a Pandey. «Os pedí al jardinero Pandey», dijo. «Mirad a vuestro alrededor. Necesito un jardinero. Y vosotros me traéis un niño.»

—Suena a comedia de enredos.

—Ya. Pandey explicó que cuando recuperó la conciencia vio

un nutrido grupo de familiares y amigos alrededor de lo que consideraban un niño muerto. Y entre ellos estaba el jardinero Pandey. Entonces le contó lo que había oído, pero el jardinero y los demás sólo se rieron. El jardinero Pandey era un hombre sano y fuerte, pero al día siguiente... —Agnes hizo una pausa dramática.

—Murió —susurró Hannah.

—Así es.

El silencio se extendió como una burbuja por la habitación.

—Una historia muy bien documentada. Más tarde, el niño Pandey dijo que el hombre horrible era Yamray, el dios hindú de la muerte. También contó que fueron los mismos hombres los que le trajeron de vuelta, cuando se dieron cuenta de que se habían llevado al Pandey equivocado.

La anciana respiró hondo. Era evidentemente agotador hablar tanto.

—La historia de Vasudev Pandey probablemente también aparecerá en el libro.

—¿Qué libro?

Ella sonrió.

—Piensa en cuánto significa la muerte para los seres humanos. Es lo único que sabemos con certeza: que todos vamos a morir. Es lo único que realmente nos identifica como género, lo único que tenemos en común por encima de fronteras nacionales, diferencias culturales, étnicas y religiosas. Algunos psicólogos afirman que todo lo que hacemos, de una manera u otra, se relaciona con el hecho de que la muerte nos está esperando más adelante. Por eso amamos, tenemos hijos, nos expresamos. La muerte está presente en todo momento. ¿Por qué no descubrir tanto como sea posible al respecto? A veces he pensado, y quizá suene absurdo (puedes reírte si quieres, estoy acostumbrada), que mucha gente lee las guías de viaje antes de viajar. Quieren saber algo de París o de Londres o de donde sea que van a viajar, y leyendo las guías se preparan. De la misma manera, si la muerte es el destino final y común de todos, una guía de la misma resultaría muy útil. Y pudiendo escribirla... ¿Suena a disparate?

Hannah negó con la cabeza.

—No, no planteado de esa manera.

Agnes se inclinó un poco y la miró directamente a los ojos.

—Bien. ¿Me dirás ahora lo que sentiste mientras estabas muerta?

Hannah vaciló. En alguna parte sonaba una radio con música de Navidad. *I am driving home for Christmas* (Estoy conduciendo a casa por Navidad).

—Hannah... La gente habla sobre el «momento» de la muerte, aunque es más bien un proceso. Cesa la respiración, el corazón deja de latir y el cerebro suspende toda actividad. Y mientras este proceso se completa hay un período, para algunos hasta de una hora, en que puede haber oportunidad para la reanimación. La pregunta es entonces: ¿qué experimentan los muertos durante ese tiempo? Eso es lo que investigamos. —Puso la mano en el brazo de Hannah—. ¿Cuánto tiempo estuviste muerta?

—No lo sé. —Hannah se encogió de hombros, incómoda.

—Creo que unos nueve minutos —la ayudó Agnes—. Si lo he entendido bien.

Hannah no contestó.

—Puedes hablar con entera libertad. No usaré tu experiencia sin contar con tu consentimiento. Ahora sólo me gustaría escucharla. Recuerda: muchos detalles son comunes a todas las experiencias, pero no hay dos exactamente iguales. Hay siempre diferencias sutiles. ¿Te animas a hablar de ello?

... *Driving home for Christmas.*

Hannah miró el estante en el techo.

—Prefiero que no.

—¿Por qué?

Ella dudó.

—Tal vez no quiera convertirme en una cobaya...

Agnes emitió una risa ronca.

—Descuida, no se trata de eso. Nosotros lo llamamos «un estudio de la conciencia». Así no suena tan temible.

Silencio.

—Hannah... ¿ya sabes lo que hay en ese estante? ¿Lo has visto?

... *Get my feet on holy ground... so I sing for you...* (Pongo mis pies en suelo sagrado... entonces canto para ti...)

Agnes cambió de enfoque:

—¿Crees en Dios?

—No lo sé.

—Lo pregunto porque he conocido a muchas personas que interpretan sus experiencias cercanas a la muerte como una prueba de la existencia de un más allá, como un argumento definitivo de la existencia de Dios. Pero creo que hay que distinguir las dos cosas. Y en esto estoy en desacuerdo con algunos colegas. Con mi enfoque es posible imaginar una vida futura sin la presencia de Dios.

—¿De qué manera?

Agnes vaciló.

—Lo más importante para mí es demostrar que existe una conciencia con independencia del cuerpo. Creo firmemente que todo puede ser explicado, analizado y clasificado.

... *Driving home for Christmas...*

Hannah cerró los ojos y pensó en Johannes. Cómo era, cómo lo veía ella. En los últimos meses había tenido ciertas dificultades para recordar su rostro. Le faltaban detalles y tenía que recurrir a las fotografías. La primera vez que lo había experimentado fue a finales de ese verano. Eso la había hundido por completo. Se había sentido como una asesina. A menudo había pensado que si bien Johannes estaba muerto, de alguna manera vivía. En su memoria. Tenía sólo que cerrar los ojos y entonces él volvía a estar vivo delante de ella. Eso la había consolado. Así le mantenía con vida. Pero últimamente ya no le era posible: ella lo había empujado definitivamente hacia la oscuridad.

—¿Hannah?

La voz sonó distante, un poco estridente.

—Cierra los ojos si así te resulta más fácil, no hay problema.

... *Driving home for Christmas... I'm moving down that line* (Conduciendo a casa por Navidad... Voy de camino).

Ella no respondió. Mantuvo los ojos cerrados, tratando de acostumbrarse a la oscuridad.

—Me encontré en una oscuridad impenetrable —dijo al fin.

Oyó que Agnes abría su bolso y sacaba algo. Tal vez una grabadora o un bolígrafo.

... It's gonna take some time, but I'll get there... (Va a llevarme algún tiempo, pero voy a llegar).

—Estaba como flotando en el aire. Pero entonces, de las tinieblas surgió un rayo de luz. Primero fue sólo una línea blanca. Como una línea de tiza en un campo de fútbol enorme. Un campo negro. Llano. ¿Entiendes?

—Sí.

—Pero poco a poco se abrió y se convirtió en una especie de entrada. La luz se filtraba por ella, suave y acogedora.

Agnes sonrió tranquila. Hannah no abría los ojos. Ahora iba a contarlo todo.

—Yo estaba como suspendida y era transportada mediante algún medio invisible. Había una quietud que nunca he experimentado. Una tranquilidad absoluta, así que... Yo era muy consciente. Pensaba con extremada claridad. —Sonrió al recordarlo, y Agnes le tocó maternalmente un brazo.

—¿Y qué pasó entonces?

—Empecé a pensar en Niels.

—¿Tu hombre?

Hannah pensó. ¿Era Niels su hombre?

—Empezabas a volver.

—Sí. Pero no por el mismo camino. Era más oscuro.

—¿Qué pasó después?

—Entonces me vi suspendida por encima de mí misma. —Había un leve sollozo en su voz—. Y miré cómo los médicos se afanaban en reanimar mi cuerpo, que me resultó extraño y desagradable... Repugnante.

—Suspendida encima de ti misma.

—Sí.

—¿En esta habitación?

—Sí.

—¿Viste algo que te sorprendiera?

Hannah se quedó en silencio.

—¿Hannah?

—Sí, lo vi.

—¿Qué viste?

—La foto de un bebé. Un bebé vestido a rayas.

—¿A rayas?

—Sí. Ya sabes: *flowerpower*, rojo, amarillo, azul, verde. Con ropita de todos los colores. Colores chillones.

—¿Y entonces despertaste?

—No. Entonces todo se volvió negro. Y desapareció.

Hannah abrió los ojos y se los enjugó. Agnes sonrió y salió un momento y volvió con una escalera. Subió. La escalera se tambaleó un poco sobre el suelo de linóleo y Agnes miró abajo, asustada.

—¿Necesitas que alguien sostenga la escalera?

—No te preocupes.

Agnes Davidsen subió los escalones finales y cogió el papel del estante. Sin mirarlo, bajó y se acercó a Hannah.

—¿Preparada?

9

Unidad de Cuidados Intensivos, Hospital General

Al principio Niels pidió amablemente a la enfermera que le consiguiera un ordenador portátil, ya que era la víspera de Navidad. Pero como ella remoloneaba, al final la amenazó en broma, pidiéndole que le alcanzara del armario su arma y las esposas. Ella se rio y sacudió la cabeza, y al poco le llevó un viejo portátil.

Sus dedos tenían dificultad para pulsar las teclas pequeñas. «Síndrome de Worning.» *Enter*. Miles de entradas con «síndrome», pero sólo unas pocas con «síndrome de Worning». Niels continuó rastreando. Las imágenes repetían la del libro. Un hombre delgado, pelo corto oscuro, piernas flacas, desnudo y de espaldas al fotógrafo. Niels leyó:

Enfermedad rara de la piel, generalmente relacionada con la histeria religiosa. El síndrome de Worning comienza con líneas hundidas o tiras de fina piel enrojecida, que más tarde se vuelven blancas, suaves, brillantes y profundas. Se producen como consecuencia de cambios en la masa muscular, peso y tensión de la piel.

Echaba de menos sus gafas de lectura. Aumentó el brillo de la pantalla y continuó leyendo: primer caso conocido en Sudamérica en 1942, después algunos en Estados Unidos y finalmente el caso del Hospital General de Copenhague. El paciente se llamaba Thorkild Worning y era telegrafista. Qué extraño, normalmente suele ser el primer afectado el que da nombre a un síndrome, o el médico que lo descubre. Entonces le dio un vuelco al corazón.

Leyó de nuevo: en la mayoría de los casos el desenlace era fatal, «afectando a todos los órganos», pero no en Thorkild Worning. Había sido dado de alta. Había sobrevivido.

Jueves 24 de diciembre, 23.15 h

La enfermera jefe del departamento se ajustó la bata y rechazó el pedido de Niels.

—¿Por qué no? Tengo un nombre: Thorkild Worning. Murió hace mucho tiempo.

—La confidencialidad está protegida por la ley.

Niels le lanzó su más insistente mirada. La enfermera vaciló un momento.

—Tal vez si tú me acompañaras... —propuso él—. Incluso podría ir también un médico. —Como ella no parecía muy convencida, cambió de táctica y alzó la voz un poco—: Escucha: voy a ir al archivo, solo o acompañado, autorizado o no. Es sumamente importante.

—No soy yo quien dicta las normas —repuso ella—. Sólo nos está permitido acceder al archivo si un médico necesita una historia clínica específica, y no sucede casi nunca. Además, hoy es Nochebuena y está cerrado.

Niels suspiró. No la convencería. Claro que no, bien que lo sabía. El archivo de historias clínicas de un hospital no es un sitio donde cualquiera pueda husmear cuando le apetezca. Enfermedades, tratamientos y causas de muerte eran información reservada y de carácter estrictamente personal. Pensó en lo que Casper diría si alguien le pidiese acceso a los ficheros policiales.

—¿Y al menos no puedes conseguirme una llave?

—Niels Bentzon, no seas cabezota. A ver si lo entiendes de una vez: sólo dos o tres personas en todo el hospital tienen acceso al archivo. Es el coto privado de Bjarne.

—¿Bjarne?

—El archivero. Todos los pacientes ingresados durante los últimos setenta años están registrados en el archivo. Cada análisis de sangre, cada prueba clínica, cada aspirina que haya tomado un paciente, todo está documentado en un ingenioso sistema que pocas personas son capaces de entender. Es más indescifrable que un jeroglífico para un esquimal.

—Conque Bjarne es el guardián del Santo Grial...

—Ajá.

—¿Usa una clave? ¿Estamos hablando de una base de datos informática?

—Sólo desde el año 2000.

—¿Por qué el 2000?

—Pues porque ése fue el primer año en que empezaron a registrar las historias clínicas electrónicamente. El resto es un archivo a la antigua usanza. Papel y carpetas.

—Supongo que son un buen montón.

—Se calcula que puestas en fila alcanzarían los quince kilómetros. Más incluso. Pero por lo visto es demasiado caro transferirlo todo a ordenador; hay quien dice que llevaría hasta diez años conseguirlo. Así que el archivo se compone de armarios metálicos, estanterías y cajoneras repletos de libros de inscripción, fichas, informes, recetas de medicamentos y registros de salud. Es un mundo dentro del mundo. Secretos de todo y todos. Astrid Lindgren dio a luz con gran secretismo en este hospital. Y en el archivo consta todo.

Él la miró y vio tensión en los ojos de la enfermera, que de pronto se disculpó:

—Lo siento. —Y se encogió de hombros—. ¿Hay algo más que pueda hacer por ti?

—No, gracias. ¿Puedo quedarme el libro un rato?

—Por supuesto.

Y se marchó, dejándolo a solas en la blanca habitación.

Niels abrió el libro y observó la foto de la espalda de Thorkild Worning. Una vez más sintió una punzada en el estómago. El 36. No había ninguna información sobre Thorkild Worning en el pie de foto. Hojeó el libro una vez más, con la esperanza de encontrar algo que le sirviera. Había fotos de toda clase de quemaduras, imágenes desagradables. Los niños de la Escuela Francesa de Frederiksberg Allé, que en la primavera de 1945 fue bombardeada por error por la RAF. Ciento cuatro personas perecieron entre las llamas, de ellas ochenta y seis niños, y hubo muchos quemados de tercer grado.

También había artículos sobre las más diversas enfermedades de la epidermis. El síndrome de Worning aparecía en «afecciones raras de la piel».

Niels se rindió, agotado. Lo último que pudo hacer antes de dormirse fue meter el libro bajo la almohada.

—Worning —murmuró mientras se sumía en el sueño—. Fue dado de alta... Sobrevivió...

10

Jueves 24 de diciembre, 23.22 h

Tal vez lo había soñado. Hannah abrió los ojos. Por lo menos había dormido. Bajó la mirada hasta la mano que tan insistentemente estrujaba un papel. Contenía los nombres y páginas web que Agnes quería que Hannah visitara cuando se sintiera mejor. YouTube: el Dr. Bruce Greyson hablando en la ONU; el Dr. Sam Parnia en la MSNBC, y un largo etcétera.

Aquello era real. Al parecer, los estudios sobre las experiencias cercanas a la muerte comenzaban a extenderse por todo el mundo. Y Hannah lo había experimentado en carne propia: la conciencia podía existir fuera del cuerpo. Hannah era la prueba.

Ahora quería volver allí, al punto en que la conciencia existe fuera del cuerpo: en ese lugar podría encontrar a Johannes. Y su pensamiento podría expandirse libremente, romper el duro cascarón que durante todos esos años había encorsetado una inteligencia profunda y peculiar que sólo le había traído problemas en el mundo real. Una inteligencia que la había alejado de su propia familia, de sus amigos, de la vida, y que sólo había encontrado cierto eco en el Instituto Niels Bohr. Hubo años buenos, sobre todo los primeros, antes de conocer a Gustav. No debería haber tenido un hijo. Su discapacidad era demasiada para asumir las responsabilidades de madre. Sí, discapacidad. Ella consideraba que la inteligencia en gran medida era una discapacidad. Al extremo de que no le importaría dejar el mundo físico.

Y luego todo encajó en su sitio. Como en una ecuación. Los elementos, en principio incompatibles, se juntaron de repente delante de sus ojos. Estrujó el papel con los nombres de los científicos estadounidenses y británicos y vio todos los elementos encajar ante sus ojos: «Johannes. El suicidio. La conciencia. Niels. El diseño o patrón. Los 36.» Entonces supo que debía continuar, pero esta vez fuera del cuerpo.

Y también supo que Niels podría salvarse. Pero para eso ella tenía que moverse.

—Veamos cuán hecha polvo estoy —susurró para sí mientras apartaba la manta para mirar su maltrecho cuerpo.

A simple vista no revelaba demasiado. Los numerosos vendajes ocultaban las partes más dañadas. Tal vez fuese por la decoración de Navidad que una emprendedora enfermera había colgado en la habitación, o por las sustancias químicas que le habían inyectado, pero cuando miró su cuerpo grotescamente vendado, hizo una infantil asociación con un regalo de Navidad. Le faltaba sólo un lazo, entonces estaría lista para ponerse bajo el árbol de Navidad.

Trató de mover las piernas, pero se resistieron.

—¡Vamos, chicas, hacedlo por mí!

Un nuevo intento. Esta vez usó todas sus fuerzas. El sudor frío que emanaba de su piel siguió el esquema del dolor: cuello, espalda, muslos. Pero ella continuó adelante, ya tenía las piernas fuera de la cama. Se incorporó y logró quedarse de pie un momento. Entonces con un movimiento rápido se sacó la aguja del gotero del antebrazo. Sintió la sangre escurriéndose entre los dedos. Presionó con fuerza con la otra mano para cortar la leve hemorragia. Luego se dirigió a la puerta.

Por lo visto, también en el Hospital General economizaban electricidad. Las luces se encendían sólo cuando Hannah pasaba cojeando por el sensor. Una enfermera trajinaba en el otro extremo del pasillo. Por lo demás, estaba vacío de gente. Hannah tenía dificultades para caminar. Una pierna le transmitía la sensación de que el suelo trataba de sujetarla. No tenía idea de en qué parte del hospital estaba. Dos médicos se acercaban por el pasillo. Hannah se coló de inmediato en la habitación más cercana. Esperó conteniendo la respiración.

—Vaya, qué rápido has venido.

Hannah dio un respingo.

Allí había una chica de unos veinte años. Tenía una escayola en el cuello y hablaba con dificultad.

—Tengo mucho dolor, por eso he llamado.

Hannah se acercó a la cama. La muchacha se había roto el cuello o las cervicales. No podía mantener la cabeza por sí misma.

—Lo siento, pero no soy enfermera. Soy una paciente como tú.

—¿Te has perdido?

—Pues... sí.

Se miraron buscando palabras de circunstancia.

—Bueno, que te mejores. Te deseo lo mejor —dijo Hannah, y se fue.

Percibió la decepción de la chica, como agujas en el cuello, mientras cerraba la puerta. Pero no había tiempo. Debía encontrar a Niels.

—Pero bueno, ¿qué haces aquí?

Hannah casi se dio de bruces contra una enfermera.

—Debes estar en tu cama. —La mujer trataba de ser amable, pero la ira y la fatiga estaban bajo la superficie.

—Es que debo encontrar a... —Se dio cuenta de que estaba estrujando la mano de la enfermera. Se apoyaba en ella y podía caerse si la soltaba.

—Nada de eso. Vas a volver a tu cama ahora mismo. Has tenido un accidente grave que requiere reposo.

—Necesito encontrar a Niels. Tienes que ayudarme. —Y retrocedió un paso. No sabía de dónde sacaba las fuerzas, pero se las arregló para echar a andar por el pasillo.

Un grito detrás de ella:

—¡Emergencia! ¡Necesito ayuda!

Hannah trastabilló y acabó en el suelo. La enfermera se acercó presurosa, pero Hannah logró darle un manotazo para apartarla. Al punto apareció gente con batas por todas partes. Hannah se preguntó dónde habían estado para acudir con tanta celeridad.

—Me ha pegado. —La enfermera parecía al borde del llanto.

Unos brazos fuertes levantaron a Hannah. Ella le cogió la mano a la enfermera y le susurró:

—Lo siento. —Pero no supo si la oyó.

La llevaron de nuevo a la cama, la acostaron con cuidado y volvieron a conectarle el gotero. Hannah intentó resistirse.

—¡Suéltenme!

Voces tranquilizadoras salmodiaban: «Tranquila», «Necesitas reposo», «Te pondrás bien», «Relájate».

—¡Déjenme! —gritó—. ¡Niels! ¡Niels! —Pero había eco en su voz y temió que todo aquello sólo fuera un mal sueño.

11

Jueves 24 de diciembre, 23.40 h

Tal vez, todavía fuera víspera de Navidad. Niels miró la nieve. No sabía cuánto tiempo había estado despierto. Se abrió la puerta detrás de él.

—¿Niels? Una llamada para ti. Es Hannah. —Era Randi, teléfono en mano—. ¿Tienes fuerzas para hablar? Creo que tiene cierta urgencia en hablar contigo. Ha tratado de escaparse para buscarte.

Él intentó decir «sí», pero la palabra se le atascó como un sapo en la garganta. Ella le tendió el teléfono.

—¿Hannah?

—¿Niels?

—Estás viva. —Pudo oír su sonrisa antes que su respuesta.

—Sí, vivita y coleando. Niels, lo que ha sucedido es increíble.

—¿Lo has visto también?

—¿El bebé a rayas?

—¿Qué bebé? ¿De qué estás hablando?

—Niels. He estado muerta. Dos veces. Durante nueve minutos.

Niels miró por la ventana mientras Hannah le contaba de su muerte y su regreso, de la foto que había visto en el estante del techo. Luego guardaron silencio un momento y disfrutaron oyendo sus respectivas respiraciones.

—Estoy deseando verte, Niels.

Él percibía su ansia por el teléfono. Luego ella tuvo una idea insólita:

—Trata de apuntar tu lámpara de noche a la ventana. ¿Lo puedes hacer? Y luego ponte delante del cristal y mueve los brazos para que yo te vea.

—De acuerdo.

—Yo haré lo mismo para que me veas.

Niels dirigió el flexo a la ventana y se puso delante. En ese momento vio una luz que brillaba del otro lado, desde una ventana casi a la misma altura.

—¿Puedes ver mi luz?

—Sí.

Silencio.

—Niels, me alegra tanto haberte conocido... a pesar de que hayamos acabado aquí.

Él la interrumpió:

—Hay un antecedente, Hannah.

—¿De qué?

—Aquí en el hospital, en 1943. He visto una foto de él. Se llamaba Thorkild Worning. Y tenía exactamente la misma marca en la espalda. El treinta y seis. El dermatólogo me lo enseñó.

En ese momento Randi volvió a la habitación.

—Vamos terminando si te parece, ¿vale? —le dijo a Niels.

—Hannah, él sobrevivió. Así que no es seguro que todo termine mañana.

La enfermera se puso delante de Niels.

—¡Dos minutos! —le advirtió, movió la cabeza y volvió a salir.

—¿Puedes andar, Hannah?

Un ruido en el teléfono, como si algo se cayera, y la comunicación se interrumpió. Esperó que ella llamase de nuevo, pero no ocurrió. La enfermera regresó, cogió el teléfono y volvió a marcharse.

Él cogió la lámpara. La apagó y encendió dos veces. Poco después, con el mismo ritmo, la luz del otro lado la imitó. Y así, finalmente, se acostaron. Niels y Hannah.

12

Viernes 25 de diciembre de 2009

Niels trató de mover las piernas. Le dolían, pero después de cierto tiempo había conseguido dominar los pies, aunque aún no sentía los muslos. Se esforzaba por revivirlos. Al principio fue en vano, pero muy lentamente consiguió levantarlos un poco.

La pregunta era si con eso le bastaría para bajar hasta abajo, al archivo.

00.12 h, faltan 15 horas y 40 minutos
para la puesta de sol

Niels se detuvo al oír un grito. ¿Podía ser Hannah? Imposible. Ella estaba demasiado lejos.

Se movía como un anciano. El dolor en los tobillos le molestaba y sólo podía andar a pasos pequeños. Tenía la cabeza pesada, una carga para llevar a todas partes; le hubiese gustado llevarla bajo el brazo. Y un par de costillas rotas querían salirse del cuerpo. Era como si necesitara llevar su cuerpo a un taller mecánico para que lo desmontaran del todo y lo reparasen de arriba abajo.

Esperó una eternidad por el ascensor y cuando llegó se encontró con un celador cansado que no pareció sorprenderse de que un paciente hubiera salido de la cama.

El ascensor bajó abruptamente al sótano. Niels estuvo a punto de perder el equilibrio.

Salió y miró alrededor. «Sólo personal autorizado», leyó en

un letrero. En un rincón había una pila de colchones envueltos en plástico. Más abajo, en el pasillo, vio un carrito de la limpieza. Una hilera de viejos armarios de metal a lo largo de la pared como en una escuela secundaria estadounidense. Y luego estaban las puertas, muchas puertas en ambos lados de los pasillos. Niels probó a abrir un par, pero estaban cerradas con llave. El único lugar abierto, probablemente por olvido, era una especie de sala de mantenimiento. A pesar de la escasa luz, distinguió cajas de herramientas, bancos de carpintero, sierras, martillos, destornilladores... Volvió a salir al pasillo. ¿Estaría cerca de los archivos? Trató de hacer memoria. Hacía sólo una semana había estado dando vueltas por ese hospital. ¿Había visto el archivo por allí?

Voces.

Se escondió detrás de unos colchones apoyados contra la pared y oyó pasar a dos hombres. Uno hablaba de su esposa, que «tenía miedo al sexo». El otro se reía. Luego subieron al ascensor. Niels esperó un momento antes de ir en dirección opuesta. Le dolía cuando se movía; sólo podía andar despacio, pero estaba acostumbrado al dolor. Lo que más sentía eran las costillas. Sus tobillos estaban entumecidos. Se apoyó contra la pared.

«Archivo Central.»

El letrero y la flecha le dieron una inyección de renovada energía. Continuó por el pasillo, giró en una esquina y se detuvo delante de una puerta. En la puerta no ponía nada, pero era la única a la que apuntaba la flecha. La puerta estaba cerrada con llave. ¿Qué debía hacer ahora? ¿Intentar forzarla? Tal vez, si hubiera estado en buena forma física. Además, alguien podía oírle. La sala de mantenimiento.

Las piernas de Niels actuaban antes que su cerebro y ya retrocedían por el pasillo. La puerta seguía abierta. Él encendió las luces. Chicas desnudas en pósteres en las paredes. Una bufanda del FC Copenhague sobre una silla. Niels abrió un cajón y sacó un destornillador grande. El martillo estaba colocado sobre dos clavos en la pared. Alguien había delineado la silueta del martillo en la pared. Niels de pronto pensó en escenas de crimen y técnicos de la policía científica haciendo su trabajo.

La punta del destornillador encajó entre el marco y la puerta, justo encima de la cerradura. Niels hizo palanca y supo que la puerta cedería sin problema. El destornillador se hundió unos milímetros más en la brecha y al cabo de unos segundos la puerta se abrió. Niels esperó unos momentos para recuperar fuerzas. Respiró hondo y trató de concentrarse.

Luego entró en el archivo central del Hospital General.

«Quince kilómetros de historias clínicas de pacientes», había dicho la enfermera.

¿Cuántas historias clínicas eran? ¿Miles? ¿Cientos de miles? Hombres, mujeres y niños de todas las edades. Todos los que habían sido tratados en el Hospital General durante los últimos setenta años estaban en esos registros.

Un ligero olor a amoníaco. Niels se detuvo y aguzó el oído. Percibió un leve sonido constante, propio de instalaciones eléctricas y tuberías; normalmente sólo se advertía cuando cesaba. Encendió la luz. Contuvo la respiración y miró con frustración las hileras de archivadores, cajones y estantes que se extendían hasta donde alcanzaba la vista. Recordó las palabras de la enfermera: «Sólo unos pocos logran desentrañar el sistema del archivo.» Bueno, ahora Niels se lo creía. Cuando el archivero Bjarne planeara jubilarse, probablemente debería preparar a su sustituto durante una buena temporada.

De pronto oyó un ruido que le hizo apagar la luz.

Voces. Tal vez alguien había notado la luz encendida y se preguntaba si había alguien en el archivo. ¿O era sólo un sonido en su cabeza? ¿Voces fruto de un inminente estallido de paranoia? Decidió correr el riesgo y continuar. Caminaba torpemente entre las hileras de estanterías y archivadores. No estaba seguro, pero tenía la sensación de haber entrado por la puerta de atrás. Quizás era más fácil hacerse una idea global si comenzaba por el otro extremo. Cuando llegó a la puerta, al otro extremo vio una mesa. Un escritorio viejo y gastado, con patas de metal oxidadas. Tazas de café, vasos de plástico y un paquete de caramelos. Niels miró alrededor. Debería haber un orden, un patrón. Debería ser posible tener una visión general del lugar.

Sus ojos se detuvieron en una serie de libros encuadernados en cuero colocados en varios estantes inferiores. Niels sacó uno. «Libros de registro.» Tenía en la mano octubre-noviembre de 1971. No le servía. 1966, 1965. Se acercó al otro lado del pasillo: 1951, 1952. Los años cuarenta. El corazón empezó a latirle más rápido. 1946, 1945, 1944... y por fin: 1943. Estaba formado por varios libros. Hojeó uno de ellos. Páginas finas como un pergamino, casi pegadas entre sí, hacía muchos años que no se habían abierto. Buscó en la W. Worning. No encontró a nadie. ¿Por qué? ¿Los nombres de los pacientes no se enumeraban por orden alfabético? Entonces lo comprobó: sí, estaban por orden alfabético, pero comenzaban desde el principio en cada mes. Ese libro cubría sólo enero, febrero y marzo. Puso el libro en el estante y sacó otro. Abril, mayo y junio. Había dos Worning. Julia y Frank. Ningún Thorkild. Cogió otro libro. Un par de páginas estaban sueltas. Julio, agosto y septiembre. Nadie en julio. Nadie en agosto. Pero en el libro de diciembre, una página ponía «Thorkild Worning». Niels encontró un bolígrafo en un cajón y anotó el número del libro de registro, justo sobre el parche que cubría el pinchazo de la transfusión: «Sección H, fichero 6458.» Luego regresó al pasillo.

¿Cuál sería el próximo paso? Sólo ahora se dio cuenta de las pequeñas etiquetas que colgaban al lado de los estantes. Letras. A, B, C, D, E, F, G, H. Miró el estante enfrente de él. Estaba tan cerca de otro que era imposible meterse entre ellos. ¿Cómo...? Encendió la luz y vio un asa que sobresalía de los archivadores. La agarró con fuerza y tiró. Los archivadores se deslizaron hacia los lados. Niels se escurrió entre ellos: ficheros, una vez más organizados por años. Y una vez más había más de un fichero por año. 1940, 1941, 1942, 1943. Niels sacó uno de los ficheros de 1943: enero, febrero, marzo. Otro: septiembre, octubre, noviembre. Y por último: diciembre. Fichas amarillas. Rosenhøj, Roslund, Sørensen, Taft, Torning, Ulriksen. ¡Allí estaba! Thorkild Worning. Cogió la ficha y la miró. Thorkild Worning, ingresado el 17 de diciembre de 1943. Paciente de Dermatología. Historial 49.452. Niels sólo vio el número: 49.452. Se metió la ficha en el bolsillo y salió al pasillo. En los estantes al otro lado estaban los historiales clínicos de los pacientes. 26.000-32.000. Recorrió el largo pasillo. 35.000-39.000. Pensó en cigarrillos. 48.000-51.000. Se detuvo. Tiró del asa y los archivadores se separaron.

Niels esperó un momento y respiró hondo. Su cuerpo estaba tenso como un resorte. Tenía un desagradable sabor químico en la boca. Echó un vistazo a la ficha que sostenía. No era necesario: se la sabía de memoria: 49.452. La historia clínica de Thorkild Worning.

Rápidamente encontró la vía correcta de búsqueda. Las descripciones de la enfermedad del paciente y el desarrollo del tratamiento. En algunos sitios media página, en otros una larga historia. 49.452. «Thorkild Worning» se leía en la parte superior, con fecha 17 de diciembre de 1943. Había dos imágenes, ambas en blanco y negro. Una era la que se reproducía en el libro, la imagen de la espalda de Torkild Worning. La misma marca que tenían las otras víctimas, sólo que otro número: el 36. Igual que la espalda de Niels. La otra era una foto de la cara de Worning. A primera vista era de lo más normal. Parecía un hombre al que podías encontrar detrás de un mostrador si entrabas en un banco en 1943. Moreno, raya al lado en un pelo impecablemente engominado en el que ni un cabello sobresalía. Una cara armoniosamente delgada con gafas redondas. Pero había algo en sus ojos, algo maníaco y casi demoníaco en su mirada. Los pies de foto eran decepcionantemente cortos, fríos y formales:

Ingresado 17/12/1943

Objeto:
El paciente fue sometido este día a una investigación preliminar. Se quejaba de dolor severo de espalda. Recibió alivio en forma de compresas frías, pero sin efecto. El paciente tiene una marcada inflamación en la espalda. Parece hostil y alucinado. Asegura que la marca le ha aparecido por sí sola. El dolor va en aumento. El paciente describe el dolor como «una sensación de ardor corrosivo». Y más tarde como «una sensación como si mi piel se estuviera quemando por dentro». Ex-

plica que el dolor no sólo es en la piel, sino interno en la espalda. «Dentro de la sangre», dice el paciente. Está siendo tratado con ácido acetilsalicílico, pero sin el efecto deseado. El paciente parece desequilibrado y se burla de los médicos. Un examen de su espalda sugiere un tipo fuerte de eczema, corrosivo, o posiblemente un estado desconocido de inflamación. Se podrían pedir pruebas de alergia al metal al departamento de Dermatología de Finsen. No hay líquido acumulado pero la piel de la espalda está roja e hinchada. La piel ha adoptado la forma de un diseño peculiar. La agresividad del paciente aumenta. Habla confuso y vomita sangre.

Datos personales:
Telegrafista. Se casó con su actual esposa en 1933. Poseen un piso de una habitación en Rahbæks Allé.
Consumo moderado de tabaco y bebidas alcohólicas.

Estado de salud general:
Nada anormal aparte de gota en los hombros. No se considera relacionado.

23/12/43
Evaluación psicológica:
Se constata un estado de desequilibrio mental. El paciente es trasladado al departamento de Psiquiatría del Hospital General el 23 de diciembre por la mañana.

DR. W. F. PITZELBERGER

Niels leyó la historia clínica varias veces antes de guardársela en un bolsillo. No sabía qué había esperado encontrar, pero desde luego algo más que eso. Salió al pasillo, tratando de sacudirse la decepción y convencerse de que ése era un paso necesario. Entonces se dirigió a la sala de Psiquiatría, donde iba a encontrar la respuesta a... ¿qué? ¿No era eso exactamente lo que Hannah había tratado de decirle, que la ciencia hacía mucho tiempo que había aceptado que nuestra ignorancia era monumental?

¿Y que cada vez que se llegaba a un punto en los logros de la investigación, se revelaban nuevas capas de ignorancia? Al final, Niels pensó en la pregunta crucial: ¿cómo demonios había sobrevivido Worning?

Igual que cualquier policía de Copenhague, Niels conocía el departamento de Psiquiatría del Hospital General. Allí eran llevados los chalados que no podían permanecer en paz en una celda normal. Claro, también había muchos fantasmas. En la comisaría se comentaba cómo en los departamentos psiquiátricos los liberaban al poco tiempo, con tal de ahorrar camas. Si los políticos supieran que a menudo los pacientes psiquiátricos, cuyos tratamientos ellos escatimaban, aumentaban las estadísticas del crimen, entonces pensarían de otra manera.

Niels salió del archivo y oyó voces que se acercaban desde el ascensor. No le sorprendió: habrían advertido su desaparición y lo estarían buscando desde hacía un buen rato.

—¡Ahí está! ¡Alto!

Niels se escabulló tras la esquina del pasillo; un nuevo pasillo, otra esquina y un pasillo más estrecho, casi a oscuras. ¿Le perseguían? Se detuvo y escuchó.

Los celadores no parecían demasiado enfadados, sólo se encargaban de un incidente sin importancia:

—¡Oye, tío! Aquí abajo no hay nada que ver.

—Vuelve aquí. Debes regresar a tu habitación.

Niels no se detuvo. Un nuevo pasillo. Tropezó con algo y casi se cae, pero recuperó el equilibrio y continuó. Eran más de dos, los oía. Pronto le darían alcance.

Niels se volvió y corrió casi en línea recta hacia el ascensor. Fue un error. Debía haber ido zigzagueando.

El celador alargó la mano hacia él. Niels no vio su cara, pero vestía una bata y lo retuvo por el brazo. A continuación le retorció la muñeca y lo llevó hasta el ascensor. El otro se acercó con actitud vigilante.

—Tranquilo, tío. Te llevamos de vuelta a tu cama para que descanses. Sube.

El celador trató de hacerlo entrar en el ascensor. Niels se valió de su enfado para reunir fuerzas y moverse. Se volvió y le dio un rodillazo en la entrepierna. El celador maldijo y lo soltó un momento, suficiente para que Niels lograra empujarlo fuera del ascensor. Lo último que Niels vio antes de que las puertas se cerraran fue al celador caerse y golpearse contra el suelo de piedra.

13

*2.30 h, faltan 13 horas 22 minutos
para la puesta de sol*

El frío era perverso y al parecer tenía algo personal contra él.
Perseguía a Niels no importaba adónde fuera.

Corrió en calcetines a través de la nieve. Al otro lado del aparcamiento, hacia el departamento de Psiquiatría. Se quitó los calcetines y los tiró a un lado. No servían para nada. Un taxista que
esperaba lo miró sorprendido. Niels supo qué estaba pensando:
«Es bueno que el loco corra hacia el manicomio.» Se detuvo en
seco y vaciló un instante. Podría subir a aquel taxi, ir a casa, coger dinero del apartamento y pagar al taxista, luego buscar su pasaporte y...

La sala de emergencias psiquiátricas estaba abierta todo el día.
Episodios repentinos de ansiedad, comportamientos autodestruc-
tivos, depresión, paranoia y pensamientos suicidas no sabían de
horarios. Unos padres de los suburbios trataban de calmar a su
hija adolescente anoréxica, mientras la chica gritaba que no quería seguir viviendo esta jodida vida. La madre lloraba; el padre miraba a la chica como si deseara acceder a su deseo y matarla allí
mismo. Junto a la puerta había un hombre dormido, ¿o estaba...?
Niels apartó ese pensamiento. Por supuesto que no estaba muerto. Cogió un número y se sentó con los otros que esperaban en la
sala de espera para no llamar la atención. Aun así había uno o dos
que lo miraban con recelo, ya que Niels tenía los pies desnudos.
Estaban enrojecidos y desprendían vaho en el ambiente templa-
do de la sala. No tenía sensibilidad en ellos. La enfermera del mostrador de recepción enviaba a casa a la mayoría después de una
breve conversación. Era su trabajo. Ella era la primera línea de

defensa del sistema. Un bastión humano. Varios lloraban. Era desgarrador y quizá cruel, pero Niels sabía que había una razón para que ella estuviese ahí. Más que cualquier otro lugar, la sala de emergencias psiquiátricas, abierta día y noche, atraía a las almas solitarias que podían inventarse cualquier cosa con tal de recibir un poco de calor humano. «Recuerda que los daneses son el grupo étnico más feliz y compasivo», había escrito un espíritu alegre en la pared con tinta. La chica anoréxica consiguió entrar por el ojo de la aguja y desapareció dentro del sistema. La mujer del mostrador se levantó y la acompañó por un pasillo junto con sus padres. Era el momento que Niels estaba esperando. Se internó por otro pasillo. Se detuvo y miró alrededor. Paredes de color claro, decoradas a tal punto que rozaban el fanatismo: corazones de Navidad, figuras de Papá Noel trepadoras y guirnaldas. Se abrió una puerta detrás de él.

—¿Quieres jugar un poco?

Una hermosa mujer de unos cuarenta años, con una mirada maníaca en sus ojos parpadeantes, estaba detrás de él y se reía como una colegiala. Tenía manchas de lápiz labial en la parte inferior de la cara y no parecía sobria. Se acercó a Niels.

—Vamos, Carsten, anímate. Los niños están dormidos y no tardaremos mucho.

—Carsten vendrá en un momento —respondió y siguió pasillo adelante.

El archivo no lo tendrían en la sección de confinamiento, pensó. Siempre estaba en el sótano, así sería.

Paredes de ladrillo, un sótano viejo, desgastado, erosionado por la humedad durante años. Los pasillos allí eran significativamente más cortos que los de la planta baja. Niels encontró un par de oficinas vacías y una sala llena de sillas plegables y mesas de jardín. Pero ningún archivo. Continuó. Tenía que estar allí. Más oficinas. Entonces vio una puerta al final del pasillo, y a su lado descubrió cajas con historias clínicas. Niels miró alrededor buscando algo con que forzar la puerta. ¿Una bombona naranja de butano? Vale, la levantó y se dispuso a reventar la puerta, pero en el último instante decidió probar antes el pomo. A veces se tiene suerte.

Desde luego, aquel archivo no tenía comparación con la vastedad del que acababa de visitar. Reconoció el orden: ficheros de registro con índices numéricos, y fichas en las que se indicaba el número de la historia clínica del paciente. Tardó sólo unos minutos en encontrar el estante con los de 1943. Y desde ahí no fue difícil llegar al «Paciente 40.12 – Thorkild Worning». La historia clínica psiquiátrica era mucho más elaborada y detallada de la que Thorkild Worning había obtenido como paciente de Dermatología.

23 de diciembre de 1943

El paciente fue trasladado a la clínica. Se queja de dolor de espalda agudo.

Objetivo:

El paciente padece una enfermedad epidérmica en la espalda que no puede ser diagnosticada con exactitud, pero se la supone un tipo de infección bacteriana. Se ha llamado a un dermatólogo de Finsen. El paciente sufre cambios de humor que van del silencio a una conducta desordenada, gritando, en pocos segundos. Está siendo tratado con medicamentos contra la ansiedad, sin resultado. Demuestra claramente su insatisfacción con el examen o al menos con mis preguntas. Signos de esquizofrenia; actualmente está lúcido y entiende por qué ha sido ingresado.

El primer día el paciente estuvo apático en su cama. No quería hablar con nadie. Llamaba a su esposa y reclamaba que se le diera un radiotransmisor para hablar con «sus contactos». Se negaba a ingerir alimentos. Por la tarde se le preguntó si no pensaba levantarse; eso le provocó una rabia violenta que terminó cuando se arrodilló para rogar a Dios que lo perdonara. Más tarde, esa noche, explicó sin embargo que no es creyente. Se muestra relativamente calmado.

Medicamentos:
No hay tratamiento farmacológico anterior.

Hablando de las voces que le hacen seguir despierto, el paciente dice que no puede dormir por la noche debido a una voz interior que le mantiene despierto. Se niega a explicar a quién pertenece esa voz interior o qué le dice. Durante el día está tranquilo. Se le vio de rodillas en su habitación recitando versículos de la Biblia. Al preguntarle qué versos eran, se negó a responder y empezó a comportarse de manera amenazante, aunque después se sentó a conversar con un psiquiatra. La conversación termina cuando el paciente, de nuevo, asegura que no cree en Dios pero considera «oportuno rezar de vez en cuando». Por la noche se queja de insomnio y del dolor.

Medicamentos:
Morfina-scopolamin ¾ ml.

Datos personales:
Sin comentarios. Se le ha encargado a Levin que hable con él.

Se llama al Dr. G. O. Berthelsen para que lo examine.

24 de diciembre de 1943

El paciente ha tenido una noche agitada. No ha dormido, ha amenazado a una enfermera y en varias ocasiones ha gritado que se comprometía «a escuchar». Por la mañana tuvo un ataque de rabia. «Estoy fuera de control», exclamó. Hay que observar que durante este ataque, así como en los episodios agresivos anteriores, dirigió la ira hacia su interior. No es peligroso para su entorno. En cambio se inflige a sí mismo golpes, mordeduras y arañazos en un grado significativo. «Te desgarro de mi cuerpo», exclamó sollozando en varias ocasiones. No sabemos quién es ese «tú». La tendencia autodestructiva del paciente es tan pronunciada que se teme un intento de suicidio.

La familia entregó al departamento un par de cuadernos que el paciente, en los últimos días antes de su ingreso, había rellenado con escritura automática: su correspondencia con Dios. Los escritos habituales del paciente están formados por una serie de preguntas a las que Dios responde con una escritura grande, infantil y distorsionada. O sea, una ampliación simple de la escritura del propio paciente. De vez en cuando la escritura «de Dios» resulta ilegible, incluso para el paciente, quien en la línea siguiente pide una respuesta más clara. A veces las respuestas «de Dios» son fruslerías. El contenido es muy estereotipado, simplista y carente de imaginación, caracterizado por un fuerte sentido de servilismo e incluye instrucciones para una supuesta misión del paciente. Éste ha redactado un par de manifiestos solemnes abiertos a la población mundial. En un periódico noruego ha señalado varios artículos.

Tratamiento:
Se prescribe terapia electroconvulsiva moderna.

NOTA: A pesar del tratamiento de electroterapia intensivo no se logra que el paciente abandone su conducta autodestructiva, y se decide inmovilizarlo.

Por primera vez desde su ingreso está dispuesto a reunirse con su esposa, Amalie Hjort Worning. La señora Worning, que parece muy afectada por la situación, trata de tranquilizarle. Pasan la mañana a solas en la habitación. Cuando ella sale al mediodía, dice a una enfermera que su marido parece haberse calmado, pero que habla de forma incoherente y le ha exigido que recupere su equipo de radiotransmisión.

Radiología:
Se pedirá cita.

Entrevista en presencia de taquígrafo. Presente el psiquiatra P. W. Levin.

14

*3.45 h, faltan 12 horas y 7 minutos
para la puesta de sol*

Niels hojeó los papeles restantes. Transcripciones de las entrevistas con el paciente. Un sello en la esquina superior izquierda: aprobado para fines educativos. Niels leyó:

LEVIN: Señor Worning, la taquígrafa va a dejar constancia escrita de nuestra conversación. Me ahorra mucho tiempo, al no tener que escribir el resumen de mis reuniones con los pacientes. Pero es sólo para mi propio uso. ¿Entiende?

WORNING: Haga lo que quiera.

LEVIN: Para el resumen tengo que recabar información general como lugar de nacimiento y...

WORNING: Nací en Aarhus.

LEVIN: ¿En 1897? Señor Worning, es mejor que antes de responder me permita terminar la pregunta. De lo contrario la taquígrafa no podrá...

WORNING: ¡Vale!

LEVIN: ¿Qué puede decirme acerca de sus antecedentes familiares? ¿Su madre y su padre?

WORNING: Mi padre trabajaba en el puerto, mi madre era ama de casa.

LEVIN: ¿Describiría su niñez como «buena»?

WORNING: Nunca fui maltratado ni explotado.

LEVIN: ¿Tiene hermanos?

WORNING: Muertos de tifus ambos. Con dos años de intervalo. Mi madre nunca lo superó.

LEVIN: ¿Y su padre?

WORNING: Bebía de lo lindo.

LEVIN: Pero usted fue a la escuela. ¿Podría describir su tiempo en la escuela como normal?

WORNING: Normal a tope.

LEVIN: ¿No advirtió algo extraño consigo mismo?

WORNING: ¿Extraño?

LEVIN: ¿Era usted como los otros niños? ¿Tenía compañeros de juego?

WORNING: Claro.

LEVIN: ¿Se sentía especialmente deprimido, o...?

WORNING: Era como todos los demás.

LEVIN: ¿Qué hizo cuando abandonó la escuela? ¿Fue al instituto?

WORNING: Trabajé en el puerto con mi padre. Fue una buena época hasta que...

LEVIN: ¿Hasta qué?

WORNING: El accidente.

LEVIN: ¿Qué accidente?

WORNING: Él cayó al agua. Pensó que el hielo aguantaría. Ni siquiera pudimos sacarle. Se hundió bajo el hielo. Dos semanas más tarde mi madre murió.

LEVIN: ¿De qué?

WORNING: Nunca fue al médico. Tosió y escupió sus pulmones a trozos. Y una mañana, dos semanas después de la muerte de mi padre, apareció la sangre. Mucha sangre. Lo recuerdo muy bien. Fue terrible. Unas horas después estaba muerta.

LEVIN: Lo siento.

WORNING: Fue lo mejor que le pudo pasar. Después de las muertes de Thea y Anna fue...

LEVIN: ¿Sus hermanas?

WORNING: ¿Puede alguien entregarme mi equipo de radio?

LEVIN: ¿Qué?

WORNING: Mi radiotelégrafo. Llevo dos días pidiéndolo.

LEVIN: No lo sabía. Preguntaré cuando hayamos terminado la entrevista. Hablemos un poco de su esposa.

WORNING: ¿Por qué? ¿Qué tiene ella que ver con esto?

LEVIN: ¿Hablamos de su trabajo, entonces? Usted está...

WORNING: Soy radiotelegrafista. No recibí mucha educación, pero tenía un amigo que... ¿Tengo que explicar todos los detalles?

LEVIN: Sólo si son importantes.

WORNING: Bueno. Trabajaba para el ejército. Hitler había comenzado a moverse en serio. Su intención era que yo trabajara como radiotelegrafista.

LEVIN: Su intención. ¿La intención de un superior?

WORNING: ¿Es una pregunta o qué?

LEVIN: Sí. ¿Puede explicar qué sucedió?

WORNING: He estado tras la pista de algo. Sí, así como lo digo. Estoy en la pista de algo.

LEVIN: ¿Detrás de qué pista ha estado?

WORNING: Hay algunos que están muertos. Alrededor del mundo.

LEVIN: ¿Por la guerra?

WORNING: No se trata de la guerra. Qué va. Sólo son muertos.

LEVIN: ¿Dónde ha oído eso?

WORNING: ¡Uy, no puede imaginar el alcance de mi radio! Ondas cortas. Ondas largas. Como tentáculos enviados por todo el mundo. Mensajes en una botella. Y algunos de ellos regresan.

Niels escuchó demasiado tarde que la puerta se había abierto. Se había sumido en una entrevista realizada medio siglo atrás. Y había alguien en la habitación.

15

*4.15 h, faltan 11 horas y 37 minutos
para la puesta de sol*

Fue muy difícil para Hannah acabar de abrir los ojos. Sentía el cuerpo pesado y la habitación le daba vueltas con movimientos lentos, como un juego en un parque de atracciones cutre. No estaba segura pero tenía la sensación de que le habían aumentado la dosis de analgésicos. Se sentía aletargada y le costaba despertarse. Pensó que ese día era viernes. Trató de divisar el sol, pero las cortinas estaban corridas. ¿Era todavía de noche? Tenía que levantarse. Cuando el sol se pusiera... Cerró los ojos unos segundos. Sólo un momento.

—¿Hannah? —Una voz desconocida—. ¿Estás despierta?

—¿Qué?

—Toma esto. —Una enfermera, tal vez Hannah la había visto antes, le puso una cápsula en la boca, le levantó la cabeza un poco y la ayudó a beber.

—No, por favor... No quiero que me aturdáis más.

—Sólo dormirás.

—No entiendes.

Hannah logró escupir el comprimido rojo, que aterrizó en el brazo de la enfermera, un poco disuelto por la saliva.

—Por favor, Hannah. Mira qué has hecho.

—Tengo que encontrarme con Niels.

—¿Tu marido?

—No; mi... —Renunció a explicarlo—. Tengo que verle.

La enfermera se dirigió a la puerta.

—Espera, no te vayas —dijo Hannah.

—¿Qué quieres?

—¿Qué hora es?

—Todavía de noche, Hannah. —Y se fue.

Quedaban sólo unas pocas horas. Necesitaba pensar y recuperar el dominio de su cuerpo. Apartó la sábana y se examinó las heridas. Las piernas podían andar. Lo malo era la parte superior del cuerpo. Los hombros, el pecho.

—¿Qué problema tienes? —preguntó el médico desde la puerta, con cierto fastidio.

—Nada.

—Tienes que descansar. Has tenido un paro cardíaco.

La enfermera entró con una jeringuilla.

—No, por lo que más quieras. No me aturdáis otra vez.

—De acuerdo, entiendo que es un poco aburrido, pero...

—¡No entiendes una mierda! Y tú no te acerques con esa jeringuilla. Debo mantener la cabeza despejada.

Intercambio de miradas. La enfermera desistió y salió. El doctor intentó calmarla y se acercó a la cama para darle unas palmaditas en el brazo.

—La tranquilidad es imprescindible para tu recuperación. De lo contrario, el corazón podría jugarte otra mala pasada. Sé que has andado por los pasillos. No debes hacerlo.

Aparecieron dos enfermeras.

—No. Os lo ruego. No lo permitiré.

—Sujetadla un momento —ordenó el doctor y cogió la jeringuilla.

Las enfermeras le inmovilizaron los brazos.

—¡No, no! ¡Es un error! ¡Un abuso!

El doctor le buscó una vena con la aguja.

—Es por tu propio bien.

16

4.27 h, faltan 11 horas y 25 minutos
para la puesta de sol

Niels se apoyó en los cajones que había a su espalda. Necesitaba estirar las piernas, pero tenía miedo de descubrirse. Cerró los ojos y rezó para que aquella mujer pronto terminara de hablar por teléfono. Lo había seguido hasta el sótano y luego había telefoneado al famoso Carsten.

—... Sólo quiero estar contigo en casa, Carsten. Y que hablemos de ello.

Esto ya lo había dicho cinco veces. Había llorado y acusaba a su interlocutor de ser deshonesto. Ahora estaba a punto de entrar en la fase final: la de suplicar.

—Sólo diez minutos, Carsten, por favor. Tienes tiempo de verme durante diez malditos minutos, joder.

Niels no estaba seguro de cómo terminaría aquel culebrón. De repente ella se quedó en silencio. Niels oyó algunos gruñidos, tal vez era su forma de llorar. Entonces la luz se apagó y la puerta se cerró de nuevo. Oyó pasos alejándose por el pasillo. Niels se acercó a la luz y siguió leyendo.

> LEVIN: ¿De qué modo están muertos? ¿Quiénes están muertos?
> WORNING: Tienen un signo en la espalda. ¿Amalie vendrá pronto? Ella tiene mi radiotelégrafo.
> LEVIN: ¿Un signo?
> WORNING: ¿Vendrá Amalie?
> LEVIN: ¿Qué signo?
> WORNING: Igual que el mío.

LEVIN: ¿Se refiere a su espalda? ¿Quién le hizo eso?

WORNING: ¿Usted cree en Dios?

LEVIN: No.

WORNING: No ¿qué?

LEVIN: No creo en Dios. Tampoco es esto de lo que vamos a hablar.

WORNING: Tengo que recuperar mi radiotelégrafo.

LEVIN: ¿Con quién va a hablar?

WORNING: Con los otros.

LEVIN: ¿Qué otros? Debe ser más específico.

WORNING: Los otros marcados. Los otros hombres justos.

LEVIN: ¿Hombres justos? ¿Son ellos los que le hicieron esa marca en la espalda?

WORNING: ¿Dónde está Amalie? Estoy cansado.

LEVIN: Dentro de un momento podrá descansar en paz y tranquilidad. Pero antes conteste una última pregunta.

WORNING: Vale.

LEVIN: ¿Quién cree que le hizo ese signo en la espalda?

WORNING: Él, ese en que usted no cree.

LEVIN: ¿Dios? ¿Quiere decir que Dios hizo el signo en su...?

WORNING: No sólo a mí. También a los demás.

LEVIN: ¿Dios hizo el signo en su espalda?

WORNING: Sí, Dios lo hizo. No puede ser otra persona. Pero se puede eliminar.

LEVIN: ¿Es posible eliminar el signo?

WORNING: Claro. Antes de que me mate.

LEVIN: ¿Quién le matará?

WORNING: Pero eso me obligará a hacer algo malo.

LEVIN: ¿A qué se refiere?

WORNING: Vale, no diré nada más.

LEVIN: ¿Qué significa que le obligará a hacer algo malo?

WORNING: No diré nada más.

25 de diciembre de 1943

Objetivo:

Ejemplo clásico de paranoia esquizofrénica. El paciente cree que es el centro de los acontecimientos mundiales y que está siendo perseguido. Una serie de experiencias traumáticas de la infancia pueden ser los factores desencadenantes.

Ha recibido terapia electroconvulsiva, pero sin el efecto deseado. Su esposa lo visitó esta mañana y experimentó una breve paz. Pero después de la cena cayó en una severa depresión de nuevo y fue visto golpeándose la cabeza contra el suelo mientras gritaba: «No puedo ser yo. No puedo ser yo.» Y más tarde: «Escucho. Prometo escuchar.» La medicación para la ansiedad no ha producido el efecto deseado. Por la tarde, el paciente estaba tan inquieto que llamamos a su esposa. Esto resultó un error porque poco después de las 14 horas, se descubrió que el paciente y su esposa habían desaparecido. El paciente había logrado romper una ventana y escapado con su esposa. Media hora más tarde el paciente deambulaba por el exterior del hospital empuñando un objeto punzante, probablemente un cuchillo. Nadie sabe de dónde lo sacó. Trató de matar a su esposa pero las enfermeras lograron sujetarlo. Su esposa fue ingresada con heridas en el cuello, se espera que sobreviva.

El paciente es anestesiado e inmovilizado.

28 de diciembre de 1943

El paciente está tranquilo y duerme la mayor parte del día. Por primera vez desde su ingreso duerme varias horas seguidas.

Cuando se despierta, quiere hablar con su esposa. No cumplimos su deseo. Por la noche se hizo un descubrimiento, que los dermatólogos llamados describen como «muy inusual»: Los ataques violentos psicosomáticos del eczema en la espalda del paciente muestran una notable mejoría. Las hinchazones han desaparecido, quedando sólo una suave marca roja.

26 de enero de 1944

El paciente fue dado de alta al mediodía.

Niels se sentó apoyándose contra la pared. No recordaba que estuviera allí sentado. La historia clínica descansaba en su regazo. Fuera se oían pasos. Voces. ¿Acaso se había dormido? Alguien debía haber visto la luz aquí abajo. No tenía fuerzas para otra fuga. Dos hombres entraron en el archivo.

—¡Aquí está! —dijo uno y señaló a Niels con una linterna encendida, a pesar de que Niels ya estaba bañado en la luz.

—¿Qué estás haciendo aquí? —preguntó el otro.

Tal vez dijeron más, pero Niels ya no les oyó.

Cuando lo colocaron en una camilla e iniciaron el trayecto de regreso, Niels miró su reloj: pasaba de las diez de la mañana. Fuera todavía estaba gris y el aire era pesado de nieve. Aún no se divisaba el sol; tal vez simplemente no había subido. Si se mantuviera alejado...

—¡Mantente alejado! —murmuró Niels para sí mismo antes de que su organismo cediera al sedante que le habían inyectado y se desvaneciera.

17

13.10 h, faltan 2 horas y 42 minutos
para la puesta de sol

Otro despertar. La conciencia venía en pequeñas oleadas que hacían que sus ojos se abrieran y luego se retiraba otra vez.

—Yo... —dijo Hannah, y se paró. Esta vez no quería hablar con nadie. Ni pedir ayuda. Ni mendigar al personal para mantenerla consciente. Estaba en un hospital, harían todo lo posible para salvarla. Pero ellos no entendían. Entonces Hannah lo supo: el designio era que ella iba a morir. Antes del atardecer.

Movimientos tranquilos, al mismo ritmo que sus pensamientos aún alterados por la droga. Primero se quitó la aguja del gotero y se puso una tirita. Las piernas en el borde de la cama. Ponerse de pie. Insegura como una niña pequeña dando sus primeros pasos vacilantes. Una pierna no podía hacer casi nada. Debería usar una muleta o una silla de ruedas.

Se apoyó contra la pared y se centró en avanzar hasta el armario. Su chaqueta colgaba en una percha. Tal cual había quedado tras el accidente, sucia y desaliñada. Olía a enebrinas y alcohol. Recordó la botella de gin destrozada. Los fragmentos de vidrio azul celeste. Se puso su chaqueta. Al principio no reconoció a la mujer que estaba de pie ante ella y la miró con ceño. Luego vino lo doloroso: era su propio reflejo en el espejo. Por un momento vaciló entre sentir alivio o abatimiento. Tenía hinchado un lado de la cara, pero no importaba. En poco tiempo iba a dejar su carcasa terrenal para siempre.

—Como el anterior. Elimina el dolor más intenso. —La enfermera estaba inclinada sobre Niels mientras él, con dificultad, tragaba dos comprimidos. Ella vigilaba que los tragara de verdad.

—¿Es viernes? —se oyó preguntar.

—Sí, viernes. Día de Navidad. Has dormido durante mucho tiempo, Niels.

—Por la tarde.

—¿Qué va a pasar por la tarde, Niels?

—Cuando el sol se ponga.

—Me han dicho que has salido fuera a primera hora de esta mañana. —Ella sonrió. Tal vez por la palabra que utilizó: «salido» sonaba como un perro en celo—. Fue una suerte que te encontraran tan rápidamente. Creo que estás un poco confundido acerca de todo esto.

Él no respondió.

—¿Sabes qué, Niels? En realidad no es tan raro que el paciente se despierte desconcertado. Es normal. —Ella le cogió la mano.

Él miró por la ventana, intentaba alcanzar la visión del sol. Por un momento pensó que la luz era tan deslumbrante que no le dejaba ver los árboles, pero era sólo un reflejo de la lámpara. Trató de susurrar, pero ella no le oyó.

—Te quedarás aquí, Niels. Así podremos cuidar de ti. —Su mano seguía sobre la suya—. ¿Quieres decir algo?

—Apaga la luz.

—Sí, por supuesto.

Ella apagó la luz de encima de la cama y desapareció el reflejo en la ventana. El sol pendía rojo e impaciente por encima de los árboles del parque. No quedaba mucho tiempo. Por un momento estuvo a punto de darse por vencido. Pensó: «Pues que me lleve a la tierra de los muertos. Que todo se vaya al infierno.»

Ella interrumpió sus pensamientos:

—Fuera hay unos señores que quieren hablar contigo. Han venido cada día desde que fuiste ingresado. —Y se asomó a la puerta para decirles que entrasen.

Aparecieron Sommersted y Leon. Éste se quedó junto a la

puerta, como un guardaespaldas de un jefe mafioso. Sommersted se acercó.

—Sólo un momento —les advirtió la enfermera antes de irse.

Niels no identificaba la mirada de Sommersted. No mostraba reconocimiento, simpatía, frialdad o desprecio. Si no hubiera sido por el trozo de humanidad expresado a través de los celos que sentía por su esposa, Niels podría haber creído que Sommersted era un robot compuesto por cables e ingeniería de precisión.

—Sinceramente, Niels, no entiendo todo esto —dijo Sommersted con calma y moderación, como alguien que tiene todo el tiempo del mundo y sabe que no va a ser interrumpido—. Pero tenías razón: el sábado encontraron a un policía asesinado en Venecia. Y como dijiste, tenía una marca en su espalda. Todavía estamos esperando el informe forense definitivo de Italia, pero parece que se trata del número treinta y cinco, seguramente tatuado. Ahora, la Interpol se ha tomado el asunto en serio.

Sommersted respiró hondo y Niels lo interpretó como una especie de disculpa: «Lamento no haberte escuchado.» Niels miró a Leon; era como mirar los ojos de un pescado.

—¿Qué pasa contigo, Niels? —dijo Sommersted de repente, con un tono empático algo inhabitual para su voz.

—¿Conmigo?

—¿Cómo estás? El médico jefe me dijo que estuviste con un pie en el otro barrio. ¿Fue un tren?

—Un coche en un paso a nivel.

—Vaya. —Sommersted asintió con la cabeza—. Te honra lo de las niñas. Dicen que hubieran muerto de no haber estado tú allí. Primero la familia en el barrio de Nordvest y luego las dos niñas. No son pocas vidas las que tienes en tu conciencia.

—¿En mi conciencia?

—Sí, en el haber positivo de tu buena conciencia. —Sommersted movió la cabeza y miró el suelo antes de continuar—: Como ya te he dicho, no sabíamos nada de esto, pero ahora estamos extremando la seguridad en el hospital para los próximos días.

—Sólo por la tarde. Al ponerse el sol. —Niels miró por la ventana. El sol ya rozaba la copa de los árboles.

—Muy bien.

Leon intervino:

—Por supuesto, no hablamos del mismo nivel de seguridad de la Cumbre. Hemos informado a la seguridad del hospital y les hemos pedido que estén alerta. Controlamos las cuatro entradas principales y mantenemos una especial vigilancia en el aparcamiento del sótano. —Sólo miraba a Sommersted. Como un niño que espera una mirada de reconocimiento de su padre. Su ruego fue escuchado: Sommersted asintió con la cabeza.

—Bien hecho, Leon.

Y ya se marchaba cuando de repente se dio la vuelta y dijo:

—Aun así, nunca voy a comprenderte, Niels. ¿Entiendes?

—Pues en realidad no. —Niels vio la sorpresa de Sommersted por su réplica.

—Tal vez debería haberte escuchado. Pero contigo nunca sé, Bentzon. Pareces tan ingenuo, pero sin embargo... —Hizo una pausa. Niels sabía que se disponía a poner los puntos sobre las íes—. Tu comportamiento enorgullece al cuerpo de policía, de verdad que sí, pero no puedo evacuar el hospital. Lo comprendes, ¿verdad? Leon y algunos chicos más estarán muy atentos al desarrollo del asunto.

Niels asintió con la cabeza, sorprendido. «Los chicos.» No era un término propio de Sommersted. Se estaba mostrando como un entrenador de fútbol para niños pequeños. Le convenía. Tal vez fuera ésa la palabra exacta que hizo que Leon interviniera otra vez:

—Bentzon, maldita sea, todos nos preocupamos por ti. Ahora tienes que recuperarte de una vez.

Niels lo miró. No sabía qué responder. A Sommersted le molestaba el silencio, así que añadió:

—Por lo demás, estuvo muy bien lo del Hopenhagen. Ofrecimos un buen servicio a los líderes. —Se encogió de hombros—. Así pues, al parecer el mundo está a salvo, por ahora.

Leon trató de sonreír. Él siempre había sabido cómo jugar siguiendo las reglas del juego. También las tácitas, y una de ellas era sonreír cuando el jefe hacía una broma.

Niels asintió con la cabeza maquinalmente.

Entonces llamaron a la puerta con fuerza. La enfermera asomó la cabeza.

—¿Ya estáis?

—Sí, ya estamos. —Sommersted le dio una palmadita torpe a Niels y salió.

—Cuídate, Bentzon. —Leon levantó la mano en señal de saludo y siguió a su jefe.

Niels no oyó cuándo se abrió la puerta de nuevo, pero sí un leve susurro:

—Niels.

Él se volvió en la cama. Hannah estaba a su lado en una silla de ruedas. La imagen le apenó pero una mirada a su rostro le dio esperanza. Había sucedido algo en ella.

—Hola, Niels.

—Hola, Hannah.

Ella rodeó la cama y puso su mano sobre la de él.

—Qué feliz estoy de verte. Te he estado buscando. —Su voz era débil, pero llena de vida—. Traté de encontrarte, pero me mandaron de vuelta a la habitación.

—Debemos salir de aquí, Hannah. No queda mucho tiempo.

—Niels. Hay tiempo suficiente. Trataré de explicártelo todo. Pero primero tienes que escuchar.

—El sol se está poniendo.

—Cuando morí, no era sólo oscuridad. —Hannah le apretó la mano—. Hay algo más que esta vida. Y tengo pruebas de ello.

—¿Pruebas?

—Ya te lo dije por teléfono. ¿Estabas un poco confuso, tal vez? —Ella sonrió. Él negó con la cabeza—. Realizaron un amplio estudio, Niels. Pusieron fotos bajo el techo de las salas de emergencia de muchos hospitales. Fotos que sólo se podían ver si uno flotaba. No es magia, es algo rigurosamente científico. Intervinieron médicos e investigadores con el auspicio de Naciones Unidas, gente como yo, que ha asimilado los estrictos requisitos de honestidad científica desde su temprana juventud. Puedes ver todo el asunto en internet. Por favor, escúchame hasta el final antes de interrumpirme: yo vi la foto puesta bajo el techo. Podría describir esa imagen, que he tenido la oportunidad de ver gracias a que mi conciencia abandonó mi cuerpo.

—¿Conciencia? —Niels suspiró. Hannah tenía una mirada alucinada que no le gustaba nada.

—Llámalo como quieras. Alma si quieres. No lo sé. Sólo sé que con esta evidencia podríamos vernos obligados a pensar de una manera completamente diferente.

—Debemos salir de aquí antes de que el sol se ponga.

—¿Te acuerdas de la historia que te conté sobre aquel compañero, en mi institución, que no podía decir que no? ¿Para el que su bondad era un problema?

—Tenemos que huir de aquí, Hannah. ¿Me ayudarás?

—Mírate, Niels. Trataste de salvar a aquellas niñas. Podrías haber llegado a intentar detener el coche con tus manos desnudas.

—Hice lo que cualquiera hubiera hecho.

—¿Correr alrededor del Hospital General buscando un hombre bueno? ¿Lo haría cualquiera, Niels?

—Eso es porque soy un maníaco. Maníaco-depresivo. No estoy bien de la sesera.

—Sí. Es tu modo de hacerlo.

—Vámonos de aquí.

—No podemos y lo sabes. Entiendes muy bien lo que quiero decir.

Niels no respondió. En su cabeza resonaba una frase de Worning: «Pero eso me obligará a hacer algo malo.»

—La historia de Abraham. Dios le pidió que llevara a Isaac a la montaña. Tú mismo lo dijiste cuando estábamos tumbados en las dunas del mar del Norte.

—No quiero oír hablar de eso.

—Tendrás que hacerlo.

Niels apartó la manta y trató de sacar las piernas por el borde de la cama.

—Vas a tener que dejar de ser bueno, Niels. Es tu única oportunidad.

—Hannah... —Niels se interrumpió y recordó las palabras de Worning. Se deslizó de la cama y miró hacia el sol.

—Tienes que sacrificar algo. Algo que te guste. Algo que demuestre que estás escuchando. ¿Entiendes lo que te digo, Niels? Yo estaba muerta pero fui devuelta a la vida. Yo vi con mis propios ojos una mirada de... ese ser.

Niels la dejó hablar.

—Nosotros, tú, Niels, tendrás que aceptarlo: hay algo más grande que nosotros. Y tienes que demostrar que lo entiendes.

—¿Qué debo demostrar? ¿Qué es exactamente lo que tengo que demostrar?

—Que podemos creer en algo que no seamos nosotros mismos.

Niels tenía ganas de vomitar. Darle unas bofetadas. Así, como antes se hacía con las mujeres histéricas. Él vio la compasión en su rostro hinchado. Esos ojos inteligentes. A ella sólo se la podía parar con argumentos racionales.

—¿Y luego, Hannah? —También se lo preguntaba a sí mismo—. ¿Qué pasará después?

—No lo sé. Tal vez... tal vez continúe. Entonces nacerá una nueva generación. Los treinta y seis nuevos justos.

Él sacudió la cabeza.

—Debemos salir de aquí, Hannah —susurró sin convicción. Ella no respondió.

—¿Cuánto tiempo tenemos?

—No tiene sentido, Niels. Piensa en el policía italiano. También era parte del diseño. Vas a tener que dejar de ser bueno.

Él estalló:

—¿Cuánto tiempo tenemos, maldita sea?

—Diez minutos, más o menos. Después el sol se habrá puesto completamente.

Niels se quitó la aguja del gotero. Un hilo de sangre rojo oscuro brotó del pinchazo. De repente se oyeron gritos y pasos presurosos en el pasillo. Hannah se levantó de la silla de ruedas y le alcanzó una servilleta. Se tambaleó pero recuperó el equilibrio.

Mientras Niels intentaba levantarse de la cama, Hannah rebuscó en su armario. Niels estaba pálido como un cadáver, entonces la cogió de la mano y dijo:

—Ayúdame, Hannah. Ayúdame para que al menos pueda hacer un intento por escapar.

Ella se dio la vuelta empuñando la pistola de Niels.

—Vale.

18

15.42 h, faltan 10 minutos para la puesta de sol

Leon lo había escuchado en la radio de la policía hacía varios minutos: «Furgoneta verde oscuro se ha saltado un semáforo en rojo en la plaza Rådhus. Viola el límite de velocidad. Un coche patrulla la sigue a doscientos metros.» No tenía relación con él. Sin embargo, se puso de pie cerca de la ventana.

—¿Eres médico? —oyó Leon a su espalda—. Necesito ayuda.

Leon iba a responder al paciente desorientado cuando escuchó la radio otra vez: «Camioneta verde oscuro está siendo perseguida por la calle Østersø. Bloqueamos el puente Fredensbro.» Una ligera alarma comenzó a sonar en la cabeza de Leon: día de Navidad. No es un día cualquiera, en realidad es uno de los más tranquilos. El único riesgo eran los padres de familia que pensaban que podían conducir con ocho cervezas o cuatro whiskys. Era raro una persecución en coche por las calles heladas, en Navidad. Leon cogió la radio.

—¿Albrectsen? ¿Hay vigilancia en la calle Fælledvej?

La respuesta llegó de inmediato:

—Sí, todo tranquilo.

Leon miró por la ventana. Al principio no estaba seguro, pero cuando vio a los otros coches apartándose la distinguió entre los remolinos de nieve. Ventanillas oscuras. Una furgoneta antigua. «Furgoneta Citroën verde oscuro dirigiéndose por el puente hacia el Hospital General.»

—¡Joder! —Leon cogió el transmisor y dijo—: ¡Albrectsen! ¿Has escuchado la radio?

—¡Sí! Tengo cubierta la entrada principal.

—Equipo número dos. ¿Tenemos a cubierto la rampa del aparcamiento del sótano? —Esperó una respuesta—. ¿Equipo dos? ¿Jensen? —No hubo respuesta—. Albrectsen, ¿ves al equipo dos?

—No. Ellos se fueron hace bastante rato.

Leon oyó las sirenas de los coches que perseguían a la furgoneta.

—¡Mierda! —Leon echó a correr gritando—: ¡Albrectsen! ¡Ponte más allá en la calle para cubrir tanto la entrada principal como la rampa!

Se detuvo en seco. No dio crédito a sus ojos cuando vio a Niels aparecer cojeando por el pasillo.

—¿Bentzon? ¿Qué coño haces aquí? ¿No deberías estar en tu habitación?

Niels se apoyaba en Hannah y ella en una muleta. Una bella pareja.

—¿Qué está pasando, Leon?

—Nada que deba preocuparte. Lo tenemos bajo control.

Entonces oyeron los desesperados gritos de Albrectsen por la radio: «¡Ha pasado como un bólido! ¡Se dirige al aparcamiento del sótano!»

Leon echó a correr mientras daba órdenes como un general en el frente:

—¡Que nadie salga del coche! ¿Entendido? ¡Todos preparados!

—Larguémonos, Hannah. —La voz de Niels sonó débil. Sólo el haberse levantado de la cama había mermado sus fuerzas. Le quemaba la espalda.

—No podemos, Niels. ¿Qué te parece la azotea? Desde allí tendremos una buena vista.

—Vamos al ascensor. —Niels se tambaleó hacia el ascensor más cercano. Pasó por una ventana y miró hacia fuera. El fuerte viento, a lo largo de la carretera, doblegaba los árboles con violencia. Algunos coches habían patinado, saliéndose de la carretera helada. Se habían quedado embarrancados como ballenas en los grandes montículos de nieve de los arcenes, seguramente tratando de evitar una colisión con la furgoneta. La última luz del sol luchaba todavía en una guerra desigual para penetrar en la nieve y la oscuridad creciente. Los rayos anaranjados hacían que Copenhague, techos, calles, el aire, pareciera arder en llamas—. El Día del Juicio Final —susurró Niels. Así lo parecía: calmado, tranquilo y rojo.

Ahora pudo ver la furgoneta oscura, a gran velocidad, yendo por la rampa hacia el aparcamiento del sótano. Arrolló dos bicicletas estacionadas, lanzándolas por los aires.

—¡Vamos, Niels! —Hannah ya había llegado a los ascensores.

Niels se apresuró. No podía quitarse de la cabeza la imagen de la furgoneta.

—A la azotea no —dijo cuando casi se desplomó en el ascensor.

—Es nuestra única oportunidad, Niels. Las salidas están bloqueadas. Es imposible. Y el sótano está... Lo has oído tú mismo: lleno de policías.

—Vamos a la salida. Correremos el riesgo. Tenemos que salir de esta cárcel, alejarnos de ellos. —Y pulsó el botón de planta baja antes de dejarse caer.

—¡Niels! —Hannah se agachó a su lado—. ¿Estás muy mal?

—La espalda me quema... ¿Cuánto tiempo nos queda? —Sintió el sabor de su propia sangre—. La boca me sangra... —Y se vino abajo.

—Vamos, Niels. —Ella trató de levantarlo.

Él oía sus palabras pero no las entendía. Se incorporó encorvado en el ascensor. El dolor en la espalda era insoportable. Se sentía como si estuviese apoyado contra una brasa incandescente.

—Estás sangrando por la nariz.

Como en trance, él se llevó la mano a la nariz. Hannah tenía razón.

—Tenemos que salir a la azotea, Niels.

—¿Por qué? —balbuceó.

—Sólo nos quedan unos minutos.

—Entonces ya estoy muerto, Hannah. Y luego tú...

—No, Niels. —Ella sacó algo del bolso—. Utilizaremos esto.

Él, con dificultad, levantó la cabeza.

—No, Hannah...

Ella empuñó la pistola con decisión.

15.48 h, faltan 4 minutos para la puesta de sol

La furgoneta oscura fue atronando por la rampa a una velocidad de vértigo. Por un momento estuvo a punto de salirse. Los frenos se bloquearon y sólo la suerte impidió que se estrellara contra uno de los pilares de cemento.

Leon y los otros oficiales rodearon el vehículo con las armas en alto.

Albrectsen se posicionó detrás del coche, mientras que Leon se acercó a la puerta lateral.

—¡Policía! Abra la puerta muy lentamente y baje.

Entonces oyeron sonidos. Una voz. Al principio como un gemido, y a continuación un grito terrible que les puso la piel de gallina.

Un hombre se apeó. No tendría más de veinte años. Cabello desaliñado y expresión asustada.

—¡Tírate al suelo! —ordenó Leon.

—Yo...

—¡Cállate y al suelo! ¡O disparo!

En ese momento Albrectsen abrió la puerta de atrás. En el interior, en un colchón, había una mujer. Ella gritaba.

—¿Qué diablos está pasando, Albrectsen? —gritó Leon mientras esposaba al joven.

—Jefe... —Albrectsen estuvo a punto de echarse a reír.

—¿Qué?

—Es sólo mi novia... —trató de explicar el joven.

Leon se acercó y miró a la mujer. Ella estaba tumbada con las piernas separadas. Leon creyó ver una pequeña cabeza asomar.

Por unos segundos se quedaron paralizados. Entonces ella chilló:

—¿Os vais a quedar ahí mirando como unos pasmados?

19

15.50 h, faltan 2 minutos para la puesta de sol

Desde allí tenían unas vistas panorámicas de toda Copenhague.

El sol ya no se mostraba como una esfera, sino medio difuminado entre nubes y nieve, justo por encima del horizonte. Niels miró hacia atrás cuando Hannah fue hacia el centro del helipuerto. La nieve en remolinos golpeaba como diminutos proyectiles.

—Éste es un buen lugar —susurró ella, y sus palabras fueron arrastradas por el viento—. ¡Cógela! —gritó para sobreponerse a la tormenta—. ¡Coge la pistola!

—No, Hannah.

—¡Mírame! —Ella se volvió, lo agarró y trató de obligarle a mirarla a los ojos.

—No puedo.

—Debes poder, Niels.

—¡Apártate de mí! —Él trató de alejarla, pero estaba demasiado débil y ella no le soltaba.

—Todo termina aquí, Niels. ¿Lo entiendes? —Ella apretó la pistola en la mano de Niels. Si él hubiera querido habría podido arrojarla lejos, lanzarla con una leve parábola hacia la oscuridad, pero no lo hizo—. Termina aquí —repitió ella.

Él no puso el seguro al arma y miró hacia la puerta, un mínimo movimiento que todavía requería toda su fuerza. Levantó el arma y apuntó hacia la única salida a la azotea: la puerta del breve pasillo que llevaba al ascensor.

—Nadie va a entrar, Niels.

—¡Aléjate de mí!

Ella se quedó.

—¡Aléjate, te digo! —insistió él.

Ella se apartó un metro.

—Más lejos. —Él se tambaleó, pero mantuvo apuntada la pistola. Como si este pequeño objeto, creado con la única intención de extinguir vidas, paradójicamente, fuera su última esperanza para vivir.

—¡Niels...! —Su grito fue en vano. Él no la oía—. ¡Niels, escúchame! —Ella se acercó y lo agarró de nuevo.

—Aléjate de mí.

—Escúchame, Niels. Nadie va a venir. Ningún asesino. Sólo somos nosotros.

Él no dijo nada.

—Tienes que dejar de ser bueno. Ahora vas a sacrificarme.

—¡Basta, Hannah!

Una vez más trató de apartarla de un empujón.

—Es tu única posibilidad. ¿No lo entiendes? Tienes que actuar.

Él no respondió. La nariz le sangraba y las rodillas apenas si lo sostenían. Hannah pensó que se derrumbaría, que ya era demasiado tarde. Pero una mirada rápida hacia el oeste le mostró que el sol todavía pendía del horizonte.

—No vendrá ningún asesino, Niels. ¡Entiéndelo, por favor! No hay ningún terrorista loco, ni ningún asesino en serie. Se trata sólo de nosotros.

—Basta ya.

—Pégame un tiro, Niels.

—No...

—Debes actuar. Ahora. Demuestra que estás escuchando. Es el meollo de todo esto: tienes que sacrificar lo que amas.

Hannah aferró el cañón del arma y lo dirigió contra su propio corazón.

—No significa nada para mí, Niels. Eso es lo que trato de decirte. Ya estaba muerta cuando tú me encontraste. Morí cuando Johannes murió.

—Hannah...

Ella se levantó a su altura; sus labios rozaron su oreja cuando susurró:

—Vamos a demostrar que estamos escuchando. Que sabemos que hay algo más. —Ella puso el dedo de Niels en el gatillo—. Tienes que apretar el gatillo, Niels. Tienes que hacerlo, quiero volver allí, he visto lo que nos espera. Eso es todo lo que quiero. Volver. A Johannes.

—Ni hablar.

—Nadie lo sospechará. Todo el mundo creerá que fue un suicidio. Soy una ruina mental. Tu jefe tenía razón. —Esbozó una incongruente sonrisa—. No tengo nada que perder. Nada.

—No... no puedo.

De repente el mundo enmudeció. Niels vio que su boca se movía, pero sin sonido alguno. El fragor del viento, la tormenta y la ciudad debajo de ellos habían desaparecido. Sólo quedó un silencio que él no sabía que existía. Un silencio tan conmovedor que le hizo cerrar los ojos, agradecido.

—Es tan silencioso... —susurró—. Tan silencioso.

Un calor fluyó por su cuerpo. Una calidez maravillosa que hizo desaparecer el dolor de su espalda y le dio tranquilidad, y por fin alivio. Quizás Hannah tenía razón, tal vez fuera una promesa de lo que le esperaba. La calidez, la paz. Por un momento la tormenta pareció cesar. La nieve había desaparecido, las nubes se habían apartado y dejaban divisar las estrellas, justo encima de él, tan cerca que podía tocarlas. Volvió a mirar a Hannah, que gritaba y le rogaba, pero él no podía oír nada. Ella apretó la boca del arma contra su corazón y dijo: «Ahora, Niels», pero él seguía sin poder oírla. Niels cerró los ojos. Sabía que ella tenía razón. No quería escucharla. No podía. Sin embargo, apretó el gatillo y el percutor produjo un fuerte retroceso.

Hannah se estremeció y pareció tambalearse. Niels la miró y ella dio un paso atrás. No había sangre. En ese momento los sonidos volvieron de nuevo y le estallaron en los oídos con estrépito.

—Pero...

Hannah se volvió. Miró hacia el oeste. El sol había desaparecido. La oscuridad había llegado.

—Lo has hecho, Niels.

Él sintió que le temblaban las rodillas. Trataba de ver el orificio de entrada de la bala. No comprendía por qué Hannah no sangraba. Leves contracciones espasmódicas recorrían el cuerpo de Niels.

Hannah alargó la mano hacia él y la abrió lentamente. Ahí estaba el cargador de la pistola.

Ella se sentó y lo abrazó. Él cerró los ojos.

Oyó pasos y voces. Leon gritó:

—¿Bentzon? ¿Estás ahí arriba?

Niels abrió los ojos.

—¡¿Bentzon?! —Leon volvió a gritar.

Pero Niels sólo miraba a Hannah, y tal vez a los copos de nieve que bailaban y se arremolinaban entre ellos.

20

Lunes 4 de enero de 2010

Niels notaba claramente el cambio en su cuerpo cuando hacía la maleta en el hospital. No sólo el dolor de su espalda había desaparecido, también le era más fácil moverse. Algo en su interior había cambiado. Normalmente sólo tenía que hacer la maleta para que le inquietara la idea de viajar, tanto que la ansiedad le paralizaba el cuerpo, un adversario duro de derrotar.

Pero ahora era diferente. Se sentía muy sereno mientras colocaba la ropa meticulosamente en la maleta. Placa de la policía y pistola encima. Ningún miedo al mirar la maleta hecha.

—¿Te vas a casa hoy? —La enfermera estaba cambiando las sábanas de la cama.

—Sí, no puedo quedarme más. Me estáis engordando demasiado con la buena comida que me dais. —Se dio unas palmaditas en el estómago.

—Me alegro de que te sientas mejor.

—Gracias por tu ayuda. —Le tendió la mano. Pero para su sorpresa, ella le dio un abrazo.

—¡Buena suerte en todo, Niels! —Parecía un poco triste, como si le fuera a echar de menos, pero sonreía.

Hannah iba a ser dada de alta en los próximos días. Cuando Niels fue a su habitación para despedirse, le llevaba un ramo de flores. No había jarrón donde ponerlas.

—Ponlas simplemente aquí —dijo ella y dio unas palmadas en la cama—. Son hermosas. ¿Qué son?

Niels se encogió de hombros.

—No sé nada sobre flores.

—Una vez tuve la pretensión de hacer un jardín como es debido en la casa de verano. Plantar de nuevo de todo y, bueno... ya sabes.

Él la besó en la boca brevemente; labios cálidos y suaves. Tal vez fue un poco fuera de lugar pero funcionó, él lo sintió en las entrañas.

Tenía un regalo, un paquete envuelto en papel de periódico.

—¿Qué es? —Ella se había sonrojado por el beso.

—Ábrelo.

Ella lo hizo con celo infantil. La expresión se le demudó cuando vio en qué consistía el regalo: era el cargador del arma.

—Tranquila. Le he sacado los cartuchos.

Ella lo cogió. Suspiró y lo giró varias veces.

—Estaba segura de que iba a morir —dijo—. Que ése era mi destino.

—¿Cuándo cambiaste de opinión?

Ella le miró.

—Pues al final no lo hice. Simplemente no sé si fui yo quien sacó el cargador. O... —Dejó inconclusa la frase—. Te acompañaré afuera —añadió.

Habían hablado del asunto varias veces en los últimos días: lo que realmente había sucedido en la azotea. Cada vez que Niels preguntaba quién de los dos lo había hecho, Hannah le corregía:

—¿«Qué», Niels, «qué» lo hizo?

Y Niels no respondía.

Un pasillo largo y blanco. Médicos, enfermeras, pacientes y familiares. Un sonido llegó a través de los demás sonidos: el llanto de un bebé. Niels se detuvo y miró alrededor. Una madre joven, cansada pero feliz, se acercaba con su hijo recién nacido. Pasaron por delante de Niels y Hannah. Él volvió la cabeza, miró a la pequeña criatura cuando se cruzaron y, tal vez por eso, se chocó con la enfermera.

—Lo siento.

Ella se iba, pero él la detuvo.

—¿Puedo preguntarte una cosa?

La enfermera se volvió.

—¿Cómo puedo averiguar si hubo un nacimiento el pasado viernes sobre la puesta de sol?

Ella pensó un momento.

—Debe informarse en el departamento de Obstetricia.

—Gracias.

Hannah le tiró de la manga.

—¿Qué? —preguntó él.

—Niels. ¿No eres demasiado exagerado?

—¿Por qué? ¿No quieres que la carrera de relevos continúe?

Niels llamó cortésmente, pero como nadie contestó, entró en la habitación. Hannah se quedó esperando en el pasillo.

Flores, chocolates, ositos de peluche y ropa de bebé. La madre estaba echada en la cama, medio dormida, con su bebé en brazos. El joven padre estaba sentado en una silla, roncando. La pareja correspondía perfectamente a la descripción de Leon de los que habían llegado en la furgoneta oscura. La madre levantó la vista.

—Felicidades —dijo Niels.

—Gracias. —Lo miró con expectación, como intentando recordarle—. ¿Nos conocemos?

Niels se encogió de hombros y miró al pequeño, que estaba a punto de despertar.

—¿Es niño?

—Sí —sonrió ella—. Un pequeño impaciente. Llegó un mes antes.

—¿Me prometería algo?

Ella le miró con curiosidad.

—Cuando su hijo sea un poco más mayor y tenga problemas para viajar, si fuera así, ¿me promete que no se enfadará con él?

—No entiendo qué...

—Sólo prométamelo.

Y Niels salió de la habitación.

21

Viajar por primera vez. La mayoría lo recuerda, el sentido infantil de la aventura emocionante cuando el avión despega. Cómo todo es nuevo: las azafatas, la comida, las tazas pequeñas, la vajilla de plástico y los accesorios similares a los de una casa de muñecas. Cómo dejar atrás tus problemas y confiar el destino y el itinerario a otras personas.

Venecia

El olor de la laguna era distinto a cualquier olor que Niels hubiera conocido. Incitante pero al mismo tiempo viciado. Agua salobre negra y azulada que había tentado a Lord Byron a saltar al canal. Niels había leído algo sobre esto en la guía del avión.

La mayor parte del vuelo, sin embargo, se había limitado a mirar por la ventanilla. Cuando estaban sobrevolando los Alpes, lloró en silencio y sin moverse. Fue bueno que Hannah no estuviera allí. Ella le habría dicho que los Alpes no eran más que dos placas continentales chocando una con otra. Y que el Mediterráneo, en pocos millones de años, habrá desaparecido, cuando el continente africano alcance a Europa. Millones de años que Kathrine no querría esperar, por eso Niels había reservado un billete de Venecia a Sudáfrica. Tendría que hacer tres trasbordos y le llevaría un día entero.

Uno de los jóvenes que llevaban taxis acuáticos se ofreció:

—¿Venecia, *signore*?

Niels sacó la guía y señaló la isla del cementerio.

—¿San Miguel? ¿Cementerio?

Niels pronunció un tímido «sí» y de inmediato se activó el precio: 90 euros. ¿Qué diablos? Hannah le había dicho que en Venecia había que negociar los precios, especialmente esa temporada, cuando estaban desesperados por obtener ingresos.

Niels se echó a reír cuando el taxista accionó el acelerador y la embarcación se alejó zarandeándose sobre el agua, provocando ondas concéntricas como una piedra lanzada al agua. El joven miró a Niels y ambos compartieron el simple placer de la velocidad.

En San Miguel tuvieron que esperar a que bajaran un ataúd de un bote pintado de negro, antes de poder atracar. El taxista ayudó a Niels a desembarcar en el muelle, y le saludó con entusiasmo cuando entró en el cementerio. Sólo en ese momento Niels se dio cuenta de que no sabía cómo iba a salir de aquel lugar.

Si aquel camposanto era un anticipo del resto de la belleza de la ciudad, prometía muchísimo. Capillas, claustros, palmeras y sauces, ornamentos, caras angelicales y alas, y una cornucopia de arte sacro que ayuda a olvidarse del buen gusto. Durante casi una hora Niels paseó tan fascinado como confundido. Luego, poco a poco, empezó a ver una organización: dónde se habían colocado las últimas urnas y dónde se enterraban a los protestantes.

Niels andaba por pasillos interminables de urnas encima de más urnas. Rostros y nombres. Flores y velas en vidrio rojo que protegía de la lluvia.

Encontró los vestigios terrenales de Tommaso apretujados entre Negrim Emilio y Zanovello Edvigne. Tommaso di Barbara. Había una pequeña fotografía: una cara y lo suficiente de los hombros para ver el uniforme. Un hombre decente. Un amigo.

Niels se sentó en un banco bajo un sauce, al lado de Tommaso. No tenía nada para él. Ni flores ni velas. No tenía más que a sí mismo. Ya no era bueno. Sólo era él mismo.

Agradecimientos

El autor quiere expresar su gratitud, por sus ideas, sistemas, teorías, paciencia, y porque ha conseguido hacernos imaginar la magnitud de nuestra enorme ignorancia, a la astrofísica Anja C. Andersen del Centro de Cosmología Oscura, Instituto Niels Bohr.

En Venecia:

Por los inestimables detalles sobre los turnos de guardia, los turistas y el aislamiento de los isleños, a Lucca Cosson de la policía de Venecia.

Por un paseo por la ciudad y porque nos instruyó sobre las inundaciones, a la hermana Mary Grace y el padre Elisio del Hospital Orden de San Juan en la Casa-Hospicio Hermanos Fatebene.

En Copenhague:

Por las conversaciones y e-mails sobre el Talmud, la Torá y los 36 Justos: al gran rabino Bent Lexner.

Por una mirada a la eternidad, a Anja Lysholm.

Por mostrarnos el mundo bajo el Hospital General, a Bjarne Rødtjer, Bent Jensen y Susanne Hansen del archivo central del hospital.

Por el recorrido por la villa más bella de Copenhague y la ayuda en los primeros pasos en la calle Diamantvejen, a Jørn Jensen y Mikkel Uth del Centro Budista.

Por haber compartido amablemente su experiencia como policía, a Jørn Moos.

Por un puñado de historias religiosas de miedo, a Sara Møldrup Thejls, historiadora de las religiones de la Universidad de Copenhague.

Por un viaje vertiginoso por el misterioso mundo de las matemáticas, al profesor Christian Berg del Instituto de Matematiske Fag, Universidad de Copenhague.

Por una lectura persistente y unas notas impecables, a David Drachmann.

Por sus explicaciones acerca de la piel, al profesor Jørgen Seerup del departamento de Dermatología, Hospital Bispebjerg.

Y un agradecimiento especial a los coordinadores Lars Ringhof, Lene Juul, Charlotte Weiss, Anne-Marie Christensen y Peter Aalbæk Jensen.

Índice